明日、風が吹いたら

鈴木和音
kazune suzuki

幻冬舎MC

明日、風が吹いたら

プロローグ

真っ暗だったステージが照明に照らされ、一気に明るくなる。ステージに立てられた巨大スクリーンの後ろから、金色に染めた短髪の近藤宗次《こんどうそうじ》が真っ赤なポロシャツにジーパン姿で客席に向かって両手を振りながら登場すると、東京ドームに集まった五万人を超すファンで埋め尽くされた客席からは「きゃー」という黄色い声援が沸き起こった。

客席には若いカップルもいれば、小さい子供連れの家族もいる。男友達、女友達同士で来ている中高生もいる。スーツにネクタイを締めている僕は、ステージの袖に立ってその様子を見ている。

いよいよ待ちに待ったドームライブが始まる。どれほどこの日を待ちわびただろうか。否、ここへたどり着くまでの間に、どれほどの苦労があっただろうか。長い長い、真っ暗なトンネルをひたすら歩き続けて、ようやく出口までやって来れたような気分だ。

宗次はステージの真ん中に立てられたマイクスタンドの前に立ち、マイクのそばに立てかけられているギターを持って肩からかける。そして会場に集まったファンに向けて、挨拶を始める。

「皆様、ベルト着用サインが点灯いたしました。シートベルトは緩みのないよう、しっかりとお締め下さい」

＊＊＊

ふと目が覚めると、もう間もなく飛行機が那覇空港へ向けて着陸態勢に入るというアナウンスが聞こえてきた。目の前にあるのは前の座席の背もたれ。ハーフパンツにTシャツ姿、二十一歳の僕は飛行機の左側、窓側の座席に座って、シートベルトを締めている。右側には六十代くらいの夫婦が座って話をしている。昨晩は神経が高ぶってほとんど眠れなかったから、飛行機の中でついつい居眠りをしてしまったのだ。

宗次が東京ドームでライブをやる事は彼の夢である。そして僕の夢は、マネージャーとして宗次をメジャーデビューさせ、それを足がかりに、音楽プロデューサーになって大金持ちになる事だ。これから始まる毎日は、全てその日に向かって進んでいく。

窓の外を見ると、コンクリート造りの建物がひしめき合う那覇の街並みが見えてきた。手前には太陽に照らされた真っ青な海面に浮かぶ無数の白い粒がきらきらと輝きを放っている。およそ一年ぶりに来る沖縄の景色に懐かしさを感じたが、今日からはここが僕の帰る場所になるのだから、何だか不思議だ。

飛行機を降りて、羽田空港を出発する前に預けていたキャリーバッグを受け取り、空港のロビーへ出ると、そこにはツアー団体向けのプラカードを持った旅行会社の人が何人も立っていて、「〇〇ツアーの方はこちらでーす」などとしきりに案内していた。お盆が過ぎた平日だとはいえ、八月の那覇空港はまだまだ旅行客や帰省客でごった返していた。

人ごみの中をくまなく見回してみると、お揃いのかりゆしウェアを着ている宗次と希美《のぞみ》さん夫妻が僕に向かって手を振っているのを見つけた。希美さんは耳まで隠れるくらいの茶髪に麦藁帽子を被っていた。

「お迎えありがとうございます」

二人の元へ歩み寄って僕が軽く会釈すると、僕より二つ年上の宗次は口元を緩めながら、「お疲れ。よく来てくれたね」と言って右手で握手を求めてきた。彼は身長一六〇センチメートルの僕より頭半分ほど背が高く、肩幅もがっしりしている。僕も右手で彼の手を握ると、彼は両手で僕の手を力強く握った。彼の手は一回りくらい大きいから、僕の手はすっぽりと隠れてしまう。宗次はスポーツ刈りが少し伸びたくらいの短髪を金髪に染めているから、太くて真っ黒な眉毛が余計に目立っている。続いて希美さんとも握手をする。彼女は宗次より更に三つ年上だ。

「これからもよろしくね」

彼女は僕より頭半分くらい背が低く、掌も僕より小さいから、宗次と握手をしてから希美さんと握手をすると、彼女の手がやけに小さく感じられる。華奢な身体つきだが、僕も男性の中ではそんなに体格が良い方ではないので、周りから見たら、身体の大きさは希美さんと同じくらいに見えるかもしれない。宗次は沖縄で暮らすようになってから日に焼けた。肌が白い希美さんと並んでいるところを見ると、二人の顔の色がだいぶ対照的に見えた。

僕たち三人は駐車場に停めてあった宗次のミニバンに乗って、那覇の市街地へと向かった。

「もう何度も同じ事を言っているけど、修輔がそばにいてくれると、ほんと心強いよ」

ハンドルを握る宗次が、後部座席に座っている僕に話しかけてきた。

「そう言ってくれると、僕も宗次さんの音楽活動を手伝っている甲斐があります」

つい先ほどまでは飛行機の長旅と寝不足で身体が重かったのにそんな疲れは忘れてしまっていた。一人暮らしは人生で初めてだが、不安よりも、これから始まる未来に寄せる期待の方がはるかに大きい。今の僕は、これまで背負っていたしがらみから全て脱皮を果たして、新しい人生に向かって飛び立とうとしているような気分だ。

自衛隊基地の金網に挟まれた片側二車線の道路を抜けると、車はやがて渋滞に差し掛かった。

「この先に明治橋っていう橋があるんだけど、この辺は那覇の中心地だから、朝と夕方は渋滞するんだ」

宗次は人差し指でつんつんとハンドルを叩きながらそう言った。車が少し進んだかと思うと、先の方にある信号が赤に変わってまた止まる。その繰り返しだ。宗次は身体をそわそわ動かし始めた。

「いちいちイライラしないの」

ハスキーボイスの希美さんが普段より一層低い声で言った。二人が喧嘩を始めそうな気配を感じたので、僕は気分転換に話題を取り繕う事にした。

「どうですか？　沖縄の生活は」

僕が訊ねると、助手席に座っている希美さんが答えた。

「もう一ヶ月経ったから、だいぶ慣れてきたよ。私はお気に入りの美容院も見つけたし、時間があるときには、宗次と二人で買い物に行ったりしてるから、道も少しずつ覚えてきたし。ただ……」

彼女は僕の方を振り向いた。

「本土と違って日差しがめっちゃ強いから、日焼け止めクリームは手放せへんで」

彼女は笑窪を作って笑いながらそう言った。その声のトーンは普段よりやや高い声だった。急なトーンの変わりように、僕は思わず苦笑いした。神戸出身の彼女は時々関西弁で話す事がある。

「なんかさ……感慨深いよ」

宗次は外の景色を眺めながら話す。

「音楽活動を始めた頃は、まだ希美にも出会えてなかったし、修輔みたいに俺の音楽活動を手伝ってくれる人と出会えるとも思ってなかったし、ましてや将来は沖縄を拠点に活動する事になるなんて思ってなかったからさ」

ルームミラー越しに映る彼はうっすらと笑みを浮かべている。

もう渋滞のイライラは感じられない。

1

忘れもしない。僕が宗次と出会ったのは二〇〇六年、僕が東京都内の私立高校に入学してちょうど一週間目の日だった。

僕は学校から千葉県柏市の自宅へ一人で帰る途中、学校の最寄り駅でホームへ向かう階段を下りようとして、足を踏み外して転倒、右足を骨折してしまった。僕が倒れて動けずにいると、ちょうどそこへ同じ学校の制服を着た先輩が駆け寄ってきて、慌てた様子で声をかけてくれた。

「立てるか？　どこが痛い？」

その先輩が宗次だった。当時はまだ髪の毛も染めておらず、前歯も欠けていなかった。僕が足が痛くて立てない事を話すと、彼はすぐに駅員室に駆け込んで救急車を呼ぶように頼んでくれた。救急車が到着するまでの間も、僕に声をかけて励ましてくれていたような気がするが、僕は痛さのあまり、何を言われていたのか思い出せないし、まともな受け答えも出来なかったように記憶している。でも、同じ学校の生徒とはいえ、見ず知らずの初対面の僕に親切にしてくれて、心強かったのはよく覚えている。

その場では名前を聞く事も忘れたまま別れたのだが、翌日、右足にギプスをはめ、松葉杖をついて学校へ行くと、昼休みの時間に廊下で宗次とすれ違った。

「おう」

「昨日はありがとうございました」

僕が会釈すると、彼は「やっぱり骨折だったか。松葉杖じゃ学校に来るのも大変だね」と心配そうに太い眉毛を眉間に寄せながら声をかけてきた。

「俺、三年B組の近藤宗次。三年B組、金八先生のクラスだ」

宗次は自分の胸を親指で指しながら、はっきりとした口調でそう言った。明らかに冗談交じりだったが、彼は真顔だった。僕はどういう反応を示せば良いのか戸惑いながらも、「僕は、永倉修輔といいます。一年C組です」と答えた。それ以来、僕たちは学校ですれ違ったり、登下校の途中で行き会うと挨拶はしていたが、部活や委員会などが一緒なわけでもなく、込み入った会話をする事がなかったので、お互いに相手がどんな人なのかはよく分からないままだった。

そうこうしているうちに、季節は梅雨本番の蒸し暑さを迎え、高校生活で最初の定期テストが終わった。その日、僕はテストが終わると、都内に住んでいる友達の家に遊びに行き、六時少し前には電車に乗って家路に着いた。この頃には足の怪我もすっかり治り、杖なしで歩けるようになっていた。自宅の最寄り駅で降りると、歩道橋の上ではこの日も至るところでアマチュアミュージシャンがギターを弾き鳴らして歌っている光景が見られた。

空は曇っていたが、まだまだ明るかった。ジメジメした人ごみの中、歩道橋から自分の家に向かう階段を下りようとして歩いていると、階段の手前で、ジーパンにスニーカーを履き、真っ赤なポロシャツを着て、アコースティックギターを弾きながら沖縄のロックバンド、オレンジレンジの曲を歌っている男性がいた。首にはギターを弾きながらハーモニカを吹けるように、ハーモニカホルダーがかけられている。男性の前には譜面台が立ててあり、後ろの手すりにはギターケースが立てかけられていた。男性の前で立ち止まる人はいない。私服姿なので、一目見た時点では見覚えがある顔くらいにしか思わなかったが、次の瞬間にはそれが宗次だという事が分かった。

どうして宗次がここにいるんだろう？　いや、それより、何故彼が歌っているのか、事情が全く飲み込めなかった。僕が二メートルほど前まで近付くと、彼と目が合った。すると彼は目を大きく見開いて演奏を止めた。

「修輔！　どうしたんだ？　こんなところで」

僕が言おうとした言葉を先に言われた。

「僕、家がこの近くなので、これから帰るところなんです。宗次さんは、ここで何をしてるんですか？」

「俺、シンガーソングライターやってるんだ。毎週木曜日の夜はここで路上ライブをやってるんだよ」

彼はにっこり笑った。意外な一面を見せられ、ただただ「へぇー」と驚くばかりの僕を見て、彼は満足そうに頬を緩めていた。

「そっかぁ……、修輔は柏に住んでるのか。俺たち、意外な接点があったね」

宗次は、中学生の頃からギターを弾いていて、高校入学と同時に、中学時代の同級生同士でバンドを組んで、ベースも弾いていたそうだ。二年生のときにバンドが解散してからも、歌う事を続けたくて、都内のライブハウスで一人弾き語りで歌ったり、駅前で路上ライブをやっているという事だった。

「自分で作詞作曲するんですか？」

僕が訊ねると、宗次はギターをチューニングしながら「もちろん！」と得意げに答えた。

「シンガーソングライターだから、自分で曲を書いて、自分で歌うよ」

いつも学ラン姿で学校に通っている、どこにでもいるような今どきの高校生といった印象の宗次が、二十代や三十代の大人たちの中に混じって駅前でギターを弾いているという大きなギャップが、僕にとっては新鮮に思われた。

「それじゃ、最近作った新曲を聴かせてあげよう」

そう言うと彼は譜面台に置いた紙をめくって、ハーモニカを吹き始めた。しっとりとして、それでいてどこか哀愁を漂わせる音色が二小節響き渡ると、右手でピックを使ってギターを奏で始めた。その歌は、赤はかつて別れた女性がよく着ていた色だから、過去を思い出して辛くなるから、どうか赤色の服を着ないでおくれという思いを込めた歌だった。そこまで本気になるような恋をした経験がなかった僕でも、宗次の張り裂けるような歌声、しっとりとしたギターの音色を聴いていると、自分までもたまらなく悲しい気持ちにさせられてしまうようだった。僕の腕は思わず鳥肌が立っていた。

「サンキュー、サンキュー、サンキュー！」

歌い終えると、宗次は右手を上に挙げてから、深々とお辞儀をした。僕が拍手をすると、僕の後ろからも複数の拍手が聞こえてきた。いつの間にか、通りすがりの人たちが四名ほど立ち止まって歌を聴いてくれていたのだ。聴衆は興味深そうに彼を見つめていた。

「今の曲は、何ていうの？」

聴衆の中の一人が宗次に訊ねた。宗次は会釈をしながら「まだ出来たばかりの曲なので、名前は付けてないんです」と笑顔で応えた。そして思い付いたように、「修輔、初めて俺の歌を聴いてくれた記念に、修輔がこの歌に名前を付けてよ」と言った。僕はちょっと意表を突かれた気もしたが、歌詞の内容を思い出しながら、どんなタイトルが相応しいか考えた。

「『赤は着ないで』なんてどうですか？」

「いいね！」

宗次は目を見開き、人差し指を立ててみせた。

「それじゃ、この曲のタイトルは『赤は着ないで』に決定」

僕は小恥ずかしい心持ちがした。それから宗次は、有名アーティストの曲を何曲か歌った。決して彼らの真似をした歌い方ではなく、キーが低い宗次なりの声で、力強く歌い上げていた。歌っているときの宗次の目は真剣そのもので、嬉しい気持ちを歌っているフレーズはウキウキした表情で、悲しいフレーズは本当に寂しそうな表情で歌っていた。宗次の声、表情からは、歌に込められた気持ちが伝わってきた。ただ単に練習を重ねたから上手くなったというわけではないと思う。歌に込められた思いをしっかりと理解し、自分の経験だとか、自分なりの感情を乗せて歌う事が出来るから、聴く人を感動させる事が出来るのだろうか。

「それじゃ、もう一曲歌って終わりにしようか」

宗次はそう言ってチューニングをした。いつの間にか、そばで歌を聴いていた人たちはどこかへいなくなっていた。空はすっかり真っ暗になり、歩道橋の上には街頭の光が至るところに照らされていたが、そんな明るささえ、どこか物悲しさを感じさせる。

「最後は、俺のオリジナルのやつを」

彼はにんまりと笑いながら譜面台の紙をめくった。

「『恋に落ちたら』、聴いて下さい」

この曲もバラードだった。自分には手の届かない、自分には到底振り向いてくれないであろう女性に恋をしてしまった男の、切ない気持ちを書いた歌だった。どうしてここまで切ない歌が歌えるのだろう。とても僕と二つしか歳が違わないとは思えないほど恋愛経験が豊富で、失恋の辛さを知っているようだ。宗次の歌からは、テレビやラジオで流れてくるような歌手の歌を聴いているよりも、ずっと気持ちが伝わってくる。もう、ずっとここで歌を聴いていたい。そんな気持ちになっていた。ここまで僕の心を動かしてくれたのは、宗次の歌が生まれて初めてだった。

「今日は聴いてくれてありがとう。修輔が来てくれて、嬉しかったよ」

歌い終えると、宗次はギターを肩から外して左手で持ち、右手を僕の目の前に差し出してきた。僕も右手で握手をすると、彼はギターを自分のお腹で支えるように立てかけて、両手でがっしりと握り返してきた。僕の柔な手が潰されてしまうかと思うほど強く握り締めてきたので、僕は思わずたじろいでしまったが、彼は本当に嬉しそうな笑みを浮かべている。

「良い歌だと思います。来週もまた、聴きに来ますよ」

「ありがとう。今日は早く寝て、明日のワールドカップのブラジル戦、テレビで見ないとな」

そう言うと、彼は白い歯を見せてにっこり笑った。ギターケースにギターとコード表をしまい、譜面台を畳むと、彼は「またね」と言って改札へ歩いていった。僕は「お疲れ様です」と返事をして、彼が改札の向こうへ消えていくのを見届けた。

宗次は将来、プロの歌手になれるかもしれない。ここまで人の心を動かす歌を歌えるんだ。ひょっとしたら、どんなアーティストよりもずっとずっと有名な歌手になる人なのかもしれない。——彼の後ろ姿を見ながら、僕はそんな事を考えた。

僕はそれ以来、毎週木曜日になると、学校から帰ったら私服に着替えて、宗次が歌い始める夜七時には駅前に通うのが習慣になった。雨が降っている日は路上ライブは中止だったので、そういうときはメールや電話で中止の連絡をもらった。学校でも、昼休みには学食で一緒に食事をしたり、駅まで一緒に歩いて帰った事もある。

あるとき、学食で一緒に食事をしたときに、彼のこれまでの音楽活動について聞かせてもらった。

宗次は中学校に入学するのと同時にギターを始め、作詞作曲は高校に入ってから始めたそうだ。主にフォークソングやロックが好きらしく、特に一番のお気に入りはビートルズで、彼が中学二年生のときに東京ドームで行われたポール・マッカートニーのライブには、チケットセンターに電話が繋がるまで何十回も電話をかけ直してチケットを手に入れ、足を運んだというほどだ。ギターを始めたのも、ビートルズに憧れての事だったという。

「中学校の同級生同士でやってたバンドは、メンバーの時間が合わなくなってきちゃって、全員揃って練習をする事がなかなか出来なくなってきて、そのまま自然消滅みたいになっちゃったんだ」

宗次は難しい顔をしながらそう言った。

「『将来はプロになろうぜ』なんて話をしてたんだけど、やっぱり違う学校に通ってたり、それぞれバイトをやってたりすると、生活サイクルが変わってくるから、予定も合わなくなっちゃうんだよね……」

せっかくプロを目指してバンドを組んでも、メンバーが揃う事が出来ずに自然消滅してしまうなんて勿体ないなと僕は思った。しかし、宗次は「それでも」と言ってすぐに気持ちを切り替えたように表情を明るくした。

「ソロでギターを弾くようになってから、より音楽に集中出来るようになったっていうメリットがあるよ」

「どういう事ですか?」

「ライブハウスでやろうとしても、満足に練習が出来てない状態で出演するわけにはいかない。バンドだと、全員が揃って練習が出来なければライブが出来ないけど、ソロなら一人で集中して練習していればそれでいい。アーティストの中には、もちろんバンドの方がいいっていう人もいるけど、俺はソロの方がやりやすい。たまにはサポートで誰かにパーカスやってもらったり、ベースとピアノを入れてやる事もあるけど、基本はソロだね」

宗次は自分に言い聞かせるように何度も頷きながらそう言った。僕は彼が作った『赤は着ないで』や『恋に落ちたら』の詞とメロディーを思い出した。彼の歌からは一人ぼっちの男の寂しさだったり、叶わぬ恋をしてしまったときの胸の辛さが伝わってくる。バンドで賑やかにやるよりは一人で歌った方が、彼が伝えたい思いが聴いている人に伝わるかもしれないと思うのだった。

夏休みに入ってすぐだった気がする。ある日、宗次からライブのお知らせのメールが届いた。八月にライブバーでライブがあるから来てほしいという内容だった。僕はすぐにライブに行く旨をメールで伝えた。するとまた彼からメールが届いた。

「では、当日はライブハウスの受付で『近藤宗次を見に来た』と伝えて料金を払って下さい」

ライブは下北沢《しもきたざわ》の商店街の一角にあるライブバーで行われた。下北沢駅で、ちょうど仕事帰りのサラリーマンの群れに紛れて電車を降り、薄暗くなり始めた商店街を抜けた先にある店に、僕は開演三十分前に入った。鉄の扉を開けると、すぐ目の前のカウンターにいる男性スタッフが「いらっしゃいませ」と言って出迎えた。

「本日はどのアーティストをご覧に来ましたか?」

宗次を見に来た旨を伝え、チケット代とドリンク代合わせて二千円を払うと、チケットの半券と、今日の出演者が用意したチラシを渡された。僕はジンジャエールを注文してその場で受け取ると、店内を見渡した。店内はこじんまりとしていて、カウンターに四人、テーブル席に十人も座れば満席になってしまうようなこじんまりとしたバーで、カウンターの後ろにはカクテルやウィスキーの瓶が沢山並んでいた。壁には英語で書かれたロゴステッカーが貼り付けられたり、オールディーズなどの洋楽レコードのカバーがところどころに飾られていて、非日常的な世界が広がっていた。店内には六十年代から七十年代くらいの洋楽がＢＧＭとして流れている。僕にとってはこういう店に入るのは初めての経験だったから新鮮な感覚だったし、学校の友達でも、こういう店に出入りしているような人はいないだろうから、大人になれたような気分だったのを覚えている。赤いポロシャツを着た宗次がステージに一番近いテーブル席に座っていて、「よう」と言って手を挙げていた。僕が「こんにちは」と言いながら宗次の隣に座ると、彼は「今日は来てくれてありがとう」と言ってにっこり笑った。他の客席にも、既に二、三名のお客さんが座っている。

「こういう店に来るのは初めて？」

彼はウーロン茶を片手に持ちながら訊いてきた。

「はい……初めてです」

「なんか口数少ないね。緊張してるの？」

彼は薄笑いを浮かべている。言われてみれば、大人たちの中に高校生の僕がぽつんと座っている状況は初めてだったから、まるで全然知らない世界にやって来たような気分だったし、ライブというものがどういうものなのかも分からなかったから、これからどんな事が起こるんだろうという思いでいた。

「何だか……どきどきします」

「楽しんでいってよ。俺、せっかく来てくれた修輔のために頑張るからさ」

宗次はそう言って僕の背中を軽く叩いて席を立った。

「じゃあ、他のお客さんもそろそろ来ると思うし、俺は楽屋で準備してるね」

ライブ前だからピリピリしているのかと思いきや、宗次はすっかりリラックスした表情だった。そんな宗次を見て、僕もライブが始まる時間までは、楽な気持ちで過ごす事が出来た。

その日は宗次以外にも三組のアーティストが対バンで出演していた。宗次は二番手の出演で、二十代後半の、ギター弾き語りの男性アーティストが最初に三十分ほど歌った後に歌った。一番手のアーティストが歌い終えたときに店内を見回してみると、僕の他にもお客さんが十人ほどいたが、どのアーティストを目当てにして来たのかは分からない。

ステージといっても客席との段差はなく、四人組のバンドがステージに上がればそれだけでスペースが埋まってほぼ身動きがとれなくなるような、狭い空間でアーティストは演奏していた。おまけに、一番前の客席とステージの間には客のためのテーブルが置いてあるだけだから、僕が座った席はまさにステージの目の前だ。ステージで座って歌っているアーティストとはテーブルを挟んで向かい合っているような至近距離だから、客席にいるこちらが恥ずかしくて目を合わせる事も出来ないほどだった。

宗次が歌う番になると、彼は僕が座っている席の横を通り、ステージの真ん中に置いてある椅子に座った。彼は自分が持っているアコースティックギターにコードを挿してアンプに繋ぎ、譜面台と自分が歌うマイクの位置や高さを調節していた。そしてチューニングを終えると、カウンターの中にいるスタッフに手で合図を送る。すると店内が真っ暗になり、ＢＧＭの音量が急に大きくなってから徐々に小さくなっていく。そしてBGMが完全に消えると、ステージに照明が照らされる。宗次は『恋に落ちたら』を歌い始めた。路上ライブのときと同じ歌い方、同じギター、同じ弾き方だが、路上ライブとは違って、周囲を行き交う人々の足音とか話し声とか、チラシやティッシュを配っている人の掛け声はしない。彼のしっとりとしたギターの音色、心に染み入る歌声がライブハウスの店内に響き渡っていた。宗次が歌っているこの場所が、僕がいるこの場所が、まるで普段生活している世界とは別の空間のような錯覚さえ覚えてしまうほど、僕は宗次の歌声に聞き入り、その姿を食い入るように見つめていた。

やがて『恋に落ちたら』を歌い終えると、宗次は「サンキュー、サンキュー、サンキュー」と言いながら右手を上に挙げ、それから深々とお辞儀をした。路上ライブでもそうだが、一曲目を歌い終えたときの定番の挨拶だ。客席からは温かい拍手が鳴り響いた。もちろん僕も拍手をする。

「本日二番手を務めさせていただきます。近藤宗次でーす」

宗次がそう言うと、客席からはもう一度拍手が起きた。

「もうこのお店では何回も出演させていただいてますが、今日も出演者の中では僕が最年少です」

宗次はそう言って、ギターを顔の横で「ジャカジャカジャカジャーン」と小刻みに弾きながら「頑張りまーす!」とお腹の底から力強く叫んだ。客席からは再三拍手が沸き起こる。

「それでは、最初はバラードでしっとり歌ったので、次は明るめの曲を二曲お聞き下さい」

宗次は軽快なポップソングを二曲立て続けに歌った。どちらも大切な恋人とともに過ごせる喜びを歌っている歌だった。どうにもならない片思いの辛さを歌った『恋に落ちたら』で店内に漂っていたしんみりムードは、宗次がこの二曲を歌い上げた事で一気に払拭された。曲を聴いているうちにテンションが上がってくる。客席のどこからともなく手拍子が沸き起こり、それが蔓延するかのように、僕を含め、店内にいる客全員が手拍子をしていた。

「サンキュー、サンキュー、サンキュー」

宗次が歌い終えると、店内はまたも大きな拍手に包まれた。それから彼は、自分がこよなく尊敬しているという、ゆずの『飛行機雲』を歌った。そして「今日は聴いてくれてありがとうございました。次のライブは、来月三十日に、このお店でやります。あと、毎週木曜日は路上ライブやってますので、僕の音楽をもっと聴いてやってもいいぞという方は、是非またお越しいただけると嬉しいです」と、客席を隅々まで見渡すようにして言った。その額から頬にかけて、びっしょり濡れている汗が照明に照らされてきらきらと光っていた。きっと、それだけ気持ちを込めて真剣に歌っているという事なのだろう。僕はライブをしているときの宗次に、学校で会う〝先輩〟としての宗次ではなく、一人のアーティストとして、一人の〝大人〟としての宗次の格好良さを感じたものだ。

「この後も素敵なミュージシャンの出演が続きますので、最後まで楽しんでいっていただければと思います。それでは最後の曲は、しんみりと歌って終わりにしたいと思います。『赤は着ないで』、聴いて下さい」

やはり、この曲は何度聴いても悲しい気持ちになる。マイクやスピーカーなどの音響が揃ったライブハウスでこの曲を聴くのは初めてだったが、路上で歌っているときのように周囲の雑音がない分、なおさら感情移入して聞き入ってしまう。彼の切ない歌声、マイナーコードを奏でるギター、ハーモニカの音色を聴いているうちに、僕は胸が締め付けられるような思いがして、目頭が潤んできた。宗次は歌を歌う事で、これほどまでに人の気持ちを動かす事が出来るのだ。演奏が終わると、宗次は立ち上がって「ありがとうございました！」と言って、深々とお辞儀をした。店内にいたお客さんは一斉に拍手をする。再びＢＧＭが店内に流れ始めると、宗次は持参してきた譜面台やギターコードをまとめてステージを後にして、楽屋へ引き揚げていった。すぐにお店のスタッフと次の出演者がステージにやって来て、ライブの準備を始めた。カウンターで受け取ったジンジャエールは全て飲み干してしまっていたので、僕は次の出演者が歌い始める時間を、氷が溶け出して出来た水を飲みながら待っていた。すると、宗次が僕の隣の席に座ってきた。

「今日はありがとう」

彼はタオルを首にかけていた。僕が「お疲れ様です」と言うと、彼は「今日のライブ、どうだった？」と訊いてきた。

「僕にとっては初めてのライブハウスだったので、とても新鮮でした」

「今日は顔見知りというか、僕を目当てに来たお客さんは修輔だけだったからさ、知っている人が客席にいて、心強かったよ」

彼が頬を緩めるのを見て、僕は嬉しい気持ちになった。自分はただの趣味で、純粋に宗次のライブが見たいという動機で来ただけなのに、自分が来る事で「心強い」と思ってもらえるなんて、胸のあたりがこそばゆいような気さえする。僕は宗次の音楽をこれからも聴いていきたい、宗次を応援したいという気持ちが一層強くなった。

三番手と四番手の出演者のライブを宗次と一緒に鑑賞した後、僕が帰ろうとすると、宗次が店の外まで見送ってくれた。

「修輔が来てくれて嬉しかったよ。また来てくれよな」

「もちろんです！　宗次さんを応援しますよ！」

僕が力を込めて返事をすると、彼は右手を差し出してきた。僕も右手で彼の手を握ると、彼は両手で僕の手を力強く握り返してきた。

僕はそれ以降も、彼がライブハウスや駅前の路上でやるライブにはほぼ毎回通った。テレビでやっている音楽番組を見ては、いつか宗次がこの番組に出るときが来るんだと、彼がプロとして活躍する日を想像したものだ。まだアマチュアの時代から彼と親睦を深めている自分が得している気分になれたものだった。

ライブハウスでも路上ライブでも、ライブが終わった後は、宗次と終電ぎりぎりまで語り合って過ごした。音楽の話だけでなく、テレビや漫画の話から、友達や好きな女の子の話まで……。都内にある宗次の自宅に遊びに行った事も何度かある。ビートルズやジョン・レノン、ポール・マッカートニーのポスターが壁や天井を覆うように沢山貼ってあり、床にはビートルズやゆず、ミスターチルドレンなどのＣＤ、音楽雑誌や漫画本がところ狭しと散乱している宗次の部屋では、流行りの歌を一緒に歌ったりもした。

それから宗次は高校を卒業すると、アルバイトでお金を貯めながら音楽活動を続け、月二〜三回は都内や柏のライブハウスなどで歌い、雨が降らなければ週一回は駅前で路上ライブをやった。僕は路上ライブは必ず行ったし、ライブハウスでのライブも、自分のバイトと予定が重なっていないときは必ず行っていた。学校で友達と喧嘩をしたり、家で親と喧嘩をして悶々としているとき、どんなに心が傷ついているときでも、宗次の歌を聴いて、宗次が真剣な眼差しで額から汗を流しながら歌っている姿を見ていると、「明日からも頑張ろう」という気持ちが湧いてきた。高校時代の僕は、宗次の歌に支えられていたと言っても過言ではない。

彼と一緒に過ごした時間は本当に楽しかったし、僕の高校時代はまさに青春そのものだったと思う。

2

二〇〇八年九月。僕が高校三年生の二学期に入って最初の金曜日だった。この日は宗次のライブが調布であるという事なので、午前中だけで授業が終わった僕は、一度柏の自宅に帰って着替えてから、電車を乗り継いで調布まで向かった。電車賃を浮かせるため、上野から新宿までは炎天下のアスファルトをひたすら歩いた。ところがライブが終わってライブハウスを出ると、外は雨がシャワーのように降り続いていて、至るところに大きな水溜りが出来ているという状況だったので、宗次が僕を車で上野まで送ってくれる事になった。

この日の宗次のライブでは、お客さんは僕と、仕事帰りのリクルートスーツ姿の希美さんの二人だけで、他は宗次以外の出演者三人が客席に座っているだけだった。それでも、宗次はいつものように赤いポロシャツを着て、明るく元気にギターを弾いて、歌を歌った。たとえお客さんが一人だろうと百人だろうと、お客さんに「今日のライブに来て良かった」と思ってもらえるように全力で歌うというのが宗次がよく口にしていた事だ。

宗次は高校を卒業してからも着々と新曲を作ってライブで歌っていた。だから僕が宗次のライブに行き始めた頃と比べると、この頃に歌っていた曲はだいぶ入れ替わっていた。それでも、『赤は着ないで』だけは、彼がほぼ毎回のライブで歌う定番の曲になっていた。ライブハウスでお客さんにアンケートを配っても、「『赤は着ないで』が一番良かった」とか、「切ない気持ちが伝わってきた」と書かれる事が多く、一番人気がある。希美さんも同様で、宗次の曲の中ではこの曲が一番気に入っているのだと話していた。

「でも、歌の中で『赤い色は着ないで』なんて歌ってるのに、自分はいつも赤い服を着て歌ってるのが、なんかなぁ」

いつだったか、希美さんは可笑しそうに笑っていた事があった。確かに言われてみればそうだが、僕にとって『赤は着ないで』があまりにも切なくて心に沁みる歌だったから、希美さんに指摘されるまで、全く考えてもみなかった。それに、希美さんも冗談交じりでそうは言うものの、宗次がライブで着ている服の色はあまり気にしていないようだった。この曲の名付け親でもある僕としても、希美さんにとって『赤は着ないで』がお気に入りの曲だという事は誇らしく思っていた。

この日のライブでは、一番最後に『赤は着ないで』を歌った。三組目のアーティストが歌い終わった時点で帰ってしまったお客さんたちは本当に勿体ない事をしたなと思う。同じチケット代を払いながら、こんなに良い曲を聞かずに帰ってしまったのだから、可哀相な人たちだ。宗次のライブは、それくらいレベルが高いものなのだ。

「なんか、申し訳ないですね。送ってもらってしまって」

僕はミニバンの後部座席から、運転席の宗次に向かって話しかけた。

「いいんだよ気にしなくて。修輔にはいつもライブに来てもらってるんだから、たまには送っていくよ」

宗次は前を見つめながらそう言った。正面の窓に激しく打ち付ける雨をワイパーが拭っていく。赤信号で止まると、前に止まっている車のブレーキランプで、僕たちが乗っている車の中がほんのり赤く染まって眩しい。僕が目線を下に向けると、助手席に座っている希美さんが前を向いたまま話しかけてきた。

「修輔君は私よりライブに来る頻度多いもんね。もう宗次の一番のファンだよ」

顔の表情は見えなかったが、どこか誇らしげに言っているような口調に聞こえた。宗次もよく同じ事を言ってくれていたが、宗次が一番大切に想っている希美さんからもそう認めてもらえているなんて、僕は鼻が高くなるような心持ちがした。

「ほんとありがたいよ。バイトをしてるとは言っても、高校生の小遣いじゃ、ライブハウスの入場料だって高いだろうに」

助手席の背もたれ越しに、希美さんが何度も頷きながら話しているのが見える。

僕が希美さんと初めて会ったのは、僕が高校二年生の五月だった。ちょうど、宗次と希美さんが付き合い始めて一ヶ月経った頃で、駅前のいつもの場所で宗次の路上ライブを見に行ったとき、希美さんも大学の授業が終わってからライブを見に来ていて、そこで僕は、宗次から希美さんの事を紹介されたのだ。

「俺の彼女。よろしく」

宗次がいかにも嬉しそうに僕に紹介すると、希美さんは「原田希美です。よろしうに」と照れくさそうに笑って、麦藁帽子に片手を軽く添えながら僕に会釈した。言葉の訛りから、関西出身の人なのだという事はすぐに分かった。希美さんは僕より五つも年上だが、小柄で華奢な身体つきをしている彼女の仕草や表情を見て、僕は美人というより、可愛らしい女性だという印象を持った。

宗次は高校の卒業式が終わった直後の春、沖縄へ一人旅に出掛けた際、同じく大学の春休みを利用して沖縄を訪れていた希美さんと出会ったのをきっかけに、交際に発展したそうだ。神戸出身の希美さんは都内の大学に通っていて、大学を卒業して都内の企業に就職するのと同時に、二人は品川《しながわ》で同棲生活を始めた。二人が住んでいるアパートには、僕も何度か遊びに行った事がある。宗次が集めた膨大な数のCDや漫画本は部屋を取り囲むように置かれた専用の棚に全て整然と収められ、譜面台やアンプは押入れの中。ケースに入れられたギターは押入れの扉の前に置かれていて、床にはテーブルと折り畳み式ベッド以外は余計な物が一切置かれていなかった。宗次は一人でいるとすぐに部屋を散らかしてしまうのだが、奇麗好きな希美さんがいつも整理整頓しているという。CDを収納している棚はどれも腰の高さほどしかなく、棚の上にも、時計とかシーサーの置き物などは置いてあるものの、どれも掌サイズのものしか置かれていなかった。これは小学生の頃に阪神淡路大震災を経験して弟まで亡くしている希美さんの発案によるもので、大地震が来たときに倒れてこないよう、漫画本を一番下の棚にしまって重心を低くしているという事だった。台所の頭上にある食器棚も、地震の揺れで扉が開かないように取っ手が取り付けてあった。希美さんは几帳面で用心深くて、面倒見も良い人なのだろう。

宗次も希美さんも、お互いのどこに惚れたのかを教えてくれる事はなかったが、僕から見たら宗次は優しい人だし、希美さんは話をしていて会話が途切れる事もなく、笑顔が絶えない人だった。だからきっと、お互いのそんなところに惹かれたのかもしれない。

「大雨の影響で常磐線が止まってるみたいだよ」

車が皇居の近くの交差点で赤信号のために止まると、携帯電話のインターネットで調べてくれていた希美さんがそう言った。次の日は学校もバイトも休みだから帰りが遅くなるのは問題ないが、電車が遅れる分、帰りの電車がおしくら饅頭のような状態になるのかと思うと、気が重くなった。交差している道路の信号が青から黄色に変わり、赤になった。

「どうするか……」

宗次が呟くと、希美さんは「家まで送ってあげようよ」と、当たり前のように言った。

「よし、じゃあ今日はそうしよう！」

僕たちの乗った車が進む方向の信号が青に変わると、宗次は一気にアクセルをふかして急発進した。

前のめりの姿勢で座っていた僕は、背中を後ろから引っ張られるような感覚がして、背もたれにのけぞった。

「ちょっとぉ！　雨も降ってるんだし、ゆっくり走ってよねぇ！」

希美さんはハスキーボイスのトーンを一段と低くして宗次を睨みつけた。僕は二人の好意が素直に嬉しかったが、それ以上に、二人の掛け合いを見ていて楽しかった。僕にとっては兄貴分のような宗次も、希美さんにとっては手のかかる年下の男の子なのかもしれない。

「なぁ修輔。実は……お願いがあるんだけどさ」

皇居を通り過ぎ、国道六号線に入ったところで、宗次が切り出した。僕はルームミラー越しに、彼の硬い表情を覗いて「何ですか？」と訊ねる。ちょうど交差点の信号が赤に変わったところで、車は交差点の手前で止まった。信号機の赤い光は、窓に打ち付ける雨で歪んで見える。

「俺の、マネージャーになってほしいんだ」

僕は胸がフワッと温かくなるのを感じた。宗次は将来、有名な歌手になるほどの逸材だと思っている。その宗次から、マネージャーになってほしいと頼まれるなんて、願ってもない事だった。

「マネージャーって言っても、難しい事はないよ。ギャラが払えるわけじゃないし、修輔はパソコンが得意だから、時間があるときでいいから、俺のホームページの構成を考えてみてほしいんだ」

それからというもの、僕は宗次のマネージャーとして、宗次の音楽活動を裏から支える役回りを任される事になった。ライブハウスに来たお客さんに配るフライヤーやホームページの内容も、どういう構成にしたらお客さんから興味を持ってもらえるかを宗次と相談した。僕は小学生の頃から工作やパソコン操作が得意だったので、ホームページの更新やフライヤーの作成は僕の主導で行うようになっていった。お客さんに売るCDを作ろうという事になったときも、レコーディングスタジオで音響設備の使い方を教えてもらってレコーディング作業を手伝った。そしてライブハウスの物販ブースには僕が入って、レコーディングしたCDを売った。自分が製作に携わったCDを、お客さんが買って帰っていく姿を見るのは微笑ましいものだ。宗次も僕と同じ事を言っていたが、お客さんから「家に帰ってCDを聴くのが楽しみです」とか、「この前買ったCD聴いたけど、とても良かったよ」といった声を聞けると、手間ひまかけて作った甲斐がある。

「俺の曲が売れるようになったら、俺が修輔を食わせてやる事になるんだ」

報酬が払えない代わりにと言って、宗次は食事をご馳走してくれる事がよくあり、そのたびに彼はそう言った。

「本当にそんなときが来たら凄いですけどね」

そこまで売れるようになるのはさすがに難しいんじゃないかとも思い、僕はいつも冗談半分で聞き流していたが、真剣な眼差しで話す彼を見ていると、ひょっとして、ひょっとしたら……、彼は夢を現実に出来る可能性があるかもしれない。僕はそんな気がしてきた。

僕は高校を卒業すると、自動車整備士になるための専門学校に進学した。ライブハウスに出入りしているという事もあり、本当は音楽、芸能関係のスタッフを養成する専門学校に進学したかったのだが、「芸能界で食っていけるわけないだろ、どうしても行きたければ自分で学費を何とかしろ」と親に反対されたので、取りあえず自宅からなるべく近くにある専門学校に進む事にしたのだ。特に自動車整備士の職業に憧れていたわけではなかったが、車の整備が自分で出来るようになったら便利かなという程度の軽い気持ちだった。

二〇一〇年。僕が二年生になってすぐの頃から、宗次と希美さんは、「一年後には百人規模のワンマンライブをやろう」と言い始めた。小さなライブハウスだけでライブをやるのではなく、ある程度規模の大きいライブを成功させて、実績を積んでいこうという事になったのだ。翌二〇一一年の六月に都内の区民ホールを借りてやろうという計画を立てると、僕と宗次、希美さんの三人はワンマンライブをどんな構成で行うかを話し合い、準備を進めていった。宗次は音楽活動を通して知り合ったミュージシャンに声を掛け、バンドメンバーを集めた。

ワンマンライブが成功すれば、プロに一歩近付けるかもしれない。そう思った僕は、自分の活動にもそれまで以上にやる気が湧いてきた。

そしてそれと同時に、宗次と希美さんは、ワンマンライブが終わったら結婚して、沖縄に移住するんだという事も話していた。二人は元々沖縄が大好きで、付き合い始めてからというもの、毎年ゴールデンウィークと夏休みには必ず二人で沖縄旅行に行き、沖縄のライブハウスでもライブをしていた。

「沖縄に移住して、沖縄からプロデビューして、ビッグになるんだ」

宗次はよく、鋭い眼差しでそう言っていた。沖縄は海が美しい。空気が暖かい。親切な人が多い。のんびり出来る。——二人はたびたび沖縄がどれだけ良いところかという話を語って聞かせてくれた。

僕はまだ一度も沖縄へ行った事はなかったが、二人の話を聞いているうちに、いつか行ってみたいという希望が出てきた。二人の話を聞いていると、沖縄はまるで夢の楽園とでもいえるような場所のような印象を持った。二人がこよなく愛する沖縄の海を僕も見てみたい、二人が運命ともいえる偶然の出会いを果たした沖縄の空気を感じてみたい。そんな想いが湧いてきた。

その年の八月には、宗次が沖縄でライブをやる機会があり、僕も学校の夏休みを利用して、同行する事になった。宗次と希美さんは普段から食事をご馳走してくれたりしていたが、沖縄に滞在中も食事代は全て二人が負担してくれた。移動で使うレンタカーの代金も二人が払ってくれたので、僕が負担した費用は往復の飛行機と、二泊したビジネスホテルの宿泊代だけだった。僕にとっては初めての沖縄だったという事もあり、出発の前日は胸の高まりが収まらず、なかなか寝付けなかったのを覚えている。

当日は朝七時四十五分羽田空港発の飛行機で沖縄へ飛んだ。真っ青な空の上から、東シナ海に浮かぶ大きな雲を突き抜けて十時過ぎに那覇空港に着くと、既に前日から沖縄入りしていた二人がレンタカーで迎えに来てくれていた。空港から建物の外に出てみると、暑さは東京とそんなに変わらないなというのが率直な感想だった。翌日の夜がライブなので、僕が滞在する一日目と二日目の午前中を使って、二人と一緒に県内を観光した。宗次の運転で空港を出ると、自衛隊基地の金網に挟まれた片側二車線の道を通って国道五八号線に出た。椰子の木の街路樹が立ち並ぶ街並みを見ていると、いかにも南国の気風を兼ね備えていて、異国の情緒を感じさせられた。

「何だか……同じ日本とは思えないですね」

流れ行く窓の外の景色を眺めながら僕が呟くと、運転席の宗次は「元々は琉球《りゅうきゅう》王国っていう一つの国だったからな。外国的な雰囲気がまだまだ残ってるんだよなぁ」と感慨深そうに答えた。確かにその通りだと思う。沖縄は四七都道府県の中では一番最後に日本の領土になった県であり、中国の冊《さく》封国《ほうこく》だった時代やアメリカに占領されていた時代もあったから、日本の本土に比べれば、外国の文化が色濃く反映されていても無理はないだろう。

やがて左側にどこまでも金網が張り巡らされたキャンプキンザーを過ぎると、大型電気店やショッピングセンター、ゲームセンターやファミリーレストランが道路の両側に立ち並ぶ街並みに変わった。東京や千葉県でも見慣れたチェーン店の看板も数多く見受けられる。東京から一〇〇〇キロメートル以上も海を越えて、異国情緒溢れる沖縄でも、こうして馴染みのある看板を目にする事が出来るのは、何やら不思議な気持ちだった。

浦添城を見学した後、僕たちは国道沿いにある、赤瓦の屋根の上に「そば」と書かれた大きな看板が立てられた店で食事をする事にした。駐車場で車を降りると、また雨がぱらぱらと降り始めてきたが、空を覆っていた雲は真っ白な色に変わっていて、ところどころに青空も垣間見えた。空のてっぺんにある薄い雲の上には、太陽がうっすらと光っているのが見える。

店に入り、テーブル席に座って料理を注文した。三人ともそばを注文したはずなのに、店員がお盆に乗せて運んできた料理は、器に入った透明なつゆに、真っ白な色をした麺が浮いているものだった。おまけに、三人とも単品で注文したはずなのに、茶碗に入った白いご飯まで付いている。

「これ……うどんですよね？」

僕が腑に落ちず、首を傾げたまま器を見つめていると、希美さんが「これは沖縄そばといって、沖縄料理の一つなんだよ」と言って笑窪を浮かべた。宗次は希美さんと顔を見合わせて、「やっぱり知らなかったんだね」と言って、白い歯を見せてにっこり笑っている。

「沖縄では、沖縄そばの事を『そば』って言うんだ。単品で料理を頼んでも、ご飯も一緒に付いてくる事が多いんだぜ」

沖縄には本土とは異なる独特の文化があるという事はなんとなく知っていたが、そばの呼称まで違う事に、僕は沖縄で最初の驚きを覚えた。二人とも美味しそうにそばをすすっているので、僕も箸で沖縄そばを束で掴み、口の中へ含んだ。味は本土のうどんと大して変わらないが、うどんに比べて多少歯ごたえがあるように感じた。つゆに味が付いていないので、ご飯よりも漬物と一緒に食べると食が進むように思える。

僕が泊まったビジネスホテルは国際通りの近くの壺屋《つぼや》という地区にあり、僕が泊まるのは宗次と希美さんが宿泊している部屋の隣の部屋だった。部屋に荷物を置いた後、僕たちは国際通りから、アーケードに覆われた平和通り商店街を歩き、石畳の道で出来たやちむん通りまで十分ほどかけて歩いた。昼間、浦添城でゲリラ豪雨に見舞われたのがまるで嘘のように、国際通りに建っているビルは奇麗な夕焼けに染まっていた。商店街は関西弁を話す人や広島《ひろしま》弁を話す人、東北弁を話す人まで、観光客らしき人々でごった返していた。やちむん通りまで出ると人通りはまばらで、一方通行の路地にひしめき合う焼物屋の店頭には、大小様々なシーサーや茶碗などの焼物や陶器が並んでいる。僕たちはその通りの一角にある喫茶店で食事をした。

「日本なんだけど、外国っぽい。日本全国色んなところに行ってきたけど、そんな場所、沖縄だけだよ」

笑窪を浮かべて目を輝かせながら話す希美さんに、そんな希美さんを愛おしそうに見つめながら頷く宗次。二人を見ていると、二人がどれだけ沖縄の魅力に惹かれていて、沖縄で暮らす事に憧れているかが伝わってくるような気がした。


翌日。すっきりした青空の下、僕は宗次と希美さんに連れられ、首里城とその周辺の史跡を観光した。国際通りもそうだったが、首里城は中国人の旅行客がぞろぞろ歩いていた。僕が「中国人が多いですね」と何気なく呟くと、この年の七月から中国人が日本へ入国する際の観光ビザの発給要件が緩和されたからだと希美さんが教えてくれた。言われてみれば東京都内でも、この年の夏から中国人の観光客を見かける事が多くなったような気がする。

そして午後五時前には、宗次がライブを行うライブハウスに移動した。この日ライブを行ったのは、県庁の近くにある久茂地《くもじ》ペルリというライブハウスだった。宗次が毎年沖縄でライブをやるときは、いつもここに出演しているという。

表通りから裏の路地へ入ると、日が傾いて建物の影が多くなって薄暗くなっている。久茂地ペルリはそんな街の一角にあった。古びた四階建てのビルの中に入り、人一人が歩くのがやっとの狭い階段を地下一階まで下りたところにそのライブハウスはあった。階段を下りて、色んなアーティストのライブの告知ポスターが所狭しと貼ってある重たい鉄の扉を開けると、すぐ右側に四人分の座高が高い椅子が四つほど置いてあるカウンター席があり、その向こうが厨房とレジになっていた。左側から店の奥にかけてはソファー席になっていて、テーブルを挟んで背もたれのないタイプの椅子も並べられている。客席は全部で二十人くらい座れるだろうか。扉から見て右側の奥がステージになっていたが、客席との段差はなかった。壁にはアーティストがこの店でライブをやっている姿を写した写真がところ狭しと貼ってある。

「お久しぶりです」

宗次は店にいた五十代半ばくらいの、小太りで日に焼けた肌の男性に挨拶をしていた。

「おぉ宗次君、久しぶり！」

宗次と同じくらいの背丈の男性がぎょろっとした大きな目を更に大きく見開いて笑顔を見せると、目尻には皺が寄った。宗次は彼と握手をすると、僕の方を向いて、「こちらが、久茂地ペルリのマスター、知花《ちばな》さん」と紹介してくれた。続いて僕の事も知花さんに紹介する。

「俺のマネージャーをしてくれている、熱き鼓動の仲間、永倉修輔です」

僕にとって初対面の人の前で、ちょっと演出過剰じゃないかと戸惑ったが、取りあえず、「永倉です。よろしくお願いします」と挨拶して会釈した。すると、知花さんは毛深く覆われた太い右腕を差し出して、握手をしてきた。

「沖縄へようこそ」

彼は握力がとても力強く、黒い半袖Tシャツから出ている腕は毛深かった。

希美さんが街へ買い物に行っている間に、僕と宗次はライブの準備をした。この日の出演者は宗次以外に三人いて、それぞれ順番にリハーサルをする際は、知花さんと、もう一人のスタッフがステージの横の押入れからアンプやマイクスタンドなどを取り出していた。宗次が音響チェックをする際は、僕もセッティングを手伝う。

ライブが始まるのは九時の予定だったが、七時過ぎにリハーサルが終わると、宗次は赤いポロシャツに着替え、七時半には一般のお客さんも入れるように開場した。東京のライブハウスでは、だいたいライブ開始の三十分から一時間前くらいに開場するのが一般的だから、沖縄は随分早く開場するんだなと思った。

ライブハウスといっても、久茂地ペルリは軽食を食べる事も出来る店だった。開場してすぐに希美さんも来たので、僕たちはカウンター席に座って食事をする事にした。

唐揚げとフライドポテトを注文すると、知花さんがカウンターの奥の調理場で調理をしてから、バスケットに入れた唐揚げとフライドポテトを僕たちの前に出した。

「お待ちどう様」

ペルリは知花さんの他にバイトのスタッフが二人いるらしいのだが、普段はバイトスタッフのどちらか一人が出勤する形をとっているという。

「こうやって毎年沖縄に来て、うちの店に来てくれて嬉しいよ」

知花さんは目尻に笑い皺を浮かべながら声のトーンを高くした。

「知花さんは、東京に住んでた事もあるんだぜ」

宗次はそう言って、フライドポテトを一本くわえた。

知花さんは一九五五年生まれの五十五歳で、沖縄県内の高校を卒業後、プロのミュージシャンを目指して東京へ移住。料理人の仕事をしながら音楽活動をしていたものの、プロにはなれず、三十歳のとき、結婚を機に沖縄へ帰ってからは、地元の宜野湾市内で料理人の傍ら音楽活動を続け、十年ほど前に久茂地ペルリをオープンしたという。

「永倉君は、沖縄に来るのは初めてなの？」

知花さんに訊ねられ、僕は「はい」と頷く。

「どうですか？　初めて見る沖縄は」

「とにかく感動ですよ。まるで外国に来たような感覚です！」

僕は率直な感想を述べた。

「そうだろうなぁ」

知花さんは満足そうににんまりと笑い、「沖縄に来るヤマトゥンチュは皆そう言うよ」と言って頷いた。

「俺も高校を出て、一人でギター一本とリュックサックに詰めた荷物だけで初めて東京へ行ったときは、沖縄と内地ってこんなに違うのかと圧倒させられたもんだ」

知花さんが感慨深そうにそう話すと、すかさず僕の後ろから「そもそも、本来は外国だからね」という気障な調子の男の声が聞こえてきた。僕が振り向く前に、その声の主は僕の右隣の席に座ってきた。二十代半ばくらいの、色黒で鋭い目付きの男は、太い眉毛を片方だけ捻らせ、顎を前に突き出して僕の顔を見てきた。先ほどのリハーサルで、アコースティックギターの弾き語りで、激しいロック調の歌を歌っていたアーティストだ。

「あんたたち、ナイチャー（内地の人）ねぇ」

すまし顔の薄笑いに、何やら見下されているような印象を受けたが、宗次は自分と希美さんを交互に指差して、「僕たち三人は東京から来ました」と答えていた。僕も取りあえず、「僕は、千葉県から来ました。宗次のマネージャーの永倉です」と言って会釈する。男は親指で自分の胸を指して、

「俺、東江良安《あがりえりようあん》」と名乗った。

「ハジミティーヤーサイ、ユタシクウニゲーサビラ」

東江さんはそう言って、自分が持っていた、さんぴん茶が入っているコップを僕たちの方へ寄せてきた。僕も宗次も希美さんも、何を言われているのか分からずきょとんとしていると、何やら気まずそうな顔をしていた知花さんが「『初めまして、よろしくお願いします』という意味だよ」と言って通訳してくれた。

「あ……よろしくお願いします」

僕たちは戸惑いながらも、コップを持ち上げ、乾杯をした。

「沖縄の観光はしたの？」

東江さんの質問に、宗次が「僕と彼女は、本島は一通り見て回った事があります」と答えた。それから僕を指差して、「こいつは初めての沖縄なので、今日は僕たちが案内して回りました」と言った。それから東江さんはどことどこを見てきたのか訊いてきたので、僕は見学した旧跡の名前を答えた。

「どうだい？　少しは沖縄に対する理解が深まったかな？」

「沖縄って言うと、今までは『小さな島国』っていうイメージがあったんですが、日本の戦国時代みたいに、群雄割拠の時代もあって、奥が深いんだって事が分かりました」

僕とそんなに歳が離れていないと思うのだが、彼の馴れ馴れしい口調に正直うざったさを感じながらも、僕は冷静に答えた。

「ふん」

東江さんは鼻で嘲笑して、さんぴん茶を一口飲んだ。

「そもそも、沖縄は小さな島国なんかじゃないんだよ」

「え……？」

どういう事なのか分からず、僕たちは首を傾げた。沖縄県といえば、東京都くらいの大きさしかない小さな島だ。確かに、それよりもっと小さな面積の国なら世界中にいくらでもあるが、沖縄が小さな島である事に変わりはないはずだが。

「沖縄の地図と日本の地図をよく見てみればいいさ。沖縄本島や離島の面積だけを見たら、確かに小さな島の集まりに見えるかもしれない。でも、那覇から一番離れた与那国島《よなぐにじま》までの距離は、東京から香川県までと同じ距離。大東《だいとう》諸島までの海域も含めると、日本列島に匹敵するほどの広さがある」

両手を広げて自慢げに話す東江さんを見て、宗次と希美さんは「おぉ」と感嘆の声を上げた。僕も「なるほど」と頷く。確かに、島の面積だけではなく、海も含めた範囲で見れば、沖縄は北海道よりも広いのだという事に気付いた。東江さんは話を続ける。

「沖縄には二十を超す有人島があって、島によって風土も文化もそれぞれ違ってくる。琉球王国は最盛期には、今の沖縄県の県域に加えて、奄美《あまみ》諸島もその版図に加えるほど、広大な国に成長していたんだ」

東江さんはそれから、十六世紀の琉球王国がどれだけ強固な国だったかを誇らしげに語り尽くした。尚真《しょうしん》王は中央集権国家としての仕組みを確立させて、王府の力を堅固なものにしたそうだ。一五二二年までに宮古《みやこ》、八重山《やえやま》諸島を制圧すると、尚真の子の尚清《しょうせい》王の時代には、現在の沖縄県の区域に奄美諸島も加えた領土を有する国家になったという話だった。

「日本はまだ織田信長も幼少で、戦国時代の真っ只中だったけど、琉球王国は位階制度も確立させて、安定した国力を持つ中央集権国家として栄えていたんだ」

稲作にしろ、鉄器にしろ、沖縄は日本の本土に比べて文明が遅れて伝わった土地だ。県政が始まるのも、四七都道府県の中では一番最後だった。しかし、国家としての基盤が出来上がったのは、実は戦国時代の日本よりも琉球の方が先だったのだ。大和朝廷や鎌倉幕府も、国家としては琉球より何百年も先だが、日本中が群雄割拠で戦乱に明け暮れていた時代でも、琉球では既に戦争が終わり、王国によって統一を成されていたというから、「沖縄は常に本土より遅れてきた」という論拠は成り立たないのかもしれない。

八時を過ぎると、少しずつお客さんの数も増えてきた。ペルリは楽屋がないので、アーティストらは馴染みのお客さんと隣り合って座っていた。

「じゃあ、そろそろ始めましょうか」

開演予定の九時を少し過ぎたところで、一番手に出演の宗次さんがカウンターの中にいる知花さんに声を掛けた。客席には十人ほどのお客さんが座っている。半分以上は女性だ。

「あれ？　早いねぇ。じゃあ始めようか」

予定の時間を既に過ぎているのに「早いね」と返事が返ってきた事に僕は違和感を覚えたが、知花さんはカウンター席の後ろ、ちょうど店の出入り口の目の前に設けられた、ＰＡといって、音響の調節をする機械が置かれた席にいる二十代の若いスタッフに言って、ライブの準備を始めさせた。マイクの音量、スピーカーから流れるギターの音量などの最終チェックを終えると、店内の照明が一度真っ暗になってＢＧＭが鳴り止み、再び明るくなる――。

宗次は『赤は着ないで』『恋に落ちたら』など、いつものライブでやっている曲を5曲歌い上げた。一曲目を歌い終えたところで、「皆さんこんにちは、東京からやって来ました。近藤宗次でーす！」と挨拶すると、客席にいた人々は温かい拍手で歓迎してくれた。テンポの早い、明るい曲では、お客さんは手拍子をしながら笑顔でライブを楽しんでいた。

「東京と沖縄。一〇〇〇キロ以上も離れているけど、音楽を愛する気持ち、ライブを楽しむ気持ちは同じなんだって事を、沖縄でライブをやるたびに感じます」

宗次の持ち歌も残り一曲となったところで、宗次が言った。それから一分ほどかけてチューニングをしてから、「沖縄の海、暖かい風、沖縄の人たちの温かい笑顔。俺は同じ日本人として、こんなに素晴らしい文化を誇りに思います！」と言うと、客席からは再び盛大な拍手が沸き起こった。しかし、僕の後ろから、低い声でぼそっと呟く声が聞こえた。

「俺たち、日本人じゃねぇよ」

思いがけない言葉に、僕は思わず声がする方を振り向きかけたが、既《すんで》のところで目線をステージの方に戻した。それは間違いなく、出入り口の近くに立っていた東江さんの声だった。他のお客さんには聞こえていないと思う。僕のすぐ目の前に座っている希美さんも、宗次に拍手をする事に意識が向いていて聞こえていないようだが、僕には確かに聞こえた。

宗次が歌い終え、二組のアーティストが次々と歌っていく間、僕は東江さんが呟いた言葉がずっと耳の奥にこびり付いていた。沖縄は確かに、元々は琉球王国という独立国だったから、その頃は日本人ではなく、琉球人といえただろう。でも、東江さんが生まれた頃には、沖縄はもうとっくに日本の領土だ。日本人として生きてきたはずなのに、沖縄の人々は今でも、「自分は日本人ではなく琉球人だ」という意識を持っているのだろうか。


この日最後の出演者は東江さんだった。彼が着ている濃い青のTシャツの背中には、黄色い蝶が大きく描かれている。リハーサルのときにやった、かなりノリノリな調子のロックを歌っていた。お客さんの大半はどうやら東江さんを目当てで来たらしく、宗次のときとは比べ物にならないくらい目がきらめいていた。彼が歌うのに合わせて、お客さんは「イエーイ!」とか「ヘイ!」と掛け声を掛けながら拳を上げて盛り上がっていた。女性たちはすっかり東江さんに惚れ込んでいるような様子に見えた。

「沖縄の人たちはノリがいいね」

東江さんが歌っているとき、希美さんが感心したように僕に囁いた。宗次は出入り口の前に立ってライブを見ている。

「本当ですね。宗次さんもこれくらい盛り上がるライブが出来るようにしたいですね」

この日のライブが全て終了したのは夜の十一時半頃だった。東江さんは歌い終えたとき、「今日はいつもより早くライブが終わったから、この後はとことん飲み明かそうね！」と言って締めていた。東京でこの時間までライブをしていたら、ちょっと遠くに住んでいる人はもう終電がなくなっているし、明日も仕事があればこれから飲み明かそうという気にはなかなかならない。それでも、お客さんたちは皆帰らずに、何杯もお酒を飲み続けている。宗次は他の出演者やお客さんに囲まれて親しげに談笑している。まるで友達同士のようだ。

「明日は平日ですけど……皆さん、仕事は休みなんですかね？」

カウンターでオリオンビールを飲みながら、僕は知花さんに訊ねた。

「いや、ほとんどの人が仕事に行くと思うよ」

知花さんは片肘をカウンターの上に置いて話した。

「電車が走ってない沖縄は、終電がない。だから何時までに帰らなきゃいけないっていう焦りがないから、車を運転する予定がない限りは、時間を気にせず飲む。それで一度家に帰って仮眠を取ってから、仕事へ行くわけさ」

知花さんはにっこり笑っている。当たり前のような言い回しをしているが、夜遅くまで飲み続けて、高々一、二時間の仮眠を取っただけで仕事へ行っていたら、体力的にはかなり過酷ではないだろうか。

「ヤマトゥンチュの感覚では考えられないかもしれんけど、沖縄では当たり前だよ」

時計の針を見たら、もう一時を過ぎていた。お客さんたちは誰一人帰らず、まだまだ飲み続ける。それどころか、途中から別のお客さんも入ってきて、顔馴染みの人同士で隣り合って談笑する様子も見られた。東京では金曜日や土曜日でもない限り、こうした光景を見た事はない。結局、僕たち三人が店を出たのは深夜二時半頃だったが、他の出演者やお客さんらはまだまだ飲み続けていた。同じ日本人でも、ヤマトゥンチュとウチナンチュではこうも慣習が違うものなのだろうか。

僕はビールをちびちび飲みながらも、東江さんが宗次のライブのMCの際に呟いた言葉が頭にこびり付いていた。東江さんは琉球王朝時代の栄光について熱く語っていたが、やはり、沖縄では今でも「自分は日本人ではなく、琉球人だ」という意識を持っている人がいるのだろうか。

東江さんがいる方を見たら、彼は客席に座って若い女性客と楽しそうに談笑していた。


「どうだった？　今日のライブ」

ホテルに帰る車の中で、運転席の宗次が訊いてきた。夜の那覇は、道の至るところに客待ちのタクシーが並んでいる。

「沖縄の人たちはパワーがありますね。時間を気にせずに音楽と酒を楽しむっていうか」

僕が答えると、宗次は「沖縄の人たちは打ち解けるのが早いんだ。今日だって、ライブの後に俺と一緒に話をしていた人たちは初対面だったけど、まるでずっと前から知り合いだったのかと思うくらい、親しく話をしてくれる」

確かに、本土だったらいくらお客さんが初めてライブを見たアーティストが良いと感じても、いきなり親しく話せるようになるのは時間がかかる。

「誰とでもすぐに仲良くなれるのが、ウチナンチュのいいところなんだろうね。私たちは何回も沖縄に来てるけど、毎回そう感じるよ」

希美さんはそう言った。「誰とでもすぐに仲良くなれる」という言葉が、かなり印象的に胸に響いた。東江さんの鼻につく態度は何となく苦手だし、彼が言った「日本人じゃない」という言葉もまだ気になっていたが、宗次がお客さんと談笑している様子を見る限り、確かにウチナンチュは時間を掛けずに仲良くなれる人が多いような印象も受ける。

翌日、強い日差しが照りつける中、空港まで宗次さんに車で送ってもらった。宗次さんと希美さんはもう一泊していくとの事なので、僕一人で飛行機に乗って帰路に着いた。

次にこの島へ来るのはいつだろう？　行き交う人々の多くが殺伐とした表情をしている千葉や東京で生活するよりも、これから先の人生を沖縄で送っていく方が、楽しいかもしれない。飛行機が離陸して、真っ青な海に浮かぶ沖縄本島を見下ろしながらそんな事を考えた――。

3

いくつもの雲の塊が青空を泳いでいる。低い空に浮かぶ雲は、高いところにある雲を追い越して行く。五十二歳のジョージ・ニコルソンは普天間《ふてんま》のレストランで昼食を終えると、彫りの深い目にサングラスを掛け、国道三三〇号線をジープで北上した。この道を真っ直ぐ走って、コザゲート通りを左に曲がれば、自宅がある嘉手納基地へ帰れる。白地に薄い赤色チェックの入った長袖のYシャツを着て、運転席の窓を全開にしていると、短く刈り上げた金髪には涼しくて心地良い風が当たる。一年を通して気温が高い沖縄だが、十一月にもなるとだいぶ過ごしやすくなる。晴れていて気温が高くても、窓を開けて走ると気持ちが良い。カーステレオからは彼がアメリカから持ってきたマイケル・ジャクソンのCDの曲が流れている。

制限速度は時速五〇キロメートル、片側二車線の左側車線を走っていると、目の前を走っている沖縄ナンバーのマーチが時速三〇キロメートルくらいでゆっくり走っていたので、ジョージは右側に車線変更して追い越そうとした。すると、マーチが急にスピードを上げたので、ジョージのジープは再び左側の車線に戻ってマーチの後ろに付いた。今度はマーチが再びスピードを緩め、ジョージは追突を避けるためにブレーキを踏んだ。どこの交差点で曲がろうか迷っているのだろうか。マーチはゆっくり走り続けているので、ジョージは何度か追い越しをかけようとするが、その度にマーチがスピードを上げたり落としたりするので、ジョージのジープはなかなかスピードを上げる事が出来ない。

「ちっ……」

ジョージは舌打ちをした。おそらく、マーチの運転手はバックミラーでジョージの顔を見てアメリカ人だという事が分かり、わざとゆっくり走ったり追い越しを阻止したりして嫌がらせをしているのだろう。誠に不愉快だが、これくらいの事でカッとなっていては、合衆国軍人の将校として恥ずかしい。我慢してマーチの後ろをゆっくり走っていたが、マーチの更に前方を走っていたバスがバス停に停車しようと左ウィンカーを点滅させたので、ジョージは後ろから車が来ていない事を確認して右側に車線変更した。すると案の定、マーチも右側に車線変更してジープの前に入ってきた。そして次の瞬間、マーチは急停車した。ジョージも急ブレーキを踏んだが、マーチはブレーキランプもつかないまま止まったので、ジョージはついブレーキを踏むのが遅れ、「ゴツン」という鈍い音とともに追突してしまった。

「この野郎……フットブレーキを踏まないでサイドブレーキだけ掛けやがったな……」

マーチが路肩に車を寄せて止まったので、ジョージも左側に車線変更して停車し、車を降りる。マーチから出てきたのはジョージよりも一回りくらい若い、かりゆしウェアを着た、日に焼けた肌の男だった。身長が一九〇センチメートルの、肩幅もあるがっちりした体格のジョージから見たら、まるで子供のように小柄な男だ。頭の高さはジョージの胸元くらいしかないだろうか。こういったとき、決して感情的にならず、大人の対応を心掛けるように、日本に駐留する米軍兵士は教育されている。そしてジョージは日本に赴任したばかりの若い兵士にそうした教育をする立場の軍人でもある。それに、後ろから追突をしたのは自分の方だから、分が悪いのも分かっていた。

「まずは車の傷を確認して警察を呼びましょう。それから、保険屋さんに連絡するので、車検証と免許証を見せていただけますか?」

日本語が話せないジョージは取りあえず英語でそう言いながら、ジープとマーチの間にしゃがんでお互いの車の傷を確認しようとした。すると相手の男はジープのナンバープレートのあたりを数秒の間晛みつけていたかと思うと、マーチの運転席に乗り込み、そのまま走り去ってしまった。

「おい！」

ジョージの声も虚しく、マーチは見る見るうちに遠ざかっていき、見えなくなってしまった。

ジョージは自分の車のバンパーを確かめたが、多少擦り傷が付いた程度だ。胸の奥がムカムカする感覚を抱えつつも、大した傷でもないし、今日はこれから夜勤もある。追突した相手はそのまま立ち去ってしまったので、ジョージは車に乗り込んで真っ直ぐ家路に着くのだった。

4

米軍将校ひき逃げも引き渡し拒否

沖縄県沖縄市で二日、米軍将校が運転する車に追突、ひき逃げされた男性が怪我をした事故で、米軍側が沖縄県警沖縄署へ容疑者の引き渡しを拒否している事が分かった。

事故は今月（十一月）二日午後二時頃、沖縄県沖縄市の国道で発生。同県嘉手納町にある米軍嘉手納基地に所属するジョージ・ニコルソン二等軍曹（五十二）の運転するジープが、同県北谷町に住む男性（四十一）の運転する乗用車に追突した。男性は警察の調べに対し、「何キロも前から（容疑者が運転する車に）煽られて怖かった。事故が起きて警察を呼ぼうとしている間に逃げられた」と話している。米軍側は事故が公務中に起きたものだとして、容疑者の身柄引き渡しを拒否。日米地位協定が障壁となっている。

＊＊＊

父親に差し出された新聞の記事を読み終えると、僕は新聞を四つ折に畳んでリビングのテーブルの上に置いた。

「ついこの間も米軍兵士が飲酒運転のひき逃げ事故を起こして、沖縄の人が亡くなったばかりだ。ネットで沖縄のニュースを見れば、こんな事が日常茶飯事に起きている事が分かる」

テーブルを挟んで僕と向かい合わせに椅子に座っている父は腕を組み、口を尖らせながらそう言った。僕を見る目は苛立ちとも呆れているとも、どちらとも取れる表情をしている。もうすぐ六十歳になろうという父は機嫌が悪いと、いつも顎に皺が寄る癖があるのだが、やはりこのときもそうだった。

「わざわざ学校を辞めてまで沖縄に行っても仕方ないんじゃないか。百歩譲って近藤君がプロになれるとしても、お前にプロのマネージャーを務める素質があるのか」

夏休みが終わる頃、僕は翌年二〇一一年の六月に行われる宗次のワンマンライブが成功したら学校を中退して、宗次と希美さんと一緒に沖縄へ移住する計画を両親に打ち明けた。音楽活動は順調に進んでいる。このまま上手くいけば、宗次さんがプロになれそうな気配が高まっているのを何となく感じるし、既に自動車整備士三級の国家試験には合格していたものの、ここのところ、学校の勉強はつまらなく感じていた。それに、沖縄から帰ってきてからというもの、また沖縄に行きたい、一年を通して温暖な気候で、南国情緒溢れる沖縄で生活してみたいという気持ちも強くなっていた。すると案の定、親からは猛反対された。わざわざ仕事が少ない、所得も低い沖縄へ移住してどうするだの、プロになれなかったらどうするだの、もっと現実を見ろと口うるさく言われた。また、大学時代に学生運動に参加していた父は、米軍兵士絡みの犯罪に敏感で、沖縄で連日のように報道されている米軍兵士によるレイプ事件や交通事故のニュースを見つけては、沖縄は治安が悪いから行くなと言っていた。

「言葉を返すようだけど、ネットで調べれば、日本人が起こしている飲酒運転事故や暴力事件だって日本全国にある。犯罪に巻き込まれるリスクで言ったら、沖縄よりむしろ東京とその周辺の方が危ないんじゃないかな」

僕は立ち上がって椅子をテーブルの下にしまった。

「プロになれるかどうかの保証はないけど、整備士として成功出来るかどうかの保障もない。それだったら、自分が進みたい道へ進むのが人生だよ」

僕はそう言いながら、台所から「ちょっと、待ちなさい」という母親の声を無視してリビングを出た。扉を後ろ手で閉めた後、「まったく!」という父親の苛立ちの声が聞こえた。

両親からは反対されていたものの、僕の気持ちはもう宗次の音楽活動の道へ進む事で決まっていた。子供が進学や一般就職をせずに、芸能人になるとかミュージシャンになると言い出した場合、親は反対する事が多いという事は知っている。しかし、音楽業界で活躍している多くのアーティストがそうだったように、夢を叶えるためには、周囲の反対を押し切るくらいの強い信念が必要だと思う。それに、宗次と希美さんはそこまでして付いてきてくれる僕にいつも感謝してくれていたし、応援もしてくれた事が、僕には心強かった。宗次の方も、詳しい話は聞いていないが、やはり両親はあまり良い顔はしていないという事を言っていた。

「言いたいやつには言わせておけばいいんだ。ジョン・レノンだってデビュー前のビートルズ時代、ドイツに修業に行く前はミミ叔母さんから『ギターじゃ食べていけないよ』って反対されてたんだ」

宗次はいつも僕にそう言って聞かせた。僕もそのうち宗次をメジャーデビューさせて、ヒット曲をいくつも生み出すようなアーティストにする事が出来れば、僕に反対している両親だって、僕を見直すはずだ。

年が明けて二〇一一年になった。僕は来る日も来る日も宗次の音楽活動の事ばかり考え続け、勉強も上の空だった。専門学校には通いつつも、気持ちはワンマンライブの準備に集中していた。

六月五日日曜日。午後二時から行われたワンマンライブは天気にも恵まれ、客席の大半を埋める百五十人のお客さんが駆けつける中、大成功に終わった。宗次の中学高校時代の友達や先輩後輩、今まで勤めてきたバイト先の元同僚、親戚。いつもライブハウスに来てくれる常連客。彼の人生をこれまで見守ってきた色んな人たちが集まってくれた。『赤は着ないで』『恋に落ちたら』などの定番曲の他、沖縄の事をイメージして作ったテンポの速いロック調の『バック・イン・ザ琉球』という新曲など、全十九曲を歌いきった宗次と演奏をしたバンドは勿論、僕と希美さんを含む五人のスタッフ陣にも特に不手際やミスなどはなく、ライブが終わって会場を後にするお客さんの満足そうな表情を見たときは、実に清々しい気分だった。

ライブのMCでは、宗次は活動拠点を沖縄へ移す事と、結婚する事を発表。客席からは今までのライブで一番盛大な拍手が鳴り響いた。

ライブ終了後は、宗次の送別会を兼ねて、近くの居酒屋でバンドメンバー、スタッフ全員で打ち上げを行った。

「今日はあくまでも通過点。ここから東京ドームへ向かってつっぱしります！　いよいよ俺の人生の新たなる一ページがめくられた日になりました。これからは沖縄で音楽活動をする事になるけど、遠くから見守って下さい。いつかビッグになって、皆に恩返しをします！」

飲み会の席上、上座に座っている宗次は皆にそう挨拶して締めくくった。バンドメンバーやスタッフらからは拍手が沸き起こり、皆口々に「頑張れ」と激励の言葉を掛けていた。それから宗次は隣に座っている僕の耳元に顔を近付け、「俺と希美にとっても、修輔にとっても、もうすぐ沖縄で新しい人生の始まりだ。一緒に頑張ろうぜ」と囁いてきた。

「はい！」

宗次の鋭い眼差しを見ながら、僕も力強く頷いた。この日のライブは、これから始まるサクセスストーリーを予感させるくらい、素晴らしい完成度だった。

宗次と希美さんは七月に入ってすぐ、沖縄県浦添市のアパートに引っ越した。それから一週間ほどした頃、僕が住むアパートが見つかったと宗次から連絡があった。

「家具が最初から付いてるタイプの部屋だから、身一つで来てくれればいいよ」

僕のために部屋を探してくれていたのかと思うと、何だか悪い気もしたが、宗次はいつも音楽活動を手伝ってくれているのに報酬も払えてないし、これくらいは当たり前だよと言ってくれたので安心した。もっとも、希美さんから何か言われている部分もあるのかもしれないが……。

ともあれ、七月に専門学校が夏休みに入ると、僕は学校に退学届けを提出して学校を辞めた。沖縄行きの航空券を買い、八月の下旬に僕も沖縄へ移住する事になった。案の定、両親は僕が学校を中退してまで沖縄へ行く事に最後まで反対したままだった。

「どうしても行くなら止めないけどな。困った事があっても、お父さんもお母さんもお前の事は助けてやらんぞ」

僕が沖縄へ行く前日の夜。ありったけの着替えを鞄に詰め込んでいる僕に、父はそう言い捨てた。別に構わない。近い将来、宗次が有名人になって、僕も音楽をビジネスにして大金持ちになれば、両親を見返す事が出来る。親に見切りを付けられたというよりも、むしろ、親をぎゃふんと言わせる日が来るのが楽しみという気持ちの方が圧倒的に大きい。僕はこれから始まるサクセスストーリに夢と希望を膨らませつつ、沖縄へと飛び立ったのだ。

5

宗次と希美さんが見付けてくれた部屋は那覇空港から車で十分ほどの、住宅団地が建ち並ぶ壺川《つぼがわ》という地区にあるアパートだった。那覇空港から市街地へ向かって奥武山《おうのやま》公園の横を通り、明治橋を渡って右に曲がったところが壺川だ。ゆいレールの壺川駅からも徒歩二、三分の立地条件で、沖縄で最も栄えていると言われる国際通りにも十分ほど歩けば出られるから、買い物にも困らない。

沖縄に到着すると、宗次が運転するミニバンで僕の新居まで送ってもらった。家賃三万二千円で家具、駐車場付きのアパートにしては結構分厚いコンクリート造りの三階建てで、鉄板の階段を三階まで上がって一番奥に僕の住む部屋があった。赤瓦の屋根なのがいかにも沖縄らしくて嬉しい。ドアを開けると左側にキッチンがあり、右側の角を覗くとトイレに入る木製のドアとバスルームに入る中折れ式の曇りガラスの扉があった。バスルームの手前に空いているスペースに洗濯機が置いてあった。部屋の奥へ進み、曇りガラスの引き戸を開けると、薄暗い部屋の中央に小さな楕円形の白いテーブルが置いてあり、左側にベッド、その手前にテレビ、右側には押入れがあった。部屋の奥の窓を遮っている雨戸を開けると、太陽の光が斜め右から差し込んできて、部屋が一気に明るくなった。ベランダからは僕のアパートと同じくらいの背丈のアパートや、もっと高い集合住宅の団地が並んでいるのが見える。やはり台風に備えてか、どれも分厚いコンクリートでがっしりと聳え立っているように感じられた。赤瓦の屋根が太陽に照らされて、街の明るみを一層引き立てている。右側に並んでいるアパートの先には、国場川の静かな水面が日の光に照らされてきらきらと輝いているのが見えた。

「落ち着いてて、いい場所ですね」

そう言いながらベランダの手すりにもたれると、金属で出来た手すりはフライパンのように熱く、僕はびっくりして思わず仰け反ってしまった。

「ここが修輔の自宅兼事務所だ」

宗次がベランダ際まで来て、にっこりと前歯の欠けた笑顔を見せた。

「何か困った事があったら、いつでも相談に乗るからね」

希美さんも笑窪を見せてそう言った。僕にとって初めての一人暮らしだから、実生活に対しては多少不安もあるが、宗次と希美さんという、二人の味方がいるという事は僕の強みだ。僕はこれから始まる沖縄の生活を、前向きに迎えられるような気がした。


次の日、僕は朝からネットの回線を繋いだり、ガスが通るように手配してから、市役所に行って住民票を提出。晴れて沖縄県民になった。僕が沖縄に来てすぐに部屋で生活が出来るように、電気と水道だけは八月に入った時点で希美さんが手配してくれていたので助かった。

宗次の音楽活動のために沖縄へ来ているとはいえ、今すぐにメジャーデビュー出来るわけではない。それまで生活をしていくためには、取りあえず収入を得る方法を考えなければいけなかった。かといって、毎日フルタイムで働くような常勤雇用だと、音楽活動に差し障りが出てしまう。僕は自宅から歩いて十分少々のところにあるコンビニで、日中四時間、週五日のペースでバイトをする事にした。自宅から那覇バスターミナルの前を通って、国道五八号線を超えた先の、西《にし》と呼ばれる地区だ。

僕は高校時代からコンビニのバイトをしてきたので、仕事の段取りは難なくこなせた。しかし、一緒に働くスタッフを見ていて違和感を覚えた。商品を棚に並べている間にお客さんがレジの前に来たとき、僕はお客さんを待たせないためにレジまで走って戻るのが常識だと思っているのだが、ここの店員は落ち着いて歩いてレジへ向かう。柏のコンビニで働いていたときだったら、ゆっくり歩いていたら店長や先輩にきつい口調で怒られたものだが、ここではそんな店員がいても、店長もそれに対して何も注意しない。

他にも、二十分くらいで済むような作業を四十分、あるいはもっと時間を掛けてのんびりやっている。逆に、お客さんが来たときに僕が走ってレジに向かっていったり、他の店員の半分くらいの時間で棚上げ作業を行ったりしていると、「永倉君、チーベーサヤ（気が短いね）」と言ってたびたび笑われる。

どうやら東京や千葉だったらのんびりしていると思われるペースで仕事をしていても、沖縄ではそれが普通の早さなのかもしれない。正直、この店では新人ながら、もう少してきぱき出来ないのかとイライラする事もある。でも、ゆっくりやっていても怒られないという捉え方をすれば、千葉で働いていたときよりも楽に働けると思う事にした。

バイトが終わると、自宅の近くにあるスーパーでお惣菜などの買い物をしてから帰り、家でご飯を炊いて食べるというのが生活パターンとして定着した。希美さんの話では、本土のスーパーで売られている物と比べて、野菜やお米などの値段はあまり変わらないが、缶コーヒーなどの加工品、洗剤などは本土よりも高いという事だったが、千葉に住んでいた頃は日用品やお米を自分で買った事がなかったので、スーパーに置かれている商品が高いのか安いのかがよく分からない。ただ、コンビニで売られている物と比べれば、ほとんどの商品が安いのは本土も沖縄も同じだ。ただ、マンゴーやシークヮーサー、泡盛やサーターアンダーギーなどの特産品が常に陳列棚に並んでいるのが、いかにも沖縄らしい。

九月に入って最初の土曜日。久茂地ペルリで宗次のライブが行われた。ここは僕が去年初めて沖縄に来たときにも訪れた店だ。

僕が働いている店から久茂地ペルリまでは歩いて五分少々だった。この日は朝から土砂降りの雨だったのだが、バイトが午後二時に終わって外へ出ると空はすっきりと晴れ渡っていた。

沖縄の日差しは鋭い。炎天下を歩いていると、肌にじりじりと針が突き刺さるような痛みすら感じる。一度、バイトが終わった後、バイト先の近くにある波之上《なんみん》ビーチから奥武山公園まで散歩した事があるのだが、それだけで皮膚が真っ赤になり、シャワーを浴びるだけでもヒリヒリと痛み出した事があった。僕が沖縄に引っ越してきた当日、希美さんは「日焼け止めクリームが手放せない」と言っていたが、その本質の理由がここで分かった。肌が黒くなるのを防ぐというよりも、強烈な直射日光で火傷をしないようにするために日焼け止めクリームを塗る必要があるのだ。

びっしょり濡れたアスファルトが太陽に照らされて眩しい路地裏から国道五八号線に向かって歩い

ていると、いつもバイトに来る途中に通り過ぎる四階建てのビルの前を通った。一階が空き店舗になっていて、いつも閉じられたままの鉄の扉に「貸　15坪」と赤字で書かれた張り紙がしてあるのだが、この日は扉が開いていた。通りすがりざまに何気なく中を覗いてみると、Tシャツ姿の男性二人と女性一人の三人組が、真っ白な部屋を仕切っている壁を工具を使って汗だくになりながら壊しているのが見えた。どうやら新しい店舗が入る事になり、準備をしているのかもしれない。

一度自宅へ帰ると、ライブでお客さんに配るフライヤーと、物販用のCDをリュックサックに入れて久茂地へ向かった。リハーサルが始まる四時より少し前に久茂地ペルリに入ると、店のスタッフ以外は宗次しかいなかった。四時を過ぎても誰も来ないので、宗次は「もうリハーサル始めていいっすか？」と、マスターの知花さんに訊ねていた。

「おう」

知花さんは厨房から出てきて、「じゃあ先に始めてるか」と言った。そして若い男性スタッフと一緒に音響機材をセッティングして、二十分ほど掛けてリハーサルを行った。宗次のリハーサルが終わり、四時半を過ぎても、他の出演者は誰も来ない。今日は宗次さん以外に、二組の出演者が来る事になっている。そのうち最初に出演するのは、去年も宗次と対バンで出演した東江良安さんだ。道路が渋滞しているのだろうか。それとも仕事でトラブルが発生して到着が遅れているのだろうか。

「どうしたんでしょうね？　誰も来ないですね」

僕がカウンター席から、ソファ席の知花さんにそれとなしに言うと、知花さんは「大丈夫さ。開演時間は七時だから、まだまだ充分時間がある」と、どうって事なさそうに答えて、かりゆしウェアの胸ポケットから煙草を取り出して一本口にくわえた。東京のライブハウスだったら、リハーサルの時間を大幅に過ぎても出演者が来なかったら結構な騒ぎになる。ライブハウスのスタッフが出演者の携帯電話に電話を掛け、繋がらないと事故にでも遭ったかと心配を始めるが、久茂地ペルリでは知花さんももう一人のスタッフも、全く気にも留めず、BGMを聞きながらくつろいでいた。知花さんの隣に座っている宗次も、「沖縄じゃいつもこうだから」と言って、さほど気にしていない。

「沖縄にはテゲナーが多い。皆がライブハウスに集まる目的といったら、ライブを楽しむ事だろ？　時間を守る事が目的じゃないから、時間を守る必要はないんだよ」

知花さんはそう言って煙草の先にライターで火をつけた。

「テゲナーって、どういう意味ですか？」

「う〜ん……」

知花さんは眉間に少し皺を寄せた。

「日本語《ヤマトゥグチ》に翻訳しようとしても、しっくりくる言葉がないんだけど、強いて言えば、『のんびり、適当な人』ってところかな」

「はぁ……」

僕は取りあえず頷いてみたものの、今ひとつ納得出来ない。ライブを楽しむ目的でライブハウスに来るのに、時間を守らない人がいたら周りの人が白けてしまうのではないだろうか。

五時を過ぎると、二組目に出演する女性アーティストがやって来た。

「ユタシクウニゲーサビラ（よろしくお願いします）」と挨拶しながらリハーサルのためにステージ

に上がり、ピアノを弾き始めたが、遅れてきた事に対する謝罪は一言もない。それどころか、何事もなかったかのように堂々と歌っている。知花さんは沖縄にはテゲナー、のんびり、適当な人が多いと言っていたが、これはのんびりというより、図々しいといった形容をする方が正しいような気がする。それでも、知花さんも店のスタッフも、全く気にする様子はなくリハーサルを見守っていた。宗次はリハーサルを見ながら、僕に向かって「こういうところがいかにも沖縄らしくて面白いんだよ」と言ってくすくす笑った。

「本土だったら約束の時間に遅れる人がいると怒られたり、そのうち皆から仲間はずれにされてしまうけど、沖縄の人たちは相手が遅れてきても気にしないんだ」

女性アーティストのリハーサルが終わり、開場時間の六時になっても、もう一組のアーティストである東江さんはなかなか来ない。しかも彼は三組中最初の出演者だ。希美さんをはじめ、お客さんも続々と集まってきている。大半の客が二十代前半くらいの女性だ。確か去年来たときも、東江さんには女性ファンが多くいた印象を覚えている。

「これは時間が押しますね……」

宗次、希美さんと一緒にソファ席で唐揚げを食べながら、僕は呟いた。

「沖縄のライブは一時間くらい押しても珍しくないから、多分誰も気にしてないと思うよ」

希美さんに言われて周りの客席を見渡してみると、お客さんらは隣り合わせた客同士で愉快に飲みながら談笑している。確かに、イライラしているような様子は見受けられない。そういえば去年ここでライブをやったときは、ライブが終わった後も夜遅くまでお客さんらは飲み明かしていたから、時間が遅くなる事は大した問題ではないのかもしれない。

六時五十分を過ぎて、宗次は僕が印刷してきたフライヤーをお客さんらに配る。

「今日三番目に出演する近藤宗次です。よろしくお願いします！」

宗次が元気良く挨拶をして回っていると、店の扉に付いたベルが「チャリン」と音を立てた。客席の大半を埋めていた女性客からは黄色い声援が上がる。扉の方を振り向くと、東江さんがギターケースを背中に背負って入ってきた。

「ハイサーイ（こんにちはー）」

東江さんは澄ました笑顔で女性客らに手を振っていた。そしてギターを取り出してステージへ向かう。途中、僕と宗次の前を通ったときは、「おやおや、これは内地の唄者《うたしゃ》とそのマネージャーさんではないですか」と、わざとらしく目を大きく見開いて驚いていた。

「お久しぶりです」

取りあえず僕も宗次も挨拶を交わす。東江さんは遅れてきたお詫びもせずにいきなりステージに立ち、ギターをアンプに繋いで準備を始めた。店のスタッフも何事もなかったかのように黙々と準備を手伝う。

「遅かったね。どうしたの？」

知花さんがカウンターから顔を覗かせて東江さんに尋ねると、東江さんは笑顔で「だからよー」と大きな声で答えた。

「リハなしでもいいぞ。準備が出来たら始めよう」

遅れてきた理由を尋ねられているのに、何が「だからよー」なのか分からないが、知花さんは全く気にする様子もなく厨房に引っ込んでいった。背中に大きな蝶々が描かれたTシャツを着た東江さんはやがてチューニングを終え、マイクの高さを調節すると、入り口の前の音響席に向かって手でOKサインを出した。店内が一度真っ暗になり、ステージだけが明るく照らされる。時間は七時十分だった。

「皆さんこんばんわー!」

客席は大きな拍手に包まれ、ギターの音色が響き始める。リハーサルはすっぽかすわ、開演時間ぎりぎりに来るわ、その上謝罪もなしにいきなり演奏を始めるわ、一体このアーティストはどういう神経をしているのだろう。僕は憤りを通り越して、呆れてしまった。それでも、お客さんは活き活きとした表情でライブを楽しんでいた。アーティストの方から求めなくても、曲に合わせて客席から自然に手拍子が沸き起こったりもしているから、お客さんらは出演者が遅れてきた事は特に気にする事もなく、純粋にライブを楽しんでいるのかもしれない。

やがて全ての歌を歌い終えると、東江さんは「ニフェーデービタン(ありがとうございました)!」と言って笑顔でステージを後にして、カウンター席に座り、知花さんにドリンクを注文していた。ここまで堂々とされると、もう遅刻してきた事はどうでもいいような気さえしてくるから不思議だ。宗次さんが言うとおり、遅刻する事を悪びれないというより、相手が遅刻してもそれを責めないのが、ウチナンチュの良いところなのかもしれない。郷に入っては郷に従えというが、ウチナンチュとヤマトゥンチュでは、時間に対する概念が違うようだ。

二番目の女性アーティストも歌い終えると、いよいよ宗次のライブだ。僕にとっては沖縄に移住して初めての宗次のライブになる。宗次さんはさっそく一曲目を歌い終えると、「皆さんこんにちは！シンガーソングライター近藤宗次でーす！」と挨拶した。

「俺は東京出身なんですが、今年の七月に沖縄に移住してきました。何故沖縄へやって来たかって？それは……」

宗次はギターをジャカジャカと小刻みに弾きながら「沖縄が好きで好きで仕方なくて、いても立ってもいられなくて来ちゃったんでーす！」と叫んだ。既に顔は汗びっしょりだ。客席からは「おぉー」という歓声とともに、温かい拍手に包まれた。

「俺は沖縄にやって来る一ヶ月前、東京でワンマンライブをやってお客さんを百五十人集めたんすけど、そこで初めて歌った曲を、沖縄では初めて歌いたいと思います」

宗次はそう言って、譜面台に置いたコード表をめくり、ギターのコードを押さえる。

「俺の沖縄への愛の気持ちを込めた歌です。『バック・イン・ザ琉球』」

アップテンポのこの曲はワンマンライブのときのようにバンド形式でやった方が迫力があるが、ギター一本のソロで歌っても、ノリの良い曲だった。客席に座っている女性たちは自然と手拍子を始め、リズムに合わせて身体を揺らしている人も見受けられた。ライブは終始盛り上がり、最後に『赤は着ないで』を歌ったときは、宗次の甘い歌声に女性客らはうっとり聴き惚れていた。

「CDも一枚八曲入り、五百円で売ってます！　今日はありがとうございました！」

全て歌い終えた宗次がそう言うと、ステージの照明が落ちる。宗次がギターを片付けようとしていると、客席からはアンコールを求める手拍子が鳴り続けた。ステージの照明が再び明るくなる。思わぬアンコールリクエストに、宗次は目を大きく見開いた。

「ありがとうございます」

宗次はすぐに照れくさそうに頭を掻いた。

「それでは最後にもう一曲だけ、アンコールを歌います！」

客席からは盛大な拍手が鳴り響く。アンコールはノリの良いアップテンポの曲を歌った。お客さんは手拍子で盛り上がる。僕とテーブルを挟んで向かい合わせに座っている希美さんは口元に手を当てて、「宗次のライブ、やっぱり沖縄でも通用するね」と囁いた。確かに、沖縄でも確実にファンが増えそうな予感がする。宗次がやっているロックやフォークソング、恋愛ソングというものは、沖縄でも充分ファンを獲得出来そうな実感だ。僕は希美さんの目を見て力強く頷く。

しかし、ふと希美さんの後ろのカウンター席を見ると、東江さんが宗次の歌う姿を鋭い眼差しで見ている様子が見えた。それはまるで、憎悪の念が伝わってくるような、威圧感すら漂わせていた。自分のファンを宗次さんに盗られて嫉妬しているのだろうか。それとも、何か別の感情からくるものなのだろうか。

ともあれ、宗次のライブは大盛況のうちに終わり、お客さんらは我先にと宗次のところへ駆け寄った。

「CD下さい！」

「握手して下さい！」

「感動しました！」

宗次は手売用のＣＤを十枚持ってきていたのだが、あっという間に全て売り切れてしまった。僕も焼き増ししたＣＤを五枚持ってきていたが、そのうち三枚がお客さんに売れた。

ＣＤを買ってくれたお客さんらは各々元の席に戻ってお客さん同士で語り合ったり、東江さんや二番目に出演したアーティストと話したりしていたが、十時を過ぎると、少しずつ客席にも空席が出来始める。やがて、カウンター席で東江さんと話しこんでいた金髪の女性が僕と宗次と希美さんが座っているテーブルにやって来た。

「あのぅ……ＣＤ買いたいんですけど」

水色のＴシャツに淡いオレンジ色のスカートを履いた女性は見た感じでは僕と同世代だろう。目の彫りは深いが、ウチナンチュにしてはやけに真っ白な顔をしていた。眉毛も染めているのだろうか、茶色い、薄い眉毛を備えていた。

「ありがとうございます！　一枚五百円になります！」

壁際のソファに座っていた宗次は立ち上がって、テーブル越しに女性に一礼した。女性は宗次より頭半分くらい背が低いから、ちょうど僕と同じくらいの背丈だ。僕は鞄の中からＣＤを取り出して宗次に渡した。宗次はＣＤのケースを開け、ＣＤに自分のサインを書き込む。女性は千円札を一枚出して宗次に渡した。僕はそれを宗次から受け取ってお釣りの五百円玉を宗次さんに渡し、宗次が五百円玉を女性に渡す。

「ありがとうございます！　さっそく家に帰ったら聴いてみます！」

女性はＣＤを大事そうに抱え、うっすらとしたピンク色の唇から真っ白な歯を見せて笑った。どちらから求めるともなく、二人は握手をする。女性のほっそりした腕も見事なほどに真っ白だ。色白の希美さんよりも白い。

「沖縄の方じゃないんですか？」

宗次が女性に訊ねてみた。女性は「沖縄です！」とはっきり答える。

「沖縄の人にしては、肌が白いですね」

沖縄にも肌が白い人がいるのかと思い、僕が口を挟むと、女性は僕の方を向いた。

「沖縄にも肌が白い人はいますよ。ウチナンチュのＤＮＡは、東南アジアの人よりも、九州地方の人とタイプが近いっていう話を、日本の学者さんが仰っているのを聞いた事があります」

女性はさばさばとした口調で答えた。にっこりした笑顔で話す彼女は、話しているときにたびたび真っ黒な瞳を大きく見開く癖があるようだが、その度に眉毛が大きく動く。

「マネージャーさんですか？」

女性は僕を手で指し示しながら宗次に訊ねた。

「そう。俺のマネージャー、修輔」

宗次は自慢げに僕の事を紹介した。

「永倉修輔です。よろしくお願いします」

僕も立ち上がって一礼する。

「立ち話も何だし、座れば？」

希美さんの一声に僕たちは思わず苦笑して、席に着いた。

肌が白い女性のお客さんは赤嶺《あかみね》マカトという女性で、現在那覇市内の専門学校に通っている、僕と同い年の女性だった。東江さんのファンだという。

「『赤は着ないで』が一番気に入りました。胸が締め付けられます！」

マカトさんが切なそうに目を細めると、眉毛もハの字に歪んだ。実に表情豊かな女性だ。

「あれは俺がライブ活動を始めたばかりの頃から歌ってる曲なんだ。今までも大事に歌ってきた曲だから、気に入ってもらえると嬉しいです」

「沖縄に住んでみて、どうですか？」

「やっぱりのんびりしてていいですね！　日が暮れる時間が遅いから、まるで時間がゆったり流れてるような感覚です」

「内地の人は皆そう言いますね。暖かいし、過ごしやすいってよく言われます」

続いてマカトさんは僕の方を向いて、「修輔さんも、内地から移住してこられたんですか？」と訊ねてきた。僕は「そうなんですよ」と笑顔で頷く。

「宗次さんの音楽活動を手伝うために、沖縄までやって来ました」

「アイ（あら）！」

マカトさんは胸の前で両手をポンッと叩いた。

「音楽のために沖縄まで移住するなんて、修輔さん、凄い決意ですね！　それだけ宗次さんは魅力的なアーティストだって事ですね」

　宗次は「いやー、それほどでもないですよ」と笑いながら頭を掻いた。僕は向かい風に向かって背中を押してもらえたような心持ちがした。これまで、両親からは学校を中退してまで沖縄へ行く事を最後まで反対されたままだったから、宗次と希美さん以外の第三者から、自分がやっている活動を褒めてもらえる事は嬉しい。マカトさんはそれから、「修輔さんは沖縄で暮らしてみて、内地との違いとか感じますか？」と訊いてきた。僕は住宅街でたびたび見かける「石敢當」という文字が彫られた、長さ三〇～五〇センチメートルくらいの石が何なのか訊ねてみた。沖縄では家の塀の角に置いてあったり、塀に埋め込まれているのをたびたび見かける。

「あー、『石敢當《いしがんとう》』。知らないですか？」

　マカトさんは目を点のようにして驚いた。

「沖縄に来てから初めて見たけど」

　僕がそう言うと、宗次と希美さんも「そうそう、あれ、何か意味があるの？」と興味深そうに身を乗り出した。

「悪い霊は真っ直ぐ進むでしょ？　交差点だと悪い霊同士がぶつかる。つまり事故が起きやすい。曲がり角やT字路だったら、真っ直ぐ進んできた霊が家に入ってきてしまうから、霊を跳ね返したり、事故が起きないように、魔除けのために、家の前に置くんですよ」

　マカトさんはジェスチャーを交えながら説明してくれた。僕と宗次の地元の首都圏でも、希美さんが生まれ育った関西地方でも全く見かけないが、沖縄ではごく当たり前の風習だという。僕はまた一つ、本土と沖縄の文化の違いを知る事になった。

「石敢當は中国由来の風習なんだよ」

東江さんがカウンター席に座ったまま、僕たちに向かって話しかけてきた。

「戦国時代の中国に、石敢當っていう名前の武将がいたんだ。どんな強敵も寄せ付けない強さを持っていた武将だったから、石敢當に霊を跳ね返してもらおうっていう考え方から、そういう風習になったんだよ」

マカトさんは東江さんの言葉に笑顔で頷いた。僕たちは「へぇー」と言って感心する。

「沖縄は元々、宗主国の中国の文化を積極的に取り入れて発展した独立国家だったんだ。一六〇九年に薩摩藩に侵略され、一八七九年に明治政府によって征服されるような事がなければ、琉球王国は永久に独立国家として存続出来たんだ」

東江さんの手にはビールジョッキが握られている。澄ました笑顔で、顎を前に突き出すような態度で話した。カウンター席の椅子は僕たちが座っている席よりも座高が高いから、僕も宗次も希美さんも、文字通り完全に見下されている。

「そもそも、琉球は薩摩藩にも江戸幕府にも服従する謂《いわれ》はなかったんだよ。琉球王国は明から柵封《さくほう》を受けて、東南アジアとも貿易をして栄えていたわけさ。日本とも対等だった。それを薩摩に侵略されてから、何もかも奪われてしまったんだ」

どうやら東江さんは酔っているようだ。憎しみのこもった目になっている。もう完全に反日史観だ。

去年この店に来たとき、彼は自分の事を「日本人じゃない」と言っていたが、やはりウチナンチュの中には、日本人としての意識はないのだろうか。知花さんはカウンターに立って、東江さんの話を気まずそうに聞いていた。僕たちもただ黙って彼の話を聞く。

「だいたいよぉ」

東江さんは姿勢を正して胸を張った。

「わざわざナイチャーが沖縄まで来て音楽活動をするって事は、どうせ海が綺麗だとか温かいとかのんびり出来るとか、そんな軽いノリだろ？　それこそがヤマトゥンチュの傲慢さなんだ……」

すかさず知花さんが後ろから「まあまあまあ」と言ってなだめる。

「せっかく沖縄を好きになってくれて、沖縄で暮らす事にした人たちなんだ。仲良くしようじゃないか」

知花さんから笑顔で諭されると、東江さんはビールをもう一杯注文して、奥のソファ席に座っている他の女性客の元へ向かった。僕たちのテーブルには気まずい空気が残った。

「あのぅ……ごめんなさいね。悪気があるわけじゃなくて、何て言うか、その……」

マカトさんはどう取り繕ったらよいか分からないといった様子でそわそわしている。

「マカトさんが謝る事じゃないわよ。それに、東江さんが言った事は本当の事だもの」

希美さんがマカトさんの背中に手を添えた。

「むしろ、ヤマトゥンチュはそういう歴史をもっと勉強するべきだと思ってるよ。日本が沖縄に対してどれだけ酷い事をしてきたか。戦前の日本はアジア諸国を侵略していったけど、沖縄がその手始めだったからね」

それはともかく、僕たちが沖縄に移住した動機について、「軽いノリ」だと言われた事が僕にとっては鼻についた。沖縄を好きになって移住したのに、そういう言い方はどうかと思う。

「侵略……ではないんだけど……うーん、まあ……はい」

マカトさんは首を捻ってぶつぶつ呟いてから、宗次の音楽の話に話題を切り替えた。どんなアーティストに影響を受けたかとか、いつから音楽活動を始めたのかといった類の話だ。やがてマカトさんは先に会計を済ませて帰る際、「また、宗次さんのライブに来ますね。ホームページも拝見します！」と宗次に言っていた。宗次は立ち上がって礼を述べ、「ちなみに、ホームページを更新してくれてるのも修輔なんだ」と、僕を指し示した。

「じゃあ、ホームページも楽しみにして見ます！　それじゃ！」

そう言って、マカトさんはドアを開けて出て行った。僕と宗次は立ち上がって彼女を見送る。

6

週が明けると台風がやって来た。街中が強烈な風で叩きつけられ、バケツや板切れが飛んでくる。ヤシの木の街路樹は今にもへし折れんばかりにしなっている。僕はバイトに向かうためにレインコートと長靴を履いて外を歩いたが、猛烈な強風で何度も身体を押されたり押し返されたりした。風の抵抗をなるべく少なくするために、建物の壁に沿って歩く。アパートや一軒家は雨戸を閉め切ったり、板で補強したりしていた。いつもなら十分少々で歩く道のりを三十分ほどかけて歩く間、歩いている人はまばらで、車もほとんど走っていなかった。バイト先のコンビニに着くと、その日は僕を含めて三人のバイトスタッフが入る予定だったが、台風のため、僕と店長の二人で働いた。とは言っても、人口三十万の那覇市のど真ん中にありながら、やはりこの天気では客足もぽつりぽつりといった状態で、おまけに商品の仕入れのトラックも来ないものだから、店長は店の奥の部屋で事務仕事をして、僕は一人でする事もなしにレジに立っているだけに近い状態だった。天気予報では、台風は夕方にはピークを越えるとの事だったので、午後二時に勤務時間を終えると、レジを店長に代わってもらって、僕は奥の休憩室で台風が過ぎていくのを待った。建物は結構頑丈な鉄筋コンクリートのはずなのに、「ゴーッ」とか「ビューッ」という、風が建物を打ちつける音が間断なく聞こえてくる。休憩室のテレビでは、アナウンサーが台風の今後の進路の予想や、県内で発生している被害状況を淡々と説明していた。今のところ死者、行方不明者は出ていないようだが、怪我人が数名発生しているようだ。

やがて風も少しずつ弱まってきてから外へ出ると、空き缶やらゴミ箱やら、色んな物が路上に散乱していた。どこからやって来たのか、木の葉も大量に散らばっている。僕は携帯電話を取り出して、宗次にメールを送った。

『台風は去りそうですが、今日は路上やるんですか？』

宗次は沖縄に来てからも、モノレールの駅前などで時々路上ライブをやっているそうだ。今日は国際通りのあたりでやろうという話だったのだが、台風が近付いているため、中止にしようかどうかと言っていたのだ。おもむろに国際通りの方へ向かって歩いていると、すぐに返信が来た。

『天は俺に味方しているぞ！　取りあえず牧志駅のあたりでやろう』

高校時代から相変わらずの誇張した言い草に思わず苦笑いしてしまったが、僕は国際通りから牧志へ向かう事にした。

空を見ると、幾重にも重なった灰色の雲が、まるで先を争うように速い速度で泳いでいるのが見える。歩いていると、顔に当たる風に心地良さすら感じた。

県庁から牧志まで、普通に歩けば二十分ほどだ。台風が抜けた後の那覇の街は、いつもの賑やかさを少しずつ取り戻し始めているようだった。歩道にはどの店に入ろうか考えながら歩く観光客の姿が、飲食店やお土産屋さんの前では、大きな声で観光客を呼び込む店員の姿が至るところで見受けられた。車道はいつの間にか大渋滞が起きていて、車よりも歩く方が早いほどだ。

沖縄で道を歩いていて気付く事だが、ウチナンチュは全体的に、ヤマトゥンチュに比べると歩くのが遅いように感じる。僕が千葉で生活をしていた頃は、柏でも東京でも、道を歩いていると、どちらかといえば他の人に追い越される事が多かったが、沖縄では普通に歩いていても、他の人をすいすい追い越していく。若い人でも、まるで足を重そうに、かったるそうに歩いている。

炎天下の沖縄において、毎年熱中症で搬送される人の数が報告されない事を不思議に思っていたのだが、ひょっとしたら、年間を通して温暖な気候の沖縄で生まれ育った人たちは、熱中症にかからないための工夫が小さい頃から身に付いているのかもしれない。ゆっくり歩く事で、汗をかく量も少なくする事が出来るし、体温の上昇もある程度は抑える事が出来る。

飲食店の前で琉装の店員が弾く三線《さんしん》の音色を聞きながら牧志駅の前に着くと、駅前の広場に、赤いポロシャツを着てギターケースを背負った宗次が一人で立っていた。

「何とか台風が過ぎてくれて良かったよ」

宗次もホッとした顔をしている。希美さんは毎日ＯＬの仕事をしていて、今日は仕事の関係で路上ライブには来れないとの事だった。宗次はモノレールの駅は赤嶺から首里まで、各駅前で路上ライブをやってみたそうだが、柏や東京都内の駅前と違い、今ひとつ人の流れが少なく、歌っていても立ち止まってくれる人がほとんどいないそうだが、唯一牧志駅は国際通りに面しているという事もあり、多少は効果があったそうだ。でも、この日は既に駅前の広場には他のアーティストが二人も路上ライブをやっていて、ここに宗次まで入ったら、他のアーティストから嫌がらせだと思われてしまうかもしれない。僕たちは当てもなく、平和通り商店街に入ってみた。

アーケードに覆われた商店街は、ところ狭しと立ち並ぶ雑居ビルの一階に飲食店や雑貨屋、お土産屋が入っていて、二階や三階はどうやらアパートになっているようだった。ここは国際通りに比べると各店舗の営業時間も短いのか、それとも台風の影響で終日休業しているのか、シャッターが下りている店が多かった。商店街を奥の方まで進み、ちょうどＹ字路になっているところの、シャッターが閉まっている店の前で路上ライブをする事になった。譜面台を立て、宗次がギターのチューニングをしている間に、僕は自分で作ってきた宗次の名前の入ったプレートを譜面台の前に立て掛ける。白地のプレートには「東京出身のミュージシャン、近藤宗次」と太い青マジックで書いてある。

宗次は明るい調子のテンポの良い曲を歌ったり、しっとり系のバラードを歌ったりした。僕は道行く人たちに次回のライブの予定や、宗次のプロフィールを書いたビラを配る。ビラは僕が作成したものだ。興味を惹かれて立ち止まって聴いてくれる人もいるが、やはり一曲か二曲聴いただけで立ち去ってしまう人が多い。ビラを受け取ってくれても、そこで何か質問してきたり、CDを買いたいという人はいなかった。路上ライブをしていればそういう事もあるので、宗次はめげずに歌い続け、僕はビラ配りを続けた。でもそのうち人通りも少なくなってきたかと思うと、いつの間にか商店街は閑散としてしまった。薄暗いアーケードの天井にところどころ付けられた蛍光灯の灯りが、かえって物寂しさを募《つの》らせているようにすら感じられる。台風が過ぎ去った後の独特の蒸し暑さが商店街を覆っている。

「ここは路上ライブをやるところじゃないな」

宗次の言葉に僕も頷く。二人で道具を片付けて国際通りへ出てみると、歩道の至るところで路上ライブやパントマイムなどのパフォーマンスをやっているアーティストを見掛けた。

「そっか。これからは国際通りで路上ライブをやればいいんだ！」

宗次の表情が明るくなった。沖縄で一番人が集まる場所といえば、国際通りだ。観光客が特に多いのが土日で、日曜日は国際通りが歩行者天国になるという事もあり、宗次は毎週日曜日のお昼過ぎに国際通りで路上ライブをやる事に決めた。それから宗次は、今後の音楽活動の方針についても語ってくれた。

「俺はさ、修輔。久茂地ペルリ以外のライブハウスにも活動の幅を広げたいんだ。俺も何軒かライブハウスを見て回ってみるけど、修輔も目ぼしいところがあったら売り込みかけてくれよな」

宗次は口元を緩ませた。彼の目からは、夢と希望に満ち溢れた、頼もしいパワーのようなものを感じる事が出来る。きっと、彼も僕を見ていて同じ事を考えているのだと思う。宗次が僕を頼りにしてくれているという事は僕にとっては何より誇らしい事だ。


次の日の夜。

この日はライブの予定はなく、バー営業のみの日だった。ジャズのＢＧＭが流れている店内には、僕以外にも三名ほどのお客さんがソファ席で飲み交わしていた。

「沖縄で、百人規模のライブが出来るようなライブハウスはありますか？」

カウンター席でシークヮーサーサワーを飲みながら、僕は知花さんに訊ねた。

「そうだな……」

カウンター越しに立っている知花さんは煙草を吹かしながら遠くを見つめながら考え込んだ。

「新都心のダーリンビートっていうライブハウスはキャパシティが大きいから、百人くらい入るはずだぞ」

新都心はモノレールのおもろまち駅周辺の新興開発地区の通称だ。

翌日。嵐の前の静けさなのか、台風が近付いているというのがまるで嘘のようなすっきりした青空の下、僕はバイトを終え、近くのファーストフード店で食事を済ませると、旭橋駅からモノレールに乗っておもろまちで降りた。新都心ダーリンビートは駅から歩いて十分ほどの場所で、商業施設が立ち並ぶ界隈の裏の路地の一角にある、地下へ通じる階段を下りて、通路を進んだ先にあった。入り口の扉には「開場十八時　開演十八時半」と書いてあったので、十八時までは近くのデパートや公園を散歩して時間を潰した。新都心地区は商業施設あり、新興住宅地あり、高級マンションありで、沖縄らしさが薄い印象を受ける。どちらかといえば、東京都内よりは、千葉や埼玉の郊外に造られた新興住宅地に似ている。

本屋に立ち寄り、興味を惹かれるような本が置いてないか物色してみる。歴史コーナーの棚に、沖縄史のコーナーがあった。沖縄戦に関する書籍や、米軍統治時代の写真集など、二十冊以上は置いてあった。僕はその中にある、琉球王朝の歴史について書かれた本を手にとり、目次のページをめくってみた。どうやらこの本は日清両属時代の琉球について書かれた本のようだ。ちょうど先日、琉球が薩摩に侵略された話を東江さんから聞かされたばかりだから、その話が詳しく書いてある事になる。僕は読んでみようと思い、レジに行ってその本を買った。店を出たら十八時を少し過ぎていた。秋分の日が近づいているというのに、この時間でも外はまだ明るい。

ダーリンビートの鉄扉の入り口を開けると、その先に更に扉があった。入り口を入ってすぐ左側に受付があり、そこでチケットを買った。この日の入場料はドリンク代と合わせて二千五百円だった。受付にいたスタッフに訊いたら、ダーリンビートではたいていはこれくらいの金額で、前売りが五百円引き。人気のあるアーティストのワンマンライブなどでは三千円くらいかかる事もあるという。二つ目の扉のドアノブを回すと、どうやら木製の扉らしく、軽々とドアが開いた。ドアの先にはテーブル席が五つほど設けられてあり、それぞれの席にパイプ椅子が四つずつくらい置かれていた。その向こうが五〇センチメートル高いステージになっていて、一〇メートル近くの幅と、五メートルほどの奥行きがあるように見えた。客席には全部で十人ほどのお客さんが座っていた。テーブル席を全て取っ払い、全てスタンディング席にすれば、お客さんが百人くらいは入れそうだ。これが久茂地ペルリのような小さなライブバーなどだったら充分沢山お客さんが入っている事になるが、これだけ広いライブハウスになると、十人ではお客さんの数もまばらに見えてしまう。

十八時半ぴったりになると、客席の照明が暗くなり、最初の出演者であるアーティストが出てきて、アコースティックギターの弾き語りライブが始まった。ライブの時間が大幅に遅れるのも当たり前の沖縄にしては珍しくチケットに書いてある時間の通りにライブが始まったので少し意外な気もする。

この日は四組のアーティストが出演するとの事だったが、最初の出演者のギター一本弾き語りの男性、同じく二組目のギター弾き語りの男性アーティスト、三組目に出演したバンドは、いずれもレベルが高い演奏と歌唱を披露していた。声もよく通るし、ギターやベースの音色、ドラムの音も安定している。また、ステージに付けられた無数の照明は三原色を使って色鮮やかに舞台の上を照らしているし、客席の天井にあるディスコボールも曲に合わせて回転させる趣向が凝らされていて、白い光がライブハウスの空間を美しく泳いでいるように見えた。さすがは百人収容のライブハウスなだけあって、出演するアーティストのレベルも高いし、ライブを演出するスタッフのレベルも高い。ここなら、百五十人規模のワンマンライブの実績のある宗次が出演するに充分な設備だ。

客席の様子を見ると、十人ほどだったお客さんの数が、三組目のアーティストが歌い終える頃には、二倍くらいに膨れ上がり、テーブル席の後ろで立って見ているお客さんも数名いた。どうやら四組目のアーティストを目当てに来ているお客さんが多いようだ。

三組目のアーティストのライブが終わり、ギターを片付け始めるのと同時に、舞台袖から出てきたライブハウスのスタッフが、舞台の後ろに置いてあるエレクトリックピアノを舞台の前に持ってきて、マイクスタンドをセッティングし始めた。どうやらトリのアーティストはピアノの弾き語りのようだ。やがてすらっとした長身の女性が舞台上に出てきて、ピアノの前に座った。客席の照明が落ち、女性とピアノがスポットライトで明るく照らされた。背中までストレートに伸びた茶髪が艶やかに輝いて見える。年齢は四十前後といったところだろうか。ノースリーブで赤紫のワンピース、浅黒く焼けた腕と、サンダルを履いた素足はほっそりとしていて、大人の女性の魅力を醸し出している。心持ち鼻が高いが、彫りの深い顔立ちに大きな瞳はいかにも沖縄の女性らしい。眉毛は眉間から外側へかけて薄くなっていくような弧を描いていた。左の耳にはリングのピアスをしている。

女性は鍵盤に視線を落として両手を鍵盤の上に置いた。そしてゆったりと落ち着いたバラードの曲を弾き始める。ピアノの低音が会場に響き渡る。力強く、それでいて、心の疲れを癒してくれるような、温もりのあるメロディだ。イントロが三十秒ほど続くと、女性は前を向いて歌い始めた。思いを寄せる男性に対して、このままずっと貴方と一緒にいたいという思いを切実に歌ったラブソングだった。まるで彼女の歌の中に吸い込まれてしまいそうな、張りのある、甘い低音の声だ。

最初の曲が終わると、舞台全体の照明が明るくなった。女性は客席を見渡しながらMCを始めた。

「皆さんこんばんわ。私はアラフォーの女性の心の揺れを歌うシンガーソングライター、与那城京子《よなしろきょうこ》と申します」

女性のアーティスト、特に年配の女性は自分の年齢についてMCで話す人は少ないのだが、この人は堂々とした口調で話す。京子さんは大学生の頃から音楽活動をしていて、今も二児の子育てをしながら作詞作曲を自分でしながらライブ活動をしているという事だった。結婚して子供が生まれると、それを機に音楽を辞めてしまう人が多い中、アラフォーまで音楽活動を続けているなんて、この人はなかなか芯が強い人のようだ。

「ママ友《とも》同士でユンタク（お喋り）していると、『子供が出来たら夜遅くまで出掛けたり、自分の趣味なんて出来なくなっちゃうよねー』なんて話になりますけど、私はそういう固定観念が嫌いなんです。子育てをしながら、それでいて仕事もしながら音楽活動を続けるのは確かにデージ（大変）だけど、私にとってはどれもかけがえのない、自分の人生の一部だから、辞めようなんて考えた事は一度もありません」

京子さんは自信に満ちた表情で続ける。

「子育てをしてる女性だからこそ書ける曲もあるし、私はこれからも、ライブハウスから『もう来ないでくれ』と言われるまで、歌い続けたいと思っています」

そして彼女は両手を鍵盤の上に置き、右足をペダルの上に添えた。

「次の曲も、そうやって子育てをしている中で出来た曲です。私が一人目に産んだ女の子がハイハイを始めた頃に、赤ちゃんの目線で書いてみた曲です」

舞台の照明が黄色くなった。

「それでは聴いて下さい。『ワラビヌククル』」

京子さんは軽快なジャズの旋律を奏で始めた。赤ちゃんがミルクを欲しがっているときの気持ちや、おもちゃで遊んでいるときの気持ちなど、赤ちゃんが考えている事を歌っている曲だ。赤ちゃん言葉は使わず、かといってネガティブな言葉が出てくるわけでもない。曲のリズムに合わせて、照明も黄色や赤や青といった色が次々と点滅して、ライブの雰囲気を盛り上げていた。聴いていると楽しくなってきて、客席からは自然と手拍子が起こっていた。気が付けば、僕もすっかり曲に夢中になって手拍子をしていた。それから彼女は陽気なリズムの曲を二曲続けて歌った。鍵盤を滑らかに、かつ力強く波打つように奏でる指の動きはまさにプロ級と言えるだろう。歌い終えると、彼女は今後のライブの告知をした。

「それでは次が最後の曲になります。今月一杯までコンビニの有線で放送されている曲です。『君の笑顔』」

　鍵盤の低音から高音まで幅広い音程を駆使したイントロが始まった軽やかな曲は何やら聞き覚えがある。僕がバイトで働いているコンビニの有線放送でよく流れている曲だった。公共性の高い場所で日常的に、当たり前のように流れている曲を、生の歌声で聴けているのかと思うと、何やら得をした気分にもなる。歌の内容は、落ち込む事があってなかなか元気が出せないでいる人に対して、「君に出来ない事がある。私はあなたの笑顔で元気になる事が出来るんだ」といった感じで励ます応援歌だ。真っ白なスポットライトが当たっている京子さんとピアノの鍵盤以外は、真っ暗で何も見えない。まるで何もない闇の空間に、女性とピアノだけが浮かび上がっているように感じる。心に届くような、優しい歌を歌える京子さんも然《さ》る事ながら、幻想的な空間を演出出来る照明スタッフも大した技術だ。このライブハウスなら、宗次がこれからプロとしてのし上がっていく段階を踏んでいくのに相応しい場所だと思う。

京子さんのライブが終わると、僕は客席の後方にあるドリンクカウンターにいるスタッフに、僕はアマチュアで活動しているシンガーソングライターのマネージャーだという事を話して、オーナーの方と話をさせてもらえるように頼んだ。スタッフの人はカウンターの奥の部屋へ入って行くと、すぐに白髪頭の男性と一緒に戻ってきた。宗次よりもやや背が高い。髪はだいぶ白いが、顔立ちからすると五十代半ばくらいだろうか。男性は堂々とした態で、「私がこの店のオーナーの与儀《よぎ》です」と貫禄のある声で言った。

「シンガーソングライター近藤宗次というアーティストのマネージャーをしている永倉といいます」

僕は右手で持っているリュックサックの中から名刺入れを取り出し、そこから名刺を一枚抜き取って与儀さんに差し出した。与儀さんは両手で受け取った名刺をじっくり眺めながら「永倉さん……近藤さん……ナイチャーヌ家名《ヤーヌナー》（＝苗字）ヤッサ……」とぶつぶつ呟いていた。そして「ふーん」といった具合に何回も頷きながら、「内地のミュージシャンですね。はるばる沖縄までようこそ」と言って軽く会釈した。久茂地ペルリの知花さんのような満面の笑顔というものではなく、東江さんのような、どこか意味深げな表情を込めたすまし顔だ。ひょっとしたら見下されているのかもしれないが、僕たちには東京で百五十人のお客さんを集めてワンマンライブを成功させたという実績がある。僕は胸を張って、「是非、こちらでライブをさせていただきたいと思っています」と言った。そしてリュックサックの中から宗次のCDを一枚取り出して渡した。

「こちらが音源です」

与儀さんはCDを受け取ると、宗次が海に沈む夕日を眺めている後ろ姿が写されたCDのジャケットを、眉間に皺を寄せながら見つめた。

「まあ、聞いておきますよ。どんなジャンルの音楽なの？」

「ロックと、フォークソングです」

与儀さんは僕の名刺を指差して「連絡は、このケータイに電話すればいいですか？」と訊いてきた。

「はい！　よろしくお願いします」

僕が一礼すると、与儀さんは「じゃあまた」と素っ気無く言ってさっさとカウンターの奥に引っ込んでしまった。何だかぶっきら棒な態度だ。一社会人として如何なものかとも思うが、これだけレベルの高いライブハウスだ。まだどんなアーティストなのかも分からないのに、いきなりライブをやらせてくれと言われても、胡散臭いと思っている部分もあるのかもしれない。でも、宗次のCDを聴けば、きっと感銘を受けて、是非出演してくれと向こうから頼んできてくれるはずだ。

ドリンクカウンターの反対側に設けられた物販コーナーを振り向くと、CDが置かれているテーブルを挟んで、京子さんと談笑していたお客さんが帰るところで、京子さんが笑顔で見送っている。僕は京子さんの前へ赴き、「お疲れ様です」と声を掛ける。今日の出演者の中では一番印象に残るアーティストだったので、話をしてみようと思ったのだ。

「聴いてくれてありがとうございます」

京子さんは笑顔でそう応えた。彼女が笑うと、口の周りと目尻にうっすらと皺が寄るが、そんな事も含めて心地良い笑顔だ。先ほどの与儀さんがぶっきら棒だった分だけ、なおさらそう思える。

「京子さんは、ダーリンビートを拠点にして活動してるんですか？」

「ここで歌うのは月一回くらいかな。ここ以外だと、沖縄市のコザブーズハウスっていうライブハウスに出る事もあるわよ。他には、週一回は国際通りで路上ライブもやってます」

「京子さんの歌は心に響いてきますね。何というか、子供がいない僕でも共感出来るというか、不思議な感覚です」

「そう言ってもらえると嬉しいわ」

京子さんはそう言ってまた笑い皺を見せる。そして、今日はどのアーティストが目当てで来たのか訊ねてきたので、僕は近藤宗次という人のマネージャーをしている事、宗次と一緒に本土から沖縄に移住してきた事、どこか良いライブハウスがないか探しているのだという事を話した。

「二十二日に、コザのゲート通りにあるブーズハウスっていうライブハウスに出演するわよ。良かったら見においでよ」

ブーズハウスは規模でいうと久茂地ペルリより一回りほど大きいらしい。京子さんのライブもまた見てみたい気がするし、僕はライブハウスの視察も兼ねて行ってみる事にした。

「でも、こうやって沖縄まで一緒に来てくれるマネージャーもいるなんて、宗次さんて人は素晴らしいアーティストなんでしょうね」

京子さんの話では、沖縄にも音楽活動をしている人は沢山いるが、僕みたいにマネージャーとしての活動をしている人はなかなかいないらしい。収入を得られるわけでもなく、ボランティアのような形でマネージャーの業務を買って出る人は珍しいようだ。

「修輔君も、きっと一途な情熱を持ってる人なのね」

京子さんから意外な言葉を掛けられ、僕は思わず頬が火照った。

「宗次さんて人の音楽活動を支える事に強い信念を持ってるからこそ、こうして沖縄まで引っ越してきたんでしょ?」

「まぁ……そうですね」

僕は照れ笑いを浮かべながらそう答えた。東京のライブハウスではこんな風に僕の活動そのものを褒めてくれる人はいなかったが、久茂地ペルリで会ったマカトさんや京子さんのように、僕個人の活動そのものを褒めてもらえると、やはりこの活動を三年も続けてきた甲斐がある。

「自分の夢に向かって信念を持ち続けるって、素敵な事だと思う。しかも、その夢を私の郷土の沖縄で叶えようって思ってもらえる事は、沖縄県民として、同じ日本人として嬉しく思うわ」

京子さんの「同じ日本人」という言葉が僕の胸の中で引っかかった。東江さんと同じウチナンチュでありながら、東江さんとはまるで正反対の言葉だからだ。

「ウチナンチュも、ヤマトゥンチュと同じ日本人だっていう意識を持ってるんですか? 以前お会いした沖縄の方で、『俺たちは日本人じゃない』って仰ってた方がいるんですけど……」

「沖縄だってれっきとした日本の国土だし、ウチナンチュだってヤマトゥンチュだって同じ日本人よ。昔は琉球王国っていう『独立国家だった』とか、『中国の属国だった』って見方をする人もいるけど、民族的にも言語学的にも、沖縄は元々日本だったのよ」

元々日本だったという説は初耳だ。僕は首を傾げて「どうしてですか?」と訊ねた。

「沖縄は異国的な情緒があるってよく言われるけど、沖縄の文化をよくよく紐解いてみると、実は中国や東南アジアよりも、日本の文化の影響を一番強く受けてるのよ。日本人は世界の中でも珍しく、家の中で靴を脱いで生活する民族だって言われるけど、ウチナンチュだって琉球王国時代から民家や屋敷の中では靴を脱いでたし、漢字が伝わったのも仏教が伝来したのも日本の本土からなの。それに、琉球王朝は国内で使う書面では日本式の漢字と仮名文字を使っていたから、日本と同じ文化圏だったと言えるわ」

「薩摩藩に侵略される前は明の属国で、侵略されてから日清両属になったって、学校の歴史の授業では教わりましたけど……」

「私たちが小学校や中学校、あるいはたいていの高校で教わった歴史は、日教組《につきょうそ》によって歪曲、捏造されたものなの。中国の属国だったといっても、それは王府が明《みん》や清《しん》に貢ぎ続けていたというだけであって、沖縄の人口の大半を占めていた一般民衆に目を向ければ、沖縄の人たちは舜天王統の時代からずっと日本の文化圏の中で生活をしていたのよ」

京子さんの話では、ウチナーグチ（沖縄の方言）には奈良時代や平安時代の日本の古語、あるいは鎌倉時代の日本の武士が使っていた言葉と共通する言葉が数多く見られるのだという。第二尚氏王朝時代に編纂された「おもろそうし」という歌謡集は仮名文字で書かれているらしいのだが、枕草子や万葉集に書かれている言葉と同じ単語が随所に見られるという話を聞かせてくれた。学生時代に古典の科目を選択していなかった僕は、自信たっぷりに話す京子さんの話が難しくて理解しきれなかった。それでも、沖縄では大昔の日本人が使っていた言葉がそのまま、あるいは変化をして使われているのだという事は分かった。京子さんは続けて話す。

「戦前までの沖縄では、一般的な民衆は茅葺屋根の家屋で生活してた人が多いんだけど、名護では妊婦さんがいる家だと、ヤーチジ（屋根の頂上）に穴を開けておく習慣があったのね」

これは、生まれてくる赤ちゃんの魂は空の上から家の中に降りてくると考えられていたためだという。こうした風習の事を「フキアワズ」と呼ぶそうなのだが、京子さんの話では、こうした風習が沖縄県各地にあったそうなのだが、意外な事に、福岡県宗像市《ふくおかけんむなかたし》でも、これとほぼ同じ風習が行われていたというのだ。

「私は福岡県の大学に通っていたとき、福岡県出身の友達からその話を聞いて、沖縄と本土の文化の繋がりに興味を持つようになって、勉強し始めたんだ」

大学時代に日本の古典文学を専攻していた京子さんは、それから古事記の中に出てくる伝説に興味深い記述を見つけたそうだ。豊玉毘売《とよたまひめ》が出産をする際、鵜の羽を合わせた産屋を造ろうとしたものの、産気づくのが早過ぎたために、屋根が完成する前に子供が生まれてしまったという話があるのだというが、その子供が、鵜葺草葺不合命《うがやふきあえずのみこと》という名前だというのだ。

「ね！　単なる偶然にしてはあまりにも出来過ぎでしょ？」

京子さんは大きな瞳を一層見開いて同意を求めてくる。難しい話はよく分からないが、福岡県の風習と沖縄県の風習に共通点があり、しかもその風習の名前が日本の神話に登場する神様の名前と共通しているという事は分かった。

「沖縄っていうと、どうしても本土との違いが目立ちそうですけど、そういう共通点を見つけると、興味深いですね」

僕はそう言って頷いた。僕はこれまで沖縄というと、中国的な情緒、東南アジア的な気風を感じていたのだが、日本の文化の影響がかなり強い地域なのだとは意外な発見だった。でも、京子さんの見解に沿って考えるなら、あるいは先日久茂地ペルリで出会ったマカトさんが話していた、ウチナンチュのDNAが九州の人と型が似ているという説も加味して考えるなら、沖縄が日清両属時代やアメリカに統治されていた時代を経た後、今は日本の領土として落ち着いている理由も頷けるかもしれない。沖縄は異国的な情緒を兼ね備えているのは確かだが、日本の文化圏に属してきた地域といえるのかもしれない。

「今日は色々勉強になりました。僕も、沖縄の事をもっと理解していこうと思います！」

＊＊＊

週末。十八日の日曜日は空は晴れていたが、風が強い日だった。空を泳ぐいくつもの白や黒の雲は目まぐるしく南から北へ流れていく。自宅からバイト先へ歩いていく途中にあるビルの空き店舗の前を通ると、中では二人の二十代後半くらいの男女が木製の椅子やテーブルを組み立てているのが見えた。どうやら飲食店でも出来るのかもしれない。

僕はバイトを終えると、宗次さんが路上ライブをやる事になっている国際通りまで歩いて行った。歩行者天国になっている国際通りの周辺にある道路は大渋滞が発生していて、ゆっくり歩いていても、太陽の光をフロントガラスが鋭く反射させている何台もの車を追い越す事が出来た。観光客でごった返している国際通りの隅で、赤いポロシャツ姿の宗次はギターを弾いて歌っていた。麦藁帽子を被った希美さんもすぐそばに立って聴いている。他にも三、四名ほどの通行人が立ち止まって宗次の歌声を聴いている。風が強いためか、いつもならマイクスタンドの前に立てかけているプレートも今日は置いていない。

「修輔君、ありがとう」

僕の姿に気付くと、希美さんはにっこりと笑って右手で手を振ってきた。左手には僕が印刷したフライヤーの束を持っている。

「僕が配りますよ」

僕が手を差し出すと、希美さんは笑窪を見せて「ありがとう、じゃあお願い」と言って、フライヤーを半分だけ僕に渡した。立ち止まってくれる人はちらほらと見受けられたが、僕や希美さんが「よろしくお願いしまーす」と言ってフライヤーを渡しても、フライヤーに目を通して一曲聴いたらすぐにまた立ち去ってしまう人ばかりだ。

東京で音楽活動をやっていたときもそうだったが、新しいファンを獲得するというのはなかなか難しい。路上ライブでたまたま歌っている姿を見て、歌を聴いてファンになってくれる人も中にはいるが、用事があってどこかへ向かう途中だったり、帰宅を急ぐ人がわざわざ足を止めてじっくりと歌声に耳を傾けてくれるという人は少ない。

「よし、それじゃ『バックインザ琉球』をやろう。これでお客さんが集まってくれなかったら、今日はお開きにします！」

宗次はそう言って譜面台に置かれたコード表をめくり、ギターのチューニングを始めた。そして軽快なリズムでギターを弾き始めると、僕と希美さんは場を盛り上げるために大きく手拍子をする。それでも、行き交う人たちはなかなか止まってくれない。それどころか、まるで蔑むような視線を向けて立ち去っていく人も少なくない。こうした視線はもう柏で路上ライブをやっていた頃から慣れているからさほど気にならないし、そんな事があってもあっけらかんとしているのが宗次の良いところだ。

「そんな事より、新しいライブハウスのアプローチの方はどうだい？」

彼はギターケースを背負いながらそう訊いてきた。

「先日、新都心ダーリンビートの与儀さんていうオーナーにCDを渡して売り込みをかけて、今は返事待ちです。あと、沖縄市にコザブーズハウスっていうライブハウスがあるそうなので、そこも見てこようと思っています」

「着々と人脈を広げていけそうだな。よろしく頼むぜ！」

宗次はにんまりと笑って前歯の欠けた笑顔を見せながら、僕の肩をぽんと叩いた。

「宗次が曲作りと練習に集中出来るのは修輔君があちこち動き回ってくれてるお陰だよ。ほんまありがとう」

希美さんも目を細めながら、幾分申し訳なさそうにそう言う。二人にそう言われると、僕はますますやる気になる。二人に頼りにされているという事が、僕の自信に繋がっているのだ。

「ダーリンビートはプロのミュージシャンも出演しているライブハウスで、音響と照明も専門のスタッフがいるし、レベルが高いですから、まずはそこでの出演を重ねていけば、プロへの道も開けてくると思います。頑張りましょう！」

翌十九日はいよいよ風が強まり、雨も断続的に降り続いていて、とても洗濯物をベランダに干せるような天気ではなかった。バイトを終えて帰宅するときも、向かい風に煽られ、前に進むのに足を力強く踏ん張らなければならないほどだった。テレビの天気予報では、天気予報士が雨戸をしっかり閉めて備えましょうと言っていたので、雨戸を完全に閉じて就寝した。そしてその夜は強風が雨戸を叩く音で何度も目が覚めた。

二十日は未明から台風が直撃。七時半にベッドから起きて玄関のドアを開けると、空は灰色の雲が荒波のようにうねっていて、雨粒がほぼ真横から吹いていた。奥武山公園の松の木は今にもへし折れんばかりの勢いでしなっている。吹きさらしになっているアパートの通路は水浸しで、雨粒が容赦なく吹き込んでくる。僕はドアを閉め、部屋のテレビをつけた。テレビでは、海沿いの冠水した道路で乗用車がタイヤまで水に浸かっている映像が映し出された。ニュースキャスターは、台風はまさに今、沖縄本島をすっぽり覆っている状態だと説明していた。前回の台風同様、県内では怪我人も出ているという。

「今日はバイトが休みで良かった」

僕は率直にそう思った。柏に住んでいた頃も、大型台風が直撃したときは首都圏でも甚大な被害が出た事があるが、そうした事はせいぜい数年に一度だ。台風の影響で天気が荒れたり、交通が麻痺する事はあっても、台風が首都圏を直撃する事の方が少ない。ところが、沖縄ではたいていの台風が上陸して、そのたびに多大な被害をもたらしていく。沖縄には稲作が伝わるのが本土よりも遅れた理由が分かる気がする。これだけ短期間に何回も台風が上陸するのだ。せっかく米を育てていても、収穫する前に流されてしまう。稲作の文化が遅れたというよりも、稲作文化がなかなか根付かなかったのかもしれない。

強風が雨戸を激しく叩きつける音をＢＧＭにしながら、僕は先日買ってきた日清両属時代の琉球について書かれた本を読んだ。

当時の琉球士族が着ていた紅型《びんがた》衣装は日本よりもむしろ中国的な気風を兼ね備えていた。髪型も、頭頂部で結う日本の武士の丁髷《ちょんまげ》とは違い、片方の側頭部で結う「カタカシラ」という髪型をしていた。おそらく当時の日本人は琉球から来た慶賀使や謝恩使を、朝鮮通信使やオランダ使節団と同様、日本では滅多に見かける事が出来ない「外国人」として認識していたに違いないだろう事は想像がつく。ところが、実はそれこそが薩摩藩の狙いだったという説もあるようだ。薩摩藩は琉球に対して、日本の着物を着たり、日本人らしい名前を名乗ったり、日本式の文化で生活する事を禁止する条例を出していた。琉球を完全に外国化する事によって、薩摩藩は他藩とは違い、外国をも支配するほど強力な藩なのだという事のアピールにもなっていたようだ。

本を読み終えると、締め切った雨戸の隙間から、僅かな光が差し込んでいるのが見えた。雨戸を吹き付ける「ビューン」という風の音は聞こえるが、午前中のような激しく叩きつけるほどの音ではない。本を壁際の棚に置いて雨戸を開けると、雨はすっかり上がっていて、右手に見える国場川の真上に太陽がさんさんと輝いているのが見えた。水色の空には、小さな雲がいくつか、先を急ぐようにして右から左へ飛んでいくのが望める。

＊＊＊

二十二日の夕方。僕は遠出の足として先日買ったばかりの原付を運転して、コザへ向かった。空は雲一つない無風で、沖縄本島を北へ向かって運転していると、左側から照りつける西日が僕の頬を突き刺す。

帰宅ラッシュの車で渋滞している国道五八号線の車列をすり抜けながら大謝名の交差点を右に曲がると、左側の金網越しに見下ろせる白いコンクリート平屋造りの外人住宅団地は西日に照らされて、オレンジ色に染まっていた。金網に、赤や黄色のテープでこれ見よがしに「土地けーせ」とか「GET　OUT」と貼り付けられている普天間基地の野嵩ゲートのあたりまで来ると、車の流れはだいぶスムーズになり、瑞慶覧《ずけらん》に差し掛かる頃には、辺りはすっかり薄暗くなり、行き交う車はどれもヘッドライトを点灯させていた。米軍基地と通りを挟んで向かい側には、「基地のない島を返せ」とか「米軍は即撤退せよ」などといった横断幕が、まるで基地を睨みつけるようにして掲げられている。米軍に対する負の感情がひしひしと伝わってくるようだ。

やがて真っ直ぐ進んでいくと、街並みは次第に、黄色や赤や白など、きらびやかなネオンが輝く風景に変わっていった。片側二車線の道路に面した商店は英語で書かれた看板が多く、歩道を行き交う人々の中にはアメリカ人の姿も多く見られた。ゲート通りを左に曲がると、ライブハウスやバー、ストリップ劇場などの店舗が建ち並んでいて、やはり店の上に掲げられた看板はどれも英語で書かれたものばかりだった。さすがはアメリカ人が「American village（アメリカン・ビレッジ＝アメリカ村）」と呼んでいるだけあって、まるでアメリカにいるような気分だ。

空はもうすっかり暗くなっているため、ゲート通りのネオンは一層輝きを増して見える。ネオン街の一角にある四階建てのビルの一階に、黒地に赤抜きの横文字で「Booz House」と書かれた看板が掛けられた店があった。ここが今日、京子さんがライブをする「ブーズハウス」だ。真っ黒なペンキで塗られたビルの脇に原付を止めると、僕は真っ黒な鉄の扉をゆっくりと開けた。ライブハウスのドアは防音のため、分厚い鉄扉が多いが、扉を開けると一坪ほどのスペースの個室みたいになっていて、さらに左側に鉄の扉があった。その扉を開けると、扉の上に付いている鈴がチリンと音を立てた。右側に向かって進むと、幅六メートル、奥行き一五メートルほどの観覧スペースがあり、その奥が一段高くなったステージになっている。観覧スペースの右側にドリンクカウンターがあった。

「いらっしゃい」

カウンターの中から野太い声が聞こえてきたかと思うと、浅黒い顔に白髪混じりの無精髭を生やした五十代くらいの男性が顔を覗かせた。白髪の入ったポニーテールの男性は、背丈は僕より数センチ低い程度だが、目付きは思わずたじろいでしまいそうになるほど鋭く、太い眉毛の上の額には幾重にもなる皺が寄っていた。どうやら彼がこの店のマスターなのだろうか。彼が来ている白いTシャツは、分厚い胸板と二の腕の筋肉でピチピチに突っ張っている。

「何にするねー？」

僕はカウンターに置いてあるメニューを見て、ジンジャエールを注文した。メニューに書いてある料金は、日本円とドルが両方表示されていた。それだけアメリカ人の客が頻繁に出入りをするからなのだろう。マスターが飲み物を用意するために後ろを振り向くと、二の腕に刺青が彫られているのがTシャツの袖からはみ出ている。きっと背中にも彫ってあるだろう事は想像がつく。この人は暴力団関係者なのだろうか？　それとも、過去に関係を持っていた事があるのだろうか。

「出演者と知り合いなの？」

マスターは氷の入ったジンジャエールを僕の前に差し出しながら訊いてきた。

「与那城京子さんと……」

マスターのどすの利いた太い声に威圧されて、僕はもごもごした小声になってしまっているのが自分でも分かった。

「おぉ、京子さんか」

マスターはそう言うと煙草を一本取り出して口にくわえて火をつけた。そして胸を大きく膨らませながら吸った煙を鼻でゆっくりと吐く。僕は彼の次の言葉を待っていたのだが、彼は黙ってステージの方をぼんやりと眺めているだけで、何も話さない。店内にはまだ他に客は来ていない。僕は少し気まずい空気を感じ始めた。

「あのぅ……トイレはどこですか？」

僕が遠慮気味に訊ねると、マスターは火の点いた煙草でステージ右側のドアを指差して、「あのドアから入って右側のドア」と答えた。何だかぶっきら棒なようにも聞こえたが、僕は「ありがとうございます」と言ってトイレに向かった。ステージ右側のドアを開けると、右側に英語で「ＴＯＩＬＥＴ」と書かれたドアがあり、左側には漢字と英語で「楽屋　ＤＲＳＳＩＮＧ ＲＯＯＭ」と書かれたドアがあった。トイレのドアを開けると、更にその先にドアが二つあり、それぞれ「ＭＥＮ」「ＷＯＭＥＮ」と書いてあるのだが、「ＭＥＮ」の下には「ぴきどぅん」、「ＷＯＭＥＮ」の下には「みどぅん」と、それぞれ平仮名で書かれてあった。トイレを済ませてからカウンターに戻ると、僕は平仮名で書いてある言葉の意味をマスターに訊いてみた。

「宮古島《みやこじま》の方言なんだよ。『みどぅん』が女。『ぴきどぅん』が男」

マスターは宮古島出身の平良《たいら》さんという人だった。中学二年生のときに日本復帰を迎え、中学卒業と同時に那覇へ出稼ぎに出て、大阪で音楽活動をしていた時期も経て、現在はコザで生活するようになってから十年以上経っているという。

「沖縄県と一言で言っても、島によって言葉も文化もだいぶ違うんだ。もっと言えば、同じ島でも、集落が違えば生活習慣も祭りもしきたりも違う。宮古島の島人《シマンチュ》に沖縄本島の方言で話しかけても九割以上の言葉が通じない。宮古島と石垣島《いしがきじま》だって、お互いの島の方言はほとんど通じない」

いつだったか、久茂地ペルリで東江さんが熱弁を振るっていた話を思い出した。同じ沖縄県でも、島と島の間の距離はとてつもなく離れているのだから、各々の島で言葉や文化が違うのは当然かもしれない。

僕がマスターとそんな話をしていると、ステージの右側にあるドアが開いて、京子さんが出てきた。

「あらぁ、修輔君！」

黄色いワンピース姿の京子さんは満面に笑みを浮かべ目尻に皺を寄せて、嬉しそうに僕の隣に座った。

「来てくれたんだぁ。ありがとう」

「ちょうど今、平良さんから、沖縄本島と宮古島では方言が違うっていう話を聞いていたところです」

「そうなのよ」

京子さんは注文したオレンジジュースを飲み始めた。

「ブーズハウスの『ブーズ』は、宮古島の方言で『サトウキビ』の事を意味しているけど、沖縄本島では『ウージ』って言うし」

すると、店の出入り口のドアが開いて鈴の音が聞こえた。

「Ｈｉ（やぁ）！」

平良さんは灰皿に吸い終わった煙草を押し付けると、扉の方へ向かって手を振った。振り向くと、アメリカ人の客が三人ほど店に入ってきていた。うち一人は黒人で、三人とも背が高く、体格もがっちりしている。カウンターにはあと三人座れる席が空いていて、ステージの前にも十人ほど腰掛けられるように椅子が置いてあるが、Ｔシャツに短パン姿の三人組はカウンターでビールを注文すると、椅子には座らず、フロアの中央あたりでビールを飲みながら立ち話をしていた。

「街を見て思いましたけど、このあたりはアメリカ人が多いですね」

僕は平良さんと京子さんを交互に見ながら言った。

「ゲート通りを真っ直ぐ行けば嘉手納基地のゲートにぶつかる。だからゲート通りって名前が付いたんだけど、言うなれば、コザは嘉手納基地の城下町なわけさ」

平良さんは鼻を高くして自慢げにそう言った。

「戦後間もない頃から米軍兵士を相手にした飲食店が建ち並んで栄えた街で、基地から近いから、自然とアメリカ人が集まってくるのよね」

京子さんがそう言う間に、アメリカ人の客が次々と入ってきた。気付けばフロアは十人以上はアメリカ人の客が入っている状態になった。店の中は英語が飛び交っている。中にはウチナンチュも数名いるが、顔馴染みらしいアメリカ人と英語で会話をしていた。

やがてステージに登場したバンドはアメリカ人四人組のバンドだった。やはり、本場アメリカの音楽は迫力がある。日本人が歌っているようなぎこちない英語とは違って、歌詞が美しく聞こえる。フロアにいた客は皆、ロックのメロディとリズムに合わせて、気の向くままに身体を揺らしたりステップを踏んだりして踊っている。心からライブを楽しんでいる様子だ。京子さんはライブの準備のため、途中で楽屋に入っていった。バンドが一曲終えるたびに、客席からは「ヒューヒュー」とか「イエーイ！」という掛け声が飛び交う。やがてアメリカ人バンドのライブが終わると、京子さんが暗くなっているステージに出てきて電子ピアノをアンプに繋いだ。ライブを終えたバンドのメンバーは客席に出てきて、他の客らと一緒に酒で乾杯していた。

アメリカ人に囲まれた中でのライブだったが、京子さんはダーリンビートのときと特に変わらない様子でライブを行った。MCも自己紹介は日本語と英語で話したが、それ以外の話題は全て日本語だった。きっと、京子さんは環境が変わっても自分のスタイルは変えない、物怖じしないアーティストなのかもしれない。むしろ、アメリカ人も多く訪れる沖縄のライブハウスで音楽活動をするのなら、それくらいの芯の強さがなければ務まらないかもしれない。

つい先ほどまでノリノリだった客たちは、京子さんのジャズバラードにうっとり聞き入っていた。

「ブラボー！」

「ナイス！」

京子さんが最後の曲を歌い終えると、一斉に温かい拍手が鳴り響いた。指笛を鳴らす人もいる。僕も皆に合わせて大きな拍手をする。

「Ｔｈａｎｋｓ（ありがとう）！」

京子さんは立ち上がり、ワンピースの裾を軽く掴んでお辞儀した。

京子さんはカウンター席に戻ってくると、カルーアを注文した。そして僕とグラスを乾杯する。

「今日は顔見知りのお客さんが他にいなかったから、修輔君が来てくれて心強かったわ」

店内にアメリカンロックのＢＧＭが流れる中、彼女はそう言ってカルーアを一口飲んだ。宗次がよく僕に言ってくれるのと同じ言葉を、まさか沖縄に来てからも他のアーティストから、それも、まだ二回しか会った事がないアーティストから言われるとは意外だ。僕はお酒を飲んでいるわけでもないのに、頬が火照るのを感じた。

「ほんと、アメリカみたいなムードを感じました。京子さんのジャズは、アメリカ人にも受けるんですね」

「アメリカ人はノリがいいから、少しでも面白いと思えば盛り上がってくれる。でも逆に、つまらないと思えばとことんブーイングをしてくる。日本人だったら、つまんなくても一応社交辞令で拍手をするけど、アメリカ人は容赦してくれないわよ」

今日のライブでは分からなかったが、そんな一面があるのか。屈強な身体の米軍兵士から一斉にブーイングをされるのは何やら怖い気もするが、逆に、この店で宗次がライブをやったら、アメリカ人らはどんな反応をするのか見てみたい気もする。僕は目の前にいる平良さんに、宗次の事を宣伝しようと思ったが、平良さんの鋭い目付きを見ていると、なかなか話を切り出せない。「テメェは宣伝するためにうちに来たのか！」と怒鳴られそうな気がする。

「平良さん。この子、内地から移住してきたんだけど、アーティストのマネージャーをしてて、出演させてくれるライブハウスを探してるそうよ」

京子さんは僕が言おうとしても言い出しづらかった事を全て説明してくれた。僕にとっては渡りに船といった心境で、背中を押してもらえた思いだ。

「それで……」

平良さんはカウンターから身を乗り出すようにして僕を窺った。

「ブーズハウスにも目を付けたってわけかい？」

平良さんは唇を緩めてにんまりと笑った。頬にも皺が寄っている。強面《こわもて》の平良さんが笑っている顔もまた迫力がある。

「あ、まぁ……はい」

「あーっはっはっはっはっはー！」

思わずしどろもどろにしか答えられない僕を見て、平良さんはBGMをかき消さんばかりの大声で高笑いをした。

「どんなアーティストなんだよ。一度聴いてみたいな」

僕はリュックサックの中から宗次さんの試聴CDを取り出して平良さんに渡した。

「ふーん……」

平良さんはCDのジャケットを見てからケースを開け、挟んであった歌詞カードを興味深そうに見つめている。この店に入ったときに彼の顔を見たときからそうだが、彼のいかつい顔を見ているとどういうわけか緊張してしまう。

「家に帰って聴いてみるよ。ライブの依頼は、君に連絡すればいいのかい？」

「はい。是非お願いします！」

僕は彼に名刺を渡した。すると、京子さんが席を立ち上がった。明日は朝早く起きて子供たちのご飯を作らなければいけないのだという。

「またライブに来てね。国際通りの路上ライブも、だいたい週一回日曜日にやってるからさ」

そう言って京子さんは軽く手を振り、平良さんにも挨拶をして店を出て行った。

店にいるアメリカ人客らはまだまだ酒を飲み続けて、フロアで騒ぎ続けている。平良さんは、僕がどこに住んでいるのか、沖縄に来てどれくらいかといった事を訊いてきた。僕は壺川に住んでいて、千葉から引っ越してきてまだ一ヶ月ほどだという事を話した。

「どうだい、コザの街の印象は？」

僕が頼んだ二杯目のジンジャエールを出しながら、平良さんが訊ねてきた。

「那覇とはまた違った都会ですね。アメリカみたいな雰囲気を感じます」

そう言って僕はジンジャエールを一口飲む。

「ヤマトゥンチュは皆そう言うな」

最初に会話を交わしたときは、平良さんに対してとっつきにくい印象を持ったが、こうして話を進めてみると、意外と話しやすい人のような気もしてきた。

「ウチナンチュもアメリカ人も、分け隔てなく仲良くしているように見えますね」

「そこがウチナンチュのいいところなんだよ」

平良さんは煙草を一本取り出して口にくわえ、火を点けた。

「ライブを楽しむのに、ウチナンチュもアメリカー（アメリカ人）もヤマトゥンチュも関係ないさ。沖縄は昔から色んな国や地域の文化を取り入れて発展してきた島なんだ。舜天王統時代は日本《ヤマトゥ》、英祖王統は朝鮮、察度は明、尚巴志は東南アジア、薩摩が入ってきてからは薩摩」

薩摩が「入ってきてから」という言葉が妙に引っ掛かった。ヤマトゥンチュの僕に気を使っているのだろうか。東江さんのように「侵略」という言葉を堂々と使わない。第一、薩摩に侵略されてからは「大和めきたるものの禁止令」によって日本式の生活を禁止されていたはずだ。

「薩摩の文化は、取り入れたというより、むしろ禁止されていたんじゃないんですか？」

「日本人と同じ様式は禁止されてたさ。でも、琉球王朝は清国と薩摩の文化を取り入れてチャンプルー（混ぜる事）にしたものを琉球独自の文化として発展させてたんだよ。今でも再現されてるけど、首里城の書院は薩摩の杉の木を使った書院造だったし、士族階級の人が着ていた紅型《びんがた》衣装は、刺繍は清国のものだったが、染色の技術は日本《ヤマトウ》の西陣織や京染めを参考にしたものだったんだ」

「え？　そうだったんですか？」

平良さんは短くなった煙草を灰皿に置いて、新しい煙草を取り出す。

「侵略されたとか殺戮されたとか騒いでる奴もいるけど、薩摩にしたって明治政府にしたってアメリカにしたって、ちゃんと恩恵を受けて発展してきたんだよ、この島は」

平良さんは言い聞かせるようにそう言って、大きく吸い込んだ煙を、ため息のようにして吐き出した。フロアではなおもアメリカ人たちが酒を飲み続けている。

「何だか……複雑ですよね」

僕は組んだ腕をカウンターの上に置いた。

「米軍兵士のレイプ事件とか交通事故は絶えませんけど、こうして米軍兵士が沢山いるからこそ、発展してる街もある」

すると平良さんは何故かにやりと笑って白い歯を見せた。

「お前さんもやっぱり、沖縄の人間が米軍のせいで苦しめられてるとでも思ってる口か」

「え……？」

そうではないのか。沖縄に来てからというもの、テレビや新聞では連日のように米軍兵士による事件や事故、県内各地で行われている反対運動が報道されている。平良さんの言葉の真意がよく分からず、僕がそのまま黙っていると、彼は「いいかい」と言って、火の点いた煙草を灰皿に置いた。

「インターネット世代のお前さんなら、沖縄で生活していくうちに段々分かってくると思うが、テレビや新聞の報道は偏ってるんだ。まるでウチナンチュ全員が米軍基地に反対しているかのような報道がされているが、反対運動してる奴らは沖縄全体で見ればほんの一部の人間なんだよ」

平良さんの話によれば、米軍は基地として使う土地を日米安保条約に則って日本政府から提供を受けている。そして日本政府は米軍に提供するための土地を沖縄の地主から借りているのだという。地主は日本政府から地代《ジーダイ》と呼ばれる賃借料を貰っているそうだ。地主らは「土地を奪われなければ経済的利益が見込めたはずだ」とか「基地として使われているために危険に晒されている」などとして政府に地代の値上げを要求し続けていて、毎年値上がりをしているのだという。

「お前さんが生まれた頃に日本はバブルが弾けたが、それからも米軍基地の地代だけは右肩上がりさ。最近じゃ沖縄だけじゃなくて、内地の資産家も軍用地を買ってると聞く。地代で稼いだ金で生活しておきながら、一方では反対運動をしてるってわけよ」

「地代を貰っておきながら反対運動をするのはどうしてですか？」

平良さんは灰皿に置いてある煙草を手に取った。

「基地の反対運動をしてる団体のリーダー格は、北朝鮮のチュチェ思想研究会とか、中国共産党と関係を持っている人たちなんだ。あいつらにしてみれば、共産主義を敵視してるアメリカの存在が邪魔なわけよ」

平良さんは煙草をくわえたが、まるで苦いものを口に含んでしまったような表情をして煙を吸う。

「ゆくゆくは沖縄を日本列島から分断して、共産主義の属国にしようって魂胆だ」

思いもよらない話を聞かされたものだ。報道では、いかにも自分たちの郷土を愛する気持ちとか、沖縄県民の平穏な暮らしを心から願う人たちの思いを代表して運動をしているように見えていたのだが、まさか北朝鮮や中共と繋がっている団体だとは夢にも思わなかった。

「米兵絡みの事件を騒ぎ立てて郷土愛をアピールしておきながら、実体は単なる売国奴なんだよ」

「でも……米兵絡みの事件や事故で苦しんでる人がいるのも、事実ですよね？」

平良さんは「ふーっ」と大きなため息とともに煙を吐き出した。そしてにやりと笑って「だからよー」と言い、短くなった煙草を灰皿に押し付ける。

「さっきも言ったろ？　メディアの報道は偏ってるんだよ。この島じゃウチナンチュを含めた日本人が女を犯してもニュースにならんが、アメリカーが事件を起こすと『それ見た事か』みたいに大きく取り上げる。アメリカーが起こす事件と日本人が起こす事件。果たしてどっちが多いかな」

言われてみれば、確かにその通りのような気がする。柏に住んでいた頃に本土のテレビや新聞で報道していたのと比べると、沖縄では極端に米兵絡みの事件に比重が片寄っていて、日本人が起こした事件が少ないような印象を受けていたが、メディアが偏った報道をしているだけなのかもしれない。

「第一よ、在日米軍基地の七五％が沖縄に集中してると言われてるが、実際には二三％しかねぇんだよ」

「えっ……？」

どういう事だろうか。沖縄は那覇より北側は米軍基地だらけだという事は見てのとおりだと思うが。

「七五％っていうのはよ、基地だけじゃなくて、米軍施設や住宅用地も含めた総面積なんだよ。純粋に『基地』として使われている土地の面積だけで言えば、沖縄にある米軍基地は全国の二三％しかないんだ」

僕はもう返す言葉もなく、ただ頷きながら聞いているだけだった。沖縄のメディアも本土のメディアも、いかにも沖縄に米軍基地が集中していて、沖縄が犠牲になっているかのような情報操作をしているだけなのだ。

平良さんの話を聞いてみて、これまでの僕がまだまだ世間を知らない人間だったという事に気付いた。実家に住んでいた頃、テレビの画面に沖縄の住民が米軍基地に反対する意見を述べているところが映し出されると、父はよく、沖縄の人たちがかわいそうだという事を口にしていた。薩摩に侵略され、琉球処分によって日本に併合され、第二次世界大戦では本土防衛の盾にされた。そして今も、米軍基地がある事による被害に苦しんでいるという見方からだ。でも平良さんに言わせると、あながち「かわいそう」とも言い切れないという。米軍基地問題についてはたった今教えてくれたとおりだが、過去の歴史についてもそうだというのだ。

「教科書には載らない話だがな、第二尚氏王朝の尚真王の時代まで、宮古八重山《みやこやえやま》諸島は琉球王国には属さない、独立した文化圏だったんだよ」

平良さんの話によれば、十五世紀の半ばまで、宮古にも八重山にも領主はおらず、誰にも支配されない平和な時代が続いていたのだという。やがて十五世紀の末頃になると、宮古島には仲宗根豊見親《なかそねとゆみや》、石垣島にはオヤケ・アカハチ・ホンガワラという豪族が現れ、それぞれ宮古諸島、八重山諸島を支配するようになったそうだ。今でも沖縄の離島を宮古、八重山という地域区分に分けた見方をする事が多いのは、この頃の勢力図が基になっているのだという。

「沖縄本島と周辺離島を統一した尚真王は、さらに他の島にも手を出したわけよ。奄美大島にも何回も軍を派遣して制圧したし、宮古八重山にも侵略した」

琉球王朝はまず、宮古島の仲宗根豊見親と、石垣島のアカハチに対して、琉球の傘下に入るように要求したそうだ。豊見親はすぐに了承したが、アカハチは断固として断ったという。すると、琉球王朝は豊見親をアカハチ討伐の先鋒に任命して、三千人余の大船団で石垣島へ向かったという。

「豊見親はそれはそれは戦上手な豪族だったさ。石垣島に上陸すると、アカハチの軍勢を次々とやっつけて、アカハチを討ち取り、八重山《ヤイマ》を従える事に成功したんだ」

平良さんはいつの間にか火を点けていた新しい煙草を口にくわえながら自慢げに話す。

「豊見親は王朝から当初約束されていたとおり、宮古八重山の初代頭職《とうしょく》に任命されて、宮古八重山諸島の主になった」

でも、一回煙を吐くと、どすの利いた低い声で「ところがだ」と言って、眉間に皺を寄せて表情を曇らせた。

「豊見親が亡き後、その跡を継いだ息子の金森《かにむり》が首里王府の謀略によって自害させられると、宮古八重山は王府の直轄になって、首里から派遣された役人に統治されるようになったわけよ」

日清両属時代に入って、薩摩藩から琉球に重税が課せられるようになると、首里王府はその不足分を補うために、人頭税制度を敷くようになったという。これは宮古八重山諸島に住む十五歳から五十歳までの男女に例外なく適用されたもので、農作物や織物など、厳しい重労働を課せられた上に、重い税を役人に上納しなければならないという制度だったそうだ。

「『島切り』といってな、十八世紀になると、役人が道に敷いた縄を境界線にして、島の住民を親子兄弟引き離して、他の島や集落へ強制連行して奴隷にするっていう制度があったんだ」

「そんな歴史があったんですか……」

まるで子供の遊びかと思うようなやり方にも思えるが、そんな方法で家族と引き離される住民の心情はどんなものだったのだろう。平良さんは続ける。

「人頭税制度は宮古八重山諸島限定で行われていたんだ。沖縄本島の農民にも税は課せられていたが、宮古八重山はその三倍くらいの重税だった。アカハチを討伐して、八重山を平定するのに活躍したのは紛れもなく宮古島の仲宗根豊見親さ。それなのに、宮古島は人頭税で二百年以上にもわたって搾取され続けたというわけさ」

「何だか……」

僕はカウンターの上に腕を組んでもたれた。

「おかしな話ですよね。琉球王朝は自分が薩摩藩から弱い者イジメをされているから、その付け合わせとして、自分よりもっと弱い宮古八重山をいじめてた、という事ですもんね」

「宮古島の人間にとってはな」

平良さんは声を更に低くして話した。

「沖縄本島も石垣島もライバルなんだよ。特に、沖縄本島に対する反抗心は強い」

平良さんが言うには、琉球が薩摩に侵略されたとか、搾取されたという歴史観は否定しないが、それを言い始めたら琉球だって宮古八重山に侵略して搾取していたのだから、琉球王国が他国に侵略された悲劇の国だといって被害者意識を持っている沖縄本島のウチナンチュに対しては、嫌悪感を抱いているという。

「日清両属時代には、刑事犯は宮古、政治犯は八重山に島流しにされていた。そういう歴史的背景があってからか、俺が若い頃は、特に宮古島の人間が那覇に出稼ぎに出て行くと、『罪人が島流しにされる島から来た人間』という事で、何かというと白い目で見られたり、見下される事が多かった。薩摩に侵略されたとか、アメリカに苦しめられてるとか被害者面《ひがいしゃづら》しておきながら、そういう手前《てめえ》らだって宮古島を虐げてきたわけだ」

平良さんは煙草をくわえて大きく煙を吸い込み、ゆっくりと煙を吐く。

「永倉さんと言ったな。お前さんも、ヤマトゥンチュだからって事で、沖縄の人間から何か言われるかもしれないが、別に哀れみを持つ事もないし、罪悪感を感じる必要もないんだよ」

いつだったか、東江良安さんが聞かせてくれた話では、琉球王朝は尚真王の時代には宮古八重山、奄美大島も版図に加える勢力に成長したという事だったが、平良さんの話では、琉球王朝に『侵略』されたという話なのが新鮮なようにも聞こえる。東江さんは、琉球は薩摩に侵略され、明治政府に征服されたという被害者意識を前面に押し出し、琉球王朝の勢力の拡大を自慢げに話していた。逆に宗次と希美さんは、日本が琉球を侵略し、大東亜戦争では本土防衛の盾にして見殺しにしたという加害者意識を持っていて、そんな二人の話を聞いていていて、僕も日本人として、沖縄に対しては申し訳ない気持ちを持っていた。ところが平良さんの話では、そんな被害者意識を持っているウチナンチュが気に入らないという。

　歴史というのは、どちらの立場に立って見るかによって見方が変わるものなのかもしれない。例えば歴史物の映画でも、豊臣秀吉を主人公にするか徳川家康を主人公にするかによって、お互いの人物がどう描かれるかが大幅に変わる。

「飲み物は？」

「あ……」

　気が付くと、僕が手にしていたグラスの中のジンジャエールは空っからになっていて、氷もだいぶ小さくなっていた。何か頼もうかとも思ったが、時計の針はもう一時を過ぎていた。

「明日はバイトがあるので、この辺で失礼します」

「そうかい」

　平良さんはにっこり笑って、「じゃあ、近藤宗次ってぇ男のCDを聴いたら、お前さんに連絡するよ」

　会計を済ませると、僕は「是非、よろしくお願いします！」と挨拶をして店を出た。

　黒い雲に月が見え隠れする夜空の下、原付を運転して夜風が半袖の腕に当たると心地良い涼しさだが、信号待ちで止まると蒸し暑い。首都圏では震災以降、節電を口実にした電気代節約のため、どこの道路も街灯が消えて夜道が真っ暗だが、沖縄ではまるで関係ないといったようで、コザから那覇へ向かう道路は、どこの街灯もしっかりと黄色い灯りが点いていた。

九月二十五日日曜日。

朝から大粒の雨が降っていたが、バイトをしている最中に雨は止んだ。バイト先のコンビニの近くにある貸し店舗では、今日はいつもの三十歳前後の若夫婦とともに、スーツ姿のビジネスマンも一緒に建物の中で何やら打ち合わせをしているのが見えた。

バイトを終え、ところどころに青空が見える曇り空の下、国際通りへ向かって歩いていると、僕の携帯電話に知らない番号からの着信が鳴った。電話に出ると、コザブーズハウスの平良さんだった。

「CD聴いたぞ。十月十九日にうちでライブをやるのはどうだ？」

「よっしゃ！」という喜びの声が思わず喉まで出掛かる。平良さんの野太い声を聞いていると、煙草を吹かしながら話す彼の顔が思い浮かぶようだ。僕はすぐにリュックサックの中から手帳を取り出して、その日は宗次のライブの予定が入っていない事を確認すると、「十九日なら空いてます。よろしくお願いします！」と答える。声のトーンが普段より高くなっているのが自分でも分かった。

「当日は多分九時頃から始めると思うから、好きな時間に来てくれよな」

「はい！　ありがとうございます！」

集合時間を定めず、好きな時間に来いと言われる事に違和感を感じない自分に気が付いたが、とにかく、沖縄に来て最初に獲得した仕事だ。

実は昨日、同じくCDを渡してあったダーリンビートからなかなか連絡が来ないので、こちらから電話を掛けてみたのだ。僕としては、宗次の曲を聴けば、是非ライブをやってくれと依頼してくると いう自信があったのだが、オーナーの与儀さんから言われた一言は、「特に興味ないね」という冷たいものだった。

「東京でお客さんを百五十人集めてワンマンライブを開催した実績もあるんですが」

僕は「百五十人」という言葉と、「ワンマン」という言葉を強調して粘ったが、与儀さんからは「それくらいの人なら世ヌ中《ユナカ》（よのなか）に掃いて棄てるほどいるさ」と切り捨てられ、電話を切られた。僕はあまりのあっさりさに憤りすら感じた。毎日寝る時間まで削って準備をしたワンマンライブなのに、与儀さんは「掃いて棄てる」レベルの音楽だと言い切ったのだ。――まあよい。宗次はダーリンビートに出演する事はなくても、二、三年の間にメジャーデビュー出来る実力は充分持っている。そのうち、宗次がヒット曲をいくつもリリースして、与儀さんが僕からの売り込みを断った事を後悔する日は、そう遠くない将来やって来る。だからそれまで、ゆっくり焦らず、コツコツと努力を重ねていく事が重要だと心得ている。それは宗次と希美さんが事あるごとに僕に言い聞かせている事でもあるのだ。


この日の宗次は松尾《まつお》の国際通りの植木の傍で弾き語っていた。希美さんも傍でビラ配りをしている。宗次の前で立ち止まって歌声を聴いているお客さんは三人いて、そのうち二人が女性だった。僕は希美さんに挨拶すると、お客さんらの後ろに立って宗次が歌っている姿を眺める。一曲終わると、三人のうち、男性ともう一人の女性は拍手もなく去っていったが、残っているもう一人の金髪の女性は拍手をして、そのまま立ち去ろうとする気配がなかった。

「修輔」

宗次が僕の顔を覗き込むようにして声を掛けてきた。

「マカトさんが来てくれてるよ」

女性の後ろ姿はマカトさんだった。彼女は僕の方を振り向くと、「修輔さん、ハイタイ（こんにちわ）」と言って軽く会釈してきた。

「マカトさん、来てくれてありがとうございます」

僕も会釈する。久茂地ペルリで会ったとき、彼女はまた宗次のライブに来るという事を話していたが、その場限りの社交辞令ではなく、本当に路上ライブに来てくれた事が嬉しい。確実にファンが増えたのだ。

「宗次さんのホームページも見ましたよ。レイアウトとか、構成は全部修輔さんが作ってるんですか？」

「そうですよ。デザインから更新まで、一応全部僕がやってます」

すると宗次も、「彼は俺の手となり足となり動いてくれる、本当に頼りになるマネージャーなんだ」と自慢げに言った。その様子を見ている希美さんもニコニコと笑っている。

「デージ（とても）見やすいし、お洒落なホームページだと思います！　宗次さんの音楽にもマッチしてる感じで。修輔さん、パソコン得意なんですね！」

演奏者とは違い、舞台に上がって客席からの注目を浴びる事がないマネージャーという立場上、僕はお客さんから自分の活動を褒めてもらうという事がない。マカトさんのように、宗次の音楽だけでなく、僕がやっているマネージャー業を高評価してもらえるというのはやはり鼻が高い。

「私、そろそろバイトの時間があるから行きますけど、また宗次さんのライブにも来ますね」

マカトさんはそう言って、肩に掛けていたショルダーバッグを深く掛けなおす。

「ライブといえば、十月十九日にコザにあるブーズハウスというライブハウスでついさっきブッキングが決まりましたよ。お楽しみに」

僕がにっこり笑ってそう言うと、宗次は「でかしたぞ！」と言ってガッツポーズを作りながら僕の元へ近付いてくる。

「やっぱり頼りになるヤツだよ、お前は」

彼は両手で僕の右手をがっしりと握る。彼は握手をするときは両手ですると決めているのだ。

「さすがは修輔君やね」

宗次の勢いに気おされ気味の僕に希美さんが言うと、マカトさんも、「ブーズハウスは私も行った事がありますよ。アメリカンチックで、ノリノリの場所ですよ！」と言った。

「じゃあ、楽しみにしてますね。また！」

マカトさんはそう言って僕たちに手を振ってから去って行った。彼女の話し方は本当に活き活きとしている。

「……そういえば」

宗次はふと思い出したように訊ねてくる。

「ダーリンビートの方はどうなった？」

僕は事の顛末を説明した。

「オーナーの態度が横柄というか、上から目線なんです」

「ふーん……」

宗次は遠くを見ながら何度も小さく頷く。

「何それ。最悪やん」

希美さんは臭い物を近づけられたように顔を歪める。

「よし！」

宗次は思い切ったように胸を張って頷いた。

「俺が直々に会いに行ってやろう！」

7

夜が明けたときは真っ青な空が広がっていたのだが、サンダルにハーフパンツ、黒い半袖のポロシャツ姿のアーサー・アンダーソンが沖縄市内のゲームセンターで一人、ゲームを楽しみ終えてから外へ出てみると、空は一面灰色の雲がうねりをあげていた。朝に比べて蒸し暑さは増しているが、真っ白な肌、彫りの深い目を容赦なく痛めつける日差しが出ていないという事は、彼にとってはありがたい。時間は午後四時。好奇心旺盛な二十歳の彼は、これからどこへ行こうか考えながら駐車場に止めてある自分の赤色のアメ車へ向かって歩いていくと、車の近くのベンチに一人で座っていた十代後半くらいの若い女性が近づいてきた。

「これ、あなたの車？」

ところどころ黒髪が残っている金髪を肩まで伸ばして、白いTシャツにだぼだぼパンツを穿いている女は、ぎこちない訛りのある英語で話しかけてきた。短く刈り上げたアーサーのような生まれつきの金髪とは違い、日本人が人工的に染め上げた金髪はわざとらしく、かえって日本人らしさを際立たせているように見える。二人が向き合うと、身長一八五センチメートルで体中が厚い筋肉に覆われたアーサーに対して、女は胸の高さほどの背丈しかない。アーサーの身体の中にすっぽり収まってしまいそうなくらい華奢な身体つきだ。

「そうだよ」

彼が乗っているのは八〇年代もののアメ車だ。アメリカの高校に通っているときに免許を取り、卒業と同時に海軍に入隊。すぐに日本の横須賀《よこすか》基地に配属され、一年後に普天間基地に異動した。この車は沖縄市内のアメ車取り扱い店で買った中古車で、彼が初めて自分の給料で買ったマイカーなのだ。沖縄の左側通行に合わせて、ハンドルは右側に付いている。

「今どきフェンダーミラー車って珍しいわね」

浅黒い肌をした女は真っ黒な瞳を輝かせながら興味深そうに年季の入った車を眺めている。

「カッコいいだろ」

アーサーが自慢げに応えると、女は車を親指で指しながら「乗せてよ」と言った。

「もちろん！」

アーサーは目を大きく見開いて笑顔で応えた。日本に赴任してからというもの、ほとんど女性と接した事がないアーサーにとっては、思いがけない出会いだ。

「どこに行く？」

当てもなく車を出すと、アーサーは助手席に座っている女に訊ねた。女は山原《ヤンバル》に行きたいというから、沖縄北インターから高速道路に入って、車を北へと向かわせる。

高速道路に入り、アーサーは次々とギアチェンジをしてスピードを上げていく。女性を乗せてのドライブは初めてだし、自分の運転技術を見せて気を惹きたい思いが彼のアクセルを吹かす右足に力を入れさせた。車を加速させていくと、フロントガラスにぱらぱらと水滴が付いてきたから、ワイパーを動かす。

「君、名前は？」

ハンドルを握っているアーサーは、前を見つめながら助手席の女に訊ねる。

「私の名前はメイサ。あなたは？」

メイサは、アーサーの横顔を見ながら訊ねた。

「アーサー・アンダーソンだよ」

「海藻《アーサー》……油味噌《アンダースー》？」

ウチナーグチで、「アーサー」は海の浅瀬で採れる海藻の事を意味し、「アンダーソン」という苗字は、沖縄料理では味付けによく使われる油味噌《アンダースー》という調味料を連想させる。メイサは彼の名前を反芻しながら、思わず首を傾げて笑ってしまった。アーサーはにんまりと唇を緩め、二つに割れた肉付きの良い自分の顎を右手の指で撫でた。メイサが自分の名前を素敵な名前で気に入って笑ってくれたと思い込み、すっかり機嫌を良くしている。

「一週間くらい前に、普天間基地の近くの神社で祭りがあるっていうから行ってみたんだ。祭りのクライマックスで、燃え盛る炎の上を色んな人が歩いていく行事をやっていたんだけど、何かのおまじないなのかな?」

アーサーが見たのは、境内の広場で坊主たちが火を焚き始め、数名の坊主たちがお経を唱える中、集まった何十人もの人々が火の中へお札を投げ入れていく光景だった。やがて坊主は、五メートルほどある炎の道の上を一人ずつ裸足で歩いていく。坊主たちが全員渡り終えると、次は住民らが一人ずつ、やはり裸足になって歩いていくのだ。まだ幼い子供は親が抱きかかえて歩いていく。気が付くとあたりはすっかり真っ暗になり、燃え盛る炎で、集まっている人たちの笑顔がオレンジ色に照らされていた。住民らは慣れているからだろうか。炎を怖がるような素振りは全くない。日常の喧騒からかけ離れた、幻想的な空間がそこにはあった。やがて全ての人たちが渡り終えるまで二時間ほどかかったが、その間、坊主たちはずっとお経を唱えていた。

「それは、『火渡《ひわた》り』だよ」

車内の冷房が少し強過ぎるのか、メイサは冷気が自分に直接当たらないように助手席の冷気吹き出し口の向きをいじりながら答えた。

「ヒワタリ?」

アーサーはエアコンのスイッチを操作して風量を弱くする。

「毎年今の時期になると、普天間の神社でやってるんだ」

火は様々なものを燃やす。火渡りで燃やしている炎は仏様の火で、自分の中にある煩悩だったり、犯してしまった罪を炎の中を歩く事で燃やし、仏様に許してもらうという意味があるという。

「お坊さんは、『もろもろの災難を払い除け、健やかな一年になりますように』っていう願いを込めて、祭りに来た人たちを炎の中に送り出すんだよ」

「へぇー」

アーサーは、東南アジアやオーストラリアの先住民にも、炎の上を歩く儀式を行う民族がいるという話を聞いた事がある。アーサーと同期の隊員で、沖縄の文化に詳しい仲間の話によれば、かつての琉球王国では、清国から来た柵封使に振る舞う料理として、ジュゴンという魚が使われていたそうだ。ジュゴンは東南アジアなどの熱帯エリアから沖縄の海域に生息する魚で、ジュゴンを屠っていた東南アジアの人々が、ジュゴンを求めて北上して沖縄の島に辿り着き、住みつくようになったという説があるそうだ。確かに、横須賀に赴任していたときに見た本土の日本人と、沖縄に来てから見かける沖縄住民を見比べてみると、沖縄の人々はどことなくマレー・ポリネシア系の人々に顔立ちが似通っているという印象を持った。地理的にもマレー・ポリネシア系に近い沖縄は、東南アジアの文化の影響を少なからず受けているのかもしれない。

それから車は高速道路を降りると、名護《なご》の山道へと入って行った。雨はすっかり本降りになっていて、日没までもう少し時間はあるはずだが、この日は暗くなるのがいつもより幾分早く感じられる。曲がりくねったカーブで思わず車がスリップをして、「キュキュッ」という音とともに車が後ろから軽く引っ張られた。

　アーサーは恥ずかしいところを見せてしまったと思って焦ったが、メイサは「おおっ！」と驚きの声を上げると、「ドライブ楽しい！」と言ってはしゃいでいる。自分が運転する車の助手席で、メイサが喜んでいる。アーサーはすっかり上機嫌だ。

「ねぇアーサー。私、疲れちゃった」

　メイサは両腕を前に真っ直ぐ伸ばしながら欠伸をした。もうかれこれ三時間も座席に座りっ放しだ。身体を伸ばしたいし、トイレにも行きたくなってきた。

「そろそろ休みたいわ。ゆっくり出来るところへ連れて行ってよ」

　あたりはすっかり真っ暗になり、道路脇の黄色い街灯と、車のヘッドライトに、シャワーのように振り続ける雨が照らされてきらきらと輝いて見える。

「よし、それじゃいいところへ連れて行ってあげるよ」

　アーサーはにやりと笑って応える。坂道を下った先のT字路の突き当たりの信号が赤なので、一旦そこでウィンカーを右に出しながら止まる。

「もうすぐ着くぜ」

　アーサーは笑みをこぼしながらメイサを振り向く。メイサもアーサーの方へ顔を向けて微笑んでいる。アーサーはメイサの頭の上に、自分の左手を軽く乗せて、そっと撫でた。柔らかい、滑らかな髪だ。薄暗い車内で、メイサの真っ黒な瞳がうっすらと輝きを放っている。

「可愛いね」

アーサーがそっと囁くと、メイサも吐息混じりに「ありがとう」と小声で応える。信号が青に変わり、交差点を右折すると、左側にピンクと青のネオンが輝く看板が見えてきた。コンクリート五階建ての建物には、西洋の城を髣髴とさせる無数の窓が付いていて、それぞれ薄明るいライトで下から照らされている。車はその建物の入り口に掛かっている暖簾のような垂れ幕を潜って、ラブホテルの駐車場の中に入って行った。

「きゃあーーー！」

突然、メイサは甲高い悲鳴を上げた。アーサーは突然の大声に動揺して、車を止める。

「ど、どうした!?」

メイサはそれまで見せていた、真ん丸で可愛らしい瞳がまるで幻だったのかと思うような、刃物のような鋭い目つきでアーサーを睨みつけている。

「あなたってそういう事しか考えてないのね！」

メイサはアメリカのホラー映画で悪霊に憑依された主人公のような、グロテスクな低い声で罵ると、助手席のドアを開けて車から降り、ラブホテルの駐車場を飛び出してどこかへ行ってしまった。

アーサーはしばらくその場に留まったまま、ただ呆然としていた。ここまでの出来事を冷静に振り返ってみる。ゲームセンターの駐車場でメイサが話しかけてきて、ドライブに連れて行ってほしいと逆ナンパしてきた。ドライブをしているうちに段々と打ち解けてきて、良いムードになってきた。メイサが「休みたい」というから、てっきりラブホテルに行きたいという意味かと思い、ここまで連れてきた。どこで何を間違えたのだろう。自分は何か間違った事をしただろうか。アーサーは一旦車から降りて、開けっ放しになったままの助手席のドアを閉め、難しい表情をしたまま再び車に乗り込み、ラブホテルを出て行った。メイサは車を降りるとき、助手席の床に携帯電話を落としてしまったのだが、この時点では、アーサーもメイサもまだそれに気付いてはいない。

一方、ラブホテルを飛び出したメイサは、立ち止まる事も後ろを振り向く事もないまま、何百メートルも走って逃げた。そして最寄りの交番に駆け込む頃には、頭から足の先まですっかりずぶ濡れになっていた。

「タシキテクミソーレ（助けて下さい）！　アメリカーにレイプされました！」

机に座って何か書き物をしていた二十代の若手警察官は、髪の毛から水滴がポタポタと垂れているメイサを見ると、険しい表情で立ち上がり、「たった今ですか？」と、緊張感のある、それでいて冷静な口調で訊ねてきた。

「そうです！　車で拉致されて、すぐそこのラブホテルに連れ込まれそうになって……それで……逃げ出してきました！」

メイサが動揺した様子で、まだうまく説明が出来ずにいると、若手警察官の後ろにある扉が開き、奥の部屋から中年の警察官が出てきて、「ここに来ればもう大丈夫だよ」と落ち着いた口調で諭した。そして持っていた無線機で本署にパトカーを要請する。若手警察官はメイサを机を挟んだ向かい側のパイプ椅子に座らせ、事情を聴こうとする。

中年の警察官はメイサの顔を見て、何か引っ掛かるものを感じていた。どこかで見た事があるような顔だ――。

8

十月十九日。朝のテレビニュースでは、ニュースキャスターが一昨日発生した米軍兵士によるレイプ事件の原稿を読み上げていた。

「沖縄県警名護署は十七日夜、沖縄市在住の一六歳の少女を車で連れまわして暴行を加えたとして、米軍普天間基地所属の二等兵アーサー・アンダーソン容疑者（二十歳）を拉致・監禁、暴行の容疑で逮捕しました。アンダーソン容疑者は十七日の夕方、沖縄市内のゲームセンターの駐車場で、同市在住の十六歳の少女を車に無理矢理連れ込み、約三時間にわたって連れまわした挙句、髪の毛を引っ張るなどの暴行を加えました。アンダーソン容疑者がホテルの駐車場で車を止めた隙に少女は逃げ出し、近くの交番に駆け込んだという事です。少女が覚えていた車のナンバーを基に警察が付近を警戒していたところ、近くのコンビニの駐車場にいたアンダーソン容疑者を発見。アンダーソン容疑者は当初容疑を否認しましたが、車内には少女の携帯電話が残されており、これが決定的な証拠となって逮捕に至りました。警察の調べに対し、アンダーソン容疑者は『髪の毛を触ったが、同意の上だった。引っ張ったりはしていない』と供述しているそうです」

この手のニュースを見聞きすると、僕は被害者の女性がその後、どうやって生きていくのだろうかと考える。職場や学校に、それまで通り何事もなかったように通い続ける事が出来るだろうか。太宰治の「人間失格」という小説では、主人公の妻が他の男に犯されて以降、可憐さを失い、夫が唯一寄せていた無垢の信頼を汚され、伴侶である夫にさえ恐る恐る接するようになってしまう姿が描かれている。ましてやまだ大人になる前の、純粋無垢な少女だ。これから先、果たして人前に出て、社会人として生きていけるのだろうか。少なくとも、こんな理不尽で卑劣な事をする男は、アメリカ人か日本人かを問わず、厳罰に処されるべきなのだ。——そんな事を考えながらバイトに向かい、コンビニの勤務時間が終わる頃、店に仕入れる夕刊を棚に並べているとき、新聞の一面の下欄に書かれた記事のタイトルが目に入った。

「少女暴行の米兵釈放」

新聞の入れ替えをしているふりをしながら記事の内容を読んでみると、アンダーソン容疑者は十八日の夜に釈放されたという事だった。何故釈放されたのかは書かれていないが、沖縄県内で活動している、女性の人権を擁護する団体の代表による談話が紹介されていた。

「このような女性の尊厳を踏みにじるような非人道的な犯人がこうも簡単に釈放されるなんて許せない。日米地位協定を改定しなければいけない」

僕はふと、平良さんの言葉を思い出した。テレビも新聞も、まるで米兵を悪者にしようとして、こうしたニュースを大々的に報道しようとしている側面は確かにあるのかもしれない。でも、仮にそうだとしても、沖縄ではこうして米兵による暴行事件で苦しんでいる人がいるのも、また事実なのだ。偏った報道は良くないが、それはそれとして、やはり米軍基地のあり方は考えなければいけないような気もする。

バイトを終えて外へ出ると、もう十月の午後だというのに、太陽はまだまだ空の高いところでギラギラと輝いていた。肌を刺す紫外線には相変わらず痛みを覚える。「暑さ寒さも彼岸まで」という言葉があるが、一年を通して温暖な気候の沖縄においてこの言葉は当てはまらない。十月に入って、ようやく夜はクーラーなしで寝れるくらいまで蒸し暑さが和らいできたものの、昼間はまだまだ真夏の暑さが続いている。千葉に住んでいた頃は、毎年この時期になると、日に日に早まっていく夕暮れに秋の哀愁を感じていたものだが、夕暮れが遅いこの島では季節の移り変わりも遅いようで、着ている服装はまだまだ半袖だ。

とはいえ、沖縄に移り住んで二ヶ月余。ここでの生活にも少しずつ慣れてきたように思える。まだ千葉に住んでいた頃、初めて食べたときには苦くて食べられなかったゴーヤも、今では自宅で自炊するときにも食材として使うようになった。沖縄ならではの言葉遣いについてもそうだ。ウチナンチュは今でも、日本の本土を「内地」と呼ぶし、「自分が○○します」というとき、「○○しましょうね」とか「○○しようね」という言い方をする。「○○なの?」と訊ねるときは「○○ねー」と言う。はじめのうちは感じていた違和感も、いつの間にかなくなっていたし、気が付けば自分でもときどきそういう言葉遣いになっている。

壺川のアパートに向かって、西地区の路地裏を歩く。いつも通りかかるビルの一階では、夫婦だろうか、三十歳前後くらいの男女が、ついこの間までは鉄の扉だった入り口に木製のドアをはめ込んで、青いペンキを塗っていた。そこを通り過ぎると、僕の前を歩いている、夏服の制服姿の女子高生三人組の会話が聞こえてきた。

「一昨日沖縄市であった米兵のレイプ事件の女の子ね、メイサっていって、私の中学時代の同級生なんだ」

「マジで?」

「しかも、駆け込んだ交番にいた警察官が私のお父さんなんだ」

「アキサミヨーナ(なんて事)! 凄い偶然だね」

「あれって本当にレイプだったの?」

「メイサは学校になんてほとんど来ないで、公園やゲームセンターで年上の男たち《イキガ》とつるんでバイクで走り回ったりしてる不良だったよ。中学生のとき、無免許ノーヘルで、しかも麻薬までやってるのを見つかって私のお父さんに逮捕された事があるんだ」

「何それ。どうしようもない女《イナグ》じゃん」

「一昨日の事件はね、メイサが逆ナンパしてドライブに行って、そのうち段々米兵がその気になってラブホテルに連れて行こうとしたところでメイサが逆ギレして逃げ出して交番に駆け込んだっていうのが事件の概要らしいよ」

「最悪な女じゃん」

「ふんっ。そんなヤツ、死ねばいいさ」

「沖縄で起きる『米兵のレイプ事件』ってさ、そういう話ばっかりだよね。『被害者』として報道される匿名の女性は不良娘とか水商売やってる女ばかりで、女がアメリカーを引っ掛けてトラブルを起こしてるだけなのに、そういう事件の背景は一切報道しないで、アメリカーが一方的に悪いように報道される」

女子高生たちは途中で僕とは反対の方向へ歩いて行った。

あの子たちが話していた事が本当だとしたら、僕がテレビや新聞で見た事件の報道はかなり歪められたものだという事になる。そしてそんな報道を真に受けていた自分が何やら恥ずかしい気持ちも湧いてきた。新聞では、事件から二十四時間ほどで米兵が釈放された事が問題視されていたが、あの女子高生らが話していた事が事件の真相なら、逮捕して取り調べをしたところで、レイプをした痕跡など出てくるわけがないし、そもそも「拉致」した事にもならないだろう。沖縄のメディアは何かにつけて米軍に対して批判的な報道をしている。米軍を悪者扱いして、県民が米軍に苦しめられているかのような報道をして、世論を基地反対へ導こうとしているのだ。平良さんは、基地反対運動をしている団体は共産主義者だという話を聞かせてくれたが、沖縄のメディアも共産主義企業なのだろうか。

ある出来事があったとき、その背景に何があるのか、どんな経緯で起きたのかという事をしっかり吟味せずに、その出来事だけを大々的に宣伝してしまうと、誤った認識が持たれやすいと思う。

今月に入ってから、僕は大城立裕の『小説　琉球処分』という本を読んだ。沖縄の歴史を勉強してみると、学校では教えてくれなかった事があまりにも多い事が分かってきた。琉球処分はただ淡々と行われたわけではなく、明治政府は何年もの歳月をかけて工作を行っていたのだ。大久保《おおくぼ》利通《としみち》は東京で出版されていた新聞を首里王府に配布するなどしており、王府の中には、清国より日本の方が発展しているのではないか、これからは清国ではなく、日本を遵奉した方が今後の琉球のためになるのではないかといった見方をする者も少なくなかったようだ。琉球王国にとっても、そこで徹底的に反対をしたために捕らえられて厳しい拷問の末に命を落とした者もいれば、その逆もいた。藩王御請をすんなりと受け入れた三司官宜湾親方は頑固党の士族から売国奴となじられ、陰湿なまでの嫌がらせを受け続けた末に、藩王御請から三年後に病死。彼の後任となった池城親方は東京で琉球処分官松田道之から何度も琉球処分の受け入れを迫られ、琉球の命運を握らされているプレッシャーから病の床に伏せり、琉球に帰れないまま東京で亡くなっている。

薩摩藩による侵略、明治政府による琉球処分、そして第二次大戦における沖縄戦など、沖縄はよく「悲劇の島」と呼ばれる。確かに、悲劇と呼べるかもしれない。もっとも、当時の西欧列強諸国がアジア・アフリカの諸地域を次々と植民地にしていた時代背景を考えれば、たとえ日本が琉球を占領しなかったとしても、ヨーロッパの国によって植民地支配される事になっていたであろう事は、ここまで勉強すれば想像に難くない。僕はこうした、琉球処分が行われた時代背景とか、そして経緯を学校でもしっかりと教えてほしかったと思う。一歩間違えれば、沖縄は明治時代の時点でフランスやポルトガル、或いはアメリカによって植民地にされていたかもしれないのだ。

自宅に帰ると、僕は食事を済ませ、テレビ番組をぼんやり見ながら過ごす。今日はこれからコザブーズハウスで宗次のライブがある日だ。宗次は六時過ぎにはライブハウスにいるようにすると言っていたので、僕も同じくらいの時間に行けるように、五時半頃にはアパートを出る。原付で走り始めた頃はまだ西日が建物の窓に眩しく反射していたが、コザに着く頃には、空はすっかり暗くなり、街のネオンが鮮やかに輝いていた。ブーズハウスがあるビルと隣のビルの隙間に原付を止めると、僕は店の前で宗次が来るのを待った。黄色いかりゆしウェアにギターケースを背負い、左手に黒い鞄を提げた宗次は十分もしないうちに来た。希美さんは仕事で、翌日も朝から仕事のため、今日は来れないらしい。沖縄では官公庁の職員や政治家でも、夏場はかりゆしウェアが公的な服装として認知されていると聞くが、宗次はすっかり沖縄《ウチナー》被れになっているようだ。

「ここがブーズハウスか……」

宗次は店の看板を真剣な眼差しで見つめると、腰の横に両手で拳を握って、「よしっ」と気合いの入った掛け声を掛けた。

「入ろう！」

僕が扉を開けて先に店に入ると、フロアにはまだ客の姿はなかったが、カウンター席にはアメリカ人の客が二人ほど座ってビールを飲んでいた。

「おぉ永倉君」

カウンターの向こうにいる平良さんは僕の後ろから入ってきた宗次を見て、「彼が近藤君か」と言って、鋭い眼光を宗次へ向けた。宗次は両手を横に気を付けの姿勢になり、「近藤宗次です。よろしくお願いします！」と言って深々と一礼した。

「CD聴いたぞ。楽屋はステージの横の扉の奥だ」

宗次は「ありがとうございます！」と応え、CDを聴いての感想を訊こうとしたが、平良さんはすぐにカウンター席の客と英語で会話を始めてしまった。宗次は首を傾げながら僕の顔を覗き込む。僕は「行きましょう」と言って宗次と一緒に楽屋に向かった。

「何だか……とっつきにくい人だな」

扉をステージの横の扉を開け、楽屋へ通じる廊下へ出ると、宗次は腑に落ちない顔で呟いた。

「でも、話をしてみると、意外と話しやすいですよ」

僕は楽屋に入ると、ライブでいつも着ている赤いポロシャツに着替えている宗次に向かって言った。

楽屋といっても、四畳間ほどしかない。そこを複数の出演者で一緒に使うのだ。宗次はケースから取り出したギターのチューニングを合わせ始めた。

それから宗次はステージに移動して、マイクやギターの音量、マイクと譜面台の高さなどを確認した。それから僕たちはカウンター席に座って、車を運転してきた宗次はウーロン茶、僕はジンジャエールを飲んだ。アメリカ人の客はもう帰ってしまったようだ。

「お前さんは、ビートルズが好きなのか」

平良さんがにこにこしながら宗次に訊ねた。カウンターの椅子は座高が高いので、背が低い平良さんと話をしていると、椅子に座っていても、僕は平良さんと同じくらいの目線、宗次はやや高いところから平良さんを見下す格好になる。

「ビートルズは中学生の頃にハマってましたよ。分かりますか」

宗次は前歯の欠けた口元を見せながら笑顔で答えた。ビートルズの音楽に多大な影響を受けてギターを始めた宗次にとって、彼の音楽の中には、ビートルズの魂ともいうべきものが受け継がれているのだという話を、僕は高校生の頃からたびたび聞かされている。彼の曲を聴いただけでそれを見抜くなんて、平良さんはやはり只者ではない。

「分かるさぁ」

平良さんは煙草に火を点けてくわえ、「『赤は着ないで』は特に、インパクトが強い」と言った。あの曲は宗次渾身の代表曲であり、僕が一番気に入っている曲でもある。どうやら平良さんも、宗次と同じ価値観を共有している人のようだ。これからこの二人は仲良くやっていけるだろう。そんな気がする。それから二人はビートルズの楽曲や歴史について語り合い、大いに盛り上がっていた。平良さんの話によれば、平良さんは中学生のときにビートルズの音楽と出会ってギターを始め、那覇へ出てきてからはコザのライブハウスでアメリカ人のバンドと対バンでビートルズのカバーイベントに出演していた時期もあるそうだ。

「沖縄は内地よりもアメリカに直接統治されてた時代が長い。ヤマトゥンチュはテレビやラジオでオールディーズやビートルズの真似をしてたようだが、アメリカ世《ユー》の沖縄は本場アメリカのミュージシャンと一緒に店でギターを弾いて歌を歌っていた。アメリカンロックもフォークソングも、沖縄の方が内地よりもレベルは上だぜ」

考えてみれば、日本は九十年代後半からヒップホップが流行し始めたが、その先駆けとなったのは安室奈美恵《あむろなみえ》やMAX《マックス》、SPEED《スピード》などのウチナンチュアーティストだった。

前回この店に来たときに感じたが、米軍基地の目と鼻の先の、アメリカ人のミュージシャンやお客さんが沢山訪れるライブハウスだけあって、アメリカンチックな雰囲気を感じた。日本の首都である東京のライブハウスとは全く違うし、同じ沖縄でも、那覇の久茂地ペルリはまだ東京のライブハウスとそんなに変わらないと思う。平良さんも言っていたが、やはりコザという街はアメリカとともに発展してきた街であり、沖縄のバンドミュージックはアメリカの影響を強く受けて進化したものなのだろう。

話をしているうちに、店にはぞろぞろと客足が増え始め、十人前後くらいのお客さんがいる状態になった。そのうちアメリカ人は半分くらいだろうか。そんな中、九時少し前になると、マカトさんが入ってきた。僕と宗次が挨拶すると、宗次は座っていた座席をマカトさんに譲って楽屋へ入っていった。

「沖縄の生活にも、だいぶ慣れましたか?」

注文したラム酒を飲みながら、僕の左側に座っているマカトさんが訊ねてきた。僕は引っ越した直後は沖縄特有の暑さにバテ気味だったが、近頃はだいぶ慣れてきたという事、沖縄の歴史に対する理解を深めるために、『小説　琉球処分』という本を読んだ事を話した。

「私もあの本は読んだよ!　学校じゃ教えてくれない歴史の裏話が書いてあって、勉強になるよね」

目を大きく見開いたり、眉毛を上下させながら話すマカトさんに、僕は自分の感想を伝えた。

「物語の最後で、頑固党の亀川盛棟《かめがわせいとう》が福州《ふくしゅう》で殺されてしまうでしょ?　当時は日本への遵奉を受け入れようとする考え方の人たちと、琉球の独立を守るために断固として反対する人たちの対立があったわけだけど、結局は大日本帝国の領土として落ち着く事になってしまう。あの時代、開化党も頑固党も、亡くなっていった多くの人たちは、どうして死ななければならなかったんだろうと考えると、虚しくなったよ」

「そうかもしれないけど……」

マカトさんは目を細めて首を傾げた。

「頑固党の士族は、琉球の独立を守ろうとしていたっていう見方も出来るかもしれないけど、愛国心とか尚王家に対する忠誠心とか、そういう、日本《ヤマトウ》でいう侍魂みたいな気持ちを持っていたわけではないみたいだけどね」

「どういう事？」

「琉球処分に反対していた士族はさ、王朝が解体される事によって自分たちの身分が貶められちゃうから反対してただけなんだよ。日本《ヤマトウ》でも明治維新の後、帯刀の特権を奪われたり、秩禄処分で無禄になった士族の反乱が全国各地であったでしょ？　自分でコツコツ働いてお金を稼ぐ事もしないで、ただ威張りくさってるだけでお金を貰ってるだけなのに、そういう特権が奪われる事が嫌で反対してただけなんだよ」

マカトさんの話では、日本の各地で起きた士族による反乱や、大久保利通が無禄士族によって暗殺されるような事件を未然に防ぐため、琉球処分後も、各間切《まぎり》（＝郊外の行政区画）の役場で働く職員には王朝時代からの官吏、士族を引き続き採用して、税制度や地方制度、土地制度はそのまま残されたのだという。こうした王朝時代の制度を引き続き残す政策を、「旧慣温存《きゅうかんおんぞん》」と呼ぶそうだ。

当時の明治政府にとって、琉球処分を行って「沖縄県」になったとはいえ、沖縄はまだまだ言語も文化も生活習慣も、内地とは大幅に異なる事実上の異国だった。同じ日本内地でさえも、大胆な改革を行っていく中で旧支配層の人々からは反発が起きたのだから、沖縄ではそうした反発を抑えるため、急速な改革は行わず、しばらくの間は王朝時代の制度をそのまま活かして様子を見ようという事だったのかもしれない。

「でもね。旧慣温存政策が布《し》かれていても、頑固党の士族は業務をボイコットしたり、役場を閉鎖して内地から来た警察に徹底抗戦する人たちも大勢いたわけよ」

沖縄本島各地はもちろん、そうした反乱は離島でも起きていたらしい。久米島では島民が一致団結して反乱を起こしたために、当時の上杉茂憲《うえすぎもちのり》県令が自ら軍隊を率いて鎮圧に向かったという。

「宮古島でも、ショッキングな事件があったぞ」

お客さんが飲み終えたグラスを洗い、布巾で磨きながら平良さんが話し掛けてきた。

「サンシイ事件ですよね」

マカトさんが言うと、平良さんは顔を上げてマカトさんの顔を見ながら「よく知ってるねー」と言って、大きな口をにんまりと曲げて笑った。平良さんの話では、琉球処分の直後、無禄士族の下地《しもち》利社《りしゃ》という男が宮古島の交番で通弁《つうべん》（=通訳）として雇われたそうだ。島人《シマンチュ》としての魂を日本《ヤマトウ》へ売った裏切り者として、島人らは千人がかりで交番を取り囲み、利舎を引きずり出して撲殺するという忌まわしい事件があったという。これをサンシイ事件というそうだが、「サンシイ」とは宮古島の方言で「賛成」という意味があり、下地利社が明治政府による沖縄統治に賛成したために島人に殺されたからこの名前が付いたという事だ。

「旧慣温存政策のせいで、宮古八重山では人頭税制度が一九〇三年まで続く事になった。重い重税で島人が苦しんでるのに、手前《てめえ》一人だけ立派な仕事を貰って美味しい思いをしてるのが許せなかったわけさ」

平良さんはコップを自分の顔に近づけてじっくり見つめまわして、水滴の拭き残しがないか確かめながらそう言った。

何やら、宮古島の島人の島国根性を感じさせるような話のようにも思える。裏切り者には容赦しない、絶対に許さないという、当時の人々の感情が伝わってくるようだ。平良さんの半袖シャツからはみ出して見える刺青を見ていると、なおさら生々しく聞こえる気もする。

「そうすると……」

僕はジンジャエールを一口飲んでから口を開いた。

「当時の宮古島の人たちは琉球処分に反対してる人が多かったという事ですね？」

「琉球王朝時代から宮古島は圧制に苦しんでいたが、明治政府になっても、それは変わらなかった。あくまでも、宮古島の島人《シマンチュ》は宮古島の島人であって、日本人ではないわけさ。数百年続いた王朝時代に比べて、大和世《ヤマトウユー》（＝日本統治時代）はせいぜい七十年も続かなかった。そして俺が生まれたときは、沖縄戦もとっくに終わって、アメリカ世《ユー》」

平良さんはコップをグラス棚に戻すと、僕の顔を見て唇を緩めた。

「言っておくがな」

何やら自信に満ち溢れたような表情だ。

「俺は自分の事を、今でも日本人とは思ってないぞ。俺はあくまで琉球人。沖縄本島出身のヤツも広い意味では同じ琉球人かもしれんが、やっぱり宮古島とは気質が違うな」

そういえば、東江さんも同じ事を言っていたのを思い出す。ウチナンチュは、国籍は確かに日本人でも、それは首里王府の反対を押し切って無理矢理日本に編入されたから日本人になっただけであり、アイデンティティとしては、「自分は日本人ではなく琉球人」あるいは「ウチナンチュ」という意識を持っている人が今でも確実にいる。一方で、京子さんのように、歴史をずっと遡っていけば沖縄も日本も同じ文化圏であり、ウチナンチュもヤマトゥンチュも同じ日本人だという考え方の人もいる。同じウチナンチュ同士でも、こうしたアイデンティティのギャップがあるようだ。どちらも考え方としては正論のように思えてしまうし、どちらが正しいという結論を出すのは難しいようにも思える。

「じゃあ、難しい話はこれくらいにして、そろそろ始めるか」

平良さんはそう言って、宗次さんに声を掛けるために楽屋に向かった。

「宮古島の人ってさ」

平良さんがドアの向こうに姿を消すと、マカトさんが小声で言った。

「『血気盛んな人が多い』って評判なんだけど、サンシイ事件の話を聞いてから平良さんを見てると、ほんとその通りだと思わない？」

確かに宮古島の島人には、沖縄本島の人にはない、一種の力強さみたいなものがあるのかもしれない。でも平良さんの話を聞く限り、宮古島には宮古島ならではの価値観や歴史観があるのだという事も分かった。東江さんは、琉球王国は奄美から宮古八重山まで勢力を広げた広大な国だったと自慢していたが、宮古島から見れば、ただ単に琉球王国に侵略されたに過ぎない。そうした、虐げられてきた歴史を持つ地域だからこそ、生きていく強さみたいなものが備わっているという部分もあるかもしれない。平良さんのどすの利いた太い声を聞いていると、何となくそんな気がする。

やがて平良さんがカウンターに戻ってくると、ほどなくしてギターを持った宗次がステージに登場した。僕から見て左側のフロアからは早くも「ヒューヒュー」とか「イエーイ」といった歓声が上がっている。アメリカ人のお客さんらは、真っ白な頬をほんのり赤く染めている。僕の隣に座っているマカトさんはステージの方を向いているので、僕に対しては背中を見せている格好だ。宗次は外国人のお客さんを前にして歌うのは初めてだが、緊張というよりは、わくわくしているといったようで、欠けた前歯を見せてにこにこしている。

「ジャカジャカジャカジャカジャーン」

ギターの音色を奏でると、宗次は「ハロー！　マイネイムイズ宗次、近藤。ナイストゥミーチュー。ハウアーユー?」と、ぎこちない英語で挨拶をした。これにはアメリカ人客らは眉毛をへの字に曲げて苦笑する。

「えー……うー……」

宗次は次に何を言ったら良いのか分からず、困ったような顔で頭を指で掻いていたが、やがて気を取り直したように、「まぁ、日本語で話しましょうかね」と笑顔で言った。

「東京都出身のシンガーソングライターです。沖縄が大好きで、今年の七月に引っ越してきました」

一通り自己紹介をすると、バラードを二曲歌い、続いてアメリカ人に受けるようにと、イーグルスの『Take it easy』のカバーを歌った。これはアメリカ人のお客さんにもそれなりに好意的に受け止めてもらえたようで、お客さんらはそれぞれ手拍子をしてリズムに乗り、一緒に歌詞を口ずさんだりして楽しんでいる様子だった。僕の前に座っているマカトさんも、手拍子をして盛り上がっている。そして気分が段々乗ってきたところで、四曲目に『バック・イン・ザ琉球』を歌った。これにはアメリカ人のお客さんらは大喜びといった様子で、皆アップテンポのリズムに合わせてフロアで激しく踊りとおしていた。

「沖縄のライブハウスって、ほんとノリがいいですね！　東京の人よりパワーがあるっていうか、お客さんのノリがいいので、アーティストとしてもやり甲斐があります！」

顔に汗をびっしょり掻きながら話す宗次の声はすっかり弾んでいる。お客さんらはお酒が進んでいるせいもあり、宗次のライブにすっかり酔いしれて上機嫌だ。どうやら宗次の音楽はコザのアメリカ人にも受け入れてもらえたようだ。

「それでは最後の曲になります。『赤は着ないで』」

悲しげなハーモニカ、しっとりとしたギターの音色、哀愁漂う歌声。悲愴な面持ちでギターを奏でる宗次を眺めているお客さんらは、皆それまでの弾けたムードがまるで嘘のようにじっくりと歌に聴き入っていた。歌詞の意味は通じなくても、宗次がこの歌で伝えたい「切ない思い」は、アメリカ人のお客さんにもしっかりと伝わっているように思える。

「ありがとうございました。サンキュー」

歌い終えた宗次が深々とお辞儀をすると、店内は盛大な拍手に包まれた。「パチパチパチー」と大きな拍手をしているマカトさんとカウンターを挟んで向かい側に立っている平良さんは、満足げな顔でにんまりと笑い、ステージの照明を落としてＰＡの機械を操作した。この店では平良さんがマスターとＰＡと照明を兼務しているのだ。

「どうだった？　今日のライブは」

僕はカウンターのテーブルに向き直ったマカトさんに訊ねた。

「『赤は着ないで』は何回聴いても、ほんといい曲だね」

「あの曲ね、題名は僕が付けたんだ」

「えっ？　そうなの？」

マカトさんが目を大きく見開くと、薄暗い店内でも、真っ黒な瞳がカウンターの上からぶら下がっている電球に反射してよく輝いている。僕は高校時代に宗次の路上ライブを見に行ったとき、彼から頼まれて曲の名付け親になった経緯を話した。マカトさんは僕の目を見て、何回も頷きながら聞いている。

「うん……歌の内容にしっくりくる、いいネーミングだと思う」

自分の前に置かれたグラスに残っているラム酒を見つめながら、彼女は深く頷いた。そして遠くを見つめるようにして、「修輔君は凄いなぁ」と感心したように呟く。

「宗次さんから、本当に心から信頼されてるんだねぇ」

僕は思わず右手で頭の裏を押さえながら、「まあね」と照れ笑いをした。頬が火照るのを感じる。マカトさんは残ったラム酒をぐいと飲み干した。

「私なんてさ」

ため息交じりにそう言って、肘をテーブルに付けた右手でグラスを持ち上げ、顔の前でゆらゆらと回した。グラスの中に残された三つの氷がくるくると回る。

「誰かに信頼された事もないし、心から信頼出来る人に出会った事もないさ」

話が突然ネガティブになってしまった。こんなとき、どんな言葉を返したら良いか分からない。僕がしばらく黙っていると、彼女はグラスを置いて僕の方を向き、両手を合わせた。

「ごめん！　私、酔ってるさ」

そう言って彼女は唇から舌を出して見せた。彼女は気を取り直したように、平良さんにカルーアを注文する。彼女は何か、暗い過去でもあるのかもしれない。僕は特に気にしない事にして、ジンジャエールのお代わりを注文した。

ちょうどそこへ宗次がやって来て、僕とマカトさんの間に立った。

「ありがとう！」

宗次は右手をマカトさんに差し出す。

「今日のライブも楽しかったです！」

マカトさんが宗次の手を握ると、宗次は両手で握り返して握手を交わす。マカトさんが宗次に音楽の事をいくつか質問しているうちに、次の出番のアーティストがステージに登場した。今度のアーティストも宗次と同様、ギター弾き語りの男性だ。二番目の出演者のライブが始まるので、宗次は店の出入り口の付近へ移動して立ち見をする事にした。

この日、二番目に出演したアーティストはフォークソングを歌うアーティストだった。一曲目に、比較的テンポの早い曲を弾いたのだが、お世辞にも歌が上手とは言えないし、ギターの音もずれている。押さえられるコードも限られているのだろうか。コードを押さえる左手の動きが少ないようだ。フロアにいたお客さんらは、宗次のライブ中とは打って変わって、見るからに退屈そうな態で突っ立ってステージを見ていた。隣にいる仲間と何やら退屈そうに話をしたり、演奏中でもカウンターに来て酒を注文するお客さんもいた。挙句の果てには、歌っているアーティストに向かって親指を下に向けて「ブーーー」と低い声を出すお客さんまで出てきた。高校生のときからいくつものライブハウスやアーティストを見てきたが、こんな光景は初めてだ。日本人は周囲の人に合わせて大人しくする民族だから、たとえライブが面白くなくても、社交辞令で拍手をしたり、アーティストから求められれば手拍子だってするものだ。でも、アメリカ人にはそういった、最低限の「情け」みたいなものがないようだ。

ほとんどのお客さんがあからさまに不機嫌な態度でいる事は、ステージに立っているアーティストが一番よく分かっているはずだが、それでも彼は一曲目を歌い終えると、「ありがとうございました」と言ってお辞儀をする。言葉の訛りからすると、ウチナンチュだ。僕は一応拍手をしかけたのだが、フロアに立っているお客さんらは一斉にブーイングの大合唱を始めた。マカトさんはブーイングこそしていないが、腕を組んで退屈そうにしている。カウンターの中の平良さんはぶすっとした表情でアーティストを見ている。宗次の方を振り向いたら、やはりこれまで経験した事のないような重苦しい空気に、視線をきょろきょろ泳がせて動揺している。確かにこのアーティストのレベルは低いと思うが、ここまであからさまに負の感情を前面に出されると、ステージに立っている人が可哀相にすら思えてしまう。宗次のときはあんなに盛り上がっていたのに、まるで別の店にいるような空気すら漂っている。ブーイングを受けているアーティストは額から頬にかけて汗を滴らせながら、満面の笑みをぎこちなく作り、「では、次の曲です」と言って、曲の説明をした。

「それでは聴いて下さい」

ギターの音は相変わらずずれているが、ゆったりとしたバラードの曲を弾き始めた。会場は再び激しいブーイングが鳴り響き、フロアにいた客の中から、一本のビール瓶がステージに向かって投げ込まれた。ビール瓶は間一髪アーティストの顔の横を飛んで、ステージの後ろにあるドラムセットに

「ガシャン」という音を立ててぶつかった。突然の出来事に、アーティストはびっくりした表情でのけぞったが、それでも演奏を続けようとしている。

「ヌーガヒャー（何すんだ）この野郎！」という怒鳴り声がメロディをかき消す。たちまちフロアではお客さん同士が入り乱れて殴り合いを始め、大乱闘となった。

「まずい。一旦外へ出よう」

マカトさんは椅子の背もたれに掛けた自分のナップサックを持って出口へと向かった。争いに巻き込まれてはたまらない。

「こら！　何やってんだ！」という平良さんの怒鳴り声を背に、僕と宗次も早々と店の外へ出る。

ヒートアップした店内の空気から一転して、外へ出ると急に空気がひんやりと感じられた。僕がすぐに携帯電話で一一〇番通報すると、間もなくパトカーが立て続けに二台到着した。警察官とともに店内に入ると、一人のタンクトップ姿の大柄な白人の男がうつ伏せの状態で、男の右腕と左腕を日本人の男性二人が押さえつけ、背中の上に平良さんが馬乗りになっているところだった。平良さんはヌンチャクで白人の男の首を締め上げ、「俺の店で勝手な事すんじゃねぇぞ！」と、店内に響き渡るような大声で怒鳴りつけていた。

「Oh……I'm sorry……」

白人の男は苦しそうに顔を歪めている。どうやらこの男がビール瓶を投げた張本人のようだ。

「何があったの？」

警察官が問いかけると、平良さんはヌンチャクを緩めて男を放した。男は床にあぐらをかいて座り込み、自分のした事を悔んでいるかのように両手で頭を押さえている。平良さんは事の顛末を警察官に説明した。ライブの最中、この男がビール瓶をステージに投げ込んだ事が発端となって乱闘が始まった事。周りにいた者同士で男を取り押さえた事。すると警察官は「怪我人はいますか？」と周りの人たちに訊ねた。怪我人がいないという事が分かると、一緒に駆けつけた警察官らと何やら一言二言交わしてから、「じゃあ、もういいですか？」と平良さんに訊ねた。

「おう」

平良さんが低い声で頷くと、警察官らは白人の男からは事情聴取もせずに、すぐに引き揚げて行った。あれだけ大騒ぎをしたのに、この呆気なさはなんだろう。アーティストに向かってビール瓶を投げてライブを中断させたのに、威力業務妨害とか傷害未遂などの罪には問われないのだろうか。先ほどまでの喧騒が嘘のように、店内はすっかり静まり返っている。フロアにいるお客さんらは誰も彼も白けた表情で突っ立っている。

「皆、悪いが今日のところはもう帰ってくれ。今日はもう終わりだ」

平良さんは店内を見回すように言い放ち、ヌンチャクを畳んでカウンターの中へ入った。お客さんらは「あーあ」といったように溜め息をつきながら店を出て行く。

「せっかく宗次さんのライブで楽しめたのに……次に出てきたアーティストのせいで滅茶苦茶になっちゃったね」

初めての体験にただ唖然としている僕と宗次に、マカトさんは溜め息混じりにそう言って店を出て行った。ライブを妨害した男ではなく、お客さんが白けるようなライブをしたアーティストの方が悪いというのだ。

「沖縄の人って、やっぱり内地と感覚が違うんだな……」

マカトさんが出て行き、「バタン」と閉まった扉を見つめながら、宗次が呟いた。平良さんはアメリカンロックもフォークソングも、内地よりも沖縄の方が先に始まったんだと言っていた。日本とはモラルも価値観も異なるアメリカから来た軍人に囲まれた中で音楽をするには、ライブハウスに来た米兵に日本式のお行儀の良さを求めるのは無理な話なのかもしれない。米兵が暴れだしたら、それは暴れた米兵が悪いのではなく、レベルの高い音楽を出来ないアーティストが悪いのだ。沖縄のような人口百二十万人の小さな島から何人ものメジャーアーティストが輩出されているのは、こうした厳しい条件下で音楽をしているからなのかもしれない。

それから僕と宗次は早々に機材を片付けて、各々帰宅の途に着いた。外人住宅に囲まれた下り坂で、冷たい風を半袖の肌に受けながら原付で走っていて、僕は何か心に引っ掛かるものを感じていた。コザのライブハウスのレベルの高さ、アメリカ人の客を相手にライブをする事の難しさはこれで痛感したが、逆に言い換えれば、そんな中でも、宗次の音楽は受け入れてもらえたという事だ。でもそういう話とは別に、僕は何か肝心な事を忘れているような気がして仕方がない。やがて国道五八号線へ出て、牧港《まちなと》の先の陸橋を下ったところで赤信号で止まっているとき、僕はハッと気が付いた。

「あっ！」

隣で止まっている乗用車の運転手が思わず僕に視線を寄せてくるのが分かった。僕は胸をどんと突かれたような感覚を覚え、しばらく口を開けたまま、真っ赤に染まっている信号を見上げる。

「会計を済ましてない……！」


翌日。バイトを終えたときから空には灰色の雲が覆いかぶさっていたが、夕暮れ時になると土砂降りになった。原付だと大変なので、僕はバスに乗ってコザに向かう。渋滞の中、宗次とメールのやりとりをする。

「ブーズハウスでお金を払うのを忘れてしまったので、今からまた伺うところです。次回のライブの予定も入れてこようと思ってます」

「あ！　そういや俺も払ってねぇや（汗）。後日払いに行くのでお待ち下さいと伝えて下さい」

一時間半ほどかけてゲート通りでバスを降りると、水溜りでシューズの中に冷たい雨水が染み込むのを感じた。雨のせいか、昨日に比べて人通りが少ないように思える。

ブーズハウスに入ると、フロアにもカウンターにも客はいなかったが、ステージではアメリカ人三人組のバンドがブルースを演奏していた。

「おぉ永倉さん、昨日はすまなかったな」

平良さんはそう言って、カウンター席にメニューを置く。僕は席に着くと、昨日の会計を払いに来たのだという事を話した。

「おぉおぉおぉおぉ」

平良さんはブルースの演奏そっちのけといった様子で大きく三回頷いた。

「そういえば貰ってなかったな」

僕は昨日の会計九百円を支払い、宗次の分は後日、本人が払いに来ると言っていた旨を伝えた。

「ヤマトゥンチュは律儀なヤツが多いな。まぁ昨日は途中でライブを中止にしちまった事だし、今日は一杯サービスしてやるぞ」

ステージで演奏しているのは、よくこの店に出演する米兵のバンドだそうで、今日はライブの予定が入っていないので練習をしに来ているのだという。アマチュアとはいえ、やはり本場アメリカから来ているバンドはレベルが高い。

「昨日みたいな乱闘騒ぎって、よくあるんですか?」

カルーアを飲みながら、僕は昨日の出来事について訊いてみた。ビール瓶を投げたり、お客さん同士が殴り合いを始めるなんて事も初めての経験なので戸惑ったが、もう一度店内に戻ったときに平良さんがヌンチャクを持っていた事にはなお驚いた。わざわざ備えをしているという事は、やはりそれだけ米兵が暴れる事が多いという事なのだろうか。

「米兵は殺気立ってるヤツが多いからな。あんなの日常茶飯事だよ」

平良さんはステージで演奏しているバンドを見ながら煙草を吹かす。実にリラックスした表情だ。

「アメリカは何かとスケールがでかい事をする国だろ？　喧嘩だってそうさ。俺みたいに小柄なウチナンチュは一対一で普通に喧嘩したんじゃ勝てない。ヌンチャクはいつでもここにしまってあるんだ」

彼はそう言って、カウンターのテーブルを上から指差した。

「警察は暴れた米兵を逮捕も事情聴取もせずに帰っちゃいましたけど……。やっぱり、日米地位協定が障壁になってるんですか？」

僕が訊ねると、平良さんは「ふっ」と呆れたように嘲笑した。

「そんな難しい問題じゃねぇんだよ。確かに制度上の話とか法的な話を持ち込めばそういう事になるのかもしれんが、コザじゃこれくらいの喧嘩はごく当たり前の事なんだ。警察だっていちいち事件扱いにしてたんじゃ、忙しくってしょうがないさ」

「何だか……理不尽な話ですよね」

僕は腕を組んでカウンターにもたれた。

「内地でも、沖縄で起きてる米兵絡みの事件や事故は時々報道されてますけど、沖縄に引っ越してみたら、毎日報道されてますもんね。それなのに逮捕されないなんて……」

　すると平良さんは、米軍基地の地代《ぢーだい》を基に美術館を建てたり、子供向けの絵本を集めてコレクションとして地域に開放している軍用地主もいるのだという話や、普天間基地や嘉手納《かでな》基地では年に一回、基地を地域住民に開放して招くフェスティバルが開催されていて、毎年一万人単位でお客さんが集まって賑わうのだという話を聞かせてくれた。

「メディアでは『県民の総意、基地撤去で一致』なんてよく言われるが、米軍基地に反対してるウチナンチュが果たしてどれだけいるのか疑問だぜ。沖縄の人間皆が本当に米軍基地に反対してたら、基地でやるフェスティバルに一万人も二万人も入るわけがねぇだろうが」

　呆れたような口調で話す平良さんの人差し指と中指の間にはいつの間にか、火の点いた新しい煙草が挟まれていて、煙は曲線を描きながらカウンターの上の電球をかすめて天井に漂っていく。

　僕は胸の中に、しこりのようなわだかまりを感じた。ふと、先日バイト帰りに行き合った女子高生三人組の会話を思い出した。先日沖縄市で起きた「レイプ事件」は、「被害者」とされる女の子によるでっち上げだったのだ。それをあたかも米兵が一方的に悪く、日米地位協定が問題であるかのような報道をしていたのだ。あれではテレビや新聞を見た者は、やはり米兵が拉致してレイプしたものだと思ってしまっても仕方ない。

　僕はメディアというものは、世の中で起きている事実を公平に伝えるべき立場だと思っている。それが新聞もテレビも、寄ってたかって米軍を悪者にして、事件の背景や正確な事実を伝えようとしない。やはり平良さんの言うとおり、沖縄メディアは左翼団体の味方で、沖縄を中国の属国へと導こうとしているのだろうか。
片付けを終えたバンドのメンバーらはカウンターの前まで来て会計を決済した。彼らはドル札で支払い、平良さんといくつか笑顔で英会話を交わしてから、「Ｓｅｅ ｙａ（またね）！」と言って手を振りながら出て行った。平良さんもそんな彼らに、片手を挙げて「バイバイ！」と応える。昨日の乱闘騒ぎがまるで嘘のような、爽やかな光景だ。米兵による暴力事件や事故は、沖縄全体で見れば、氷山の一角に過ぎないのかもしれない。――僕はそう信じたい。

9

十月二十二日土曜日。外を歩いていると汗をかくが、うだるような暑さというほどのものではなくなってきた。今夜は宗次が久茂地ペルリでライブを行う日だ。朝からシャワーのような雨が降っていて、長ズボンを穿いて外を歩くと裾が濡れる。八時半過ぎにバイト先へ向かって歩いて、いつも通っている空き店舗の前を通りかかると、青い縁のドアにはめ込まれた大きなガラスの真ん中に、「パイカジキッチン」と書かれた白い文字が浮かんでいるのが見えた。その下には小さく、「営業時間11：00〜22：00　月曜日定休」と書かれていて、更にお店の電話番号も記されている。ドアに向かって右側には、手作りだろうか、「パイカジキッチン」と彫刻が彫られた木製のプレートが架かっていた。ドアの前には、開店を祝う花がいくつか飾られている。店の中では、いつもの男女が開店に向けた準備をしている様子だった。どうやら今日から食堂がオープンするようだ。

「パイカジ」というネーミングが何やら心に引っ掛かる。スイーツの「パイ」をかじるという意味でパイカジなのかもしれないが、男心としては、いやらしいという事は分かっていても、どうしても女性の胸を連想してしまう。

ともかく、自炊やファーストフードばかりではさすがに飽きてきたところだったのでちょうど良い。バイト帰りに立ち寄ってみようと思い、午後二時にバイトが終わると、僕はさっそくパイカジキッチンへ行ってみた。

店に着く頃には、雨はだいぶ小降りになっていた。店の前には、骨組みになっている三脚の立て看板に、「OPEN」と青字で書かれた白いプレートがぶら下がっている。県内の主要バス路線の起点となっている那覇バスターミナルから徒歩十分ほどで、人通りや車の通りも比較的多い上之蔵《かみのくら》大通りから一本裏の路地へ入ったところで、決して目立つような場所ではない。マンションや雑居ビルが建ち並んでいる中にひっそりと佇んでいる、隠れ家のような雰囲気の場所だ。だからこそ、たまたま通りかかった人は気になって入りたくなるかもしれない。ちょうど店の中から三人組みの主婦が「マーサタンヤー（美味しかったねー）」と話しながら出てくるところだった。

「いらっしゃいませー！」

丸みを帯びた金属製のドアノブを回して扉を開けると、お店の中にいた、白い半そでYシャツとジーパンの上にエプロン姿の女性が満面の笑みで出迎えてくれた。向かって左奥の厨房からも、「いらっしゃいませ！」と元気の良い男性の声が聞こえる。小麦色の肌をした女性は僕の顎ほどの背丈で、茶髪に染めた髪は後ろで束ねて、白いバンダナを巻いている。

「お一人様ですか？」

「一人です」

「傘はそちらの傘立てをご利用下さい」

扉のすぐそばに置いてある傘立てに傘を入れると、くりっとしたまん丸な瞳の女性は「こちらへどうぞ」と言って、僕を席に案内してくれた。

店内は真っ白な壁で囲まれていて、扉を入ってすぐ左側の棚には掌サイズの彫刻の置き物がいくつか置いてあり、トイレのドアを挟んで奥が厨房になっていた。右側の壁に沿ってテーブル席がいくつか置いてあり、壁の真ん中には本棚が立て掛けてあって、雑誌や写真集が並べられていた。天井からいくつかぶら下がっている裸電球が店内を明るく照らしている。厨房に面したカウンター席に四つの椅子が置いてあり、僕は一番奥の席に座る。テーブルも椅子も、手作りといった趣のある、明るい色をした木製だ。ちょうど僕が座っている席のすぐそばの壁際には、ファミリーレストランなどで見かける幼児用の椅子も置いてあるが、やはりこれも手作りなのだろうか。ランチタイムの一番混雑する時間帯はもう過ぎているし、大雨が降っていた割には、やはり開店初日だけあって、十七席ある店内は半分ほどの席が埋まっている。女性の店員が置いてくれた真空パックの使い捨ておしぼりを取り出して手を拭くと、カウンターに置いてあるメニューを引き寄せて、どれを注文しようか考える。メニューは木製の板に貼り付けられた紙に手書きで書かれていた。字体からして、この女性が書いたものなのかもしれない。デザートメニューにスイーツのパイが書かれていないのが意外だが、六品目くらいあるメニューの中から、「やんばる若鶏のグリル定食」を注文すると、女性店員は「かしこまりました！」と元気良く返事をして、厨房に入っていった。

僕はコップに入った水を一口飲む。氷は入っていないが、とても冷たい。力が蘇るような気分になる。沖縄の生活は水分補給が欠かせない。住み始めて最初の二週間くらいは、五〇〇ミリリットル入りのさんぴん茶やスポーツドリンクを毎日買って飲んでいたが、出費がかさんでしまう事に気付き、今では毎晩寝る前に冷やしておいた水をペットボトルに入れて、リュックサックに入れて持ち歩く事にしている。

店の天井には冷房が二台付いていて、さらに扇風機も一台回っているから、上手い具合に冷気が店内に充満していて過ごしやすい温度だ。肉を焼いたり、鍋をぐつぐつ煮る音が聞こえてくる厨房を覗くと、真っ白な割烹着を着て、短く刈り込んだ頭にベレー帽を被ったコックが額に汗を浮かべながら調理をしている。女性の店員は他のテーブルのお客さんに料理を運んだり、食事を終えたお客さんの会計をしたり、お客さんがいなくなった後の席の食器を片付けたりと、せわしなく動き回っている。

やがて注文した料理が運ばれてくる。こんがりと焼き上がった若鶏が食欲をそそる香りを出していて、その上に長命草が添えられている。ご飯とスープの他に、副菜として紅芋と冬瓜の入ったサラダが小皿で盛られている。これだけ豪華な料理で七百六十円なのだから安い。若鶏は丸みを帯びた土色の陶器で出来たお皿に盛られていた。ご飯が盛られたお椀も小皿も陶器で出来ている。細かいところまでお洒落に気を使っているお店のようだ。

「ご飯はお代わり自由になっています。お好みに合わせてピパーチをおかけ下さい」

女性の店員はカウンター席に置いてある胡椒入れのような小さな瓶を指してそう言った。瓶には「ピパーチ」と書かれた小さなラベルが貼ってある。

「ピパーチ？」

何の事なのか分からず、僕が訊ねると、女性は、ピパーチとは石垣島の方言で「胡椒」を意味するのだと説明してくれた。パイカジキッチンの二人は石垣島出身の夫婦なのだという。

「本日オープンを迎える事になりました。よろしくお願いいたします！」

女性は笑顔でそう言うと、丁寧にお辞儀をしてまた厨房へ入っていく。滑舌の良い、はっきりとした口調だ。とても丁寧な言い回しだが、決して事務的な接客には感じない。見ているだけで疲れを癒してくれるような、人を惹き付けるような笑顔だ。

パイカジキッチンのやんばる若鶏のグリルは、高級料理店のような気取った味ではないが、かといって安さを追求するあまり品質に妥協しているような事もない。家庭的で、親しみを感じるような味がする。きっと、他の料理もそうなのかもしれない。

食事をしていると、急に店内の明るさが増してきた。出口の方を振り向くと、店の向かい側に建っている白塗りのマンションに太陽の光が反射して、店内が明るく照らされている。どうやら空が晴れてきたようだ。僕が食べ終わる頃には、いつの間にかお客さんは僕一人になっていた。若鶏も美味しかったが、ふっくらとしたご飯も柔らかくて食べやすく、僕は一回お代わりをした。

「ごちそうさまでした。とても美味しかったです！」

レジで会計を済ませて、僕は女性の店員に言った。

「ありがとうございます。是非また来て下さいね！」

「ありがとうございました！」

厨房にいた、奥さんよりも頭一つ分背が高いコックの主人もレジの前まで出てきて、うっすらとした髭に囲まれた口をにんまりと曲げて挨拶をする。肌は白いが、ウチナンチュらしく目の彫りが深い。僕が店を出ようとすると、奥さんが後ろから呼び止めてきた。何だろうと思って振り向くと、奥さんは「傘、忘れてますよ」と言って、僕が傘立てに入れたままの傘を手渡してくれた。

「あぁ、ありがとうございます」

僕はちょっと照れくさい気持ちがしたが、二人の笑顔を見ると、どこか安心するのだった。


夜。昼間にあれだけ雨を降らせていた雲はどこへやら、夜空は満点の星が輝いている。中国語を話している観光客でごった返している中、窮屈な思いを抱きながら国際通りを歩いて久茂地ペルリへ向かった。

今日は東江さんの他、京子さんとも対バンだ。

「ダーリンビートに行ってきたんだけど、全然相手にされなかったよ」

ライブ前、僕と宗次、そして希美さんの三人で同じテーブルを囲んで飲みながら、宗次は思春期の男の子のように拗ねながら話した。他のテーブルにも数人の客が集まっているが、ほとんどが若い女性だった。おそらく、東江さんのファンだろう。京子さんはカウンター席で知花さんと話をしている。

東江さんはまだ来ていない。

宗次はダーリンビートの与儀さんに会ってきて、自分が東京でワンマンライブをやって百五十人の観客を動員した実績を持っている事、将来的にはメジャーデビューするという計画がある事を話したそうだが、「下手なのによく百五十人も集めたな」と嘲笑されたそうだ。与儀さんの、人を見下したような、あのふてぶてしい態度が蘇ってくる。

「あんなライブハウス、出る気しねぇよ。他の店を探すか、コンテストにエントリーしてプロを目指す道を考えよう」

傷付いても、すぐに前向きに立ち直る事が出来るのが宗次が高校生の頃からの良いところだ。僕も希美さんも、「そうだよ、それがいい」と言って励ました。

「ところで……」

僕は早々と話題を変える。

「希美さんは、沖縄の生活にはだいぶ慣れてきましたか？」

「生活には慣れてきたけど……」

希美さんは唇を尖らせながらグラスの中を見つめる。

「仕事の現場でトラブルが起きて、上司が出てくるべき場面でなかなか出てきてくれなかったり、トラブルそのものを気にしない人もいる。それじゃトラブルを失くしていく事なんて出来ないんだけどな……」

「のんびりし過ぎって事ですか？」

「時間を気にしないでのんびりしているところがウチナンチュのいいところなのに、それを仕事が遅れる言い訳にしてほしくないよ。沖縄経済の発展が伸び悩む一因は、そういうところにもあるんだと思う」

そう言うと彼女はグラスを口に運んで勢いよくごくりと飲む。

「ま、私はまだ一年目だから、黙ってるんだけどね……」

確かに、僕も思い当たる節がある。コンビニでバイトをしていても、接客はもちろん、商品の納品から陳列まで、沖縄では内地に比べてゆっくりのんびり仕事をしていても、それが通用するような、独特な気質がある。一度、作業に時間をかけ過ぎではないかと指摘した事があるのだが、「気にする事ないさー」と返された事がある。同じ時給を貰っているのに、作業に倍以上時間を掛けるのは如何なものかと思ったものだが、僕が周囲のゆっくりペースに合わせれば済む話なのだと割り切るようにしたが、内地の習慣に慣れている僕としては、やはり目に付いてしまう部分はある。

東江さんがなかなか来ないのだが、京子さんが最初に歌う時間になった。久茂地ペルリにはグランドピアノはないので、今日は電子ピアノでの演奏だ。宗次も希美さんも、京子さんが奏でるピアノの旋律と、力強い歌声に真剣な表情で聞き入っている。特に宗次は、鍵盤を弾く京子さんの指の動きを鋭い眼差しで目に焼き付けているかのようだった。アーティストは他のアーティストの演奏を聴いたり見たりして勉強するものだ。京子さんのような、アラフォーだからこそ歌える、大人の女性ならではの心の揺れがどういうものなのか、しっかり吸収しようとしているのだろう。

京子さんが歌っている途中で、マカトさんが来店した。僕が軽く手を挙げてみせると、彼女は軽く会釈してからカウンター席に座った。

京子さんのライブが終わり、店内は拍手に包まれる。

「貫禄あるな」

「うん……」

宗次と希美さんは何度も頷きながら呟いた。

続いて宗次のライブだ。赤いポロシャツを着てギターを弾く宗次の曲を、京子さんはカウンター席に座って頬杖をついて聴いていたが、二曲目の『赤は着ないで』が始まると、背筋を伸ばして、興味深そうに聞き入っていた。『恋に落ちたら』を歌い始めると、歌詞を聴きながら何度も頷いている。京子さんにとっても、宗次の音楽の印象は良いようだ。

三曲目を歌い終える頃になって、ギターケースを担いだ東江さんがやって来た。マカトさんは東江さんに気付くと嬉しそうに手を振っていた。東江さんは澄ました顔で微笑を浮かべながら片手を挙げて応えている。

宗次は三曲目を歌い終えると、「次は新曲をやります」と言って、ギターをギタースタンドに立て掛け、先ほどまで京子さんが弾いていたピアノの前に座った。

「沖縄に住み始めて三ヶ月。青い空の下、トロピカルな空気に包まれて、青い海を眺めながら日々を過ごしている中で、色んな事を考えさせられます」

客席にいる人たちは皆、真面目な顔で語る宗次さんの話にじっと聞き入っている。宗次はお客さんの顔を一人一人見ながら話す。

「かつてこの島で栄えていた琉球王国。薩摩藩による侵略。琉球処分から始まった、明治政府による徹底的な弾圧では、頑固党の士族が数多く捕らえられ、獄死する人もいました。久米島では明治政府に抵抗しようと蜂起した島人《シマンチュ》が、政府軍によって鎮圧される事件もありました。そして第二次世界大戦では、日本の国土で唯一となる地上戦が沖縄で行われ、十五万人もの人々の命が奪われました。そして戦後から現在に至るまで、沖縄は米軍基地による被害に苦しんでいます」

僕は「米軍基地による被害に苦しんでいます」という部分に違和感を覚えたが、何も知らない宗次は構わず続ける。

「そんな沖縄の歴史の中で、民主主義を勝ち取るため、権力に立ち向かった勇敢な人がいました。そう、謝花昇《じゃはなのぼる》です。謝花昇が目指していたもの。それは、外来者のヤマトゥンチュによって支配された沖縄県ではなく、ウチナンチュの、ウチナンチュによる、ウチナンチュのための政治が行われる民主主義の沖縄県だったのではないでしょうか」

第十六代アメリカ合衆国大統領エイブラハム・リンカーンを髣髴とさせるような台詞を言ったかと思うと、彼は次に歌う新曲は謝花昇の事を歌った歌なのだと説明した。

「謝花昇に対する敬意を込めて歌います。『丘の上』、聞いて下さい」

そう言うと、宗次は力強いバラードのコードをピアノで奏で始める。『丘の上』は謝花昇の視点に立って書かれた歌だ。権力の横暴によって言論を封じられ、権力者に刃向かったために嫌がらせを受け、それでも沖縄のため、「自由」を勝ち取るために戦い続けた謝花昇の一途な思い。これからやって来る沖縄の未来、そして自分の将来がどんな姿なのか知る由もなく、彼は丘の上に立って、広大なサトウキビ畑と、その先に無限に広がる大海原を見つめている——。そんな内容の歌だった。

志半ばで狂乱に陥った悲劇の人の人生を歌っているだけあって、軽快なリズムなのに、どこか悲しげなメロディにも聞こえる。いつの時代も、時代の先を行こうとする英雄は、権力者から疎まれ、蔑まれるものなのかもしれない。――『丘の上』を聴いていると、そんな事を考えさせられる。

「ありがとうございました」

宗次が歌い終えると、客席には温かい拍手が鳴り響いた。マカトさんと東江さんは興味深そうに聴いていたが、京子さんは歌の冒頭では眉間に皺を寄せて聴いていた。心の中で、何か引っ掛かるものでも感じたのだろうか。

ともあれ、宗次のライブが終わると、最後の出演者である東江さんがステージに上がって、セッティングを始める。宗次はギターケースにギターを収納すると、店の出入り口のそばのスペースに置いて、その場に立ってライブを眺める。

東江さんのライブでは、相変わらず女性客らが曲のメロディーとリズムに合わせて「イエーイ」とか「ヒューヒュー」などと掛け声を掛けて盛り上がる。一番目に歌った京子さんのライブが始まる時間にも間に合わず、二番目の宗次が歌っている途中でようやく現れたというのに悪びれた様子一つなく、アンコールを含めた六曲を全て堂々と歌い上げた。もっとも、僕も宗次も希美さんも、こうしたウチナンチュののんびり気質にはもう慣れてきたところだし、知花さんもお客さんも気にしていない様子なので、さほど気にしない事にした。

それでもライブ終了後、京子さんは東江さんに何故あんなに遅刻してきたのか、少し不愉快そうに訊ねていた。東江さんは何の悪気もなさそうに「だからよー」と答えてテーブル席に着き、若い女性客に囲まれて乾杯していた。

「ふーっ」

京子さんはノースリーブのワンピースを着た肩を大きく動かして溜め息をつき、カウンター席に置いてある自分のショールを羽織った。真面目一辺倒の男よりも、ちょっといい加減な男の方が女性にもてるのは内地も沖縄も同じようだ。それにしても、京子さんは東江さんが遅れてきた事に対して不快に思っているようなのが新たな発見のようにも思えた。時間に遅れてくる事を快く思わないウチナンチュも、中にはいるようだ。

「『丘の上』、なかなかいいよ」

僕と宗次と希美さん、それにマカトさんも同じテーブルに入って一緒に呑んでいるところへ、泡盛の入ったコップを持った東江さんがやって来た。東江さんを囲んでいた女性陣はほとんど帰った後だった。僕たちの他には、京子さんがカウンター席で知花さんと喋っているだけだ。

「私もあの曲、気に入りました！」

マカトさんも大きく頷きながら笑顔で話す。

「ありがとうございます。僕、謝花昇が好きなんですよ」

ビールで頬を赤らめている宗次は、照れ笑いをしながら会釈する。

「沖縄に対する理解を深めているようだね。感心するよ」

東江さんは少しばかり顎を前に出して話す癖があるのか、僕たちを見下ろすような視線で見てくる。

彼の口調を聞いていてもそうだが、やはり上から目線で言われているように思えてならない。

「謝花昇はウチナンチュの誇りだよ。君の歌はウチナンチュのアイデンティティをしっかり表現している」

彼は宗次より二つ年上だというが、僕は宗次の方が音楽のレベルは高いと思っている。それなのに、宗次に対して評価を下すような言い方がどうも気に食わない。

「こいつね、褒めて伸びるタイプじゃないから、あまりおだてると調子に乗りますよ」

ほろ酔い気分の希美さんは、目が泳いだまま宗次の頭を掌でぐいと掴んで笑っている。希美さんの手で頭を揺らされながら、宗次は語り始める。

「謝花昇の人生について書かれた本を読んだんですけど、貧しい農家で生まれ育った謝花昇は、留学生として東京へ着いたとき、近代化への道を進んでいる東京の街を見て、大きなカルチャーショックを受けたという事が書かれてました」

謝花昇の他、一緒に東京へ着いた留学生仲間は、その時点ではまだ服も琉装で、髪型も、右の耳の上で髪を束ねる片髷《カタカシラ》と呼ばれる風貌だったのだそうだ。内地ではもうとっくに髷が廃止されて散切り頭になっていたし、明るい色が基調となっている琉装を着ていた彼らは、学内でも街を歩いていても、かなり浮いた存在として見られていたようだ。

「クスクエーヒャー！」

突然、知花さんが奇声とも言えるような声を出したので、僕たちは思わずカウンターの向こうにいる知花さんを振り向いた。自分の鼻の下を指で撫でている知花さんを、京子さんは「誰か噂してるのかしら」と言ってからかっている。どうやらくしゃみをしたようだが、随分聞きなれないくしゃみの仕方だ。

「結局」

東江さんが話の続きを始めるので、僕たちは再び東江さんの方へ向き直る。

「琉球処分によって日本の領土になったとは言っても、服装も髪型も言葉も違うし、くしゃみの仕方まで違う。ヤマトゥンチュから見て、ウチナンチュは実質外国人だったわけよ。彼らは琉球人と呼ばれて後ろ指を差され、身なりを物笑いのネタにされた。そんな差別を受けないようにするために彼らがした事が何だったたか、知ってるか？」

「日本に同化する道を選んだんですよね」と希美さんが答えた。東江さんはこくりと頷く。

「片髷《カタカシラ》を散切り頭に改めて、服装も和装へ着替えた。沖縄県内じゃ未だに開化党と頑固党の対立が続いてる中、謝花昇と一緒に留学生として東京へ行った太田朝敷《おおたちょうふ》は飯田橋にあった尚泰の屋敷へ赴いて、清国とは絶縁して、日本を遵奉する道を進むように勧告してる。もはや清国は近代化した日本には勝てないし、ウチナンチュが差別を受けずに生き残っていくためには、身も心も『日本人になる』以外に方法はなかったというわけさ」

「まさに、悲劇ですね」

宗次が神妙な面持ちで俯いた。

「清国では沖縄を助ける事が出来ない。もちろん、沖縄単独では日本に太刀打ち出来ない。そうなれば、もはや日本へ同化するしか選択肢がない……」

確かにそれは言えてるかもしれない。企業でも、いくら自社だけで独立して店をやっていきたいと思っていても、現実的にそれでは倒産してしまうという状況で、自社を吸収合併する事で店の経営を続けてくれる大企業が現れれば、その傘下に入り、大企業の社則に従って、その会社の従業員として働いていくしかない。

「沖縄はよ」

東江さんはしみじみとした口調で静かに語った。彼の瞳に映る店の照明がぼやけて見える。

「本来、日本じゃねぇんだよ。無理矢理日本に併合されただけなんだ。そして国籍は日本人になっても、内地へ行けば差別を受ける。差別を受けないためには、『日本人』に同化するしかない。仕方なく日本人になった。日本人になるしか、生き残る道がなかったんだ」

東江さんは泡盛をぐいと飲み干して、コップを「ゴンッ」と音を立てて荒っぽくテーブルに置いた。

「だから、ウチナンチュは日本人じゃないんだよ。ウチナンチュは琉球人。まぁ、俺は自分が久米村人《クニンダンチュ》の子孫だって事もあるけど、沖縄じゃ、そう思ってる人間は多い。そうだろ？　マカトちゃん」

マカトさんは肩をすくめ、両手を小さく広げて「だからよー」と答えた。どういう意味の答えなのか分からないのだが、東江さんは「まあ」と言って立ち上がる。

「今日はそんなところで、また色々話そうぜ。君はなかなか話が分かりそうだ。俺は基本的にナイチャーもアメリカーも嫌いだが、君のようなヤマトゥンチュは気に入ってるよ」

そう言うと、東江さんは宗次を見下ろしたまま右手を差し出す。

「ありがとうございます！」

宗次は神妙な面持ちですぐに立ち上がって、両手で東江さんの手を握り返した。

「沖縄は常に犠牲にされてる。今でもそうや。在日米軍基地を七五％も沖縄に押し付けて」

希美さんも申し訳なさそうな顔で話すと、東江さんは「分かってくれればいいんだよ」と言って、右手の掌を希美さんへ向けた。

「こうやって、ヤマトゥンチュの間で沖縄に対する理解が深まって、正しい認識を持つ人が広がっていく事が、いつか沖縄が、日本にもアメリカにも翻弄されず、自立していく道を開いていく事に繋がると思うんだ」

東江さんは座っている希美さんと握手を交わし、続いて僕にも右手を差し出してきた。

僕は東江さんの、勝ち誇ったような話し方がどうしても癪に障るし、希美さんが言った「在日米軍基地の七五％が沖縄」の話にも突っ込みたいところだが、宗次と希美さんはすっかり東江さんと意気投合といった感じなので邪険にするわけにもいかず、座ったまま右手を握り返す。

「お疲れ」

冷たいというほどではないが、温もりも何も感じない彼の手を握りながら、僕も「お疲れ様です」と応える。

東江さんが店を出ていくと、宗次と希美さんも会計を済まして帰って行った。夜もだいぶ更けている。マカトさんもバスの時間があるからという事で帰っていく。

「修輔君はまだ帰らなくて平気なの？」

カウンター席に座っている京子さんの隣に僕が座ると、彼女はウィスキーの入ったグラスを左手に掴みながら話し掛けてきた。先ほどからだいぶ飲んでいるはずだが、酔っている様子は全くない。

「僕はここから歩いて帰れる距離なので、もう一杯飲んでから帰ります。京子さんは、どこにお住まいなんですか？」

彼女は浦添市内に住んでいて、ライブのときは大抵自家用車で移動するか、今日みたいにお酒を飲むときはバスを乗り継いで来て、帰りはタクシーを使うという。今日は仕事を終えて帰宅して子供たちの晩御飯を作ってから、久茂地ペルリへ来たのだという。

「かなり忙しい生活ですね」

僕は注文したカルーアを一口飲む。

「確かに、私はシングルマザーだからって事もあるからデージ（大変）だし、子供が出来た事がきっかけで音楽を辞めていく人もいるわ。でも、私は仕事に対しても音楽に対しても、子供を言い訳の材料にして妥協したくないの。私は『やるなら何事にも妥協せず、全力でやりなさい』って、子供たちにも教えてるからね」

彼女はそう言って、右手の親指を立てて見せた。確かに、子供からしてみれば、自分が原因で親の音楽活動に支障が出ているなんて事になったら、自分の存在そのものが間違ったものなのではないかという観念を持ってしまうかもしれない。

「ところで……」

僕は宗次の『丘の上』についてどう思うか訊ねてみた。宗次のライブの間、あの曲を歌っているときだけは、京子さんはどこか腑に落ちてなさそうな表情をしていたのが気になるからだ。

「『作品』としては、とてもいいと思うわ。メロディもいいし、歌詞もいい。ただ……」

　彼女は「『作品』として」という部分のアクセントを強調した。

「沖縄の歴史の中においての謝花昇っていう意味では、認識が甘いわ」

「認識が甘いわ」という言葉を聞いて、僕は喉のどこかに小さな棘が一本刺さったような心境がした。たとえば、「認識が甘いかも」とか、「ちょっと認識が甘いと思うんだけどなぁ」といった言い方であれば、オブラートに包んだ言葉遣いになると思うのだが、京子さんは「認識が甘いわ」という断定的な表現をするので、性格はちょっときつい人なのかもしれない。

「謝花昇は沖縄自由民権運動の父だとか、沖縄の英雄だとかって呼ばれてるけど、それは沖縄県の教育界が戦後になってから彼を勝手に英雄扱いし始めただけなのよ」

　厨房で食器洗いを終えた知花さんも、カウンター超しに京子さんの話をじっくりと聞き入る。

「日清戦争前の沖縄県は産業も学校教育も内地から大幅に遅れていて、一八八七（明治二十）年の時点で、内地では半分近くの子供たちが小学校へ就学している時代だったのに、沖縄では就学率が七％しかなかったの。『旧慣温存政策が布《し》かれていたから発展が遅れた』っていう見方もあるけど、当時の沖縄は真面目に授業を受ける子供もほとんどいなくて、親も子供に学習を受けさせる事に無頓着だった人が多かったそうよ」

　何とか内地に追いつかせるために、政府は沖縄県内に学校を建てて教育を奨励しようとしたそうで、特に米沢藩最後の藩主だった第二代県令・上杉茂憲は離島も含め、県内を自ら視察して実情を把握。私費を投じてまで教育の普及に尽力して、一定の効果を上げたそうだが、他の県令・県知事は、言葉も文化も異なる沖縄に対する政策に手を焼かされたそうだ。

「謝花昇が自由民権運動をやっていた頃は、そもそも、民権運動だとか民主主義だとかっていうものがどういうものなのか自体、理解出来ていない県民がほとんどだったのよ」

京子さんがちょっときつい言い方をすると、知花さんは、「謝花昇は東京へ留学して直に自由民権思想に触れていたけど、遠く離れた当時の沖縄じゃ、そもそも民権運動に興味関心を持つ人もいなかっただろうな」と言ってフォローを入れる。

「明治時代の沖縄の新聞はね」

京子さんはウィスキーを一口飲んでから話を続ける。

「開化党の旧士族階級の人たちが中心になって発行してたのよ」

謝花昇の留学生仲間だった太田朝敷もその一人だったそうだが、彼らは尚泰の子の尚順《しようじゆん》を奉じて「公同会《こうどうかい》」という組織を結成したという。公同会は、沖縄を琉球藩時代に近い形に戻すもので、あくまでも日本への同化を標榜しつつ、大日本帝国の監視の下に、旧王家の尚家が世襲制の「主宰《しゆさい》」として沖縄の統治を行う特別区にしようという運動を展開していたそうだ。

「昔も今もメディアの影響は大きいから、ひょっとしたら、民権運動よりも公同会運動の方がメジャーだったかもしれないわね」

京子さんは眉間に皺を寄せて難しい顔をする。知花さんは眠いのだろうか、まだ半分以上残っている煙草を灰皿に置いたまま、閉じた両目を右手の指で押さえ、険しい表情をしている。僕にとってはまた新しい発見だ。謝花昇の自由民権運動も太田朝敷の公同会運動も、日本への同化という部分では共通しているが、謝花昇が目指していたのは民主主義だったのに対して、太田が目指していたのは、あくまで日本の天皇を国家元首とした上での尚家の王権復活だったのだから、相反する思想だった事になる。それに加えて、清国へ亡命して救援を求める脱清人や、反日運動を繰り広げる頑固党などの「反日・親中」勢力がいたのだから、当時の沖縄県は相当混乱していたに違いない。

「日清戦争で日本が勝利した事で、頑固党の勢力は完全に無力になったの。結局は日本が勝利したわけだから、政府に無駄な抵抗をするよりは、同化へ向かうしかなくなったのね。それでも清国に心酔してる頑固党の士族の中には清国へ亡命した人もいたそうだけどね」

日清戦争で日本が勝利したのを皮切りに、沖縄ではたちまち日本への同化思想運動が広がり始めたそうだ。日清戦争勃発前の一八九二（明治二五）年には十八％だった小学校の就学率も、日露戦争勝利後の一九〇八（明治四一）年には九三％まで上昇したという。

「『私たちは誇り高き皇国の臣民なんだ』っていう意識が、沖縄県民の中にもようやく芽生えてきたのよ。天皇陛下への忠誠を誓って、お国のために尽くそうっていう考え方が浸透してきた」

京子さんはワンピースからやや露出している胸を張った。僕は思わず彼女の胸元に目線がいきそうになるのを堪え、彼女の自信に満ちた瞳を見つめる。

「そういう時代に、謝花昇がやっていた民権運動は、沖縄県民には受け入れられなかったのよね」

歴史には多面性があるのだという事を改めて考えさせられた。宗次も東江さんも、謝花昇を英雄として見ているようだが、実際にその時代を生きていた人にとっては、時代の流れについていけない、ちょっと変わった人だったのかもしれない。

だが、この話を宗次に話したら、彼はどうするだろうか。彼は僕の意見にはよく耳を傾けてくれるから、こうした歴史的な背景を知ったら、『丘の上』を歌うのはやめようと思うか、歌詞の内容を変えるかもしれない。でも京子さんが言っていたとおり、曲そのものは良い作品だと僕も思う。謝花昇に対して、宗次なりに感慨深いものを感じていたからこそ完成した「名作」だ。ただ、歴史観という部分からすれば、聴き手であるお客さんにとっては、異論が噴出してしまう恐れはあるかもしれない。

「ま、別に難しく考える必要ないわよ」

僕が考えている事を見透かしたのか、京子さんは急に軽い口調になった。

「人それぞれ歴史観は違うんだし、謝花昇を英雄扱いする見方があっても、それはそれでいいと思うよ」

僕は三つくらい抱えていた荷物を二つくらい持ってもらえたような心境だ。僕は「ありがとうございます」と言って軽く会釈する。

「さぁ！」

京子さんはカウンターを両手で叩くと、「明日は子供の小学校の運動会のために早起きしてお弁当作らなきゃいけないから、もう帰るわ！」と、張りのある声を出した。知花さんは急に目を覚ましたように顔を上げる。時計を見たら、もう夜中の二時半だ。

「これから帰って寝て、早起き出来るんですか？」

「今から寝ると起きられないわね。お風呂に入って、それからお弁当を作って、そのまま子供を送り出すしかないわね」

そう言って彼女は隣の席に置いてある自分の荷物を手に持ち、会計を済ませて帰って行った。京子さんは性格はきついかもしれないが、芯が強いというか、太い心を持っている。だからこそ、シングルマザーで仕事に育児に音楽活動に精を出せるのかもしれない。

「沖縄は、知ろうとすれば知ろうとするほど、奥が深いところですね」

僕がそう呟くと、知花さんは「そうだろうな」と頷いて、灰皿に置きっぱなしにしていた煙草を再び口にくわえる。

「良安みたいに、ウチナンチュは日本人じゃないって考え方の人間もいれば、京子さんみたいに、日本人なんだって信じてる人もいる。日本人だって言ってる人にもそれなりの言い分はあるんだろうけど、そういう風に考えられない人間だって多い」

知花さんは溜め息とともに大きな煙を吐く。

「同じウチナンチュでも、考え方や価値観が人によって違い過ぎるんだよな」

「僕は父から、沖縄の人たちは本土に対して、薩摩藩に侵略された事や、琉球処分の事や、大東亜戦争で本土防衛の防波堤にされた事を恨んでるんだって教わったんです。東江さんを見てると、まさにそんな気持ちが伝わってきますけど、京子さんや知花さんみたいに、ヤマトゥンチュもウチナンチュも分け隔てなく、気さくに話してくれる人もいるじゃないですか。テレビや新聞のニュースを見てると、沖縄の人たち全員が米軍基地に反対してるような印象を持ちますけど、ウチナンチュ皆がヤマトゥンチュやアメリカ人を恨んでるわけじゃないんだなって、沖縄に移住してきてから、段々と分かってきました」

僕が率直にそう言うと、知花さんは「ふーっ」とまた大きな煙を吐いて、短くなった煙草を灰皿に押し付ける。

「言っておくけどよ」

知花さんは頬に皺を寄せて、穏やかな表情で、親指で自分の胸を指差した。

「俺は京子さんとは違って、自分の事を日本人とは思ってないよ。琉球人だと思ってるよ」

僕はちょっと意表を突かれたような気がして、何を言おうか困っていると、彼は諭すような口調で語り続ける。

「そもそも、沖縄は元々日本の領土じゃなかったんだよ。ヤマトゥンチュにとってもウチナンチュにとっても、日本と琉球は別々の国だったわけさ」

それから知花さんは、琉球処分直後の一八七九（明治十二）年五月に、日清間で沖縄の帰属をどうするか交渉が行われた話を聞かせてくれた。アメリカ大統領の任期を終え、世界漫遊の旅の途にあったユリシーズ・グラントの調停の下、松下村塾《しょうかそんじゅく》で吉田松陰《よしだしょういん》の弟子だった元長州藩士の宍戸璣《ししどたまき》と、清国の李鴻章《りこうしょう》が北京《ペキン》で交渉したそうだ。沖縄の領有権を主張する日本と、あくまで清国による柵封体制を維持させるように主張する清国の交渉は平行線を辿ったが、最終的にはグラントが提案した「琉球三分島案」で落ち着きそうになったという。これは「沖縄本島は琉球として独立」させ、「奄美諸島は日本領」、「宮古八重山諸島は清国領」という条件で妥結するものだったそうだ。調印間近までこぎ付けたそうだが、脱清人による妨害運動によって結局はうやむやのまま終わってしまったという。

僕はふと気付いた。歴史の流れに「もしも」はないが、分島案が調印されていたとしたら、沖縄の帰属問題は今頃はまた違う形になっていたかもしれない。特に宮古八重山諸島に関しては、日本も清国に譲る事を認めていたのだから、今頃は中国領になっていた可能性だってあると思う。ここでもやはり、沖縄は日清両国に翻弄される時代を経ていたのだ。

「日本から見ても清国から見ても、沖縄は自国の権益を拡大するための格好の餌食でしかなかったわけよ。ただ単に権益を広げたいから、お互いに領有権を主張したに過ぎない」

知花さんは切なそうな目で遠くを見つめながら、続ける。

「日本人ではない。かといって中国人でもない。じゃあワッター（俺たちは）何人なのさ?」

知花さんは、黙っている僕の目を向いてにっこり笑った。

「ワッター琉球人ヤッサ（俺たちは琉球人だよ）」

自信に満ち溢れた表情だ。平良さんや東江さんが、「ウチナンチュは日本人ではなく琉球人だ」と話したのと同じ考え方のように見えるが、どこか違う雰囲気も感じる。何というか、平良さんや東江さんの語り口のような、負の感情が感じられない。とても爽やかな表情だ。

「でもね、修輔君。俺は良安君と違って、ヤマトゥンチュを恨むような気持ちはこれっぽかしも持ってないよ」

そう言って彼は親指と人差し指で豆粒をつまむような仕草をして見せた。

「俺は内地も好きだし、ヤマトゥンチュの事も大好きだよ。高校生の頃までは、やっぱり両親から歴史の話を聞かされて育ったから、ヤマトゥンチュに対して悪いイメージを持っていたけど、高校を卒業して東京へ出て、ヤマトゥンチュと親しくなっていくうちに、悪いイメージは少しずつなくなっていった。ヤマトゥンチュにもいい人はいる。東京の生活だって、最初は誰も知り合いがいない中で心細かったけど、友達が増えて、色んな遊びも覚えていくうちに楽しくなっていったさ」

これもまた新しい発見だ。「ウチナンチュは日本人ではない」という考え方においては、知花さんは東江さんや平良さんと同じ意見で、京子さんの考え方とは相反する意見だが、ヤマトゥンチュに対して好意的な見方をしているという点では、逆に京子さんと一緒で、東江さんや平良さんとは異なる。「ウチナンチュ」といって一括りにして、ヤマトゥンチュをどう見ているかとか、アイデンティティがどうと決め付ける事は無理があるようだ。

「沖縄には、本当に色んな考え方の人がいますね」

僕がしみじみと感心すると、知花さんは「そりゃそうだよ」と頷く。

「同じ沖縄でも、生まれ育った環境が違えば、人生経験も人それぞれ違う。色んな考えがあって当たり前さ」

だいぶ話し込んだので、すっかりくたびれてしまっている自分に気付いた。時計を見れば、もう三時を過ぎている。

「そろそろ帰るか？」

知花さんも時計を見てそう言う。

「はい。明日もバイトなので、もう帰ります」

明日というより、もうバイトが始まる時間まで六時間を切っている。果たしてこれから帰宅して寝て、起きられるだろうか。

「ナイル事《クトゥ》ヌナイサー」

　レジでお金を払ってお釣りを受け取ると、知花さんが心持ち大きな声でそう言った。どういう意味か訊くと、ウチナーグチで「なるようになるよ」「なるようにしかならないんだ」という意味らしい。

「『ケ・セラ・セラ』と同じ意味ですね」

「そうそう。ナイル事《クトゥ》ヌナイサー」

「ナイル事《クトゥ》ヌナイサー」

　僕も笑顔で応えて、店を後にする。階段を上って地上へ出ると、高層ビルに囲まれた空に、奇麗な満月が輝いていた。千葉に住んでいたときに見ていたのと同じ色、同じ形の月だ。

「ナイル事《クトゥ》ヌナイサー」

　頬を撫でる心地良い涼風に乗せるように、僕はそっと囁いた。


　十一月一日の夜には、ブーズハウスで宗次のライブが行われた。出掛けるときに雨が降っていたので、僕はバスに乗ってコザへ向かう。平日なのでやはり希美さんの姿はないが、マカトさんが来てくれた。宗次の他には、ギター弾き語りのアーティストが対バンだった。九時頃からライブが始まって、二番目に宗次が歌ったときには前回同様、フロアに集まった一〇人ほどのお客さんらも大いに盛り上がっていた。『丘の上』も、アメリカ人には歌詞の内容は理解出来ていないだろうが、ゆったりとしたメロディーにじっくりと聴き入ってくれていた。

　ライブが終わると、ＣＤを求めるアメリカ人のお客さんが数名いた。宗次がＣＤにサインを書いてあげると、一〇ドル札をよこしてくるお客さんもいる。

「ファイブドラーズ（五ドルですよ）」と言っても、チップだからと言ってくれた。僕はやはり、チップの習慣があるアメリカから来ただけあって気前が良いなと思うのだが、宗次はどこか不機嫌そうな顔をしていた。

「俺……見下されてんのかな？」

チップをくれたお客さんが店を出て行くと、カウンターの端の席に座った宗次は、一〇ドル札を広げて見つめながら呟く。

「悪気があるわけじゃないんですよ。アメリカじゃチップを渡すのが当たり前だから……」

宗次と僕に挟まれる形で座っているマカトさんが明るい口調でなだめる。

「コザでライブをやるなら、アメリカーの文化も受け入れられるようじゃなきゃ続かないぜ。せっかくチップをやってるのに不機嫌な顔をしてたら、チップが足りないのかと思われちまう」

カウンターの中でグラスを磨きながら、平良さんが呟いた。彼は拭き終わったグラスを後ろの棚に置くと、宗次の方へ向き直る。

「宗次もこの前見たろ？　米兵は気に入らない事があると、平気で野次を飛ばすし、物を投げてくる。他の店の話になるが、いつだったか、ナイフを投げてるヤツを見た事もあるさ」

平良さんはカウンターに置いてある煙草の箱から煙草を一本取り出しながら、どうって事なさそうに話した。それがかえって、事の怖さを増幅させて聞こえるようにも思える。

「うーん」

宗次は眉間に皺を寄せて下を向いた。

「この街は未だに、アメリカ人に支配されてるって事だな」

宗次は悔しそうに言うと、平良さんが「それは逆だぜ」と口を挟む。確かに、僕が先日平良さんから聞いた話と照らし合わせてみれば、宗次の考えには僕も違和感を覚える。平良さんは口にくわえた煙草にライターで火を点けた。

「沖縄文化がアメリカーに支配されてるんじゃないんだよ。沖縄文化はアメリカ文化を内包したものだという事さ」

宗次は首を傾げて「どういう事ですか？」と訊ねる。平良さんはこの前僕に聞かせてくれたのと同じ話を宗次に聞かせた。平良さんの話を聞きながら、マカトさんもたびたび頷いている。

「沖縄は琉球王朝時代から、色んな国の文化を取り入れて発展してきたんだ。日本《ヤマトゥ》の文化もチャンプルー。中国の文化もチャンプルー。朝鮮半島の文化もチャンプルー。東南アジアの文化もチャンプルー。そして第二次大戦が終わってからはアメリカの文化もチャンプルー」

平良さんは両手を広げたり内側へ向けたりしながら説明している。

「アメリカ式の文化に抵抗を感じてるようじゃ、コザの街で音楽は出来ないぜ」

宗次は「なるほど……」と感心しながら頷く。平良さんの話では、「混ぜる」を意味する「チャンプルー」という言葉はインドネシア語の「チャンプール」、九州地方の方言「ちゃんぽん」と同じ意味なのだという。沖縄料理のタコライスは、八〇年代に円高の影響で米兵が基地の外で外食を控えるようになった時期があり、金武町《きんちょう》の飲食店が安いコストでアメリカ人向けの料理を作れないかと考案して出来たものだというのだ。

「米軍基地っていうと、どうしてもダークなイメージが強いですけど、何だかんだ言って、沖縄の人たちはアメリカ人とも仲良く暮らしてるんですね」

宗次は先ほどに比べてだいぶ明るい表情になっていた。彼もようやく、メディアで報道されない沖縄の裏側が見えてきたようだ。

「分かってもらえて嬉しいです。沖縄の経済と文化は、米軍基地なしでは成り立ちません。沖縄は、一昨年は完全失業率が全国平均より高くて雇用が少ないけど、米軍基地がなくなったら、基地で働いてるウチナンチュは仕事がなくなっちゃう。失業率はなおさら高くなってしまいますよ」

マカトさんは背筋をぴんと伸ばして歯切れ良くそう言うと、ナップサックを背中に背負って立ち上がった。

「次はどんな新曲が出来るのかも、楽しみにしてます。頑張って下さいね！」

「ありがとう！　ライブの予定は修輔がホームページを更新して載せてくれるから、また来てね」

宗次はマカトさんの真っ白な右手を、日に焼けた両手で握って握手をする。

マカトさんが店を出て行くと、宗次は新曲『丘の上』の講評を平良さんに訊いた。

「いいんじゃないか」

平良さんはぼそっと言って煙草を吹かしながら、眩しそうに遠くを見つめている。それから平良さんは黙り込み、沈黙の時間が流れる。何やらあまり興味がなさそうな雰囲気だが、カウンターにヌンチャクがしまってあるという事を思い出すと、下手に口を挟む事が出来ない空気のような気がする。

多分、宗次も同じなのだろう。僕たち二人は黙ってドリンクを飲み続ける。

「中村十作《なかむらじゅうさく》って、知ってるかい？」

冷たく張り詰めていた空気が微妙に揺れたように、どすの利いた低い声で平良さんが訊ねてきた。

「いや……」

僕たちがともに知らないと答えると、平良さんは中村十作が何をした人かという話を聞かせてくれた。中村十作は一八六七年に新潟県《にいがたけん》で生まれた人物で、二十五歳のときに真珠の採取をして富を築こうという夢を持って単身宮古島へやって来たそうだ。島内を周ったとき、未だ旧慣温存政策による人頭税制度の下で重労働を強いられている島人《シマンチュ》の姿を見てショックを受けたという。人頭税を廃止するため、奈良原知事に直訴したものの改善されず、十作は宮古島出身の平良真牛《たいらもうし》らとともに東京まで赴いて、宮古八重山の過酷な現状を記した手紙を新聞社や国会議員に提出。人頭税の惨状には明治天皇も関心をお示しになられ、大いに心を痛められたという。そして日清戦争中の一八九五（明治二十八）年一月には人頭税廃止の請願が帝国議会で可決され、一九〇三（明治三十六）年には人頭税が完全に廃止。琉球王朝時代から、実に二百年以上にわたって続いていた搾取の時代は、内地の北国からやって来たヤマトゥンチュの青年によって終焉を迎える事が出来たのだ。

「俺が十作を偉いと思う理由はよ」

平良さんはカウンターに肘を付いてもたれ、僕たちの顔を覗き込むような格好をした。

「彼は思想家や活動家といった類の人間じゃなかったって事なんだ。十作は人頭税廃止を実現させたら、自由民権運動に参加する事もなく、すぐに本来の目的だった真珠の事業をして、老後は京都でひっそりと暮らしたんだ」

十作は、親類や友人には、自分が人頭税廃止運動に携わっていた事は晩年まで話しておらず、彼の資料を保管する事になった甥でさえも、それを知ったのは十作が亡くなった後だったという。十作は単なる思想家などではなく、本当にただ「宮古島の人たちを救いたい」「こんな非人道的な制度はなくさなければならない」という正義感で動いていたのだ。現代のように、これまでさんざん原発の恩恵を受けて豊かな生活をしてきたのに、反対集会やデモ行進をやって参加費を稼いで、それで正義漢ぶって世間に自慢している左翼団体の活動家とは全く異なるといえるだろう。平良さんは続ける。

「米軍基地の騒音訴訟を集団で提訴してる団体とは大違いさ。あいつらは『騒音のせいで身体を壊した』と訴えればお金が貰えるぞと言って基地周辺の住民を勧誘して、訴訟費用として一万円の会費を集める。そして裁判で勝てば一人当たり三百万円が賠償金として貰える。会費を差し引いて二百九十九万円のキャッシュバックだ」

「騒音問題は、軍用機の騒音が原因じゃないんですか？」

僕が訊ねると、平良さんは「けっ」と嘲って、短くなった煙草を灰皿に押しつぶした。灰皿はもう吸殻だらけで真っ黒だ。

「『基地の騒音のせいで耳がおかしくなりましたぁ』『不眠症になりましたぁ』と言って、左翼団体に加担してる医者が院長をやってる病院へ駆け込む。そうやって診断書を書いてもらって、裁判所へ提出するわけよ」

平良さんは新しい煙草を取り出そうとするが、箱の中は既に空っぽだ。

「言っておくけどよ」

彼は苦々しい顔で箱を握り潰してゴミ箱へ捨てると、険しい表情でゆっくり首を回して僕たちを順番に睨みつける。僕たちはあまりの迫力に思わずのけぞる。

「俺は十年以上嘉手納基地の目と鼻の先に住んでるが、騒音で眠れなかった事なんて一度もないぜ」

そう言うと、彼はそれまでの怖い顔が嘘のようににっこりと笑ってみせた。彼が笑うと目尻に皺が寄る。

思ってもみなかった裏話だ。集団訴訟は単なる金儲けだというのか。東北地方では震災で大変な生活を強いられている人がまだまだ大勢いる。マカトさんが教えてくれたように、沖縄では仕事が少ないために仕事を求めて内地へ出稼ぎへ行く人もいるというのに、仕事もせずに反対運動だけやってお金を貰って生活をしている人たちがいるのだ。米軍兵士による犯罪だって絶対あってはならない事だが、金儲け主義の左翼団体だって到底許せない。

「沖縄ではあまり知られていないが、宮古島の島人《シマンチュ》にとっては、中村十作は英雄さ」

平良さんが言うには、宮古島には『漲水《はりみず》クイチャーあやぐ』という有名な民謡が今でも歌い継がれているという事だが、この歌は中村十作が人頭税廃止を訴えるために東京へ向かう際、宮古島の漲水港を出港するときに島人《シマンチュ》が皆で歌った歌なのだという。このとき、島人《シマンチュ》が暴動を起こすのではないかという憶測が飛び交っていたため、漲水港は不測の事態に備えて警官隊も多数詰め掛けていたというから、相当殺伐とした空気の中での出港だったに違いない。

「謝花昇は志半ばで倒れたけど、中村十作は改革的な事を実現させたんだから、凄い人なんですね！」

宗次は感心しながら頷く。

「宮古八重山を悪政から解放したヤマトゥンチュがいるなんて、同じヤマトゥンチュとして嬉しいです」

僕はそう言って、グラスの中に残っているカルーアをぐいっと飲み干す。

宮古島から見れば中村十作もよそ者に違いないが、それでも、宮古島を圧政から解放してくれた英雄を今でも称賛しているのだから、宮古島の島人《シマンチュ》の人情の厚さを垣間見れたような気がする。

それから僕たちは、時間を忘れて朝まで飲み明かした。帰るとき、宗次は途中まで送っていくぞと言ってくれたが、僕はバイトも休みだし、急ぐわけでもないのでバスで帰る事にした。

「なあ、修輔」

店を出た後、宗次が僕に言った。東の空に浮かんでいる大きな雲が、朝日が滲み出すように輝いて見える。

「俺は他のどのヤマトゥンチュよりも沖縄を愛しているつもりでいたけど、まだまだなんだって事が分かった。もっともっと沖縄の理解を深めていかなきゃいけない」

僕がこくりと頷くと、彼は、「これからもっと、いい曲が書けそうな気がしてきたぞ」と言って、にっこり笑う。メジャーデビューに向けて、彼はより人々の心を動かす歌を書き続けなければいけない。沖縄に移住してきて、やはり正解だったと思う。沖縄の暖かい空気に包まれ、青い海に囲まれて生活している彼は、東京の汚れた空気の中で暮らしているときに比べて、明らかに活力を増しているように見える。東京に住んでいたときも、充分音楽に対する情熱や、生きていく力強さを感じていたが、沖縄に来てからは、それが一層強くなっているように見えるのだ。

「宗次さんなら、絶対出来ますよ！　僕は付いていきます！」

それから、僕は歩いて数分のところにある三三〇号線沿いのバス停からバスに乗って、那覇へ向かった。

沖縄のバスは、手を挙げなければ止まってくれない。一つのバス停から何本もの路線が出ている沖縄のバスは、お客さんが立っているからといっていちいち止まっていては、お客さんが一人も乗らない事が多いので、止まってくれないという事らしい。そんなわけで今日も手を挙げてバスを止め、バスの右側の座席に座ると、瞬く間に眠気に襲われた。


僕は夢の中で、宗次がライブをやっている夢を見た。場所は宜野湾海浜公園《ぎのわんかいひんこうえん》だろうか。有名な歌手が沖縄公演を行う際、よく会場として使われる場所だ。高さ二メートルほどある特設ステージにギターを持って立った宗次は、『バック・イン・ザ琉球』を汗だくになりながら熱唱している。僕は客席の隅からその様子を眺めている。観客は一万人以上は入っているはずだ。皆曲のリズムに合わせて飛んだり跳ねたりしながらライブを楽しんでいる。そして歌い終えると、客席からはやかましい野次が飛び交う。

「Ｆｕｃｋ ｙｏｕ（死ね）！」

「Ｇｅｔ ｏｕｔ（出て行け）！」

僕は胸が焼け付くような不快感を覚え、野次を飛ばしている観客の下へ駆け寄ろうとするが、たちまち横からやって来た男に頭の右側をゴツンと殴られ、痛みを感じて目を覚ます。

僕は座席の窓に頭をぶつけていたのだ。ふと窓の外を見ると、ちょうど、バスは普天間基地のゲート前の信号の手前で、片側二車線道路の左側の車線で信号待ちをしているところだった。ゲートの前の歩道と、反対側の歩道には、赤地に黄色いゴシック体の文字で「基地反対」と書かれたゼッケンを着た人たちが数十人ずつ集まり、基地に入っていく車に向かって口々に「Ｆｕｃｋ ｙｏｕ！」とか「Ｇｅｔ ｏｕｔ！」などと喚いていた。人混みの中には、「基地持って帰れ」「平和な島を返せ」などと書かれた横断幕を持った人も見受けられる。基地に入っていく車とすれすれまで近付いている最前列には警察官が数人がかりで立ち塞がり、今にも車に襲い掛からんばかりの勢いの左翼団体の動きを身体を張って制していた。バスのすぐ右側の車線、僕の席からはちょうど斜め後ろのあたりに、これから基地に入るために右折待ちをしている、二十代か三十代くらいのウチナンチュの女性が運転している車が止まっているが、バスの左側の歩道から飛び出してきた左翼団体の一人の男がメガホンを持ってその車の助手席を拳で叩く。女性が窓を開けると、赤いキャップ帽を被った浅黒い肌の男はメガホンを口に当てて、「テメェはアメリカーに魂《マブイ》を売ったのか！　身体を売ってんのか！　Ｂｉｔｃｈ（尻軽女）！」と怒鳴り、すぐに歩道に戻って行った。罵声を浴びせられた女性は唇を噛み締めながら男を睨みつけると、すぐに視線を前に向けて、唇をへの字に曲げたまま信号機を見つめる。僕はすぐに左側の窓へ顔を向けた。女性に向かって罵声を浴びせていた、鋭い目つきの男の顔にどこか見覚えがあると思ったら、東江良安さんではないか！

　僕はまだ夢を見ているのだろうかとも思ったが、そんな事はない。確かに昨夜から飲み続けていた酒も体内に少し残っているが、見間違いなどではない。あの濃い眉毛も、角張った鼻も、そしてあの声も、紛れもなく東江さんだ。

　僕の思考回路が止まっている間に信号が青に変わり、バスは走り始める。後ろに遠ざかっていく基地のゲート前では、左翼団体がいつまでも騒ぎ続けているのが見える。

　言論の自由は憲法で認められているとはいえ、あまりにも節度を逸した行動ではないだろうか。言論というより、単なる罵声だ。僕が子供の頃、学校の先生は、「沖縄の人たちは米軍基地のせいで嫌な思いをさせられている。だから反対運動をしている。沖縄の人たちが怒るのは当たり前だ」と言っていたのを覚えている。僕の父は、「米軍兵士は怖いぞ。平気で人を殺すんだ」と言っていた。

　でも、平良さんの話を聞いた上でこうした過激なまでの反対運動を目の当たりにしてみると、米軍兵士よりも、むしろ反対運動をしている左翼団体の方が怖い気がする。そして何より、久茂地ペルリで若い女性ファンから黄色い声援を浴びながらノリの良いロックを歌って、僕や宗次に対して勝ち誇ったような態度をとっている東江さんが、同じウチナンチュの女性に向かって侮辱的な言葉を吐き捨てていた事に対して、僕は少しずつ憤りの気持ちを大きくしていった。「君を幸せにする」とか、「ずっと一緒だよ」なんて気障な歌詞を歌っている東江さんが、品のない、辛らつな言葉を吐いていたのだ。いくら米軍が嫌いだからとはいえ、基地で働くウチナンチュの職員にまで言葉の暴力を振るうのは、ウチナンチュはもちろん、日本国民の民度を下げる事になってしまうのではないだろうか。

かなり寝不足のはずなのに、思い掛けない出来事のために、今日はすっかり眠気も覚めてしまった。

10

十一月になって、ようやく沖縄でも長袖を着て生活する気候になった。

僕にとって行きつけになる店が見つかった。自宅からバイト先のコンビニへ向かう途中にある、パイカジキッチンだ。初めて訪れたときから、だいたい週一回くらいのペースで、主にバイト帰りに通っている。開店初日には開店祝いの大きな花が立て掛けられていた店の前には、普段はハーブの鉢植えが六個ほど並んでいる。表通りから一本裏の路地へ入ったところだから、観光客よりは、地元のお客さんが大半のようだ。

この店を営んでいるのは、古見賢太《こみけんた》さんと陽子《ようこ》さんという、ともに二十九歳の夫婦だ。石垣島出身で、高校時代の同級生同士でもあるそうだ。賢太さんは東京都内の大学に在学中に都内の沖縄料理店でバイトをしていた事があり、卒業後はアメリカで一年ほど料理人の修業をしていたそうだ。それから大阪府《おおさかふ》内の韓国《かんこく》惣菜店で弁当の仕込みの仕事をしていたそうだ。

「アメリカのレストランで働いてた頃は、アメリカ人だけじゃなくて、メキシコ人やヨーロッパ系の人とも一緒に仕事をしてたよ。大阪にいたときは、韓国人との付き合いが多かった。色んな国の文化に触れる事が出来たのは、料理人としては大きな糧になってるさ」

賢太さんは特に、沖縄語《ウチナーグチ》と韓国語の共通点が興味深いという。沖縄語《ウチナーグチ》では「美味しい」を「マーサン」とか「マーサッサ」というが、韓国語では「マッシソヨ」というそうだ。沖縄語《ウチナーグチ》の「ウィー(上)」は韓国語でも「ウィー」というらしい。

「沖縄じゃ、お母さんの事を『アンマー』って呼ぶけど、韓国じゃ『オンマー』って呼んでるって聞いて、文化的な繋がりを感じるね」

パイカジキッチンの料理も、洋食でありながら、食材はなるべく沖縄産のものを使用するというこだわりを持っているらしい。賢太さんはまさに、沖縄独特のチャンプルー文化を体現している人といえそうだ。

大阪に住んでいた頃の賢太さんは、市内にある陶芸教室で陶器の作り方を学んでおり、お店で使っている器はほとんどが賢太さんの手作りだという。

「お皿も珈琲カップも手作り。店のテーブルと椅子も、この近くで木工をやってる知り合いに教えてもらいながら、自分で作ったんだ」

賢太さんは片手の掌で店内をぐるりと指し示しながら、感慨深げに話す。料理人は手先が器用という事もあるのだろうが、パイカジキッチンの椅子に座って器に触れていると、温もりや優しさが伝わってくるような気がする。賢太さんは単なる料理人ではなく、アーティストとしての表現者といえるのかもしれない。

パイカジキッチンの定食は、栄養のバランスをきちんと考えて作られているようで、調味料もあまり濃くなく、食べやすい。濃い味付けが好きな人のために、テーブルには胡椒《ピパーチ》が置かれていて、自分の好みに合わせてかけられるようになっているのもありがたい。料理の味が良いからご飯が進む。僕が行くといつもお代わりをするのだが、ちょうど三回目に行ったとき、僕がいつものように定食を注文すると、「ご飯は大盛りがいいですよね？」と、伝票を持った陽子さんが訊いてきた。毎日大勢のお客さんを相手にしている中、まだ二回しか来店していない僕が、いつもお代わりをするという事を覚えてくれていたのだ。僕は嬉しかったのはもちろんだが、細かい気配りが出来る陽子さんに感心したものだ。

陽子さんはいつも笑顔を絶やさず、滑舌の良い口調で受け答えをする。だからといって、ファミレスやコンビニの店員によく見られるような、いかにもマニュアルどおりのロボットのような敬語ではなく、接客を受けている側がホッとするような、優しさを感じさせてくれる笑顔だ。そんな陽子さんも大阪に住んでいた経験があり、賢太さんとは大阪で再会を果たしてから交際を始め、結婚に至ったという事だ。

宗次と希美さんをパイカジキッチンに連れて行った事もある。二人とも、料理はもちろん、お洒落な店の内装を気に入っているようだった。宗次は、ミュージシャンと料理人という違いはあれど、やはり表現者としての共通点を感じたのだろうか。賢太さんともすぐに打ち解けていた。

希美さんは陽子さんの結婚観に興味があるらしく、結婚するなら同じ島の男と結婚すると決めていたのか訊ねていた。

「竹富島《たけとみじま》に、『安里屋《あさどや》ユンタ』っていう民謡があるじゃないですか」

竹富島に伝わる『安里屋ユンタ』については、いつだったか、希美さんが僕に教えてくれた事がある。あの歌では、どんなに裕福で格式の高い家柄でも、他の島の男とは結婚するな、貧しくても同じ島の男と連れ添いなさい。それが自分の幸せのためだ、という教えを諭しているそうだ。昔から沖縄では、女の子にはこうした教育をする親が多いという。

「やっぱり、結婚するんだったら同じ島の男と、って決めてたんですか？」

「今どきそういう教育を受けてる女性は珍しいと思うけど、むしろ私の母は、長男だとしがらみが多いからやめておけって言ってました」

内地の旧家と同様、石垣島でも長男は仏壇と位牌を守ったり、墓守をしたり、親戚同士が集まる年中行事における仕事の役割も多いため、嫁いだ女性にも必然的に負担が多くなるというのだ。

「でも、私が結婚するって言ったとき、私の母は、『相手はウチナンチュなの？　ナイチャーなの？』って訊いてきました」

陽子さんはお盆に乗せた珈琲を僕たち三人が座っているテーブルに運んでくると、受け皿に乗った珈琲カップを一人一人の前に置く。カップも受け皿も賢太さんの手作りだから、三つとも微妙に違う形をしている。カップに添えられているマドラーは木製だ。

「私自身」

陽子さんは空になったお盆を両手で胸の前に抱えるようにして持つと、難しそうな顔をして首を傾げた。

「結婚するんだったら、石垣島に限定しないまでも、ウチナンチュの方が安心出来るからいいなっていう思いはありましたよ。やっぱり沖縄語《ウチナーグチ》を喋ってる方が楽だし、ヤマトゥンチュは、沖縄の生活や文化に抵抗を感じる人もいるから」

そう言うと陽子さんは厨房に戻って皿洗いを始めた。厨房からは蛇口から水が勢いよく出ている音が聞こえてくる。希美さんは珈琲を一口飲んでから、「やっぱりそうですかぁ」と言って深々と頷いていた。宗次も興味深そうに何度も頷いている。

「でもね」

厨房とカウンターの脇にある柱の陰になって、陽子さんの姿は見えないが、心持ちトーンが高くなった彼女の声が聞こえてきた。

「私はヤマトゥンチュを恨むような気持ちは持ってないですよ。確かに高校生の頃までは、日教組による偏向的な思想教育の影響で、ヤマトゥンチュに苦手意識を持っていました」

大阪では、ヤマトゥンチュから「石垣島って、信号機あるの?」と言われて、「車が走っているので信号もあります」と答えたところ、「車って水牛の事?」と言われて、ヤマトゥンチュはこんなに教養がないのかと思った事もあるそうだ。

「でも大阪にいたとき、ヤマトゥンチュに囲まれた中で仕事をして生活をしていくうちに、ヤマトゥンチュって、思ってたほど悪い人じゃないなっていう事が分かってきたんです。それで、少しずつ苦手意識もなくなっていきました」

水道の蛇口を「キュッ」と閉める音が聞こえると同時に、水が流れる音が止んだ。

「私は琉球人であると同時に、日本人でもあるんだって意識を持つようになったんです」

陽子さんは柱から上半身を傾けて顔を覗かせてそう言った。見ていると、ホッとするような笑顔だ。

「俺も」

厨房で仕込みをしている賢太さんが、包丁を持つ手を止めて僕たちの方へ顔を向けてきた。

「高校を卒業するまでは、自分を琉球人だと思ってたさ。でも陽子と同じように、東京で友達が出来てから少しずつ考えが変わっていった。それからアメリカで生活をしたり、大阪で韓国人と一緒に仕事をしてるうちに、『自分は琉球人だけど、日本人でもあるんだ』って意識が芽生えるようになったんだ」

賢太さんは大きな眼球に力を入れるようにして、鋭い視線で前を見つめた。

よく、どんな日本人でも、海外へ出れば「自分は日本人だ」という意識が強くなるという話を聞くが、古見さん夫妻のように、「日本人でもあり、琉球人でもある」というアイデンティティを持っているウチナンチュもいるようだ。

「なんか、羨ましいなぁ」

希美さんは温かい珈琲カップを両手で包み込むように持ちながら、笑窪を作ってにんまり笑った。

「故郷の石垣島から遠く離れた大阪で、高校の同級生と再会して結婚出来るなんて」

すると、希美さんの隣に座っている宗次が「悪かったな」と言って拗ねたような顔になった。

「関東の男でよ」

砂糖とミルクは充分混ざっているはずだが、宗次はカップの中をマドラーでかき回す。希美さんは面白そうに「いじけないの」と言って、宗次さんの頬を人差し指で突いた。

僕にしてみれば、高校時代の同級生同士で結婚した古見さん夫妻の話もなかなかドラマチックだと思うが、宗次と希美さんが渡嘉敷島で偶然出会った翌日に那覇でも偶然再会を果たして結婚まで至った話の方がロマンチックな気がしている。いずれにしても、沖縄は不思議な出会いが沢山ある島なのだと思う。


「ところで……どうして、パイカジキッチンっていう名前にしたんですか？」

僕は初めて店の看板を目にしたときから心に引っ掛かっていたので、ある日会計を済ませるとき、陽子さんに訊ねてみた。

「『パイカジ』っていうのは、石垣島の方言で『南風』を意味するの。『南風《パイカジ》』っていう響きが、何となく温かみがあっていいかなぁと思って、この名前に決めたわけよ」

スイーツのパイも、女性の乳房も全然関係なかった。やはり沖縄語《ウチナーグチ》は言葉の響きだけを聞いていると、とんでもない勘違いをしてしまいそうな言葉があって面白い。


十二月二日（旧暦十一月八日）。雲ひとつない快晴の下、僕はバイトを終えると、自宅の近くにあるスーパーへ買い物に行った。今夜は久茂地ペルリで宗次がライブを行う日だ。

沖縄の冬はコートなしで過ごせる。昼間は気温が二十度を下回る事は少なく、朝起きたときに少し肌寒いと感じてセーターを着てしまうと、ジャンパーを羽織って外へ出るとたちまち身体が蒸れてくる。だからせっかく引っ越しのときに持ってきた、衣替えで出したセーターは着る事がない。夜出歩くときでも、薄手の長袖にジャンパーを一枚羽織ればそれで充分だ。もちろん、手がかじかんだり、耳たぶが凍てつくといった事もないので、手袋やニット帽も必要ない。これだけ温かくて過ごしやすいのに、沖縄の人たちはやたらと「ヒーサン（寒い）」という言葉を使うから実に滑稽だ。

冬の沖縄の空は、内地の空と違って、あまり濃い色の青ではない。地上の気温は下がってきても、軽やかで透き通るような夏の空の水色がそのまま空に居座っているような趣がある。

自宅からスーパーへ歩いていく途中に墓場があるのだが、墓場の前を通りかかると、十数名の男女が墓の前に集まっていた。

沖縄の墓は内地のものと比べると、かなりかけ離れた形をしている。石で出来ているのだが、亀の甲羅のような形の屋根を被った家のようになっていて、だいたい軽自動車一台くらいは入れそうな大きさの石室になっている。初めて見たときはそれが墓だとは思わず、何か大事なものをしまう蔵か何かかと思っていたのだが、石室の正面に「〇〇家之墓」と書いてあるので、それが墓だと知ったのだ。随分珍しい形をしているなぁと思ったものだが、意識してみると、沖縄の墓場にある墓は全てそういう形をしており、大きなものでは人が住む家ほどの大きさがある立派なものもある。

集まっている人々の中には、一升瓶や野菜、お米などを持っている者もいれば、大きな鍋を二人がかりで持っている者、ハンマーを抱えている者もいる。手綱に繋いだ牛を連れている者もいた。そして牛を墓の周りを左回りに一周させると、ハンマーで牛の頭を殴ったのだ。牛は暴れる間もなく昏倒すると、男たちによってすぐに解体されて殺された。集まっている人たちは皆和やかに笑っている。どろどろと赤く染まる地面を見ていて、僕は何やら薄気味悪さを感じて、すぐにそこから早足で離れた。四、五〇メートルほどのところで振り返ると、解体された牛の肉は大きな鍋で煮炊きされ始めているところだった。何かの儀式なのだろうか。

夜、久茂地ペルリに行ったとき、墓地で牛が殺されていた話を知花さんにすると、それは「プーミチャーウガミ」といって、毎年旧暦十一月八日に行われる沖縄古来の風習なんだと説明してくれた。「プーミチャー」は古い墓の事で、「ウガミ」は「拝み」という意味があるそうだ。ただし、毎年行うのはウガミだけで、牛を連れて行って墓前で屠る「牛焼き」という儀式は五年に一度の行事らしい。墓の周りを一周させる事で、これから供える牛を祖先に見せる意味が込められているそうだ。鍋で煮た牛の肉の他に、酒や米などの食べ物も一緒に供えるという。

「内地の人は墓場で牛を殺すなんて考えられないかもしれんが、沖縄じゃ当たり前さ。ご先祖様へ感謝の気持ちを表す大切な儀式なんだ」

僕はてっきり、丑の刻参りのような呪いの儀式が白昼堂々と行われているのかと思って恐怖感すら抱いていたのだが、知花さんはどうって事もなさそうに淡々と説明する。ヤマトゥンチュにとっては思わず言葉を失うような衝撃的な儀式でも、ウチナンチュにとっては見慣れた年中行事の光景に過ぎないのだ。

パイカジキッチンの陽子さんは、「ヤマトゥンチュは沖縄の生活や文化に抵抗を感じる人もいる」から「結婚するならウチナンチュの方が安心出来る」と言っていたが、何となくその気持ちも納得出来るような気がしてくる。ウチナンチュにとってはごく当たり前の風習なのに、ヤマトゥンチュの価値観を基準にして否定されるような事があれば、確かに一緒に暮らす事は難しいかもしれない。

今日のライブは、宗次と東江さんのツーマンライブだ。宗次さんが夜九時頃から歌い始める前から、客席は若い女性客で埋まっている。僕はステージから一番離れた、出入り口のすぐ前のテーブル席に希美さん、マカトさんと一緒に座ってライブを見る。夜になるとさすがに風が肌寒いので、上着を一枚羽織って来店している人が多い。それでも内地の冬ほどの寒さではないので、東京で生活をしていた頃、十二月には毛糸のニット帽を被っていた希美さんは、沖縄では冬になってもまだ麦藁帽子を被っている。宗次は店に来るときはジャンパーを着ていたが、ライブが始まるときにジャンパーを脱ぐと、その下にはいつもの赤いポロシャツを着ていた。

宗次は『バックインザ琉球』や『丘の上』など、沖縄で作った曲を中心に七曲歌った。お客さんも宗次の曲にすっかり聴き入って、一曲歌い終えるごとに盛大な拍手を送っていた。宗次も、もうすっかり沖縄に溶け込んでいるように思える。

続いて東江さんはいつも歌っているロックの他に、オリジナルのクリスマスソングも織り交ぜて歌っていた。クリスマスソングでは歌っている途中で弦が一本切れたが、それでも最後まで激しくギターを弾き鳴らして歌い続けた。客席の女性たちは興奮してその場で立ち上がり、東江さんの歌に合わせてジャンプまでしている人も数名いた。マカトさんはジャンプこそしないが、リズムに合わせて腕を振ったり身体を揺らしたりしている。

真剣な眼差しで、ときには笑顔で歌っている東江さんを見ながら、僕はどうしても先日の普天間基地のゲート前での出来事を思い出していた。あのとき、確かに東江さんはメガホンを持って、基地へ入ろうとする車に向かって怒鳴っていた。女性ドライバーに助手席の窓を開けさせ、窓が開くと、口汚い言葉で女性を罵っていた。あの東江さんが今、ライブハウスで若い女性に囲まれ、「カナサンド（愛してるよ）ー」などと甘い声で歌い、女性たちから黄色い声援を浴びている。マカトさんも含め、この女性たちは、東江さんがあのような運動をしているという事を知っているのだろうか。もし知らないとすれば、ファンの女性たちは騙されていると言っても過言ではないような気がする。

「今年も、あと一ヶ月もしないうちに終わろうとしています」

残り一曲というところで、東江さんは客席に語り掛けた。天井に付いている照明に照らされて、額から滴り落ちている汗が輝いて見える。

「来年は沖縄が日本に返還されて四十周年という節目の年です。返還されたものの、未だに多くの米軍基地が沖縄に押し付けられ、ウチナンチュが犠牲となっています。果たしてこの時代が、いつまで続くのか……」

東江さんは目を閉じて俯いたが、すぐに顔を上げ、鋭い眼差しで遠くを睨んだ。

「唄者《うたしゃ》として俺に出来る事は、音楽を通して、平和を訴えていく事です。沖縄から全ての米軍基地がなくなるその日まで、ワンネー（俺は）、平和を訴えていきたいと思います！」

客席からはその日で一番大きな拍手が沸き起こった。「アッタバジョー（男前）！」「チバリヨー（頑張れ）！」などの黄色い声援も飛び交っている。米軍基地で働いているというだけで女性を「ｂｉｔｃｈ」呼ばわりする人が平和を語る事に、僕は違和感を覚えた。僕の隣にいるマカトさんをちらりと見たら、彼女は特に表情を変えずに黙っていたが、宗次と希美さんは拍手をしている。

ライブ終了後、マカトさんはバスの時間があるからと言って先に帰ったが、僕と宗次、そして希美さんは日付が変わるまで飲み続けた。東江ファンの女性客たちが続々と帰っていくと、東江さんは僕たちのテーブルにやって来る。

「宗次君とは、対バンになる事が多いな」

ビールジョッキを持った東江さんは宗次、希美さん、僕と順番に乾杯をする。宗次は「何かと縁がありますね」と言って笑った。

「沖縄の歴史の勉強は、その後も続けてるのかい？」

東江さんは宗次の方へ向けて顎を突き出して訊ねた。僕にはその仕草がどうしても宗次を見下しているように見えて、胸のあたりがムカムカするような不快感を覚えるのだが、当の宗次と希美さんは全く気にしていないどころか、実にフレンドリーに東江さんと接しているから、僕としては東江さんとの接し方に困る。ましてや、普天間基地のゲート前であんな光景を見た後ではなおさらだ。

「沖縄の歴史は、差別の歴史ですよね。江戸時代の日本では士農工商の身分制度があって、商人は一番低い身分でしたけど、琉球では薩摩の商人も、琉球の士《サムレー》に対しては威張り散らしていたというし、琉球処分後は沖縄特有の文化風習がヤマトゥンチュから馬鹿にされていた」

宗次は殊勝な面持ちで言った。

「私が一番許せないのは」

ビールを何杯も飲んで頬を桃色に染めている希美さんが険しい表情で身を乗り出した。

「人類館《じんるいかん》事件よ」

すると東江さんはビールを一口飲んでから「そう」と言って人差し指を立てる。

「よく知ってるね。嬉しいよ」

東江さんは目を大きく見開いて感心したように頷いた。僕は希美さんに、人類館事件とは何なのか訊ねた。

「一九〇三年三月。政府主催の勧業博覧会が大阪で開催されたんだけどね」

希美さんの話では、勧業博覧会において催されていた人類館というパビリオンで、琉装を着たウチナンチュの女性二人が「琉球の貴婦人」と題して「展示」されていたというのだ。

「当時はイギリスが人間動物園を作って、植民地のインド人が家で生活してる様子を来場者に公開して見せ物にしていたから、日本もそれを真似したのよ」

それが本当なら、非人道的この上ない話だ。当時の日本はウチナンチュを動物のように見ていたという事になる。

「どうして……そんな博覧会をやったんでしょうね？」

僕が訊ねると、東江さんが「ふんっ」と鼻を鳴らす。

「当時は西欧列強が植民地支配を広げていた時代だった。西欧に追いつき、追い越せと必死だった日本は、植民地支配を広げる事で西欧諸国と肩を並べようとしたわけさ」

「人類館は沖縄の他にも、台湾、朝鮮、アイヌ民族のパビリオンもあったそうよ。アメリカやヨーロッパから来た人たちに対して、日本がこれだけ色んな民族を支配してるんだぞっていうアピールをしたのね」

希美さんはそう言って、ビールを一口飲む。東江さんは「冗談じゃないぜ」と吐き捨てるように言って目つきを鋭くする。

「日本《ヤマトゥ》の政府はワッター（俺たち）ウチナンチュを朝鮮人や台湾人、アイヌ人みたいな蛮族と同列に見ていたんだ。アジアの中心にあって大航海時代の富を築いた我々琉球民族を、二等国民として見ていたんだ」

東江さんは自信たっぷりに語っているが、僕は心に引っ掛かるものを感じる。沖縄を差別するなんてけしからんという言い分は理解出来るが、その一方で、彼は朝鮮人、台湾人、アイヌ人の事は蛮族として差別しているのだ。

「沖縄に対する差別は今でも続いてる。在日米軍基地のほとんどを沖縄に押し付け、ウチナンチュが犠牲になってる。そのくせウチナンチュが基地反対を訴えれば、ヤマトゥンチュは『沖縄は我がままだ』と退ける。まさに差別だ！」

熱々と語る東江さんに、始めのうちは同調していた宗次と希美さんも、ここまで来るとさすがに困惑した様子で黙り込んでしまった。

東江さんはジョッキに残ったビールを一気に飲み干すと立ち上がる。

「それじゃ、また話そうぜ」

東江さんは満足げな笑顔で宗次と握手をする。宗次は取り繕ったような笑顔で「お疲れ様でした！」と挨拶をした。僕と希美さんも「お疲れ様です」と一応の挨拶する。

「おかしな話だよな」

東江さんが帰っていくと、カウンターの中にいる知花さんがグラスを拭きながら、溜め息混じりに呟いた。

「沖縄は確かに日本《ヤマトウ》から差別を受け続けてきたが、ウチナンチュだって、自分より弱い立場の人間を差別してたんだよ。宮古八重山に対する差別。障害者に対する差別。年寄りに対する差別。女性に対する差別。そして良安が言っていたような、朝鮮人や台湾人、アイヌ人に対する差別」

知花さんは拭き終わったグラスを置いて、カウンターに凭れる。

東江さんのように、差別が常態化している人にとっては、自分が差別をしているという自覚がないのだ。だから沖縄が差別されて虐げられているという自覚はあっても、沖縄が他の民族や離島農民を「差別」してきたという自覚はなく、むしろ、琉球王国が離島にまで版図を広げるほど栄えた国だったとして侵略を正当化している。

「宗次は……」

希美さんが重々しく口を開いた。

「沖縄の歴史は差別の歴史だったと言ったけど、二つの側面を持ってるよね。差別を『受けた』歴史と、差別を『していた』歴史」

「この前、平良さんの話を聞いてから色々調べてみたんだけどさ」

宗次が背もたれに背中を預け、両手を頭の後ろで組んで枕のようにしながら語り始めた。

「中国は今でも、沖縄の事を日本の領土として認めてないんだってさ。東江さんの前では話しづらかったけど」

宗次の話では、中国の言い分としては、沖縄は本来、中国の属国であり、日本が力ずくで奪い取って不当に支配している地域だという事になっているらしい。

「『我々中国は、琉球解放、沖縄奪還のために日本と戦わなければならない』って、共産党のホームページに書いてある事を日本語訳したサイトに書いてあったよ」

「怖い話やなぁ」

希美さんは自分の口に両手を当てて、怯えるような目で宗次を見た。

チベット、ウイグル、内モンゴルなどの地域に次々と侵略して、異民族を弾圧している中国なら充分あり得る話だ。左翼団体の思惑通り、現状で米軍基地がなくなってしまったら、沖縄は中国に乗っ取られてしまう。

沖縄は確かに美しい海と豊かな自然に囲まれた島だが、こうしたダークな側面も持ち合わせているのだという事が見えてきた。果たして、こうした沖縄の負の側面をきちんと認識しているウチナンチュが、どれほどいるのだろう?


東日本大震災に、宗次のワンマンライブ、そして沖縄移住。僕の人生の中でも間違いなく一番大きな変化が起きた二〇一一(平成二十三)年が、もうすぐ終わろうとしている。

昼間は長袖一枚で過ごせるくらいのぽかぽか陽気だったものの、やはり夜になると夜風が肌寒い。星空がまたたく大晦日の夜は、僕と宗次、そして希美さんの三人で、パイカジキッチンに行った。お店は満席の状態で、皆、大晦日限定メニューであるプニジルを食べている。これは豚の肋骨の出汁を充分に染み込ませたところに、大根と昆布を入れた汁物で、沖縄の大晦日の夜にはこれを食して新年を迎えるそうだ。豚の肋骨の出汁はそんなに美味とは思わないが、大根と昆布の旨みが利かせてあるので飲みやすくなっている。

出入り口に一番近い、四人掛けのテーブルで僕たち三人は食事をしている。ガラス扉に対面する形で座っていた僕は、ガラス扉の向こうの真っ暗闇から、背の高い女性の姿がふっと浮かび上がるように現れるのを見た。扉を開けて入ってきた女性は与那城京子さんだ。

「あれ？　京子さん」

僕が彼女に気付くと、出入り口に背中を向けていた宗次と希美さんが後ろを振り向いた。

「あらー、修輔君。宗次君もいるじゃない！」

「こんにちは」

驚く京子さんに僕と宗次が挨拶をすると、陽子さんが厨房から出てきて、「申し訳ありません。ただ今満席なんですよー」と申し訳なさそうにお辞儀をした。

「良かったら僕たちと一緒に食べましょうよ」

宗次は京子さんが自分たちの知り合いだという事を陽子さんに伝えた。左側の椅子に座っている僕は、右側の椅子に置いてある自分のジャンパーを自分の背中の後ろに片付ける。宗次が、京子さんと初対面の希美さんの事を紹介すると、二人はお互いに挨拶を交わす。京子さんは最近新しく開店した飲食店を紹介する雑誌を見て、この店に来たらしい。

「個人的には喪中なんだけど、今日はプニジルが食べられるっていうから来たの」

京子さんの二人の子供は、近所に住んでいる友達の家で年越しをするために留守にしているという事だ。沖縄では、小学生くらいの子供が夜遅くまで子供だけで出歩くという事が珍しくない。僕の自宅アパートの近くの公園でも、夜の十時くらいまで子供たちが遊んでいる光景をよく見かける。門限に五月蝿い親もあまりいないのだろうか。

「まさか修輔君が常連のお店だなんて、世間は狭いわねぇ」

京子さんは目尻に皺を寄せて笑うと、鼠色の器を両手で包むようにして持ち上げ、プニジルを「ズズズ」と小さい音を立てて飲む。

「ジャズを歌ってらっしゃるなんて、レベル高そうですね」

希美さんが感心しながら言うと、京子さんは「私だってまだまだだよ」と謙遜する。

四人で話をしているうちに、話題は北谷町であった米兵による人命救助の話題に移った。これは十二月十七日、北谷町内の焼肉店で老夫婦が食事をしていた際、妻が食事を喉に詰まらせ、意識不明になったときの話だ。夫と店長がパニックになっていたところ、たまたま店内で食事中だった米海兵隊所属のエリック・J・ハンセン伍長が店長に救急車を呼ぶよう指示を出し、自らはハイムリック法と呼ばれる、喉に詰まらせたものを吐き出させる療法で見事に蘇生させたというのだ。県内のメディアでは一切報道されていないが、インターネットではすっかり話題になっている出来事だ。

「旦那さんは涙を流しながらハンセン伍長の手を握って感謝したっていうよな。いい話だ！」

宗次が声のトーンを高くして言えば、希美さんは、「ハンセン伍長は大学にいたときと、海兵隊で人命救助の訓練を受けてたそうよ。ほんま、ええ話やなぁ」と、惚れ惚れしているといった声でハンセン伍長を称える。

突然の出来事に、現場にいた家族や店員は狼狽した事だろう。日々、厳しい訓練を受けている米兵だからこそ成しえた人命救助劇といえる。

「東日本大震災では、沖縄駐留の米海兵隊は震災の翌日から復興支援に動いてましたよね。米兵は悪い事をする人もいるかもしれませんけど、こういう話を聞くと、心が温まりますね」

僕たち三人の話がすっかり盛り上がっていると、ずっと黙ってプニジルを飲んでいた京子さんがぽつりと口を開いた。

「アメリカーがそんな人道的な事をするとは思えないけどね」

京子さんは無表情のまま左手で長い髪を耳の後ろへ掻き分けてから、器を両手で持ち上げてプニジルを「ズズズ」と飲む。僕たち三人は思わず「えっ？」と聞き返した。宗次も希美さんも、首を傾げている。京子さんは器をテーブルにゆっくり置く。

「ハンセン伍長がニライ消防署から人命救助で表彰された話は噂で聞いてるけど、沖縄に居座ってる米軍が東日本大震災の復興支援に行った話は、単なるパフォーマンスよ」

冷たく沈んだ声で淡々と話す京子さんに、僕は違和感を覚えずにいられない。どうしてそんなひねくれた見方をするのだろう？　宗次と希美さんもしばらく呆気にとられて黙ってしまったが、やがて希美さんがその場を取り繕うように口を開く。

「自衛隊の災害派遣の話はどうですか？」

すると、今度は京子さんの表情が明るくにこやかに変わった。

「自衛隊の活躍は沖縄でも連日報道されてたわよ。彼らこそ、私たち日本国民の誇りだわ」

京子さんは胸を張ってそう言った。

「沖縄では、戦後の学校教育で、沖縄戦で日本軍が住民に集団自決を強要したとか、食糧を強奪したとか、洞窟《ガマ》から追い出して戦争の盾にしたとかって教育が成されてきた影響で、日本軍の後身である自衛隊を嫌ってる人が多かったけど、最近ではそうでもないのよ」

京子さんの話では、阪神淡路大震災や新潟中越地震などにおける自衛隊による救援活動は沖縄でも報道されていたそうだ。また、日本復帰後は自ら自衛隊に入隊するウチナンチュもいて、昔に比べると自衛隊が身近な存在になっているという見方もあるそうだ。

「沖縄はアメリカのものじゃない。沖縄県民のものであり、日本のものよ。私は、米軍には一日も早く沖縄から撤退してもらって、自衛隊に沖縄を守ってもらうのが理想だと思ってるの」

京子さんは、ウチナンチュも日本人なのか琉球人なのかという考え方については東江さんと正反対の立場だが、米軍基地に反対という意見では東江さんと一致している。ところがその東江さんは、ウチナンチュは琉球人だという考えは平良さんと一緒だが、米軍基地に対する考察は正反対だ。きっと沖縄では、米軍基地のあり方についても、アイデンティティについても、色々な考え方の人がいるのだろう。沖縄は実に複雑な問題が山積されているところだ。

「京子さんの考え、一理あると思います」

希美さんがぱっちりした瞳を大きく開いて力強い口調で言った。

「中国の脅威があるから、今すぐっていうのはやっぱり難しいかもしれないけど、日本も軍隊を組織して軍事力を強化して、自衛隊が沖縄に配備されていくようにすれば、米軍基地を段階的になくしていく方法もあるかもしれませんよね」

京子さんは力強く「うん」と頷く。

「こうやって、沖縄の問題に関心を持ってくれる本土出身者と知り合えて嬉しいわ。トォ（さぁ）！

今夜はとことん飲みましょう！」

僕たちはそれから、泡盛やらビールやら、次々とお代わりをして飲み明かした。年越しの瞬間は、賢太さんと陽子さん、そしてお店にいたお客さんたち全員でカウントダウンをして、新年を迎えた瞬間に乾杯をして盛り上がった。

11

年が明け、二〇一二（平成二十四）年がやって来た。三箇日の間、バイト先の近くの通りでは、護《ご》国《こく》寺《じ》や護国神社に初詣に行く人たちの姿が見受けられた。やはり皆長袖のシャツ姿だったり、せいぜい上着を一枚羽織る程度の服装だ。初詣といえば、かじかむ手を白い吐息で温めながら歩く光景が当たり前の感覚だった僕としてはかなり新鮮だ。

一月七日。宗次の新年最初のライブがコザブーズハウスで行われた。今日は京子さんと対バンだ。ブーズハウスに入ると、カウンターでは平良さんが大鍋で何かをぐつぐつ煮込んでいた。話を聞くと、これはナンカジューシーという、豚骨を入れた雑炊だそうだ。これは内地でいうところの七草粥のようなもので、沖縄では正月七日に食べるのが習慣になっているという事で、今日は特別に平良さんと平良さんの奥さんが自宅で仕込んできたものを、店で発泡スチロールの器に盛って振舞っているというのだ。

沖縄は何かと言うと豚肉を使った料理が多い。耳皮《ミミガー》や、豚足《テイビチ》など、豚の身体の一部を使った料理は日常的にチャンプルー料理に混ぜたり、沖縄そばに添えて食べているようだし、豚の胃腸を細かく刻んだものを蒟蒻《こんにゃく》と一緒に入れ、塩と醤油で味付けをした吸物《シイムン》もある。病気になったときは、足が悪ければ豚足《テイビチ》を、耳を患えば耳皮《ミミガー》をといったように、患部に対応した豚の部位を薬草と一緒に鍋に煎じて、「煎じ物《シンジムン》」にして食すらしい。元旦にはマスザカナといって、豚の肝臓を茹でたものを三角形に切って塩の中に立てたものを食べるという。大晦日には豚の肋骨を使ったプニジルを食べたし、沖縄では豚を耳から足の先、そして内臓はもちろん、骨の髄まで食す文化が受け継がれている。希美さんからこれらの話を聞いたときは、ウチナンチュはゲテモノ好きだなと思ったものだが、実際に食べてみると美味しい。

今日のライブで宗次さんが最初に歌ったときは、フロアに集まった二十人ほどのアメリカ人のお客さんらは、片手にビール瓶を持ち、曲に合わせて腰を振りながら踊っていた。マカトさんもフロアの後ろの方に立ち、身体でリズムを取りながらライブを楽しんでいる。まさに、新年一発目のライブに相応しい盛り上がりだ。カウンター席も埋まっているので、僕も希美さんと一緒にフロアの後方でライブを見る。

続く京子さんのライブでも、お客さんは京子さんが弾くグランドピアノの音色に、曲によってはうっとり聴き入り、『ワラビヌククル』のような軽快な曲ではタップダンスを踏みながらライブに酔いしれていた。京子さんの低い音域の声で歌うジャズは、歌の凄みを引き出していてムードがあるように思える。それにしても、京子さんは米軍基地には反対の立場なのに、こうしてライブハウスで大勢の米兵を相手にして笑顔で歌っていられるのが不思議だ。

「実は……先月、父を亡くしました」

残り一曲となったところで、京子さんがMCで重々しく語り始めた。京子さんのお父さんは数年前から肝臓癌を患い、入退院を繰り返していたそうだが、闘病生活の末、先月亡くなったという事だ。享年八十一歳だったそうだ。

「父はとても厳しい人でした。おてんば娘だった私は、小学生の頃、よく学校で悪さばかりしていたのですが、学校の先生から親が呼び出された日の夜には、父は私の頬っぺたが真っ赤になるほどにひっぱたいたものです」

京子さんは懐かしそうに遠くを見つめながら話す。うっすら笑顔すら見せているものの、どこか悲しげな表情にも見える。

「思春期の頃は、父や、今は既に他界している母と衝突した事もありますが、自分自身、子を持つ親になって、ようやく自分の親がどれほど苦労した事か、身に染みて分かるような気がしています」

そう言うと、京子さんは足下に置いてある五〇〇ミリリットルのペットボトルに入った水を一口飲み、キャップを締めると再び足下に置いた。

「最後の曲は、そんな父へ捧げる曲です。それでは聴いて下さい。『父さん』」

舞台には青い照明が当てられる中、会場にはマイナーコードのゆったりとしたバラードが流れ始めた。思春期の頃に誰もが経験するであろう親との確執。福岡県内の大学に在学中、ヤマトゥンチュの彼氏と付き合っている事を話したときにお父さんに怒られた事、ウチナンチュの男性と結婚するとき、結婚式でお父さんが流す涙を見て自分も泣いてしまった事、自分が子供を産んでからも、お父さんはいつも京子さんを子供扱いしていた事。夫と離婚した事で、お父さんをがっかりさせてしまった事。父親との思い出とともに、自分の事をいつも気にかけてくれていた事に対する感謝の思いを、ときにしんみりと、ときには力強く感情を込めて歌い上げた。歌の中で、感情が高ぶる部分で鍵盤を弾く指にも力が入ると、舞台には青に加えて赤い照明も当てられた。聴く人に対して、歌の奥深さがより伝わってくるようだ。カウンターのそばに立っている宗次も、真剣な眼差しで歌に聴き入っている。

「ブラボー！」

京子さんが歌い終えると、場内はこの日一番の盛大な拍手に包まれた。日本人とアメリカ人。きっと、言葉は通じなくても、歌に込められた哀愁は心に響くのかもしれない。

「お父さんに捧げる感謝の歌か……素敵やなぁ」

希美さんもうっとりしながら舞台の上の京子さんを見つめている。

ライブが全て終わったので、カウンターにドリンクを注文しに行こうとして右を振り向くと、二メートルほど先にいるマカトさんが舞台を見つめたまま、両手で鼻の周りを覆うようにしていた。薄暗い会場の中、彼女の瞳の潤いが普段よりも多いように見えると思ったら、すぐにフロアの照明が明るくなった。マカトさんは両手の指で一回目をこすり、早足でトイレへ向かった。きっと、彼女も

『父さん』が心に響いたのだろう。思わず感極まってしまったのかもしれない。

アメリカ人のお客さんも少しずつ帰り始めた。残っているお客さんは、フロアの隅にある腰掛に寄りかかるようにして飲んだり、ナンカジューシーを食べている。僕が座っているカウンター席の右隣にマカトさん、左に京子さん、さらにその隣に希美さんが座っている。宗次は僕と京子さんの間に立ち、皆で割り箸を使ってナンカジューシーを食べている。

「『父さん』ていう曲、めっちゃ素敵です！」

希美さんが掌をポンッと叩きながら言うと、マカトさんは「歌を聴いてて、思わず泣いちゃいました」と少々照れくさそうに肩をすくめながら微笑む。

「そう言ってもらえて嬉しいわ。私にとって、『父さん』は渾身の一作だから」

京子さんは胸の前で拳を握って応える。

「私……」

マカトさんは自分の胸に手を当てて、「中学生のときに父親を亡くしてるんです」と告白した。

「えっ？　そうなの？」

宗次は驚いてマカトさんの方へ向き直る。

「そっかぁ、それで……」

希美さんが痛ましそうに目を細めると、京子さんも「それは辛かったでしょう。まだ子供のときにお父さんを亡くして……」と言って、握った拳を開いてカウンターの上に置いた。『父さん』を聴いて涙ぐんでいたのは、自分の父親との思い出だったり、亡き父親への思いを重ね合わせていたからなのだろう。

「私の父は」

京子さんはアメリカ人のお客さんが集まっているフロアを一回振り向いてから、心持ち声を低くして話を続ける。

「戦時中、十三歳で学徒動員で鉄血勤皇隊《てっけつきんのうたい》に入隊して、通信兵をやっていたと聞いてるわ」

京子さんは子供の頃から、生々しい戦争体験の数々を父親から聞かされたという。沖縄戦が始まった頃はモールス信号を使って通信の業務を担っていたが、末期になって通信手段が絶たれると、司令部の命令をメモした紙を入れた箱を肩から紐で提げて抱え、銃弾が飛び交う戦場を走って伝令をしたらしい。

「結局戦争は負けてしまったけど、父は祖国を守るために、与えられた任務を遂行しようと、死をも恐れぬ覚悟で戦場を走り回ったそうよ」

京子さんの鋭い眼光には、自信が満ち溢れているように見える。

「私の父は帝国軍人として、捕虜になるその日まで、逃げる事なく大役を果たしたのよ」

彼女はそう言って、再び胸の前で拳を握った。

「その……祖国っていうのは琉球ではなくて、日本の事ですか？」

僕が率直な疑問を投げかけると、京子さんは「もちろん！」と力強く頷く。

「私の父は国民学校の低学年の頃から、大きくなったらお国のために戦う事が夢だったって言ってたわ」

「京子さんは、お父さんを心から尊敬していたんですねぇ」

マカトさんは羨望の眼差しを京子さんへ向ける。

「父は、久松五勇士《ひさまつごゆうし》に憧れてたそうですよ」

ちょうどカウンター横のレジで、平良さんがアメリカ人のお客さんの会計を済ませたタイミングだったので、京子さんが平良さんに話し掛けた。

「そうか！　久松五勇士を尊敬していたか！」

平良さんは大きな口を開けて、耳をつんざかんばかりの感嘆の声をあげた。

「久松五勇士って、誰ですか？」

宗次が京子さんと平良さんを交互に見ながら訊ねると、平良さんは「日露戦争で活躍した英雄さ」と答え、嬉しそうににこにこしながら、煙草を一本口にくわえてライターで火を点けた。煙草の先端がほんのり赤く光り、平良さんはスイカの種を吐くときのように小さくすぼめた唇から勢いよく煙を吐き出す。

「宮古島の久松っていう部落出身の、五人の海人《ウミンチュ》がいたんだ」

それから平良さんは久松五勇士について語ってくれた。日露戦争時の一九〇五年五月二十三日、那覇から宮古島へ航行中の帆船が、宮古島の近海をバルチック艦隊が航行しているのを発見。二十六日にこの知らせが届いた宮古島は大騒ぎとなったが、当時の宮古島には通信施設がなかったため、海を渡って那覇へ向かうか、通信施設がある石垣島へ行ってそこから那覇へ電信を飛ばすかという選択を迫られた。長老らの会議によって、石垣島へ行った方が早いという事になり、久松出身の五人が石垣島まで一七〇キロメートルの距離を、十五時間かけてサバニを漕いで渡り、石垣島に着くとさらに三〇キロメートルの山道を越え、午前四時頃に八重山郵便局に駆け込んだ。そこから那覇へ電信を飛ばして、バルチック艦隊が近付いている事を大本営に知らせたという事だ。

「久松五勇士の勇気ある行動がなければ、帝国海軍の勝利はなかったでしょうね」とマカトさんが言えば、「久松五勇士は宮古島が誇る英雄さ！」と胸を張る。宗次も希美さんも、「へぇー」と言って何度も頷きながら感心している。

一七〇キロメートルもの距離を夜通し、それもサバニで移動するなんて、下手をすれば石垣島まで辿り着く前に絶命する危険だってあるだろう。敵艦の襲来を知らせるため、自らの危険も顧みずに海へ出るなんて、まさに宮古島の島人《シマンチュ》の情の厚さを物語るような逸話だ。マカトさんが言うように、久松五勇士がいなければ日露戦争の勝利はなかったし、もし日本が負けていたら、下手をすれば沖縄も日本もロシア帝国の植民地にされていた可能性だって考えられるかもしれない。その後の日本の歴史も、一層暗黒の時代になっていただろう。

「久松五勇士の話は」

空になった発泡スチロールの器を眺めながら、京子さんが語り始める。

「戦前は小学校の教科書にも載っていたから、ウチナンチュだけじゃなくて、日本全国で知られていたのよ。でも……」

平良さんが器を片付けると、彼女は難しい顔をして頬杖をつく。

「軍事色が強いっていう理由で、アメリカは戦争で活躍した英雄の話を教科書に載せる事を禁止したの」

「久松五勇士は、内地では次第に忘れられていったわけだな」

吸い終わった煙草を灰皿に押し付けながら、平良さんが言った。既に笑顔は消えている。

「俺は大阪に住んでた二十代の頃、飲み屋で居合わせた客と、戦前の日本の歴史の話題になった事があるんだが」

日清戦争は清国による侵略から朝鮮の独立を守るために戦い、日本が勝利した事で朝鮮が大韓帝国《だいかんていこく》として独立を果たす事が出来たのだという事。日露戦争はロシア帝国による植民地支配の拡大を防ぎ、トルコ、モンゴルなどの平和を日本が守ったため、トルコ、モンゴルの人たちが今でも日本に感謝しているという事。これらの歴史を平良さんが語ると、飲み屋で一緒になったヤマトゥンチュは「お前は日本の侵略を正当化するのか！」と食い下がってきて喧嘩になったという。

「日教組によって歪曲された歴史を教育されて、左翼思想に洗脳されたヤマトゥンチュに何を言っても、無駄だった」

平良さんは「無駄だった」という言葉を、よりどすを利かせた声で強調して言った。

「何か……」

希美さんは俯いたまま、悔しそうな声で呟く。

「冷静に考えてみれば、情けない話ですよね……。自国が成し遂げてきた偉業を、外国の人たちは称賛してくれてるのに、一番肝心な日本人が歴史を正しく認識してないなんて」

宗次も首を縦に振って、神妙な面持ちでそのまま俯く。京子さんは希美さんの横顔を見ると、前を向いて話し始める。

「日清戦争の時点では、沖縄県だけはまだ徴兵制が布かれてなかったから、ウチナンチュが日本のために戦う事が出来なかったけど、日清戦争で日本が勝って同化思想運動が始まると、ようやく沖縄でも徴兵制が始まったの」

京子さんの話では、日露戦争では三八六四人のウチナンチュが戦線に送られ、約一割の兵士が戦死したという。

「ウチナンチュが晴れて名実ともに『皇国の臣民』になる事が出来たのは、日露戦争からといえるわけですね」

宗次が言うと、マカトさんは「日本人への同化は、まさに血を以ってあがなわれたって事です」と付け加えた。

「民族が独立したり、逆に同化を成し遂げるときって、多くの血が流れるものじゃないですか？ 台《たい》湾《わん》では、日本に割譲されたときは、政府に抵抗していた一万人の台湾原住民族が虐殺されたし、逆に中華民国へ返還されたときは二・二八事件で二万八千人の台湾人が国民党政府に虐殺されました。ドイツだってそうです。中世の時代まで別々の民族だったフランク族、バイエルン族、ベーメン族、シュヴァーヴェン族も、ハンガリーがレヒフェルトに侵攻してきたときには、同じ『ゲルマン民族』として一致団結して戦ったけど、マジャール人による略奪や殺戮で多くの犠牲を出しました」

僕は小学校と中学校、そして高校で、日清日露戦争は侵略戦争であり、一万人以上の日本兵が死んだ、あまりに多くの悲劇が生まれた……といったように、悲観的な教育を受けてきたし、それが正しいものなんだと思い込んで勉強をしていた。ところが、今日こうして平良さんや京子さんの話を聞いてみれば、久松五勇士の勇気ある行動があったからこそ日本が勝てたのだし、もしも久松五勇士がいなかったら、あるいは日露戦争の勝利がなかったら、極東アジアはそれこそ暗黒の時代に突入していたかもしれない。もちろん戦争そのものは残虐で愚かなものだが、そういった別の一面も考慮すれば、現代のモラルを基準にして、「日本は間違った事をした」と断定してしまうのは、ナンセンスといえるかもしれない。

フロアに残っているアメリカ人は二人だけになっていた。

「アメリカは」

京子さんはそこでちらっと後ろを振り向くと、険しい表情をして小声で話し続ける。

「日本が世界に誇れる栄光の歴史を隠滅したのよ。日本やアジアの平和を守る事に貢献した偉人を『犯罪者』に貶めた。だから私は、アメリカが嫌いなの」

平良さんは口をへの字に曲げ、頭を横に二、三回振った。何か言いたげだったが、レジのそばに置いてある会計簿をめくりながら、計算機を使って計算を始める。米軍基地肯定派の平良さんと、否定派の京子さん。相反する考えを持った二人だから、ここで意見を言い合っても、喧嘩になるだけのような気はする。

「私……明日は朝からバイトなので、そろそろ帰ります」

マカトさんがふと立ち上がり、ナップサックを背負ってジーパンから財布を取り出した。平良さんにお金を払うと、「明日の路上ライブは行けないと思いますけど、寒いから温かい格好をして歌って下さいね！」と言って店を出て行った。

「アメリカが嫌いなのに……どうしてコザのライブハウスで歌ってるんですか？」

皆で手を振ってマカトさんを見送ると、僕もフロアにいるアメリカ人に聞こえないように気を付けながら京子さんに訊ねてみた。宗次はさっきまでマカトさんが座っていた僕の右隣に座る。

「アメリカっていう国だとか、米軍基地の存在は嫌いだけど、沖縄で音楽活動をしている以上、アメリカ人のアーティストやお客さんと一緒になったら、敵対心をぶつけていたら周りの人との人間関係もぎくしゃくしていくだけ。お客さんから見ても、アーティストの印象が悪くなっちゃうでしょ？政治と音楽は別」

京子さんは両掌を左右にきっぱりと引き離す仕草をして見せた。米軍基地に対する嫌悪感を抱きつつも、基地の必要性も認識している――。こうした矛盾と葛藤を抱えて生活している人は、きっと京子さんだけではないだろう。

やがて京子さんも帰り、僕たち三人も店を出た。

「なぁ、修輔」

僕がブーズハウスの入ったビルの横に止めてある原付を店の前まで押してくると、赤いポロシャツの上に灰色のパーカーを着て、背中にギターケースを背負っている宗次が話し掛けてきた。首筋を撫でる北風が心持ち冷たいので、僕はジャンパーのファスナーを上に上げて首元まで締める。

「沖縄に移住して二年目の今年は、進化の年だと思ってるんだ」

両手を腰に当てて話す宗次の真っ直ぐな瞳には、ゲート通りの街の黄色や赤のネオンが反射して輝いている。

「去年よりもファンを増やして、認知度を上げていく。そうすれば、そのうちプロのスカウトの目と耳に止まる。ダーリンビートのワンマンライブだってまだ諦めてないけど、目標は、あくまでもメジャーデビュー。そして東京ドームだ」

僕は原付のシートの中にしまってあるヘルメットを取り出すと、「そうですよ！」と語気を強めて頷く。

「そんじょそこらのヤマトゥンチュより沖縄に対する理解が深い宗次さんなら、沖縄のファンも大勢出来ますよ」

宗次の真剣な眼差しを、希美さんは笑窪を見せながら頼もしそうに見つめている。そしてその視線を、今度は僕の方へ向ける。

「今はインターネットっていう便利なものがある時代だからね。ネットを使った宣伝、くれぐれも上手くやってね！」

「はい。一緒に、頑張りましょう！」

僕たちはその場で手を振って別れた。宗次と希美さんは、歩いて一分ほどの場所にあるコインパークに向かって歩いていく。僕はヘルメットを被ると、原付にまたがってエンジンを掛ける。那覇のアパートへ向かう途中、信号待ちをしているときに息を大きく吐いてみるが、目に見える白い吐息が出てこない。それだけ冬の気温が高いという事なのだろうが、内地では毎年冬に見慣れていた光景が見られないというのも、ちょっぴり物足りない気がするのも事実だ。

12

一月二十八日土曜日。僕はマカトさんとデートをする事になった。多分デートと呼んでよいと思う。先日、宗次の路上ライブにマカトさんも来ていて、宗次さんが歌い終わった後、僕と宗次、希美さん、そしてマカトさんの四人で、パイカジキッチンで一緒に食事でもしようという流れになり、僕はそこでマカトさんと連絡先を交換した。すると二十六日の夜、マカトさんからメールが届いたのだ。

「今度の土曜日、ドライブでもどう？」

突然のメールに、僕は思わずその場でガッツポーズをとってしまった。女の子の方からデートに誘われるなんてなかなかない。ところが、彼女をがっかりさせてしまうかもしれない現実にすぐ気付いた。

「でも僕、車持ってないよ？　マカトさんは？」

彼女は自分が車を運転して迎えに来てくれるという。思いがけない、急な展開のような気もするが、僕が壺川駅の近くに住んでいるという事を伝えると、彼女は「二十八日午前十時、漫湖公園の前で待ッチョキヨー（待っててね）」とメールを送ってきた。

一月の中旬はやたらと雨の日が多く、日差しが出てないと昼間でも肌寒く感じる事が多かった沖縄だが、二十八日は雲一つない快晴で、もはや春が来てしまったのかと思うくらいのぽかぽか陽気だった。

沖縄では約束の時間を過ぎてから相手が現れるのが当たり前だと認識しているから、僕は時計の針が十時を過ぎたところで、長袖シャツにジャンパーを羽織ってアパートを出て、歩いて五分もしないところにある漫湖公園の入り口の前に立つ。

漫湖公園は口に出して言うには恥ずかしい固有名詞の漫湖に沿って造られた、雑木林に囲まれた運動公園になっていて、ジョギングコースにもなっている外周には、ランナーが練習の目安に出来るように、スタートから何メートルといった標示が路面に示されている。児童向けの古ぼけた遊具が並んでいる公園の向こう側には植木が並んでいて、さらにその向こうには、漫湖の水面が穏やかに揺れているのが見える。公園から片側一車線の道路を挟んだ向かい側には団地がそびえていて、僕が立っている公園の入り口から見て左側には、漫湖から東シナ海に向かう国場川にまたがる陸橋の上を、次から次へと車が行き交っているのが見える。あの陸橋を越えていけば、那覇空港だ。

道路を行き交う車の動きをぼんやりと眺めながら立ち尽くしていたが、十時二十分を過ぎてもマカトさんは来ない。一応電話を掛けてみると、留守番電話になっている。僕はすぐにスマートフォンの電話を切って、ポケットにしまう。運転中なのだろうか。それとも、まさか待ちぼうけだろうか。ひょっとして僕は軽く弄ばれてしまっているのかもしれない。だとしたら、もう彼女は宗次のライブには来ないかもしれない――。

たちまちネガティブな気分に襲われてきたところで、スマートフォンの着信音が鳴った。画面を見ると、マカトさんからの着信だった。

「どこにいるねー?」

彼女の問いに、僕は「公園の入り口の前にいるよ」と答える。

「今、浦添で買い物してたところだからさ。今から向かうよ」

約束の時間を過ぎてから買い物をしているという事に軽く苛立ちを覚えたが、僕は平静を装った口調で「買い物に時間がかかったの?」と訊ねる。

「だからよー」

あっけらかんとした調子でそう答えると、彼女は「アトカラヤー(あとで会おうね)」と言って電話を切った。

マカトさんが今答えたように、沖縄独特の日常会話で、「だからよー」という言葉がよく使われる。沖縄に来たばかりの頃はどういう意味で使われているのか分からなかったが、標準語に翻訳しようとしても、しっくりくる言葉が見当たらない。強いて言えばこの言葉は、「当事者意識のない無責任な答弁」として使われているように見受けられる。例えば遅刻してきて理由を訊ねられても、一言「だからよー」と言えば他に理由を言わずに済むし、同意を求められたときに「だからよー」と答えれば、「そうだよね」という意味でも使えるし、「何とも言えないな」というニュアンスにもなる。ヤマトゥンチュにこの言葉を使えば、「真面目に答えろ!」と怒られてしまいそうなところだが、沖縄で生活していくとか、あるいはウチナンチュとの付き合いを続けていくなら、この「だからよー」という言葉に対して寛容にならなければいけない。こうした沖縄特有の文化や生活習慣はもちろん、言葉遣いをも受け入れられるようでなければ、沖縄の生活には向いていないといえる。

結局、マカトさんが水色のノートを運転して現れたのは十時四十五分頃の事だった。

「ハイタイ（こんにちわ）！」

僕と反対側の車線に車を止めると、彼女は運転席の窓を開けて、左手を振ってきた。僕は道路を渡って助手席に乗り込み、ジャンパーを脱いでシートベルトを締める。すると、エジプトの壁画の女性がプリントされたシャツに白いスカート姿の彼女は持っていた横幅三〇センチメートルくらいの薄茶色の紙袋を僕に差し出してきた。僕が受け取りながら「何これ？」と訊ねると、彼女は「パンだよ」と答えた。

「トォ（さぁ）！　Ｈｅｒｅ ｗｅ ｇｏ（行こう）！」

やけに美しい発音の英語でそう言うと、マカトさんはアクセルペダルを踏んで車を発進させる。

「帰りは修輔君が運転してね」

「それはいいけど……」

マカトさんに渡された紙袋を開けると、中には立方体に近い形に切られた、狐色にこんがり焼け上がったパンと、同じ形をした濃い茶色のパンが入っていた。どちらも掌に乗っかるくらいのサイズに切られていて、日の光に当てると、焼き上がったパンの表面が艶やかに光る。

「朝ごはん食べてないかなと思って」

そういえば今日は朝食を食べていない。僕はありがたくパンを頬張る。スーパーで売っている大量生産の食パンなどに比べると多少甘いが、菓子パンのようなうんざりするような甘さではない。

「八重岳《やえだけ》の水と沖縄の塩《マース》を使って作った自家製のパンなんだよ。山原《やんばる》のシークヮーサーとさくらんぼを使って酵母を起こしてるんだって」

彼女はこのパンを買うために、本部町《もとぶちょう》のパン工場で作られているこの商品を取り扱っている浦添のスーパーに立ち寄って買ってきたというのだ。

「美味しい？」

「食べやすい歯ごたえだね」

僕はマカトさんの方を向いて、「ありがとう」と答える。ハンドルを握る彼女は、真ん丸な瞳で前を見つめたまま、「ふふん」と得意気に鼻を鳴らして唇を緩める。以前から感じていたが、アメリカの映画女優を髣髴とさせるような見事な金髪には、彼女の真っ黒な瞳はちょっと不釣合いのような気さえする。でも、こうして間近で彼女と二人きりになって横顔を見ていると、彼女の純白な肌は、まるで穢れを知らないかのように美しい。

「この前パイカジキッチンで食事したときさ、修輔君、摩文仁《まぶに》の丘には行った事がないって言ってたでしょ？　取りあえず摩文仁に行ってみる？」

摩文仁の丘は沖縄戦最後の激戦地であり、第三二軍司令部終焉の地だ。宗次も希美さんも、そして古見さん夫妻も、一度は行った方がよいと口を揃えて言っている。

「うん。一度、慰霊塔を拝んでおこうかな」

右手に見える東シナ海は太陽に照らされて、ところどころ白く輝いている。海沿いの国道を走りながら、僕たちは色んな話をした。

「マカトさんは、東江さんのライブは毎回欠かさず行ってるの？」

「うーん」

ちょっと大げさに眉間に皺を寄せた彼女は首を傾げながら「最近行ってないんだ……」と答える。

「何かちょっと……ね」

何やら意味深な言葉に思えたので、ここはあまり詮索しない事にする。マカトさんは僕の生い立ちや、子供の頃に聴いていた音楽などについて訊ねてきた。話をしているうちに、マカトさんは「私の事『さん』付けで呼ばなくていいよ。呼び捨てでいいよ」という事になった。

「そっかぁ。修輔君のお父さんて学生運動やってた人なんだぁ」

マカトは目を大きく見開いて興味深そうに何度も頷く。そしてクスッと笑って、「じゃあ私のお父さんが生きてたら、私たちがこうやって仲良くしてる事がばれたら大変《デージ》だね」と、おどけた口調で言った。僕は彼女と同じ調子で、覚えたての沖縄語《ウチナーグチ》で「何故？《ヌガー》」と訊ねる。

「私のお父さん、米軍兵士だったからさ」

「えっ……」

あまりに意外な言葉に、僕は思わずマカトの方を振り向く。

「私のお父さん、アメリカで生まれ育って軍隊に入って、二十代の頃に沖縄の配属になって、基地で働いてるウチナンチュの女性と知り合って、結婚《ニービチ》したの」

その女性が、マカトの母親だという。道理で肌が白いと思ったら、アメリカ人との混血だったのか。

「それじゃ……その髪の毛は、地毛なの？」

「Ｙｅｓ（そうだよ）」

車はちょうど赤信号で停止する。彼女が耳まで覆っているショートヘアを左手で掻き分けると、真っ白で小さな耳たぶが姿を現した。

「子供の頃は、周りの子から『マンチャー』って呼ばれてイジメられてたよ」

「マンチャー」とは沖縄語《ウチナーグチ》で、アメリカ人とウチナンチュの混血児に対する差別用語だという。

「沖縄語《ウチナーグチ》にも差別用語があるわけさ。混血児は『マンチャー』、ヤマトゥンチュは『ナイチャー』、朝鮮人は『チョーシナー』、台湾人は『タイワナー』」

僕は東江さんの、いつも僕や宗次に対する、いかにも見下したような話し方を思い出した。侵略者であるヤマトゥンチュやアメリカ人に対する嫌悪感や劣等感といった負の感情がときとして、逆に、相手を見下した見方に変わる事もあるようだ。

「小学校の休み時間なんか、皆で校庭で遊ぼうとしても、『マンチャーと一緒は嫌だ』って言って仲間外れにされたり、登下校のときに男の子に囲まれて髪の毛を切られたりした事もあるさ」

マカトは淡々と語るが、その表情はいつの間にか沈んでいた。

そういえば初めて彼女に会ったときから感じていたが、彼女は話をするときの表情がとても豊かで、少し大袈裟ともいえる身振り手振りも交えるなど、言われてみれば日本人よりもアメリカ人らしい話し方のようにも見える。

信号が青に変わり、彼女は左右の安全を確認してからアクセルペダルを踏む。

「私のお父さんは、私が中学一年のときにイラク戦争で戦死したんだけどね」

僕は胸を鈍器で叩かれたような衝撃を覚えた。戦争で親を亡くす人なんて、僕の世代ではまずいない。果たしてどれほどのショックなのだろうか、到底想像もつかない。

冬だというのに、太陽の下では車内の温度がどんどん上がっていく。マカトは運転席の窓を数センチメートルほど開けて話を続ける。

「休みの日に洋服屋さんで買い物をしてるところを同級生に見られてたみたいでさ。次の日学校に行ったら、『遺族年金でウェーキンチュ（金持ち）の赤嶺』って、教室の黒板にチョークで大きく書かれた事があったよ」

内地でも、学校に行けば混血児に対する差別やイジメはあるが、マカトもそんな陰湿な嫌がらせを受けていた経験があるのか。いつもマカトに会うときに彼女が見せる屈託のない笑顔からは、とてもそんな暗い過去を引きずっているなんて思えなかった。

「酷い話だよなぁ」

僕は悲愴な話を聞かされて、どんな声を掛ければ良いか分からなかったが、何とか話を合わせる。

「こんな綺麗な女の子をイジメるなんてさ」

僕が前を睨みながら不機嫌にそう言うと、マカトはまたクスッと笑った。

「コンタクトレンズを入れてるからそんな事言えるんだよ。私の素の目を見たら、多分引くよ」

僕は再び彼女の横顔を見つめる。彼女は普段は黒いカラーコンタクトを目に入れていて、本来瞳の色は青いそうだ。子供の頃は目の色が青い事をからかわれていたという。

「元々青いんだったら、そのままでもいいと思うけどな」

髪の色が金髪の割に目が黒いのが不自然にすら見えていたので僕は本音を言ったが、すぐに自分の発言にドキッとした。軽々しく言って彼女を傷付けてしまったかもしれない。

「だからよー」

彼女がトーンの高い鼻歌交じりにそう答えるのに、ワンテンポ間があったように感じた。果たしてどういう意味の「だからよー」なのだろうか。それにしても、こうして二人きりでいて彼女の表情豊かな笑顔を見ていると、どこか心が安らぐ。

僕はふと、東江さんが米軍基地反対運動に参加している事を思い出した。東江さんは「米軍基地がなくなるその日まで平和を訴えていく」と言っていたが、マカトの生い立ちを考えれば、米軍基地の存在を否定するという事は、彼女が生まれてきた事自体を否定する事にもなりかねないだろう。米軍基地に対する批判的な声は、マカトにとって、聞きたくない雑言ともいえるかもしれない。それでも東江さんを応援しているのが、何やら不思議だ。

「ところでさ」

ヤシの街路樹が並ぶ国道を真っ直ぐ走りながら、しばらく沈黙が続いたので、僕は話題を掘り起こす。

「ウチナンチュって、珍しい苗字が多いよね。『川平《かびら》』とか『安谷屋《あだにや》』とか、『高良《たから》』とかさ」

「ヤマトゥンチュにとっては耳に馴染みがないかもしれないけど、沖縄じゃありきたりな苗字だよ」

やはりそう言われたか。沖縄に来てから初めて耳にする苗字ばかりだが、沖縄ではさほど珍しいわけではないという。むしろ、子供の頃から学校のクラスに一人はいた「佐藤」や「鈴木」といった苗字の人には、沖縄に住み始めてからは一人も会った事がない。日本の内地と沖縄では、やはり歴史の成り立ちに違いがある分、苗字も異なるものなのだろうか。

「元々琉球処分前までは、士《サムレー》は家名《ヤーヌナー》、農民は名島《なじま》といって、自分が住んでる地名をそのまま苗字として名乗っていたわけよ」

マカトの話によれば、農民はともかく、士《サムレー》は異動で違う地域に赴任すれば、その都度家名が変わっていたらしい。さらに言えば、王朝時代の士《サムレー》は二つの名前を名乗っていたそうだ。一つは清（明）国との外交で名乗る「唐名《からな》」、もう一つは日本との外交で名乗る「大和名《やまとな》」。

「蔡温は唐名だったわけさ。蔡温の大和名は具志頭親方文若《ぐしちゃんうぇーかたぶんじゃく》。若い頃は末吉《しーし》に住んでたから末吉親方文若」

一八七九（明治十二）年、琉球処分によって沖縄県が設置されると、内地では既に施行されていた平民苗字必称義務令《へいみんみょうじひっしょうぎむれい》が沖縄にも適用され、戸籍に苗字を登録する事が義務付けられたそうだ。人々はそれまでの慣習から、自分がそのとき住んでいた地名をそのまま苗字にする人が多かったという。

「でもその時点ではまだ、苗字の読み方も沖縄語《ウチナーグチ》のままだったんだ。『金城《カナグスク》』とか『上門《ウイージョー》』とか」

車は大きな交差点を左折する。マカトは安全確認のために、真っ白な首を振って左後方を真面目な表情で目視する。彼女が黙ったまま首を振ると、艶やかな金色の髪がふわりと舞う。僕は思わず胸がきゅんと締め付けられる感覚を覚えた。

「そういう私の苗字も、元々は『赤嶺《アカンミ》』っていう読み方だったんだよ」

「へぇー」

まるで日本人離れした苗字だ。僕は「当時のヤマトゥンチュにしてみれば、ウチナンチュの苗字は外国人みたいに思えただろうね」と正直な感想を言った。

「だからよー」

マカトは前を向いたまま「日清戦争で日本が勝ってから、沖縄で同化思想運動が始まった事はもう知ってるでしょ?」と訊ねてくる。僕は彼女の横顔を振り向いて「うん」と答える。

「東京や大阪に出稼ぎに出たウチナンチュは、ヤマトゥンチュから『苗字が可笑しい』と言われて馬鹿にされる事が多かったわけよ。昭和時代に入ると、沖縄語《ウチナーグチ》の読み方じゃなくて、日本語《ヤマトウグチ》の読み方に苗字を変えようっていう動きが始まったって聞いてるさ」

マカトによれば、こうした、ウチナンチュがこぞって推し進めた改姓の動きを「生活改良運動」というそうだ。皇民化教育が全国的に行われていたこの時期に盛んになったこの運動によって、「金城《カナグスク》」は「きんじょう」に、「上門《ウイージョー》」は「井上《いのうえ》」に、といった具合に、日本式の苗字に改姓する人が続出したそうだ。ここまでして積極的に日本に同化しようとしていたのに、沖縄は大東亜戦争では本土防衛の防波堤にされてしまったのかと思うと、ヤマトゥンチュとして、沖縄に申し訳ない気持ちすら湧いてきてしまう。

閑静な住宅街を抜けると、車は人の背丈ほどの緑色の植物が生い茂っている畑が一面に広がっている中の一本道へ出た。沖縄というと海のイメージが強いが、こういった景色もあるのだ。

「見渡す限りのとうもろこし畑だねぇ」

カーウィンドーから見える左右の景色を見渡しながら僕が感心して言うと、マカトは「ウージ畑ヤンドー（サトウキビ畑だよ）」と可笑しそうに顎を引いて笑った。

「あ……そうなんだ」

自分の無知を思い知った僕は頭を掻きながら苦笑する。

さとうきび畑の中、車は太陽がもうすぐ天辺にさしかかろうとしている青い空に向かって続く一本道をひたすら真っ直ぐ走っていく。空の向こうには、とても冬には似合わない大きな入道雲が浮かんでいる。マカトが『さとうきび畑』を歌い終えると、やがて道の向こうに青々とした海が広がっているのが見えてきた。信号を左折すると、今度は両側に街路樹が立っている道をひたすら真っ直ぐ走る。

沖縄の植物は冬になっても枯れない。森も林も、街路樹の枝に生える葉も、芝生さえも、夏と同じような活き活きとした緑色をしている。茶褐色に染まった芝生に枯れ葉が舞う内地の冬とは違って、沖縄の冬は肌寒い北風は吹いても、植物が死ぬ事はないようだ。こうした、ぼんやりとした季節の移り変わりも、時間がゆったり流れているかのように錯覚させる一因なのかもしれない。

やがて右手に見えてきた平和祈念公園の駐車場の入り口から入り、何百台も止められそうな広大な駐車場の一角に車を止める。土曜日という事もあり、ところどころに街路樹が植えてある駐車場は三分の一ほどが車で埋まっていた。僕は車から降りてジャンパーを着ようとしたが、朝に比べてだいぶ温かいのですぐに脱いで車の中に置いた。駐車場の近くに案内板がある。公園内の地図を見て、僕が資料館から見に行こうと言うと、マカトは眉毛をハの字にした。

「別にいいけど」

両手を広げて首を傾げる彼女の仕草からは、「見ても仕方ないよ」とでも言いたげな様子が窺えた。

でも、一〇〇メートルほど横長にそびえる二階建てのコンクリート造りの資料館なのだから、それなりに色んなものが展示されているのだと思う。僕たちは太陽に照らされて真っ白に光るアスファルトの上を一〇〇メートルほど歩いて、資料館へ入った。チケットを二枚買い、常設展示室に入る。黒い壁に囲まれて、床は天井にはめ込まれた白い電球からところどころにスポットライトが当たっていて、展示室全体は薄暗い。展示室に入ると、まず目の前の壁に、「沖縄は元来、戦争のない、平和を愛する人々が住む島でした」という文言が書かれた白いパネルが掲げられていた。これを見たマカトは僕の隣で、「アシクサヤー」と吐き捨てるように言った。

「え？　僕の足が臭いって事？」

「違うよ。『アシクサヤー』って、『嘘つきだ』って意味だよ」

確かに、沖縄にも「戦世《いくさゆー》」と呼ばれる群雄割拠の戦国時代があった事、宮古八重山諸島、奄美諸島に侵略した歴史がある事を考えれば、この文言には違和感を覚える。

僕たちの前にいた家族連れに続いて、取りあえずさらに足を踏み入れていくと、次のパネルには、一九四五年二月十四日に、首相経験者である近衛《このえ》文麿《ふみまろ》が昭和天皇《しょうわてんのう》に具申した内容が掲載されていた。これは前年七月のサイパン島陥落、十月のレイテ沖海戦における敗戦、そして空襲開始。こうした戦局悪化から考慮して、近衛が昭和天皇に対して、もう降伏しましょうと具申した内容を紹介するものだ。

「この資料館はね」

マカトはうんざりしているといった態で眉を顰《ひそ》める。

「一九八七（昭和六十二）年に海邦国体があったとき、昭和天皇がここを訪れる予定だったんだ」

ところが、ご病気のために来沖が叶わず、今上天皇陛下である当時の皇太子殿下が代行で訪れたというのだ。

「この資料館は、これを昭和天皇に見せ付けるために造られたんだよ」

マカトは忌々しそうに展示パネルを指差しながらそう言った。このとき、近衛文麿の具申を聞き入れて降伏しておけば、沖縄は犠牲にならなくて済んだんだぞ、というメッセージが込められているという事か。しかし、遠路はるばる沖縄までご足労いただいた天皇陛下に対して、日本の過去の過ちを蒸し返すようなものを見せ付けるなんて、あまりにも礼を失してはいないだろうか。一九七五（昭和五十）年に皇太子殿下が沖縄をご訪問された際は、日本に対して恨みを抱いている沖縄住民によって火炎瓶を投げられたという話も聞いているが、当時の沖縄にはそうした反日感情を持つ人が多かったのだろうか。

そんな事を考えながらさらに歩を進めていくと、琉球処分の経緯を説明するパネルが展示されている。清国へ助けを求めて亡命した林世功《りんせいこう》などの脱清人の顔写真が掲載されていて、「国を守るために日本に抵抗した勇気ある先人」といった趣旨の説明が書かれていた。そして明治以降、イタリアやナチス・ドイツのように、ファシズム国家である日本が清国やロシア、朝鮮を次々と侵略していき、大東亜戦争では満州、中国のみならず、フィリピンやタイ、ビルマなどの東南アジア諸国を次々と植民地にしていったという歴史の概要が、アジアの地図とともに展示されている。

ここまでだけでも、沖縄から日本《ヤマトゥ》に対する負の感情がひしひしと伝わってくるような気がする。展示室の中が全体的に薄暗いという不気味さもあり、僕は少々気おされそうな心持ちもしたが、マカトは黙って先を進んでいくので、僕も後に続く。

次はいよいよ沖縄戦に関する展示のコーナーだ。住民が避難している洞窟《ガマ》の中で、怯える住民に銃剣を向ける日本兵の蝋人形が展示されていたり、広めの部屋には、戦争体験者の証言を集めた冊子が置かれた台が何台も立っている。日本兵が住民の食料を強奪しただの、泣き止まない子供を首を絞めて殺しただの、住民は方言を喋っただけでスパイ扱いされて殺されただの、日本兵の悪行の数々がこれでもかというくらいに書かれてあった。

思わず目を覆いたくなるような記述が並んでいるが、戦争の悲惨さを後世に伝えるものだし、僕がじっくり読んでいると、三、四ページ読んだところで、マカトが声を掛けてきた。

「それくらい読めば充分さ。もう行こう」

彼女は随分あっさりした口調で背中を向け、先へ進んでいく。僕はもっと読みたかったのだが、言葉を返す暇もなく、ただ後についていくばかりだ。

戦後、米軍の捕虜になった住民の様子についての展示を過ぎると、一九五三（昭和二十八）年に日本がアメリカから完全に独立した際、沖縄は日本列島から切り離され、引き続き米軍による統治下に置かれたという事を説明するパネルがあった。昭和天皇が、日本を共産主義国家中国から防衛するために、琉球諸島がアメリカによって統治される事を自ら望む声明も、まるでこれ見よがしに、目立つように展示されている。「大東亜戦争で本土防衛のための防波堤にされて見捨てられ、戦後は日本の平和のためにアメリカに売り渡された」という事をアピールしているように思える。

そして一九五五（昭和三十）年、米軍政府による「土地収用令」が発令された事についても説明があった。米軍政府は基地建設のため、沖縄住民の土地を強制的に接収。住民の家屋をブルトーザーで踏み潰したり、涙ながらに懇願する住民を銃剣で威嚇。辛うじて戦火を免れた墓を、縄で縛って身動きが取れない住民の目の前で破壊するなど、あまりに理不尽な仕打ちをしたそうだ。沖縄の人々はこうした米軍政府による土地の強制接収の事を「銃剣とブルトーザー」と呼んで忌み嫌っているそうだ。

今でも、米軍基地の敷地の中に先祖代々の墓があって、墓参りも出来ないという人がいるという話は聞いた事がある。こうした不条理な事をされた経験を持つ人の気持を思うと、さすがに胸が痛む思いを禁じえない。

「この資料館はさ」

家族連れやカップルが複数歩く中、マカトは小声で呟く。

「偏り過ぎてるんだよ。悪い話ばかりで、良い話が一つも書かれてない」

確かに、いかにも「沖縄を侵略した日本やアメリカがどれだけ酷い事をしてきたか」という事が強調された展示内容になっているような印象は受ける。沖縄では小学校の社会科見学でこの資料館を訪れるというし、離島では中学校の修学旅行で訪れるというが、沖縄の小中学生がこれらの展示を見たら、どんな事を考えるだろう？　「日本は悪い国だ」「ヤマトゥンチュは悪い人だ」という「反日感情」、「沖縄は日本に搾取、弾圧されてきた」「支配されている」という、被害者意識が芽生えないだろうか。

展示を一通り見終わり、外へ出ると、遠くにあった入道雲がだいぶ大きくなっていて、太陽を隠していた。日が出ていないとちょっと空気がひんやりしているように思えるが、ジャンパーを車に置いてきてしまったので仕方ない。

資料館の目の前には、沖縄戦で亡くなった二十四万人の名前が刻まれた石碑が何百体も並んでいて、僕たちはその中を歩く。沖縄県民だけではなく、内地の出身や朝鮮出身者の名前も、それぞれ都道府県別に刻まれている。やはり都道府県別では沖縄県出身者が十五万人と群を抜いている。

石碑が建ち並ぶ広場を過ぎ、池に掛かった小さな橋を渡ると、サッカーコートくらいある緑の芝生の広場に、真っ白で大きな正方形の石版が規則正しく敷かれている「式典広場」へ出る。毎年「慰霊の日」である六月二十三日に沖縄戦の追悼式典が行われている場所だ。式典広場を越えるといよいよ、摩文仁の丘の前までやって来た。丘は深い緑色の木々に覆われており、重々しい空気をかもし出しているようにすら見える。摩文仁の丘には、各都道府県ごとに慰霊塔が建立されているのだが、僕たちはまず、丘を登るアスファルトの坂道の手前にある、島守の塔で合掌をした。これは沖縄戦の最中に自決したとされる沖縄県知事・島田叡《しまだあきら》をはじめ、兵庫県《ひょうごけん》出身者を追悼する慰霊塔だ。慰霊塔の後ろには「兵庫県神戸市寄贈」と刻印がされてある。

「牛島中将がこの丘の中腹にある洞窟《ガマ》で自決したのは、六月二十三日午前四時三十分」

合掌を終えて坂道を登るとき、マカトは坂の上を見上げて、息が切れないように一層ゆっくり歩きながら語り出す。

「歴史の教科書では、この日が沖縄戦終結の日って事になってる。でもね、本当はこの日で戦いが終わったわけじゃないんだよ」

僕は彼女の方を振り向いて「どういう事?」と訊ねる。

「二十三日は牛島中将が自決したっていうだけで、その後も日米両軍の戦闘は続いてたわけさ。六月二十三日から三十日の間だけでも、日本兵は五千人以上戦死してるし、米軍兵士だって千人以上亡くなってる。二十六日には久米島《くめじま》に米軍が上陸して、日本軍と二ヶ月近くも戦った。沖縄本島や台湾と交通が遮断された宮古八重山では、餓死したり、マラリアで亡くなる人が続出したんだよ。一般的なウチナンチュにはあまり知られてないけど、米軍が沖縄占領宣言を出したのは、七月二日なんだ」

マカトは欧米人のように、ちょっと大げさともいえるほどに身振り手振りを交えながら説明する。確かに、指揮官が自決したとはいっても、二十三日以降も戦闘が続いていたという事実を鑑みれば、六月二十三日が沖縄戦終結の日とされている事には異論が出てきそうな気もする。

道なりに右にカーブすると頂上へ着いた。すぐ右側には千葉県出身戦没者を祀る「房総《ぼうそう》の塔」が建っていた。他にも、都道府県ごとの慰霊塔が左右に並んでいて、道の中央には街路樹が植えてある。千葉県出身者という事で、僕も房総の塔で手を合わせた後、マカトと一緒に街路樹に囲まれた道の奥へと進んでいく。やがて人がすれ違うのがやっとのくらいに道が狭くなり、景色が開けてくると、木の柵で覆われた展望台があった。展望台に立つと、眼下には日本軍第三二軍と米軍第十軍が最後の激戦を繰り広げた断崖絶壁が見下ろせ、海岸に波が打ち寄せるたびに、白い水しぶきをあげて、海へ引き返していくのが見える。ちょうど僕たちがいる地域のあたりだけ真っ黒な雲がかかっている感じで、遠くに見える水平線の手前では、太陽が海面に反射してきらきら光っている。うねりをあげる青い海面の上を数羽のカモメが飛び交うのを、僕たちは上から見下ろしている。

琉球王朝時代からずっと続く沖縄の歴史の中で、沖縄戦ほど忌まわしい出来事はないだろう。何しろ「鉄の暴風」とまで形容された沖縄戦で、十五万人もの県民が命を落としたのだ。砲撃や爆撃によって亡くなった人のみならず、食料がなくて餓死したり、折しも梅雨期という事も重なり、衛生環境の悪さからマラリアに罹って亡くなった人も多かったと聞く。当時の沖縄の人口が六十万人だったというから、実に四人に一人が、わずか数ヶ月のうちに亡くなったという事になる。ここから見える穏やかな海の景色は、その沖縄戦があったときから少しも変わっていない。こんなに静かな場所でも、何千人もの人同士が殺し合う醜い争いが繰り広げられていたのかと思うと、海の美しさに惚れ惚れとするよりも、悲しい気持ちばかりが湧いてくる。

「大東亜戦争で犠牲になったのは」

柵に寄りかかって海を眺めながら長い沈黙が続くと、僕の右側に立っているマカトが口を開いた。彼女の短い前髪が潮風に煽られて、白いおでこがはっきりと見える。

「何も沖縄だけじゃないんだよ」

眉毛を心持ちハの字にして海を見つめる彼女に、僕はしみじみと頷きながら、「うん。そうだよ」と答える。先ほどの資料館の展示内容を見る限りでは、まるで沖縄だけが戦争の犠牲になり、戦後日本の平和と引き換えに沖縄が切り捨てられ、米軍政府による支配に苦しめられたという印象を受けるが、内地だって、主要都市のほとんどが大空襲で焼け野原になり、大勢の人が亡くなった。広島、長崎では、原爆で亡くなった人の他にも、放射能の影響で数年後に白血病などに罹って命を落とす人が後を絶たなかった。ソ連戦線や中国戦線、東南アジア諸地域でも多くの日本兵が亡くなっているのだ。

マカトは右手で頬杖をつきながら語り始める。

「アメリカ兵だって何万人もの人が亡くなってるんだよ。人の命の重さに、ウチナンチュもヤマトゥンチュもアメリカーも、関係ないはずよ。それなのに、沖縄のマスコミは事あるごとに米軍の批判ばかりする」

彼女は頬杖をついている右手を広げて顔の右半分を覆うような仕草をした。

「私が小学生のとき、お父さんがおでこに絆創膏を貼って家に帰ってきた事があってね」

マカトのお父さんは仕事のために基地に入っていこうとしたところで、ゲートの前で左翼団体の集団に石を投げられて負傷したというのだ。警察に被害届も出したが動いてもらえなかったらしい。それどころか、翌日のテレビニュースでは、お父さんに怪我を負わせた左翼団体の男がテレビ局の取材に対して、「暴力で住民を苦しめる米軍を絶対に許せない」と真顔で答えていたそうだ。おまけにニュースキャスターはその男を「米軍基地に臆する事なく抗議活動を続ける勇気ある住民男性」として肯定的に紹介していたというから、呆れてしまう。

「学校だってそうだよ。私が小学校三年生のときの年配の担任は、よく『米軍兵士による犯罪』が書かれた新聞の切り抜きを使って道徳の授業をやってたんだ。米軍がどれだけ邪悪な存在かを力説して、『米軍基地をなくしていくために、これからの時代を担う君たちはしっかり考えていかなきゃいけないんだ』みたいな教育をしてた」

信じがたい話だ。米兵の娘であるマカトもいる大勢の生徒に対して、公平な立場で公正な指導をしなければいけないはずの教師がそんな偏った思想教育をしていたのか。そんな偏向的な教育を受けたら、子供はどんな行動に出るか、だいたい想像がつくというものだ。マカトは瞳の潤いを増しながら、話を続ける。

「イラク戦争が始まったときなんて、私のお父さんが米兵だからってだけで、教室の机に『人殺しの娘』って彫刻で彫られてた事があったよ」

僕はそのときのマカトの心情を考えてみたが、理解しようにも、とても理解しきれない気がする。米軍基地の存在を否定されるという事は、彼女にとっては、自分の存在すら否定されている事に値するかもしれない。

二人の間に重い空気が漂い、しばらくは二人とも黙っているだけだった。

ざぷーん……。ざぷーん。

岸壁に打ち寄せる波の音だけが、不規則的に、次から次へと聞こえてくる。

ざぷーん……。ざぷーん。

激しく岩場を叩きつける音すらも、虚しく聞こえてくる。

「何で……」

マカトは弱々しい声で呟くと、突然力を失ったように、その場にしゃがみ込み、柵を掴んでいる自分の両腕の中に顔をうずめる。

「米軍基地がなくなったら、沖縄は中国に簡単に乗っ取られちゃうんだよ。それなのに、何で米軍ばかりが悪者扱いされなきゃいけないの？　私のお父さんだって、何も好き好んでイラクへ行ったわけじゃないのに、どうして人殺し呼ばわりされなきゃいけないの？」

ガラスを爪で引っ掻くような、甲高い声でマカトは泣きじゃくる。

「何で？　誰が何のために戦争なんて始めるわけよ？　何でお父さんはイラクで死ななきゃいけなかったの？　どこの人種に生まれるかなんて自分で選べないのに、アメリカーの混血で生まれてきたってだけで、どうして差別されなきゃいけないの？　何で？　何で……」

「マカト……」

僕はそれ以上どんな言葉を掛ければよいのか分からず、ただその場に立ち尽くして、彼女がうずくまって嗚咽する姿をぼう然と眺める事しか出来なかった。混血児で生まれたがゆえにこれまで受けてきたイジメや差別、戦争で親を亡くすという痛ましい出来事。彼女がこれまでの人生で背負ってきた辛い思いや悲しみといったものを、ぬくぬくとした環境で生きてきた同い年の僕がどんな言葉を掛けたところで、気休めにもならないどころか、かえって軽々しいと思われるだけだ。

やがて慰霊塔の方から、観光客の団体が歩いてくるのが見えた。

「そろそろ……行こうか」

このままだと余計気まずくなると思った僕は、彼女の震えている肩に手を添える。このまま泣き続けたらどうしようかと思ったが、彼女は「うん」と頷き、何とか取り繕うようにハンカチで涙を拭いながら立ち上がる。

「あっ……！」

マカトは慌てたように下を向いた。

「どうしたの？」

「コンタクト落としちゃった」

マカトが顔を上げると、右目の瞳が透き通るような青い色をしていた。格段驚くような事ではない。むしろ、髪の毛が金色をしているので、目が青い方がしっくりくるような気がする。

「それ……」

彼女のスカートに、小指の爪ほどの大きさのレンズが付いているので僕が指差すと、彼女は丁寧に拾い上げて瞳に戻した。それから一緒に引き返そうとして、観光客の団体とすれ違うときには、もう彼女は落ち着いていて、十人以上いる団体の人たちからじろじろ見られるような事はなかった。彼らは皆中国語を喋っている。どうやら中国人なのだろうか。彼らも資料館の展示を見ただろうか。もし中国人があの展示内容を見たとしたら、どんな事を考えるだろう？　元々中国の属国だった琉球王国は日本に征服され、琉球人は日本軍とアメリカ軍によって虐殺され、今なお極東アジアにおける日米両国の利権のために虐げられている、という印象を持ちはしないだろうか？

「ウチナンチュは」

先ほど登ってきた坂道を降りながら、ふとマカトが話し掛けてきた。

「日本人なのか琉球人なのかって議論があるでしょ？　私ね、この話題が苦手なんだ」

「と……言うと？」

「私はアメリカーとの混血で生まれてきて、幼稚園や学校では日本語の標準語や沖縄語《ウチナーグチ》を話していたけど、家の中では英語だった。学校ではマンチャーって呼ばれたり、アメリカーって呼ばれた事もあって、『そっか……私はウチナンチュじゃなくてアメリカーなのか』って思った事もある」

マカトは俯きながら口を尖らせて、気だるそうに歩を進めるが、話し方はしっかりとした口調だ。

「でも高校生のとき、アメリカのホームステイから沖縄に帰ってきたら、トロピカルな空気を吸って、南国でしか咲かない花とか、住宅街の赤瓦の屋根を見て、『イェーイ！　帰ってきたー！』って気持ちになったの」

彼女は拳を握った両手を高く挙げてジャンプしてみせた。沖縄へ戻ってきて「帰ってきた」という気持ちになるという事は、やはりウチナンチュという意識を持っているという事になるのかもしれない。マカトは飛び跳ねるとき、一瞬だけ笑顔になったが、着地して拳を解くと、再び難しい顔をする。

「ウチナンチュの中にも、例えば良安さんや知花さんみたいに、『ウチナンチュは日本人じゃない。琉球人だ』っていう人もいるし、京子さんみたいに『日本人だ』っていう人もいる」

「賢太さんと陽子さんみたいに、『両方だ』って答える人もいるよね」

僕がそう言うと、彼女は人差し指を立てて「そう」と相槌を打つ。

「修輔君は、『ウルトラマン』を見た事ある？」

唐突な質問に、僕は拍子抜けをしてしまった。

「あるけど……」

それがウチナンチュのナショナリズムと何か関係あるのか。マカトは話を続ける。

「『ウルトラマン』の脚本を書いた人は、ウチナンチュなんだけどね」

マカトはそれから、ウルトラマンがメフィラス星人と闘った回で描かれているエピソードに隠された背景を説明してくれた。ウルトラマンが仮の姿として身体を借りている主人公のハヤタ隊員が、メフィラス星人から「お前は地球人か、それとも宇宙人か」と訊かれ、「両方さ」と答えるあの場面だ。

「ウルトラマン」の脚本を書いた金城哲夫《きんじょうてつお》は、幼い頃に沖縄戦を経験して、高校進学と同時に、まだアメリカ世《ユー》だった沖縄からパスポートを持って東京へ出てきて、ウルトラマンの脚本を手がけるようになったそうだ。

「金城哲夫も、自分は日本人であり、琉球人でもあるっていう意識を持っていたわけさ。自分のウチナンチュとしてのアイデンティティを、ハヤタ隊員に語らせたというわけ」

やはり、ウチナンチュのナショナリズムは本当に複雑だ。ヤマトゥンチュならば、東京出身者だろうが大阪出身者だろうが、「何人か?」と訊ねられれば、まず間違いなく「日本人だ」と答える。ところがウチナンチュの場合、「日本人だ」と答える人もいれば、「琉球人だ」と答える人もいるし、「日本人であり、琉球人でもある」と答える人もいる。二つのアイデンティティを持って生きるなんて、得しているような気もするから羨ましいとも思える。でも、マカトにしてみればそうでもないらしい。

「私……皆が羨ましいよ」

マカトは俯いたまま、両手の指を身体の前で絡め合わせながら歩く。

「『日本人だ』とか、『いやいや、琉球人だ』とか、『両方だ』って、自信持って答えられる人が羨ましい」

それから彼女は両手を背中の後ろで組み替え、どんよりと濃い灰色に覆われた空を見上げる。

「私は今でも分からないさ。自分がウチナンチュなのか、それともアメリカーなのか。そもそも、ウチナンチュが日本人なのか琉球人なのかも分からない」

混血で生まれてきたためにイジメや差別を受けてきた彼女にしてみれば、やはり、自分のナショナリズムについて自信を持って語る事は難しいのだろうか？　中国残留孤児のように、自分は日本人なのにどうして日本語が話せないんだろう、とか、異国で育ったために、母国の文化に馴染めないといった悩みを抱える人もいるという話を聞いた事があるが、そういう悩みを持った事がない僕には、なかなかそういった境遇に生まれ育ってきた人の気持ちを理解する事は無理なような気がする。

式典広場へ差し掛かり、ひんやりとした風が頬を撫でたかと思うと、一瞬辺りが明るく照らされ、突然「ゴロゴロゴロー‼」という雷鳴が鳴り響いた。どうやら夕立が来そうだなと思った途端、冷たい水滴が脳天にぽつりと来たかと思うと、一気にバケツをひっくり返したような大雨が降り出し、僕とマカトの身体を叩き付けた。アスファルトはあっという間に水浸しだ。

「まずい！　早く車に戻ろう！」

僕は持っていたハンカチを頭に乗せ、両手で押さえながら一目散に駐車場に走り出した。ところが、三〇メートルほど走ったところでマカトが付いて来ていない事に気付き、後ろを振り向くと、彼女は僕が走り始めたところに立ち尽くしたままだった。見てみると、彼女はずぶ濡れになりながらお腹を抱えて、上体を反らしたり前かがみになったりしながらげらげら笑っている。まさか、雷に打たれて気が狂ってしまったのだろうか――。

「おい！」

僕は思わず大きい声で怒鳴る。

「何やってるんだ。そんなところにいたら雷に打たれるぞ！」

僕は彼女の元へ駆け戻り、彼女の左腕を掴んで、彼女の車まで連れて行った。

「アッハッハッハッハ！　アーッハハハハ！」

一緒に走っている間も、彼女はずっと笑っている。

「アイーッ（いやー）、That was funny（可笑しかった）！」

僕が運転席のシートとルームミラーを調節して、ワイパーを動かしながら車を発進させる頃になると、助手席に座ったマカトはだいぶ落ち着きを取り戻してきたが、タオルで自分の頭を拭きながら面白そうににこにこ笑っている。僕のシューズはびしょ濡れで、靴下まで水分を含んでいるから、幾分足が重く感じる。

「修輔君、どぅまんぎて（驚いて）逃げ惑うニワトリみたいな走り方してたんだもーん」

ただ単に僕の走り方が可笑しくて、自分がずぶ濡れになっている事も気にせずに笑い転げていたというのだ。僕は恥ずかしい気持ちがする反面、マカトの能天気さに呆れてしまった。ついさっきは摩文仁の丘の展望台で泣き崩れていたのと同じ人物とは思えないくらい、彼女は愉快に笑っていた。

来るときにも通ったさとうきび畑に差し掛かる頃には雨も止み、雲の切れ間から太陽が顔を出した。内地だったら真冬の一月だというのに、沖縄はまるで初夏の訪れを感じさせるような天気の移り変わりだ。

「戦争は」

すっかり落ち着き払ったマカトが助手席で呟く。

「絶対に繰り返しちゃいけない。そんな事は当たり前さ」

力強い口調でそう言うと、「でも……」と言ってトーンを落とす。

「中国が年々軍事力を強化してきているのに、日本は憲法九条があるせいで、自衛権を行使する事すら出来ない。このまま中国が沖縄に攻めてきたら、間違いなく沖縄が犠牲になるんだよ」

米軍基地反対運動を展開している団体が共産主義者の集団だという事は分かっているが、中国が軍隊を差し向けてくるというのは、さすがに話が飛躍し過ぎではないだろうか。

「どうして中国が沖縄に攻めてくるの？」

ハンドルを操作している僕は前を見つめたまま訊ねる。

「琉球処分の後、日清両国の間で沖縄の帰属問題について交渉があったって話は知ってるでしょ？」

「知ってるよ」

「中国はそのとき、沖縄を日本の領土として『認めた』わけじゃないんだよ。問題が有耶無耶になったままときが過ぎて、日清戦争で日本に負けた事で、朝鮮との柵封関係も切らされて、台湾まで日本の領土になったから、手放さざるを得なかっただけなんだよ」

車が海の上を走る豊見城道路まで差し掛かると渋滞していて、車数台分だけ動いては止まり、また動いては止まり、という動きを繰り返している。原付を運転するときとは違って、車列の横をスムーズにすり抜けていくような事は出来ないが、話し相手が横に座っているので、イライラする事はない。

「中国は今でも、沖縄の事を日本の領土として認めてないいんだよ」

「尖閣諸島《せんかくしょとう》の領有権を主張してるって話は聞いた事があるけど、『沖縄県』全体を認めてないって話は聞いた事ないなぁ……」

僕がちょっと首を傾げると、マカトは「その証拠に」と言って話を続ける。

「私たちが小学生のとき、沖縄でサミットがあった事を覚えてる？」

「覚えてるよ」

ちょうど、首里城守礼《しゅれい》の門が印刷された二千円札が発行された年だった。

「あのとき、中国の江沢民《こうたくみん》国家主席も招待されてたんだけど、江沢民は来なかったんだよ。何故だか分かる？」

「さぁ……何でだろう？」

「中国の国家主席が、日本の総理大臣から呼ばれて沖縄に来るって事は、『沖縄は日本の領土』って事を認める事になってしまうでしょ？　あのとき、沖縄サミット開催が決まった当時の小渕恵三《おぶちけいぞう》首相は江沢民が沖縄をどう見ているか、どういう出方をするかを見極めたかったわけよ」

あの頃、当時全国的に有名だった沖縄出身のアーティストが沖縄サミットのために作られた歌をリリースしてヒットしていたが、沖縄でサミットを開催する目的にはそういう意図が隠されていたのか。

「中国の主張は」

　マカトは自分の顔の前で拳を握ってみせる。

「『琉球は中国の属国だ。日本の支配から解放するために、我々は日本と戦うんだ』。——そういう主張なんだよ」

　渋滞でのろのろ進んでいる前の車がブレーキを踏むたびに真っ赤に光るテールランプを見つめながら、僕は「マジか……」と感嘆の声をあげる。それが本当なら、米軍基地反対運動をしている団体がいつも赤い服を着て活動している理由が何となく頷ける気がする。共産主義の象徴である「赤」を身にまとって反対運動をしている姿がテレビなどの媒体で宣伝されれば、それを見た中国人は、「共産圏への併合を望んでいる沖縄の人たちが、米軍と日本政府に対して怒りをぶつけている」という印象を持つかもしれない。

「中国は着々と軍事力を蓄えて、隙あらば沖縄を奪い取りに来る。今、米軍基地をどうするかって問題で、日米同盟がぐらついてるでしょ？　アメリカがフィリピンから米軍基地を撤退させてしまったように、ある日突然沖縄の基地を撤退させちゃったら、中国にとっては、まさに琉球奪還のチャンス」

　チベットやウイグルにおいて、中国政府による人権弾圧や虐殺が行われている事を考えれば、沖縄が中国の属国にされたらどんな事になるか、考えるだけでもぞっとする。

「戦争になって、たとえ日本が勝ったとしても、どっちみち沖縄が戦場になる。沖縄に住んでる人たちが犠牲になるんだよ」

「そうならないためにも、日本は軍事力を持たなきゃいけないって事だね」

「ジントーヨー（そうなんだよ）！」

マカトは人差し指を僕に向けてそう言うと、「それともう一つ」と言って、その指を上に向ける。

「学校で教えてる歴史教育を変えなきゃいけない。ワッター（私たち）が学校で教わった歴史は、あまりにも歪み過ぎてる」

そういえば、京子さんが同じような事を言っていたのを思い出した。

「学校で教わった歴史が歪んでるっていうのがどういう事なのか、よく分からないんだけど……」

「学校の教科書とか、テレビでやってるような歴史番組だけを鵜呑みにするんじゃなくて、もっと広い視野を持って勉強しないと、偏った人間になっちゃうんだよ。沖縄もそうだけど、日本の学校教育は偏ってる」

何やら意味深な話だが、興味をそそる話でもある。家に帰ったら、さっそく本屋さんへ行ってみよう。

太陽は建物の陰に隠れ、団地に囲まれた路地裏は薄暗い。僕は自宅アパートの前で車を止め、運転席から降りた。まだ髪の毛がしっとりと湿っているマカトが助手席から降りて運転席へ乗り移る。

「今日は色々ありがとう。気を付けて帰ってね」

半開きになっている運転席の窓越しに僕がそう言うと、彼女も、「こちらこそありがとう。アトカラヤー（またね）」と言って手を振り、シートベルトを締めて車を発進させた。

沖縄語《ウチナーグチ》には、「さようなら」に該当する言葉がないようだ。数分後にまた会うときでも、明日会う相手でも、一年に一回くらいしか再会しないようなときでも、もう二度と会えないかもしれない別れでも、別れ際に使う挨拶は「アトカラヤー」なのだ。僕はこの、「いつかまた会おう」というニュアンスを込めた挨拶を気に入っている。

13

「離島へ行こう！」

すっかり春を思わせるぽかぽか陽気が続いている二月十二日の日曜日。青く透き通った空の下、安里《あさと》の国際通りで路上ライブを終えた宗次が、僕と希美さんに言った。空には小さな雲がところどころ泳いでいる。ここ最近、半袖では肌寒い日が続いていたので、宗次は路上ライブではジャケットを羽織って歌っていたが、今日はだいぶ温かいので、ライブハウスのときと同様、赤いポロシャツ姿で歌っていた。

宗次は音楽活動の範囲を、那覇とコザに続いて、次はいよいよ離島へ広げようというのだ。

「俺は渡嘉敷島と久米島に行った事はあるけど、人が大勢集まるような雰囲気はなかった。やるんだったら、やっぱり宮古島か石垣島だよな」

「平良さんとか、パイカジキッチンの古見さん夫妻に訊いてみれば、どこかいい店を知ってるかもしれないわね」

宮古島も石垣島も、有名なミュージシャンを何人も輩出しているから、ちょっと探せば、レベルの高いライブハウスが見つかるに違いない。

「それなら、僕が島まで行って探してみますよ！」

「よしっ」

宗次は力強く頷き、「頼むぞ、修輔！」と言って、僕の肩に両手を乗せた。

「宗次はほんっと幸せやなぁ」

希美さんは上目遣いでにやりと笑いながら、宗次の脇腹を肘で軽くつつく。

「頼りになるマネージャーがいて」

すると宗次は「それと、可愛い嫁さんがいてな」と言って、希美さんの麦藁帽子の上に掌を乗せる。

希美さんは笑窪を浮かべた頬を赤くする。


翌日の夜は冷たい小雨が降る中、コザブーズハウスで宗次が歌った。僕はカッパを来て原付を運転して、夜の七時頃にコザブーズハウスに着くと、まだ宗次は来ていなかったが、京子さんとマカトがカウンター席に座って一緒に飲んでいた。フロアには数名の体格の良いアメリカ人が酒を飲み交わしている。僕が来た事に気付くと、二人は笑顔で手を振ってくる。一番左にマカト、その右に京子さん、そしてその隣に座った僕は、平良さんにジンジャエールを注文する。米軍基地に反対の立場をとっている京子さんと、その米軍基地の兵士の子であるマカトが隣り合って仲良く談笑しているというのも、何だか不思議というか、やはり具合が悪くはないだろうかという思いを抱かされる。

「最近、日本の近代史について書かれた本を読みましたよ」

三人で乾杯をしてから、僕は話を切り出した。

「この前私に言われてインスパイアされたかしら？」とマカトが目を見開いて言えば、京子さんは澄ました顔で「どんな事が書かれた本を読んだの？」と訊ねてくる。僕は偏向的に歪曲された歴史ではない、正しい歴史が書かれた本を読んだという事、学校で教わった歴史が捏造されたものだという事が分かったという事を話した。

「修輔君は真面目に勉強してるさぁ」

マカトが嬉しそうに拍手をすると、京子さんは、「今の若い子は日教組によって左翼思想に洗脳された子ばかりかと思っていたけど、修輔君やマカトちゃんみたいに、世の中をちゃんと見ている子もいるなんて嬉しいわ」と、感慨深そうに頷く。

「頼もしい若者が、ここにも一人いたか」

僕たちのやりとりを見ていた平良さんも、大きな口をにんまりと曲げて目を細める。三人は僕なりの歴史認識に対して共感してくれた。それは、僕の認識が決して独りよがりのものではなく、僕の味方が確実にいるんだという自信に繋がった。

僕たちが歴史の話で盛り上がっているところへ、宗次がやって来た。すぐに楽屋に入っていったかと思うと、間もなく一組目に歌う米軍兵士によるバンドのライブが始まった。僕はフロアの後ろに立ってライブを見る。二組目に宗次が歌い、最後に京子さんが歌った。京子さんは今日のライブでも『父さん』を歌った。歌い終えると、ＭＣで、昨年亡くなったお父さんの話題に触れた。

「私自身も二児の母として、亡くなった父の娘として色々考えるけど、やっぱり親にとって、子供はいくつになっても子供だし、私にとって父は、いつまでもずっと尊敬している、大きな存在です」

真っ暗な空間の中、ステージの床から放たれる二つの白い照明に、京子さんとグランドピアノだけが映し出されている。そうなると客席にいる側も、照明に照らされているアーティストに対する集中力が高まる。そんな中、京子さんは落ち着いた口調で語り続ける。

「私は沖縄県民として生まれた事、日本人として生まれた事、そして、父の娘として生まれた事を誇りに思って、これからも歌い続けます」

フロアにいた十人ほどのウチナンチュのお客さんからは「イェー！」という掛け声とともに盛大な拍手が沸き起こった。同じくらいの人数のアメリカ人のお客さんも、言葉の意味は分からない様子だったが、周りの雰囲気に合わせて拍手をしている。しばらくは財産整理などで忙しくなると思う。それでも音楽活動のペースを変える事なく続けるのだから、京子さんは逞しい女性だ。

「京子さんは、強い女性だね」

ライブが終わると、僕はカウンター席に座っているマカトの隣に行って話し掛けた。

「沖縄《ウチナー》の女《イナグ》は強いさ！」

彼女はそう言って、ラム酒のグラスを持ち上げる。僕もグラスを寄せて乾杯する。

「戦後の沖縄を支えたのも、女性だしね」

マカトはそう言ってウィンクをしてみせた。

沖縄戦では、十代後半から四十代の男性、つまりは働き盛りの男性の多くが命を落とした。終戦と同時に、日本は香港や台湾、フィリピンなどとの間で民間による密貿易が行われ、日本本土では主要都市の多くで闇市が開かれていたが、沖縄では一九四七（昭和二十二）年頃から密貿易が始まったらしい。密貿易の始まりが内地より遅れたのは、終戦直後の沖縄本島内の住民は米軍の捕虜収容所に収容され、許可のない地域間の移動が固く禁じられていたからだという。

「私のオバァ（祖母）がよく聞かせてくれたよ。開南《かいなん》の闇市で、米兵が着てた服とか靴とか、食料品とかの横流し品を売ってたんだって」

米軍政府の傘下にあり、ウチナンチュによって組織された琉球警察も建前上は取り締まりをしていたらしいが、沖縄全域に住む住民の生活が直接的にせよ、間接的にせよ、密貿易によって成り立っていた当時は、警察官も自身の家族が密貿易や闇商売に関っていたという事もあり、米軍政府から指令が出ない限りはあまり積極的な取り締まりはしていなかったという。

「米軍のＭＰ（警察機関）の取り締まりが来ると急いで荷物をまとめて頭の上に乗せて走って、ガーブ川に飛び込んで泳いで逃げるなんて事も日常茶飯事だったらしいよ」

マカトは両手で頭の上に乗せたものを支えるような仕草をして、愉快そうにおどけてみせた。かつて、沖縄の女性は重たい荷物を運ぶとき、頭の上に乗せて歩くのが一般的だったようで、戦後間もない頃までは「カミアチネー」といって、魚の入った竹籠《バーキ》を頭に乗せて売り歩く女性の姿が頻繁に見られていたという。

マカトの話だけ聞いていると楽しそうに聞こえるが、実際その時代に闇市で商売をしていた女性たちは、命がけだった事だろう。何しろ、夫を失って女手一つで子供を育てたり、親を亡くして自分が親代わりになって弟や妹を養わなければいけないのだ。自分が逮捕されたら、幼い子供は路頭に迷う事になってしまう。同じく第二次世界大戦で敗戦したドイツでも、戦争で夫や子供を失った女性たちが勤労奉仕に徴用されて、戦争で被災した街に散乱している瓦礫を、力を合わせて片付けたという話を聞いているが、いざというとき、女性が強さや逞しさを発揮するのは、世界共通なのかもしれない。

宗次が楽屋から出てくると、マカトはコップに残ったラム酒をぐいと飲み干す。そして鞄を持って宗次の元へ歩み寄り、手短に挨拶を済ませた。

「私、専門学校の卒業レポートを書かなきゃいけないから、そろそろ帰るね」

彼女はそう言うと、会計を済ませて帰って行った。出口の扉を開ける前にこちらを振り向いて手を振ってきたので、僕も手を振り返す。これからレポートを作成しなければいけないのにお酒を飲むというのも何か違和感を覚えるが、それだけ彼女はお酒に強いという事なのだろう。

今日は車で来ている京子さんがカウンターに来てパイナップルジュースを注文する。ステージで着ていた赤紫のワンピースの上に白いショールを羽織っている彼女に、僕は「お疲れ様です」と声を掛ける。

「お疲れー」

京子さんは目尻に笑い皺を寄せて応える。整った顔立ちの彼女が笑ったときに出来る皺を見ていると、やはり彼女は人生経験が豊富で、それなりの苦労を重ねてきたのであろう事を感じさせる気がする。フロアでは宗次がアメリカ人のお客さんに囲まれて談笑している。ここに来るといつもそうだが、彼は英語はろくに話せないのに、「Ｙａｈ」とか「Ｕｈ ｈａ」と適当に相槌を打ってごまかしているのだ。

「ライブの前に話した事だけどさ」

京子さんは平良さんから受け取ったジュースを一口飲んでから話し始めた。

「日本はほんと、世界に誇れる素晴らしい国なんだよ」

「そうですよ。今までそれを知らなかった自分が恥ずかしいです」

「私はね、沖縄が、祖国である日本に復帰出来て、本当に良かったと思ってるんだ」

日本人として、そんな風に言ってもらえるなんて、胸がほっこりする。ここで京子さんは急に声を低くする。

「戦後沖縄を支配した米軍は、徹底的に沖縄を弾圧していたのよ」

京子さんの話では、アメリカ世《ユー》の沖縄には琉球政府と呼ばれる、ウチナンチュによる政府があり、司法、立法、行政の機関が確立されていたそうだが、これはあくまでも名目上であり、議会で決めた事も、米軍政府が「Ｎｏ」といえば撤回されてしまうものだったそうだ。

「琉球政府の主席はウチナンチュが選ばれていたけど、これは米軍政府によって任命されていたもので、実権を握っていたのは、米軍政府の高等弁務官よ」

遠くを見つめるような目で、煙草をゆっくり吹かしている平良さんを尻目に、京子さんは険しい表情で眉間に皺を寄せて話を続ける。

「戦後十年近く経って、日本がみるみるうちに経済発展を遂げていく一方、沖縄では米軍の爆弾処理船が伊江島《いえじま》で爆発したり、宮森《みやもり》小学校に米軍機が墜落して住民が亡くなる事故があったし、ひき逃げやレイプ事件が後を絶たなかったのよ。ウチナンチュの中には『凶悪な米軍による支配を脱したい』『平和な祖国へ帰りたい』っていう気持ちが高まっていったの」

島ぐるみ闘争といって、沖縄各地に次々と米軍基地・施設が建設されていく中、米軍基地反対運動や、日本復帰署名運動が沖縄各地で行われたそうだ。「日本復帰＝反米」という構図があったため、「祖国復帰」を標榜する政治家は選挙で妨害工作を受けたりしたらしい。

「高等弁務官の中でも特に横暴だったのが、第三代ポール・キャラウェイよ」

キャラウェイは、島ぐるみ闘争に関ったとして瀬長亀次郎《せながかめじろう》を那覇市長から追放したり、祖国復帰運動に関っている者のパスポートを没収して、日本へ渡航出来なくさせるなどの弾圧を行ったそうだ。

「私の父も、戦後は米軍基地で働いていた時期があったそうなんだけど、鞄の中に日の丸の旗を持ち歩いているのが見つかったというだけで、クビにされたと聞いてるわ」

京子さんが眉を歪めながら俯いて話す様子からは、お父さんがさぞ辛い思いをさせられたという話を聞いて、京子さんも悔しい気持ちを抱えているのだろうという事が感じ取れる。

僕はジンジャエールを一口飲んでから、「理不尽な話ですよね……」と呟く。

「アメリカは『自由の国』って言われますけど、沖縄では言論や思想を統制してたって事ですもんね……」

「そうよ！」

京子さんは胸元で右手の拳を握った。

「米軍基地の雇用とか、産業が発展したっていう部分は、確かに評価していいと思う。でも、米軍基地があるメリットとデメリットを天秤に掛けたら、やっぱりデメリットの方が大きいんだよ」

彼女はカウンターの上で両手の掌を広げて、左右の手を上下させてみせた。

「私の父の姉は、ひめゆり学徒隊として従軍して、炊き出しをしたご飯の大釜を同級生と一緒にガマへ運ぶ途中で、米軍の艦砲射撃を喰らって戦死した。私の高校時代の同級生の女の子は、米兵にレイプされた事で男性恐怖症になって、学校にも通えなくなって、結局中退せざるを得なくなった」

俯き加減だった京子さんは、そこから胸を張る。

「中国の存在がある以上、いきなり米軍基地を全てなくすのは無理よ。でも米軍基地に頼らなくても、沖縄の経済が成り立つようにしていかなきゃいけない。そのためには、日本がもっとしっかりしなきゃいけないの。アメリカの顔色を窺って、アメリカに義理立てする事ばかり考えていたらダメなのよ」

京子さんの話し方にはいつも刺々しさを覚えるが、話している内容自体は一理ある。沖縄に限らず、日本の領土である沖縄の経済がアメリカに依存しなければならないというのも、筋がおかしいと言えるかもしれない。

「さて」

彼女は立ち上がると、「これから家へ帰って、部屋干ししてた洗濯物を片付けなきゃ！」と言って、会計をして帰って行った。彼女は本当に忙しそうな人だが、子供の視点から見て、あのように前向きで活動的な親はどのように映るのだろう？

「けっ」

京子さんが出て行った扉が閉まると、平良さんは灰皿に煙草を押し付けながら唇を尖らせる。

「何が弾圧だ。京子が物心つく頃にはもうアメリカ世《ユー》は終わってただろうに」

平良さんは新しい煙草を取り出して口にくわえ、ライターで火を点ける。ただでさえいかつい表情の平良さんだが、彼の周りには、彼が吸う煙草の煙とともに、負のオーラが漂っているように感じられる。

「知ったかぶりしやがって」

「何か……違うんですか？」

ジンジャエールのお代わりを注文がてら僕が訊ねると、平良さんは語り始めた。

「人権が弾圧されていたといっても、命まで奪われたやつはいなかったぞ」

「暴行事件とか、ひき逃げ事故が多かったって聞いてますけど……」

「それは米兵との個人的なトラブルさ。戦前の日本みたいに、政府に批判的な思想家が拷問に掛けられたり、殺されるような事はなかったんだ」

平良さんは煙草を持っていない左手を広げて、自分の後ろの方、つまり西の方角へ向けた。

「同じ時代、隣の台湾を見てみろよ。国民党《こくみんとう》政府による戒厳令下に置かれて、政府を批判したり、台湾人の自治を訴えたり、日本への帰属を唱えた活動家は処刑されてたさ。大陸の中国では文化大革命で数百万から数千万の民衆が虐殺されてた」

今度は右手の煙草の先を僕の方へ指して、「『コザ暴動』って知ってるか？」と訊ねてくる。

「はい……聞いた事はあります」

この前、マカトと一緒に平和祈念公園へ行ったとき、資料館に事件を説明した展示があったのを覚えている。一九七〇（昭和四十五）年十二月二十日深夜、米兵による交通事故の処罰があまりに軽過ぎるなどの不満を抱えた沖縄住民がコザの街にいた米兵、米軍属を襲い、ブーズハウスから二キロも離れてないコザ十字路の近くに止めてあった米兵らの車数十台を焼き払うといった暴動を起こした事件だ。もちろん、不条理な米軍に対する怒りを抱えていたウチナンチュもいただろうし、コザ暴動はそうした怒りが爆発した事件ともいえるだろう。

「あのとき暴動を起こした者のうち、二十人が逮捕されたわけだが、処刑される事はなかった」

そう言いながら、平良さんはもうすっかり真っ黒になっている灰皿に煙草の吸殻を落としながら話を続ける。

「くどいようだが、戦前の日本では反戦を唱えただけで逮捕されて拷問を受けて、獄死するやつもいた。台湾の二・二八事件では、暴動を起こした台湾人だけじゃなく、北京語がうまく話せないというだけで虐殺された。大陸の中国ではチベットやウイグルの人権を訴える人間が今でも虐殺されている。ところが、米軍政府はコザ暴動があっても、ウチナンチュに報復はしなかった」

平良さんは短くなった煙草を目一杯吸い込み、大きく煙を吐くと、煙草を灰皿に押し付ける。

「相対的に見れば、沖縄でやってた米軍政府による取り締まりなんて、緩いもんだったんだよ」

言われてみれば、確かにそういう見方も出来るかもしれない。僕が「なるほど」と言いながら頷くと、彼は人差し指を立てながら、僕の方へ身を乗り出す。

「いいか？　一つ、肝心な事を教えてやろう」

濃い眉毛に鋭い目つき、眉間に寄せた皺。猛獣も退散してしまいそうな迫力のある顔に圧倒され、僕は思わず背筋が伸びる。

「日本《ヤマトウ》がさっさと降伏しておけば、沖縄戦はなかった。そしてその沖縄戦では、日本軍と行動をともにして避難した住民が飢えに苦しみ、マラリアにかかり、国民を守る立場のはずの日本兵に殺された。ところが米軍に保護された住民は捕虜収容所で身の安全が確保され、米軍に与えられた仕事さえちゃんとやってれば食べ物も与えられたし、病気や怪我の治療も受けられた」

平良さんは「つまり、だ」と言って、右肘をカウンターの上に置いて更に身を乗り出す。

「沖縄が焼け野原になって大勢の人が死んだのは日本《ヤマトウ》のせい。戦後の沖縄が復興、発展したのは、アメリカのおかげなんだ」

ここまでアメリカ寄りの考え方をしているウチナンチュがいるとは意外だったから、僕は拍子抜けしたような気持ちだ。戦争で身内を殺した日本やアメリカを恨むというならまだしも、ここまで「反日、親米」という感情がはっきりしている人もいるというのか。――平良さんは姿勢を戻して一歩下がり、心持ち落ち着いた態度で続ける。

「京子は米軍政府がいかに横暴だったかという語り方をしていたが、アメリカ世《ユー》の沖縄行政は、むしろ日本《ヤマトウ》よりも進んでたくらいだったんだ」

まだ沖縄戦が始まったばかりの四月六日には、米軍政府の監視の下、沖縄本島に高江洲《たかえす》小学校が設立されたそうだ。内地の子供が戦時教育を受けていたときでも、沖縄では既に戦後教育が始まっていたという事になる。女性参政権が認められた初の選挙も、内地よりも三ヶ月ほど早い一九四五（昭和二十）年の九月十六日に行われたというし、戦前はマラリアなどの感染症の罹患率が全国平均の五倍だったのが、米軍政府によって保健医療福祉機能の確立が図られ、マラリアを撲滅させる事が出来たというのだ。

「戦前の沖縄はしょっちゅうマラリアが蔓延してたが、それを撲滅したというのは、沖縄千年史のなかでも画期的な出来事なんだ」

確かに、伝染病の撲滅は人類史のなかでも偉大な出来事として捉えられているのに、沖縄のマラリアをアメリカが撲滅させたという事実が語られる事があまりないのも、逆に不思議といえるかもしれない。やはりこれも、ウチナンチュを左翼思想に洗脳しようとする日教組による偏向的思想教育と、沖縄メディアによる世論誘導の影響なのだろうか。

「それに」

平良さんは新しい煙草を取り出して口にくわえる。

「琉球政府が決めた事も高等弁務官の気分次第で覆るっていう理不尽さは確かにあったかもしれんが、一九五四（昭和二十九）年に設置された裁判所ではアメリカ本国と同じように陪審員制度が布《し》かれていて、陪審員はもちろんウチナンチュから選出されていたんだ」

僕は思わず「へぇー」と感嘆の声をあげる。日本では裁判員制度が始まったのはつい三年前の二〇〇九（平成二十一）年になってからだというのに、沖縄ではそれより半世紀以上も前に、民意を反映した裁判が行われていたのだ。そうした裁判制度も、沖縄が日本に復帰するのと同時に、当時の日本の司法制度に改められてしまったのだから、残念といえば残念だと思う。

平良さんの説明によれば、米軍政府は沖縄初となる火力発電所を建設して、それまで、夜になると電力供給がストップするほど、充分な電力供給がなされていなかった地域にも二十四時間三百六十五日いつでも電気が使えるようにしたり、現在は国道五八号線と呼ばれている一号線などの幹線道路を造るなどの近代的なインフラ整備も施したというのだ。

「戦前は軽便鉄道《けいびんてつどう》っていう電車と汽車が那覇を基点にして、糸満《いとまん》線と与那原《よなばる》線、それから嘉手納線、三つの路線が走っていたんだ。これがまた内地の電車と違ってスピードが遅かったらしく、那覇から嘉手納まで往復するだけで一日掛かりだったらしい」

平良さんはカウンターの上に人差し指を滑らせて、軽便鉄道が走っていた路線の位置関係を示しながら話す。

「今じゃ車でひとっ走りしても、那覇から嘉手納まで、半日ありゃ往復出来るさ」

彼は一回煙草を大きく胸を膨らませながら吸うと、ゆっくりと煙を吐く。

「本来なら、ウチナンチュはもっとアメリカに感謝していいはずなんだよ。もっとも、自分の親がアメリカーに殺されたって話なら、そういう人間にそれを強要するのは難しいが、少なくとも、俺は感謝してるよ」

平良さんは居眠りをしている猫のように目を細め、厭味ったらしい笑みを浮かべる。細目の隙間からは、黒い瞳が天井の裸電球に照らされて小さく光っているのが見える。

ここまで筋道を立てて説明出来るくらいなのだから、きっと、平良さんは本音でものを言っていると思う。京子さんや東江さんみたいに、米軍を徹底的に敵視しているウチナンチュがいるのも事実だが、平良さんのような考え方をしている人も、確実にいるのだ。やはりヤマトゥンチュの立場から、米軍基地をなくそうとか、米軍基地が必要だという意見を軽々しく言うべきではないのかもしれない。沖縄の人々にとって米軍基地問題は、民意を二分している、微妙な問題なのだ。

　日付も変わる頃になり、アメリカ人のお客さんがぞろぞろと帰り始めると、僕と宗次も帰る事にした。外へ出ると、空は雲が立ち込めていたが、雨は上がっていた。夜風が冷たいので、僕は原付のシートの中にしまっておいたカッパを着る。離島のライブハウス視察は三月の下旬頃、石垣島に行こうかと思っている事を伝えると、宗次は両手を顔の前で合わせて、申し訳なさそうに拝む仕草をした。

「甘えてばっかりでゴメンな！　出張手当とか払ってあげたいところだけど……何も出来なくて」

「いいんですよ、気にしなくて」

　僕は手を振りながら応える。

「宗次さんはそのうち、ゆずやＥＸＩＬＥ《エグザイル》よりよっぽどビッグな歌手になる人です。そうなったら、これくらいの出費はすぐに元を取れますって」

　若いときの苦労は買ってでもしろとよく言われる。今でさえテレビやラジオに引っ張りだこになっている歌手の数々だって、デビュー前には貧しい生活をしながら地道に音楽活動をしていた時期があるのだ。東京ドームでライブを行うという目標を達成するためには、くれぐれも焦らない事、やけにならない事。それが、宗次が高校時代から常々口にしている事だ。僕たちにとっては、今がまさに、下積みの時代なのだ。いつかプロになって、音楽で金儲けが出来るようになれば、こうして陽の目を見ない活動をしている今の時期が懐かしい、かけがえのない大切な思い出と思えるようになるはずだ。

それが、毎日同じ事の繰り返しばかりでつまらないバイトを続けていても、僕が「頑張ろう」と思える原動力になっている。

「修輔が俺と同じ気持ちを持ってくれてて嬉しいよ。出世払い、今から楽しみにしててくれよな！」

そう言って、彼はにっこり笑った。


翌日も雨が降ったり止んだりの天気だったが、バイト帰りにパイカジキッチンに行ってみた。お昼時も過ぎ、晩御飯の時間にはまだまだ早いため、僕以外のお客さんは一人だけで、その人もちょうど僕がメニューを注文する頃には帰ってしまった。

「石垣島で有名なライブハウスって、どこか分かりますか？」

カウンター席に座って、厨房で料理を作っている賢太さんと、他のテーブル席を布巾で拭いている陽子さんに訊ねる。

「うーん……どうだろう？」

フライパンを回す事に集中している賢太さんはまだ上の空だ。

「離島に行く船が発着する港の近くだったら、何軒かあるはずよ」

陽子さんが厨房へ食器を運びながら答える。

「あのへんは、結構栄えてる繁華街だから」

「石垣島は、離島の中では一番人口が多いって聞きましたけど、やっぱり、賑やかな島なんですか？」

「賑やかなのは港の周辺だけさ」

陽子さんは食器を洗いながら答える。僕がカウンターに座って、背が低い陽子さんが厨房で下を向いていると、彼女の顔が見えなくなる。

「お勧めの観光名所とか、ありますか？」

僕が訊ねると、陽子さんは「野底岳《ヌスクマーペー》っていう山の頂上《チヂ》に、座っている女性の形をした岩があるさ」と答える。琉球王国時代、黒島《くるしま》から強制移住させられてきた女性が、せめて恋人が住む黒島の姿を一目見ようと、野底岳に登ったそうだ。ところが、目の前の於茂登岳《おもとだけ》に視界を遮られて見えず、女性は悲しみのあまり、その場で岩になってしまったというのだ。

「於茂登岳の頂上《チヂ》に、殿原松《トウヌバラマテイ》っていう松林があるんだけど、それは彼女を哀れんで、せめてその霊を慰めようとした島人《シマンチュ》が植林したそうよ」

女性が岩になったという伝説もちょっぴり不気味だが、岩になった女性のために松林を造林するなんて、石垣島の島人《シマンチュ》の心の優しさを表す話といえよう。

「他はウージ（さとうきび）畑に囲まれてる田舎で、海の青さは沖縄本島より綺麗だと思うよ」

蛇口から水が流れる音が止むと、陽子さんは僕の方を向いて、自信あり気な微笑を浮かべた。

「でも……」

洗った食器を拭くために再び顔を下へ向けると、声を落とす。

「微妙な問題があるのも事実よ」

「微妙な問題？」

賢太さんが作るやんばる若鶏のグリル定食が出来上がり、陽子さんが僕の前に持ってきてくれる。

「何年か前に、石垣島を舞台にしたテレビドラマが放送されたでしょ？」

陽子さんの説明では、テレビドラマをきっかけにして、石垣島へ移住する人がうなぎ登りに増えていったというのだ。

「石垣島がどんなところなのか、一度旅行に行ってみようって事で、ヤマトゥンチュは観光に来る。奇麗な海と豊かな自然に囲まれたこの島で生活したいと思って、島に移住する」

賢太さんはフライパンに残った卵の粕を口に含みながら言った。

「ヤシガ（だけど）現実問題、石垣島で生活していくっていうのは、結構厳しいものがあるわけよ。アパートの家賃や物価は内地より安いけど、仕事も少なければ、収入も少ない。自分一人で生活していくならまだしも、結婚《ニービチ》して家族を養わなきゃいけないって事になると、この収入じゃやっていけないってなって、結局は内地へ帰っていく」

「島の生活文化に馴染めなくて、内地へ帰っていくヤマトゥンチュもいるわね」

今度は陽子さんが口を開いた。

「沖縄は島によってもだいぶ風習が違うんだけど、ヤマトゥンチュから見たら、島人《シマンチュ》はどうしてこんな事をするんだろうって不思議に思うような文化がある」

そういえば先日二月七日（旧暦一月十六日）、僕の自宅アパートの近所の墓場で、墓前に大勢の人が集まって弁当を食べたりお酒を飲んで、お花見さながらの様子で騒いでいる光景を見かけた。大の大人たちが小さい子供も連れてお墓の前でどんちゃん騒ぎをするというのも何やら不思議に思えるが、人々は楽しそうに過ごしていた。賢太さんに訊いたら、これは「後生正月《グソーソーガチ》」と呼ばれるもので、毎年旧暦一月十六日に離島を含めた沖縄県内全域で行われている風習だそうだ。沖縄の墓には「門中《むんちゅう》墓《ばか》」と呼ばれる大きな墓がある。門中とは、共通の祖先を基にした血族集団の事で、後生正月とお盆になると、人々は自分の門中の墓にお参りをしに行くそうだ。後生正月《グソーソーガチ》では、手作りの弁当と酒を持ち寄り、自分たちの先祖に対して、正月のお祝いをするらしい。

「ヤマトゥンチュからしたら、お墓の前で愉快に飲み食いするなんて不謹慎と思うかもしれないけど、ウチナンチュにとっては、家庭で正月のお祝いをしたら、次はご先祖様のところに行ってお祝いをするのが当たり前なの。私も小さい頃から、後生正月には親と一緒に門中墓に行って、門中の人たちと一緒にお祝いをしてたさ」

陽子さんは懐かしそうに語った。内地では墓参りというと、どうしても厳かで暗いイメージがあるが、沖縄のように幼少の頃からこのような風習に慣れ親しんでいれば、自分もゆくゆくはお墓の中に入って、お祝いを受ける立場になるんだという意識も持てるかもしれないし、お墓に対するイメージも、悪いものはなくなるかもしれない。

ところが賢太さんの話では、こうした沖縄特有の文化に抵抗を感じるヤマトゥンチュは少なくないという。

「後生正月もそうだけど、島で祭祀祭礼を行うときは、皆仕事を休んだり、途中で切り上げたりして、行事の準備をしたり、手伝いをしに行く。学校だって午前中だけで終わって、子供は家に帰ったら親や親戚を手伝う。島で生活していく以上は、そういう昔ながらの行事があるときは協力しなきゃいけないんだ。島人《シマンチュ》が大切に守り続けてる伝統的な文化を、時代遅れだとか、野蛮だなんて言うヤマトゥンチュもいるけど、そういう人は村八分にされちゃう」

「修輔君は……」

僕が食事を終えると、陽子さんは食器を下げ、コップに水のお代わりを入れてくれる。

「沖縄の文化にあまり抵抗を感じない人だよね」

僕は「まぁ……そうですかね？」と首を傾げる。言われてみれば、確かに嫌悪感というほどのものは感じていない。プーミチャーウガミを見たときも、最初は恐怖を抱いたが、事情を知ってからは何とも思わなくなった。

「うちの店に来て話をしてても、ワッター（私たち）の話を素直に聞いてくれる。自分からも沖縄の歴史や文化について色々と質問してくれるし、話をしてて楽しいよ」

陽子さんがにこやかに話すと、賢太さんも感心したように、「修輔君みたいに、異文化を自分から吸収しようとする姿勢は素晴らしいと思う」と、何度も頷きながら言う。

古見さん夫妻とも、もうすっかり打ち解けてきた。二人から、沖縄に受け入れてもらえたような気がする。パイカジキッチンは実に居心地が良い。僕がこれから先の人生を送り続けていく場所はここ、沖縄なんだ。二人の笑顔を見ていると、そんな気持ちが湧いてくるのだった。

14

三月になると、沖縄は既に初夏の模様を見せ始める。人々はまだ長袖を着ている人が多いが、半袖姿の人も見受けられる。僕も夜原付に乗るときは長袖を着るが、普段は半袖で充分だ。三月二十四日（旧暦三月三日）には、パイカジキッチンからほど近い波之上《なんみん》ビーチで、地元の幼稚園児から小学生くらいの女の子らが裸足になって、打ち寄せる波に足を浸してバタバタさせながら、カチャーシーと呼ばれる、両手を上げて空をかき回すような所作の踊りを踊る姿が見られた。中には親や祖母だろうか、女性は老いも若きも入り乱れて、パーランクーという小さな片張り太鼓のリズムに合わせて歌い、踊っていた。

バイト先の仲間に訊いたら、これは「浜下り《はまうぃ》」といって、毎年旧暦三月三日に行われる節句だそうだ。内地では三月三日といえばお雛様を飾るが、古来沖縄では、女性が大声で騒ぐ事ははしたない事だとされていたが、一年に一度、三月三日だけは、女性も浜辺に出て裸足になり、大いにはしゃいでよいとされてきたという。打ち寄せる波に足を浸してばたつかせる事によって、邪気を洗い流すという目的があるらしい。

「温暖な気候の沖縄ならではの風習ですね。暑過ぎず、寒くもなく、今頃はもうちょうどいい気温だからこそ、こういう風習が定着したんでしょうね」

店頭の鉢植えにグラジオラスの花が咲き誇るパイカジキッチンで食事をしたとき、賢太さんと陽子さんにそう言うと、旧暦三月三日の風習も、やはり島によって違うのだという事を教えてくれた。石垣島では「サニジ」と呼ばれる風習があり、旧暦三月三日に女性が海に入って波を蹴ると、邪気を洗い流す事が出来るとされているそうなのだ。

「石垣島にはね、アカマターっていう大蛇の伝説があるんだよ」

陽子さんはいつものように、厨房で食器を洗いながら話を聞かせてくれた。昔々、石垣島にそれはそれは美しい女性が住んでいた。女性はどこの誰かも分からない男と恋仲になり、身籠ってしまったという。ある日、女性の母親が男を尾行していくと、男の正体がアカマターという大蛇だという事が分かった。三月三日に女が海で波を蹴ればお腹の中の子は流れてしまうから気を付けろ、という話をアカマターが棲家の中で仲間と話しているのを聞いた母親は、その日に娘を海を連れて行き、無事、アカマターの子を堕ろす事に成功したという逸話らしい。

「竹富島だと、旧暦三月三日に女性が浜辺に出て潮干狩りをするよ」

賢太さんが言うと、陽子さんが「潮干狩りをしないと、フクロウになるっていう言い伝えがあるそうよ」と補足して教えてくれた。

そういえば内地の雛祭りも、雛人形を部屋に飾る事によって、子供を病気から守る魔除けの目的があるという話を聞いた事がある。形や方法は違えど、内地も沖縄も、三月三日は女性を病魔から遠ざけようとする風習が行われてきたという共通の歴史があるようだ。

三月二十六日月曜日。生憎の土砂降りの中、那覇空港から午前九時過ぎの飛行機に乗って石垣島へ向かった。途中、僕が座っている右側の席の窓からは、宮古島の姿を眼下に見下ろす事が出来た。島の半分以上の面積を占めるサトウキビ畑の中の道を車が行き交っているのが、まるでミニチュアのように見える。このあたりまで来ると、もう空はすっかり晴れ渡っていた。

十時半より少し前。飛行機が石垣空港の滑走路に着陸したと思うと、突然プロペラが「ゴォーッ!」というけたたましい轟音を上げながら逆噴射を始め、身体が心持ち前のめりになる。まさか着陸に失敗したのかと思い、ひやっとしたが、すぐに飛行機は停止して、天井に点いていたシートベルトの着用サインが消灯した。タラップへ出ると、つい五十分前まで土砂降りの那覇にいたのが嘘のように、真っ青な空が広がっていて、滑走路は太陽に照らされて真っ白に光沢を放っている。タラップを降りて滑走路に足を着けると、航空会社のスタッフがお客さんを到着ゲートの方へ案内している。数十メートル先の空港の建物まで、空気が陽炎で揺らめく滑走路の上を直に歩いて移動するという人生で初めての経験をして、建物の中で預けておいたエナメルバッグを受け取り、バス停へと向かった。二階建ての石垣空港はいかにも地方の小さな田舎の空港といった趣だ。

やがてロータリーにやって来た路線バスに乗り込み、一番後ろの右側の座席に座る。人の背丈ほどもある草や、黒みさえ帯びている木々が生い茂る原生林に挟まれた道を走りながら、窓から後ろを振り向くと、遠くにいくつかの黒い山々がそびえている。あれが陽子さんが話していた、岩になった女性の伝説がある野底岳《ヌスクマーペー》をはじめとした於茂登連山だ。伝説の事を意識しているからなのかもしれないが、こうして眺めていると、遠くからでも、何やら近付きがたいオーラのようなものを感じさせる。

数分走ると、バスは石垣に囲まれた家が建ち並ぶ住宅街の中を抜けた。スーパーやコンビニ、飲食店などが並ぶ繁華街へ差し掛かると、車や人の通りも増えてきた。空港からここまで、那覇の道と同様、活き活きとした大きな緑の葉が生い茂る南国の木々が生えた道路は片側一車線の道ばかりだが、幹線道路の道幅は広いので、比較的走りやすいかもしれない。

終点の離島ターミナルというところでバスを降りる。ここは石垣島と八重山の離島との間を繋ぐ高速船と、那覇との間を行き来する貨物船が発着する、いわば石垣島の玄関口ともいえる港だ。白くて平べったいターミナルの建物の前のロータリーには数台のタクシーが止まっていて、ロータリーに囲まれている駐車場には、港を利用する人が乗りつけた車が何台か止まっていた。沖縄本島よりも島が小さくて海が近い分、那覇に比べて湿気も幾分高い気がする。僕は近くの自販機で五〇〇ミリリットルペットボトル入りのさんぴん茶を買って、三分の一ほど勢いよく飲む。ターミナルの中にあるレストランで軽く食事を済ませると、僕は自分が泊まる宿へ向かう。ターミナルから道を挟んだところにある高級ホテルの前を通り過ぎたところが、観光客向けの飲食店が建ち並ぶ美崎町《みさきちょう》という街になっていて、その一角にある二階建ての民宿に僕は宿泊した。

漆喰壁に網代天井、板の間はいかにも日本の田舎的な情緒を醸し出していて、どこか懐かしさすら感じさせてくれる。二階の客室にあるベッドや机と椅子も手作りの木造で、温かみがあった。窓を開けると生ぬるい潮風が優しく頬を撫でる。宗次さんが石垣島でライブをするに当たって、なるべく安くて質が良いところがよいと思い、インターネットで検索したのだが、想像していたよりもなかなか居心地の良いところだ。これで素泊まりで一泊一人三千三百円なのだから上々だ。

「ライブハウスを探しているんですけど、どこかいい店を知ってますか？」

民宿のフロントで仕事をしている中年の女性に訊ねてみる。いくら小さな島だとはいえ、やみくもに歩き回っても見つからないのは東京でも那覇でも石垣島でも同じだと思うからだ。

「あぁ、それだったら」

女性はのんびりした口調で、「すぐそこに『楓』っていう店がありますよ」と言って、店の方向を指差す。

「普段は居酒屋だけど、島の唄者だけじゃなくて、沖縄本島や内地のアーティストが来て、よくライブをやってますよ。音響の設備もあるし」

たすき掛けの小さなバッグに、自宅から持ってきた名刺と宗次のCD、そしてさんぴん茶を入れて背中に背負い、早速楓に行ってみた。二階建てか三階建てのビルが建ち並ぶ一角に、コンクリート造りの二階建てのビルがあり、楓はその一階にあった。曇りガラスをはめ込んだ木戸の引き戸に、「準備中」という札が掛かっていて、戸の上には「楓～KAEDE～」と太い筆書きのように赤字で書かれた木の看板が掲げられている。どうやら夕方にならないと開店しないらしい。

取りあえず、せっかく来たのだからどんな島なのか散策してみようと思い、あちらこちらを散歩してみる事にした。美崎町からほど近いところにある新栄公園《しんえいこうえん》は、野球場ほどの広さがあり、家屋ほどの大きさのある巨大なシーサーがあって、中は滑り台で遊べるような構造になっていた。シーサーに比べるとあまりにも目立たないが、公園の隅には、一四〇センチメートル平方ほどの小さな壁が立っていて、至るところに何かがめり込んだ痕のようなものが付いていた。近くにある説明板によれば、沖縄戦の際、石垣島はイギリス軍の艦砲射撃を受け、多くの人が犠牲になり、家屋が破壊されたそうだ。この壁の傷はそのときに受けた弾痕であり、これを保存する事により、島で起きた事実を後世へ伝えようというものらしい。街を歩く人々の表情も、東京のような大都会とは違い、のんびりしている。半袖で充分な、温かくて心地良い潮風が吹くこの島も、かつては凄惨な戦場と化した事があるなんて、想像もつかない。

また少し歩いて、車一台通るのがやっとなくらいの住宅街の路地を抜ける。それから海岸沿いを歩いて、浜辺の防波堤に腰掛け、さんぴん茶を飲みながらエメラルドグリーンに輝く海を眺める。太陽は西の海に向かってやや傾きかけていて、そのすぐ下の水面は宝石のようにまばゆい光を放っている。浜辺に穏やかに打ち寄せる波の音を聴いていると、だいぶ暑さも和らいで感じられた。高速船が行き交う海の向こうには、平たいお盆のような形をした緑色の島が見える。スマートフォンで島の名前を調べたら、竹富島《たけとみじま》というらしい。

アカハチの乱によって八重山が琉球王国の支配下に置かれたとき、八重山の中央官庁ともいうべき蔵元が竹富島に設置されたそうだが、後に石垣島に移されたという歴史があるらしい。かつて琉球王国時代、人頭税制度によって家族や恋人と引き離され、竹富島から石垣島へと連れてこられた島人《シマンチュ》も、この浜辺から、自分の故郷である竹富島を眺めていたかもしれない。ひょっとしたら、もう二度とあの島には帰れないかもしれない——。今でこそ、この島は観光地として多くのヤマトゥンチュで賑わっているが、石垣島は紛れもなく、そんな悲しく残酷な歴史のある島なのだ。古の島人《シマンチュ》は、どんな思いでこの海を眺めていたのだろう？

まだまだ陽が沈むまで時間があると思っていたが、時計を見たらもう六時を過ぎていた。そろそろお腹も空いてきたし、僕は楓へと向かった。「営業中」の札が掛かった引き扉をガラガラと音を立てて開けると、左側にカウンター席が六つ、右側にテーブル席が六つ置いてある、飲み物や食べ物のお品書きが並ぶ木造の壁に囲まれた店内の一番奥にマイクスタンドと電子ピアノが置いてあった。出演者が歌うスペースの上に、スピーカーが二つ壁にくっ付いていて、天井には出演者を照らす照明がぶら下がっている。どこにでもありそうなライブ居酒屋といった趣だが、店の雰囲気はそんなに悪くないと思う。

「いらっしゃい！」

カウンターの中にいる、僕より頭一つ分くらい背が高い、三十歳くらいの男性が威勢良く挨拶をしてくる。僕が一番手前のカウンター席に腰掛けると、顎に髭を生やしたマスターはおしぼりを出してくれた。肌は浅黒く、目の彫りも深い。いかにも沖縄顔《ウチナーヂラ》といった風貌のマスターに泡盛を注文すると、僕は早速、この店に来た用件を説明して、自分の名刺と宗次さんのCDを手渡す。

「CD聴いたら連絡するよ。基本、来る者は拒まないからさ」

ダーリンビートの与儀さんとは違い、楓のマスターは気さくに話をしてくれる人だったので安心出来た。ここならライブをやらせてもらえそうな気がする。

「どこか、観光はしてきたの？」

僕はこの付近を散歩して、浜辺から竹富島を見たくらいだという話をした。

「竹富島は八重山の中でも、特に神聖な島と言われてるさ」

マスターの話では、一七七一年四月二十四日（旧暦三月十日）の午前八時頃。宮古八重山諸島に推定震度四（マグニチュード七・四）の大地震があったそうだ。地震による直接的な被害はなかったらしいが、その直後に、それはそれは大きな津波が島々を襲い、宮古八重山を合わせて死者一万二千人、流出家屋二千戸以上という甚大な被害を出したらしい。これが今でも宮古八重山の人々の間で語り継がれている「明和《めいわ》の大津波」だ。

「空港から街へ来るとき、於茂登連山が見えると思うけど、於茂登連山は、明和の大津波でえぐられてあの形になったと聞いてるよ」

マスターは頭の上に両手を上げて波が押し寄せるような仕草をしながら説明する。言い伝えでは、津波の高さは八〇メートルを超えたとされているそうだ。旧暦の日付とはいえ、同じく大津波によって何万人もの犠牲者を出した東日本大震災と一日違いというのも何やら不気味な偶然だが、八〇メートルという数字はさすがに脚色が過ぎるのではないかとも思えてしまう。でもとにかく、宮古八重山諸島の至るところに津波の痕跡が残っていて、石垣島では人口の三分の一となる九千四百人が津波で命を落とし、十四の集落が絶滅したという。今では観光名所の一つになっている伊良部島《いらぶじま》の佐和田《さわだ》の浜に浮かぶ巨大な岩の数々は、明和の大津波によって海底から打ち上げられたものだという。

「ところが、それだけ大きな津波だったのに、竹富島だけは津波が来る事なく、無傷で済んだんだ」

そう言うと、マスターは薄笑みを浮かべた。僕が「どうしてですか？」と訊ねると、その後の専門家の分析では海底の珊瑚が隆起していた事が関係しているらしいが、八重山の人々の間では、竹富島は神によって守られていたからだとする伝説が信じられているという事だった。沖縄は神々にまつわる伝承が沢山あるが、その中でも石垣島は特に伝説が多いようだ。数名のお客さんが出入りしていく中、マスターは石垣島で集落ごとに行われている風習や祭りの話を次から次へと聞かせてくれた。

そうこうしているうちに、僕と同い年くらいの、おおきな瞳に薄っすらとした細い眉毛を描いた、白い肌に整った鼻立ちの女性が三線《さんしん》を持って入ってきた。

「おおエナちゃん、お疲れ！」

僕と同じくらいの背丈の女性にマスターが声を掛けると、店内にいた二十代前半から六十代くらいの複数の男女のお客さんも女性の方を振り向いて、「おぉ、来た来たー」と言って歓迎する。

「よろしくお願いしまーす」

滑舌が良くて高い声の女性が落ち着いた笑みを浮かべながら軽く会釈すると、耳の後ろから背中まで伸びているストレートな髪が肩の前に垂れる。緑色の半袖ワンピースに白いブーツ姿の女性は僕の後ろを通り過ぎて、持っていた三線をステージに置いてある台に置く。店の明かりに照らされると、彼女の後ろ髪は鮮やかな光沢を放っている。マスターはもう一人のスタッフに厨房を任せ、女性と一緒にステージのセッティングをする。どうやらこの女性は、これからこの店で歌うアーティストのようだ。

時計を見ると八時半を回っている。店内は半分ほどの席が埋まっている。肩からストラップで三線《さんしん》を提げ、マイクの高さを調節すると、三線《さんしん》の弦の前にもマイクがセットされる。店内の照明が暗くなると、ステージの上の照明だけが点灯して、客席にいるお客さんたちが歓談を止めて静まり返る。

「こんばんわ。平久保《ひらくぼ》エナでーす」

エナと名乗る女性が挨拶をすると、店内は温かい拍手で包まれる。首からは勾玉のペンダントを提げているのが見える。

「どうぞ、気楽にユンタク（おしゃべり）しながら、お酒を飲みながら聴いていただければと思います」

そう言うとエナはブレスレットをはめた右手で三線《さんしん》の弦を奏で始める。曲は石垣島の民謡だ。歌詞は石垣島の方言なので何を歌っているのかはほとんど分からないが、要所要所にこぶしを利かせた高音の歌い方はまさにプロ顔負けといえる。見た目からすると僕と同世代だが、伝統的な歌をここまで自分のものにして歌えるところを見ると、もっと年上なのかとさえ思えてくるほどの落ち着きっぷりだ。島人《シマンチュ》のお客さんたちも、安心した表情で聴き入っている。三曲ほど歌い終えると、エナは三線《さんしん》のチューニングをさり気なく済ませながら、「では次は、カバー曲を歌います」と言って、三線《さんしん》を構える。

「石垣島出身の唄者『やなわらばー』の、『愛してる』」

今にも涙が零れそうな、とてつもない哀愁を感じさせる三線《さんしん》の音色が響き渡る。『愛してる』は片思いを寄せている男性の心が他の女性に行ってしまう事が分かっていながらも、彼の幸せのため、黙って二人の後ろ姿を見送るという内容の歌だ。『愛してる』という言葉すら伝える勇気が持てずに、彼への恋を諦めてしまう女性の気持ちを歌っている。僕は高校生のときにこの曲を聴いたときは、単なるお人好しの女が他の女に好きな人を取られちゃうという、ありきたりな失恋の歌だというくらいの認識でいた。でも二十歳を過ぎた今、改めてこの曲を聴いてみると、愛する人に対する思いを伝える事が出来ない切なさというものが、胸をきつく締め付けられるような思いがするほどに伝わってくるような気がする。この曲を作詞作曲した石垣優《いしがきゆう》さんは、失恋の辛さにしても、気持ちを伝える事の難しさにしても、大人の恋というものを、この曲に込めているのかもしれない。そしてそんな大人の恋心を見事に歌い上げている平久保エナというアーティストも、やはり本物の失恋というものがどういうものなのかを知っている大人の女性なのだろう。サビの部分では、よほど洗練された者でなければ出せないような高音にこぶしを利かせている。安定した歌声だから安心して聴いていられるが、逆にだからこそ、聴いている方まで悲しい気持ちにさせられてしまう。これまで、既に聴いた事のあるプロの歌をアマチュアアーティストが歌っているのを聴いて感動した事は、宗次以外にはいなかったのだが、エナが歌う『愛してる』を聴きながら、僕は鳥肌が立った。人の歌を聴いて鳥肌が立つのは、初めて宗次の歌声を聴いたとき以来、実に六年振りだ。他のお客さんたちも、時折しみじみと頷きながら聴いている。とてもおしゃべりしながらBGMにするには勿体ないほどの歌唱力だ。

「次の曲も、皆さんがよく知っている歌です」

歌い終わって、しんみりとした余韻が残っているところでMCを入れずにすぐ次の曲に移ってしまう事に少々違和感を覚えるが、彼女は「『安里屋《あさどうや》ユンタ』、皆さんも一緒に歌いましょう！」と笑顔で言って、つい先ほどまでとは打って変わって、明るいテンポの民謡を弾き語り始めた。すっかり酔いが回ったお客さんたちは、リズムに合わせて手拍子をしている。

さぁ安里屋《あさどうや》の　クヤマによ

「さぁーゆいゆいっ」
あん顔《チュラ》さ　眩《マリバ》しよ
マタハーリヌ
チンダラ
美《カヌ》シャマよ

島人《シマンチュ》にとってはお馴染みの歌のようで、エナもお客さんも息を合わせたように歌声を掛け合っている。店内の照明が明るくなると、お客さんは誰からともなく立ち上がり、皆で陽気に踊り出した。店のオーナーと厨房のスタッフも、カウンターの中で両手を上で振りながら踊っている。初めてこの曲を聴く僕は、手拍子を合わせる事は出来たが、声を掛けるタイミングがいまいち掴めず、初めての店で顔見知りもいない中でいきなり踊るのも気が引ける。島人《シマンチュ》の勢いに付いていけない僕は、何だか一人だけ浮いてしまっているようにすら思えた。沖縄の中でも特に民謡が多いと言われる石垣島だけあって、この島の人たちは音楽への情熱が凄まじい！

「いやー上等上等、上等ヤッサー」

五分ほど続いた『安里屋《あさどうや》ユンタ』の演奏が終わると、老いも若きも、頬を赤くしたお客さんたちは拍手をしながら席へ着く。エナがマスターに何かをよこすように手で合図をすると、マスターは掌サイズの湯飲みをエナに差し出した。

「皆さん、ありがとうございます」

エナは右手で湯飲みを持ち上げると、「それではここで、乾杯したいと思います」と威勢良く言った。それを聞いたお客さんたちは各々持っていたジョッキや湯飲みを持ち上げる。

「次の曲で最後になるので、私は泡盛で乾杯しましょうね」

僕も泡盛を持った腕を前に伸ばす。

「アリッ、乾杯！」

「乾杯！」

エナは湯飲みに入った泡盛を一気にごくごくと飲み干した。若い女性にしては随分豪快な飲みっぷりだ。お客さんたちも各々ごくりと酒を飲むと、店内は再び盛大な拍手に包まれた。まるでお祭り気分だ。宗次もこんなムードの店だったら、絶対気に入ってくれるはずだ。

「さて」

エナの傍の丸椅子の上には水の入ったペットボトルが置かれているが、彼女はその横にあるタオルで口元を軽く拭う。

「それでは、最後の曲になります。カーペンターズの『雨の日と月曜日』」

あまりにも意外な曲名を言われたので、僕は頭の中が「?」マークでいっぱいになった。ここまで島唄ばかり歌ってきて、ギターに持ち替えるならまだしも、三線《さんしん》の弾き語りでどうやってカーペンターズを歌うというのだろうか？　そんな事を考えている間に、彼女は三線《さんしん》の低い音を店内に響かせる。三線《さんしん》の音色は確かに『雨の日と月曜日』のコードだし、彼女が歌っている歌も、紛れもなくカーペンターズの歌だ。でも、洋楽の楽曲を沖縄の伝統楽器で弾いているという事にも、日本語を使用して生活している黄色人種が歌っているという事にも、自分でも不思議なほどに違和感を感じない。それどころか、懐かしさすら感じてしまえるほど、彼女の歌声と三線《さんしん》の音色が織り成すハーモニーは、安心感を持って、落ち着いて聴いていられる。洋楽と沖縄音楽の融合。これもチャンプルー文化の一つなのだろうか？

エナは歌い終えると、「ありがとうございました」と静かな口調で言って、深々とお辞儀をする。客席からはまたも大きな拍手が起こり、「エナちゃん最高ー！」「エナちゃん良かったよ！」などと声を掛けている。店のマスターと一緒に機材を片付け終えると、エナはステージに三線《さんしん》を立て掛けて、客席を順に回って挨拶をしていく。

「失礼します」

僕が一人で飲んでいると、エナが僕の横に来て「聴いていただいて、ありがとうございます」と丁寧に挨拶をしてきた。僕は「お疲れ様です」と返事をすると、「カーペンターズのカバーには驚きました」と、率直な感想を述べた。

「私が中学生のとき、お祭りで『雨の日と月曜日』を歌ってたアーティストがいたんですけど、それが結構印象的だったので、高校に入って音楽活動を始めるとき、ライブでも歌えるようにしようと思って、練習したんです」

彼女は三線《さんしん》の他にギターも弾いていて、カーペンターズの他にも、内地で流行っている最近のヒップホップやフォークソングもよく聴いているそうだ。

「カーペンターズを三線《さんしん》でカバーしようと思ったのは、どうしてですか？」

「私が普段お世話になっている石垣島のアーティストの先輩が、ヒップホップやバンドミュージックに沖縄民謡を取り入れているので、私も、大好きなカーペンターズを石垣島の楽器で演奏出来るようになりたいと思って、去年、高校に入学するのと同時に練習を始めたんです」

「え？　高校⁉」

僕は思わず彼女の方へ身体ごと向き直った。

「今……高校生なの？」

酔っ払ってしまって聞き間違えたのかと思い、もう一度聞き直すと、彼女は「はい。来月から二年生です」と、淡々と答える。

「いや……歌声にしても話し方にしても、あまりにも落ち着いてるから、てっきり二十歳過ぎてるのかと思っちゃった」

僕が苦笑いするのを見て、彼女も「初対面の人にはよく言われます」と照れ笑いする。高校生の女の子が居酒屋で公衆の面前で堂々とお酒を一気飲みしている事にも驚いているのだが、あまりそこに突っ込みを入れてしまうと音楽の話が出来なくなってしまうので、あえて話題を音楽から逸らさないようにした。僕は自分が千葉県出身だという事を伝えた上で、「僕の世代でも、日本の伝統楽器を弾いたり日本舞踊を踊れる人は珍しいけど、今どき高校生であそこまで三線《さんしん》を上手に弾けて、島唄も歌えるなんて凄いね」と言った。

「私は物心ついた頃から、祖母に三線《さんしん》を教えられて育ったし、島人《シマンチュ》は祭りのときや、お祝い事があるときはいつも親戚やご近所の人や友達で集まって島唄を歌うので、島唄は知らず知らずのうちに身に付いてしまうんです」

エナは島人《シマンチュ》として、石垣島の音楽を歌い継いでいるアーティストだが、沖縄民謡の中にカーペンターズの曲も融合させる事が出来る、チャンプルー文化の体現者の一人のようだ。

「カーペンターズや、最近のヒット曲を好きだっていうのは分かるけど、島人《シマンチュ》として、沖縄民謡は、やっぱり格別のものなのかな?」

エナは僕の質問の意図をしっかり汲み取ろうとしているかのように、真っ直ぐな視線で僕の目を見て、小さいながらも、力強く頷いてから答える。

「石垣島では、祝《ユーエー》のたびに島唄を歌うんです。生まれたときには家族や親戚や友達が集まって島唄。満一歳を迎えたらタンカー祝《ユーエー》で島唄。数え年で十三歳を迎えたら十三祝《ジユウサンユーエー》で島唄。高校や大学に合格したら島唄。結婚《ニービチ》したら島唄……っていう具合に、人生の節目節目ではいつも島唄を歌います」

彼女は指を一本一本数えながら話を続ける。

「島人《シマンチュ》にとって、島唄は『あるのが当たり前』。言い方を換えれば、空気みたいな大切な存在ですから、流行の歌みたいに、好きか嫌いかっていう対象とは別次元のものなんです」

自信を持って答える彼女は、やはり高校生とは思えないほど、堂々とした大人に見える。

僕は東京の都心からは少し離れた千葉県柏市で育ったが、三味線や琴を弾いたり、民謡を歌える友達はいなかったと思う。いたとしても、そういう伝統芸能を子供に習わせる家庭が珍しい。内地では昔ながらの伝統的な文化や風習が年々廃れてきていると言われるが、沖縄、特に石垣島には十代でもこうした事を言える人がいるというのは、年上ながら頭が下がる思いだ。そういえば、希美さんはいつだったか、「沖縄には、日本人が忘れてしまったものが今でも残ってる」と言った事があるが、今日はそんな一面を垣間見る事が出来た気がする。

「こちらのお客さん、アーティストのマネージャーさんなんだって」

マスターが僕の事をエナに紹介してくれた。

「アーティストさんも内地の方ですか？」

「そう。今は沖縄本島に住んでるんだけどね」

僕はバッグの中から名刺を一枚取り出して、エナに渡す。エナは丁重な手つきで、両手で受け取る。

「いいなぁ」

エナは名刺を眺めながら微笑む。

「マネージャーさんがいるなんて、素敵なアーティストなんでしょうねぇ」

こうした言葉は何回も言われてきているが、やはり何度言われても気持ちが良いものだ。彼女はワンピースの腰のあたりにあるポケットに名刺を入れて、「私は内地はもちろん、石垣島以外の島でもライブをやった事がないし、自分の活動を支えてくれる人がいるなんて、デージ羨ましいですよ」と、力強い口調で言った。彼女の歌唱力は高い。きっと、那覇やコザ、東京のライブハウスでも充分お客さんを集められるだろうし、プロへの道だって夢ではないと思う。

「宗次さんは今、那覇やコザのライブハウスを拠点にしてライブをやっていて、石垣島にも活動範囲を広げようと考えてるところなんだ。もし、エナさんが那覇でライブをやりたくなったら、連絡をくれれば紹介するよ」

「ありがとうございます」

エナはお腹の前で両手を合わせて丁寧にお辞儀をする。

「実は那覇の音楽関係者からもお誘いをいただいてて、夏休みに那覇に行くかもしれないんです」

やはり、那覇からも声が掛かってくるのだから、実力は本物なのかもしれない。

「チャンスがあれば、是非対バンで出演させていただきたいです」

彼女は笑顔でそう言うと一礼する。僕も「うん。是非」と言って頷く。社交辞令かどうかは分からないが、高校一年生でこんな言葉が会話の流れの中で自然に言えるのだから、親御さんは相当真面目な教育をしてきたのだろうと思えてしまう。

「ではまた」

顔の前に垂れてきた髪を片手でかきあげながら、彼女はもう一度一礼してステージに戻り、荷物をまとめ始める。

東京から二〇〇〇キロメートル、那覇からも四〇〇キロメートルも離れた小さな島で、まさかこんなにレベルの高いアーティストに出会えるとは思わなかった。宗次さんとの対バンがもし実現したら、宗次さんにとっても、きっと良い刺激になるに違いない。

翌日。小雨がぱらつく中、僕は朝一番の飛行機に乗って那覇へ帰った。

一五〇〇メートルしかない短い滑走路の小さな空港、住宅街を囲む広大な畑を見下ろす於茂登連山。真っ青な海に囲まれた石垣島が見る見るうちに小さくなっていく。果てしなく広がる大海原に浮かぶ、こんな小さな島も、多くの人が殺戮される戦争に巻き込まれた事もあり、平穏な生活をある日突然無にしてしまう大津波に襲われた事もある。今でこそ平和を謳歌しているように見える南の島でも、かつては島人《シマンチュ》が奴隷として辛苦を舐めさせられた時代も持っている。大東亜戦争では戦火に晒された事もあるのだ。

この美しい島が、再び戦火に晒される事があっては絶対ならない。僕は強くそう思う。でも、果たして僕に何が出来るのだろう？　戦争は国と国が引き起こすもの。二度と戦争のない時代を守り続けるために、僕のような一市民に、何が出来るのだろうか。——そんな事を考えているうちに、飛行機は灰色の雲の中へ突っ込んで、島の風景も海の色も、すっかり見えなくなってしまった。

15

九時過ぎに那覇空港へ着くと、空はすっかり晴れ渡り、滑走路は太陽の光を受けて元気良く光って見えた。着替えの入ったリュックサックを背負ったまま、モノレールに乗ってバイト先へ向かう。

「おはようございます」

旭橋駅からバイト先への通り道、パイカジキッチンの前で鉢植えに水をやっている陽子さんに声を掛けると、陽子さんも「おはよう！」と、いつもどおり、にこやかに返事をくれる。

「今、石垣島から帰ってきました」

すれ違いながら僕が言うと、彼女は嬉しそうな顔で僕の方を向き直り、「おぉ、今度石垣島の話聞かせてね」と言ってはにかむ。

　つい数時間前まで四〇〇キロメートルも海を隔てた遠い島へ旅をしていたのが、まるで夢でも見ていたのかと思えてしまうほど、いつもどおりの生活だ。違う事といえば、背中の荷物がいつもより重いという事だけで、石垣島の離島ターミナルの自動販売機で買ったさんぴん茶がまだ三分の一ほどリュックサックの中に残っているのが、確かに僕が石垣島に出掛けてきたという証拠だ。

　午後三時にバイトを終えると、僕は真っ直ぐパイカジキッチンへ向かった。今夜は久茂地ペルリで宗次がライブをやる事になっているし、自分で料理を作るのも面倒くさい。それに、賢太さんと陽子さんと、石垣島の話もしてみたい。

「美崎町の居酒屋で、大人顔負けの高校生の唄者と出会いましたよ」

　カウンターに座ってメニューを注文すると、厨房にいる賢太さんと陽子さんに、楓でライブをやっていたエナの事を話した。二つあるうちの一つの扇風機が回っているカウンターには僕以外に主婦が一人と、テーブル席に二人組みのお客さんがコーヒーを飲んでいる。

「カーペンターズの曲を三線の弾き語りで歌ってたんですけど、これがかなりサマになってたんですよ」

「ひょっとして……」

　陽子さんは何か思い当たる節があるように目を丸くした。

「平久保エナちゃん？」

「あれ？　知ってるんですか？」

「知ってるも何も、私とエナちゃんは同じ門中《ムンチュウ》だよ」

沖縄も内地も、基本的には父方の祖先を崇拝するという点では同じだが、沖縄の場合、内地でいう彼岸にあたる清明祭《シーミーサイ》や盆、または後生正月《グソーソーガチ》などで門中《ムンチユウ》墓に親族一同が集まる場合、結婚して家を出た女性も実家に帰って自分の父親の祖先を拝むらしい。結婚したら夫の家系の祖先の墓や位牌を守る内地とは、祖先崇拝の様式が微妙に違って興味深い。

「エナちゃんの事は赤ん坊の頃から知ってるさ。まだよちよち歩きだった頃から歌が上手くて絵を描くのも上手で、小学生のときに絵のコンクールで入賞したり、中学生のときは県の作文コンクールで入賞したりして頭も良いみたいだし、おまけにチュラカーギー（美人）だから男の子にもモテるみたいだよ」

確かに、整った顔立ちといい、あの清楚さだから、男から人気があっても不思議ではないだろう。実際、楓に集まっていたお客さんたちも、大いに盛り上がっていた。きっと那覇に出てきても、男性のファンを多く獲得出来るかもしれない。

他のお客さんが食事を終え、陽子さんがレジで会計を打っている間に、注文していた料理が出来上がり、賢太さんが「お待ちどおさま」と言いながら僕の前に置いてくれた。

「いただきます」

やんばる若鶏にかかっているソースは豆乳と白味噌のソースだ。白味噌のしょっぱさを、豆乳の甘みがほどよく抑えていて食べやすい。

「十八番街《じゅうはちばんがい》には行ったかい？」

賢太さんが食器を洗いながら訊ねてくる。

「いや、行ってないです」

十八番街は離島ターミナルからほど近いところにある歓楽街だという。

「十八番街は夜の十一時くらいになってからスナックが店を開けるんだよ」

さっきまでお客さんが座っていたテーブルにある食器を片付けて布巾で拭きながら、陽子さんが教えてくれた。

「十八番街を歩いてると、明け方になってもまだカラオケの音が聞こえてくるんだ」

「明るくなる頃には、道端に酔っ払いが平気でごろごろ寝てるさぁ」

そろそろ人々が眠りに就こうかという時間に営業が始まり、会社や学校へ行こうと道を歩くと酔っ払いが寝ている——。いかにも島ののんびり気質を表しているともいえるだろうが、酔ったまま道端で寝る事が出来るくらい、平和な島だという証ともいえるかもしれない。

「そういえば……」

僕はスープをじっくり味わいながらごくりと飲むと、エナが楓で、大勢のお客さんが見ている前で堂々とお酒を飲んでいた事を話した。

「いくらなんでもあからさまだったので、びっくりしちゃいましたよ」

僕が苦笑しながら言うと、賢太さんは「だからよー」と言って嘲笑する。

「石垣島じゃ、中学生になったら親と一緒に晩酌するのが当たり前さ」

食器を持って厨房に戻った陽子さんは、蛇口を捻って水洗いをしながら軽い調子で話す。

「高校生にもなれば、お祭りでもユーエー（お祝い事）の席でも、大人と一緒に朝まで飲み明かすのよ」

「へぇー」

僕も高校生のとき、法事の精進落としの席で親戚のおじさんに勧められてお猪口を二杯ほど口にした事はあるが、石垣島では未成年でも晩酌までして、朝まで飲み明かす事があるというのだから唖然としてしまう。でも、賢太さんも陽子さんも、石垣島では当たり前となっている風習に対してカルチャーショックを受けている僕を見ても、辟易するような様子は見られない。

「ヤマトゥンチュの常識からすればただのヤンキーに見えるかもしれんけど、未成年はお酒を飲んじゃいけないっていうのはあくまでも『日本の法律』」

賢太さんは食器洗いの手を止め、空中で一つずつ物を置くような身振り手振りをしながら説明を続ける。

「十代も半ばになれば大人と一緒にお酒を飲むのが『石垣島の文化』。日本の法律と島の文化の間には相容れない部分があるし、島で生活するなら、あまり細かい事にこだわってちゃいけないんだよ」

「神経質な島人《シマンチュ》は、長生き出来ないわけさ」

「郷に入っては郷に従え」ということわざがあるが、まさにその通りなのかもしれない。ウチナンチュは酒に強い人が多いようだが、十代の頃からお酒に慣れているからなのかもしれない。考えてみれば、日本で未成年の飲酒と喫煙が禁止されたのは明治時代の後半になってからであり、それ以前は十代でも平気で酒を飲んだり煙草を吸ったりしていたのだ。

日が暮れる頃になると風が出てきた。さすがに半袖では少し肌寒さを感じてきたので、薄手の長袖を上に着て久茂地ペルリへ向かった。希美さんは仕事の都合で、宗次のリハーサルが終わる頃になってからやって来た。マカトをはじめ、今日対バンで歌う東江さんのファンの面々も五名ほど集まってきた。東江さんがなかなか来なかったが、「お客さんが入ってるからもう始めちゃおうか」という知花さんの一声で宗次が歌い始める。宗次が『バック・イン・ザ琉球』を歌って客席が盛り上がっているところへ、ギターケースを背負った東江さんが店に入ってきた。ソファ席に希美さんと隣り合わせて座っているマカトは東江さんの方へちらっと目線を移しただけですぐにステージの方を向き直って手拍子を続けるが、他の女性客らは東江さんに手を振るなどして、宗次のライブもどこか上の空といった感じだった。カウンター席でラム酒を飲みながらその様子を見ていた僕は、東江さんが遅れてきた事よりも、せっかく宗次のライブで盛り上がっていたお客さんの意識が、ライブ中にもかかわらず東江さんの方へ引き寄せられてしまったという事が悔しい。多分、宗次も僕と同じような気持ちを抱えていると思うが、彼はそんな悔しさをバネにして、逆になおさら力を込めて歌っている。彼の顔は汗でびっしょりだ。宗次が最後の曲となる『赤は着ないで』を歌い終えると、客席は拍手に包まれているにもかかわらず、入り口に一番近いソファに座っている東江さんはすかさずギターのチューニングを念入りに合わせ始めた。いくら何でもデリカシーがないようにも見えるが、宗次は片手にギターを持ったまま東江さんの下へ歩み寄り、「お疲れ様です」などと言って笑顔で握手を求めていた。

「おう。お疲れ」

すまし顔の東江さんが右手を差し出すと、宗次はギターを自分の身体へ凭れさせて、両手で東江さんの手を握り返す。ソファにどっかり座っている東江さんの手を、立ったまま両手で強く握ってぺこぺこ頭を下げる宗次。僕は先月、日本の総理大臣が沖縄の県知事に普天間基地の県内移設を要請するために県庁を訪れたときのニュース映像を思い出した。かりゆしウェアでソファにどっかり座ったままの県知事に対して、スーツにネクタイを締めた総理大臣が直立して頭を下げた、あの場面だ。僕は県知事の傲慢な態度を見て、久米村人《クニンダンチュ》の子孫だという事を公言している県知事も、やはり内心では東江さんと同じように、「沖縄は元々日本とも対等な関係の、立派な独立国家だったんだ」という意識があり、沖縄を「侵略した」上に「防波堤にし」て「切り捨て」た日本に対して「反日感情」を抱えているように感じ取った。それが良いか悪いかは別にして、ウチナンチュの中には、やはりこうした感覚の人も確実にいるようだ。

「どうだった？　石垣島は」

宗次がタオルで顔の汗を拭きながら僕の左隣へ座る。彼の背中も汗ですっかり湿っている。東江さんはステージでギターをアンプに繋いだり、マイクの高さを調節してライブの準備をしている。

「いいお店が見つかりましたよ。ライブをするのにちょうどいいお店が」

僕がにんまり笑みを浮かべながら答えると、宗次は「おっ」と声のトーンを高くして背筋を伸ばす。

「後でゆっくり聞かせてくれよな、修輔」

彼ははにかみながら、僕の背中を「ポンッ」と叩く。

東江さんのライブでは、いつもに比べると客数が少ないものの、相変わらず若い女性らの黄色い声が絶えず飛び交っていた。ただ単にリズムに乗ってメロディーを楽しんでいる宗次のときと比べると、目の輝き具合が違うように感じる。東江さんのライブを見ているときのお客さんは、その音楽だけでなく、彼の容貌、彼の甘い声、勝ち誇ったような表情、彼の存在そのものに酔いしれているようにすら見える。彼が歌っているときのお客さんの目は、まさに憧れの男性に恋する少女漫画に登場する女の子の、キラキラ輝くそれなのだ。確かに、太い眉毛に、鼻もそんなに高くない宗次に比べれば、鼻も高くて整った顔立ちの東江さんの方が見た目はハンサムかもしれない。でもやはり、僕はどうしても、東江さんの人を見下したようなあの目つきや話し方が癪に障る。どうして女性たちは、恋する事の辛さやはかなさをわきまえた宗次の音楽よりも、自信過剰な態度に満ち溢れた東江さんの音楽に魅了されるのだろうか？　自分たちと同じウチナンチュだからだろうか？

でも、マカトだけは今までの彼のライブのときのように盛り上がってはしゃぐというよりは、どちらかといえば温和《おとな》しめに、社交辞令で手拍子をしているだけといった感じに見えた。

ライブが終わると、僕と宗次は希美さんやマカトと同じテーブルに着いて四人で飲んだ。二つ隣のテーブルでは、東江さんが女性客に囲まれて、何やら自慢げな口調で話をしている。

「『楓』か……」

僕が石垣島で見つけたライブ居酒屋楓と、そこで出会ったエナの事を話すと、宗次は興味深そうに何度も頷きながら聞いていた。石垣島には一度も行った事がないという希美さんやマカトも同様だ。

「是非行ってみたいな！」

宗次が自分の顎を擦ると、希美さんも、「賢太さんと陽子さんが生まれ育った八重山の海風を感じてみたい」と、両掌を力強く組みながら関西訛りの言葉で話す。

「於茂登岳は行った？」

マカトが訊ねてくる。

「行かなかったけど、バスの中から見たよ」

僕は遠目から眺めていても、身体がぞくぞくする、神倒《カムダーリ》のようなものを感じたという事を話した。

マカトの話では、明和の大津波のとき、石垣島で命が助かった人々は、高台にあたる於茂登連山に避難したそうだ。

「避難したときの話にも、色々な逸話があってね」

白保《しらほ》の浜辺に人魚が現れ、村の子供に津波の襲来を告げた。子供が村に帰って大人たちに話をすると、信じない者も多く、信じた者は山へ逃げて助かったが、信じないで村に残った者は津波にさらわれて死んだ。地震が収まった直後、御嶽《うたき》でウガン（拝み）を行ったノロ（巫女）が、津波が島を襲うという神からの信託を告げた。宮古諸島の下地島《しもぢしま》には、島人《シマンチュ》が神の使いであるヨナイタマ（ジュゴン）を獲って片身を食べ、残った片身を塩漬けにしたために、神様が怒って津波を引き起こして島を飲み込んだとか、伊良部島《いらぶじま》には、太陽神《ティダ》を毒殺しようと企む島人《シマンチュ》がいたために神の怒りに触れた、といったような類の伝説が多々あるらしい。

「島によってそれぞれ違う神話があるっていうのが、いかにも沖縄らしいですね」

僕がふと思い付いた感想を述べると、希美さんの表情が曇った。

「神話って、いつから誰が言い始めるんかなぁ……」

ハスキーな声を一層低くして、難しい事を考えていそうな顔つきだ。僕も宗次もマカトも、彼女に注目する。

「実際に明和の大津波が来たときは、それこそ島にいる人口の三人に一人が亡くなったんでしょ？ある人は子供や親を失って、ある人は親友や恋人を失って。津波を経験した人が子供や孫の世代に伝えようとしていた事は、そういう事じゃなかったと思うんだけどなぁ……」

確かに、東日本大震災でも阪神淡路大震災でも、震災で得た教訓を後世に伝えようという話は聞くが、実際に震災を経験した人の口から、予言があったとか、神の声を聞いたなんて話は聞かない。希美さんは続ける。

「神戸だってそうや。江戸時代に何百人も亡くなるような大地震があったそうだけど、どんな様子だったとか、どこでどんな人がどういう亡くなり方をしたか、何をした人が助かったかなんて話は聞いた事がない。実際に地震を経験してる世代の人がいなくなると、誰も経験した事のない災害は、ただの歴史上の出来事になって、いつしか、単なる伝説になってしまうのよね……」

口を尖らせながら、どこか寂しげに話す希美さんに、今度はマカトが意見を述べた。

「私の母方の祖父母の世代は沖縄戦を経験してるから、戦争のときの話も聞いて育ちましたけど、それよりもっと前の世代の、琉球処分の頃の沖縄の様子になると、祖父母でも直接は知らない時代の話です。私にとっても、沖縄戦より前の時代の話は、やっぱり、教科書で習う歴史上の出来事でしかないですね」

「宮古八重山の人たちだって」

今度は宗次が口を開く。

「津波が来たあとは、阪神淡路大震災や東日本大震災の経験者みたいに、この体験を次の世代に語り継いでいこうっていう事を考えていたはずだよ。でも、体験者がいなくなると、希美が言うように、単なる歴史の通過点になっちゃうんだ」

「『この記憶を風化させてはいけない』とかよく言われるけど、体験者がいなくなると、必然的に風化するものなのよ。そうすると、伝説だけが一人歩きをして語り継がれてしまう」

希美さんは「風化する」という言葉を強調して言った。

「でも」

僕はここまでの話の流れから、自分なりの結論が見えてきた。

「現代《いま》は昔と違って、実際に起きた出来事を映像として残す事が出来ます。単なる歴史の通過点としてではなくて、同じ悲劇を繰り返さないように、同じような震災が起きても、出来るだけ被害を小さくするために、震災で得た教訓を、しっかりと映像で後世に伝えていく事が大事なような気がします」

すると、他の三人は力強く頷いてくれた。

気付けば時間は十時を過ぎていた。希美さんは明日も仕事で朝が早いからという事で、宗次と二人で帰って行った。店に残っているのは、僕とマカト、そして東江さんだけになった。マカトと向かい合わせの椅子に座っている僕の隣に知花さんが座ると、一つ隣のテーブル席にいた東江さんは隣のテーブル席のソファに移ってきて、煙草を吸いながら泡盛を飲み始める。

「明和の大津波の話題で、随分盛り上がっていたようだな」

彼が着ている黒いTシャツに描かれている大きな金色の蝶が、薄暗い店内でほんのり浮かび上がって見える。今にもその大きな羽根をばたつかせながら、店の中を飛び回りそうだ。

「今と違って」

口にくわえた煙草にライターで火を点けながら、知花さんが語り始める。

「当時は被災地へ救援物資を運んで仮設住宅を建てたり、医療チームを派遣してなんて事はなかっただろうから、宮古八重山の人たちは、今じゃとても考えられない苦労をしたはずだよなぁ」

「それどころか」

東江さんは上目で僕たちの顔を一人一人、鋭い目つきで見回しながら話を付け足していく。

「住む家が流された上に、田畑は塩害を被って農作物がろくに獲れなくなった。津波があったその年は温情で人頭税が免除されたそうだが、次の年からは震災前と同じ重税が復活した事もあって、島人《シマンチュ》たちは飢えと疫病で苦しみ、年々人口が減り続けていったわけさ」

マカトはラム酒を一口飲むと、「明治時代には、人口が震災前の三分の一まで減っていたといいますものねぇ」と、溜め息混じりに呟いた。いくら封建時代の奴隷制度下に置かれていたとはいえ、さすがに非人道的にもほどがあるという印象を持つ。

「そこまで徹底して、宮古八重山は搾取されていたんですね……」

僕が呟くと、東江さんは「ふんっ」と鼻を鳴らした。

「どうしてそこまで搾取されたか教えてやろうか」

東江さんは煙がゆらゆらと湧き出る煙草の先端を僕に指した。

「津波があった事は薩摩藩にも知らされたさ。ところが、薩摩は琉球からの上納を一切軽減しなかった。薩摩へ滞りなく上納するためには、宮古八重山から『搾取せざるを得ない』っていう事情があったわけよ」

要するに、宮古八重山が琉球王朝から苦しめられたのはあくまでも薩摩のせいだと言いたいらしい。東江さんは続ける。

「何百年もの間、明国や清国が琉球に多大な富を与えてくれた一方、薩摩はひたすら琉球から搾取をし続けた。そしてそれが明治の琉球処分を経て、明治政府に引き継がれていったわけさ」

すまし顔で煙草を吹かす東江さんの話を聞きながら、俯き加減のマカトは何か言いたげに眉を曲げながら目線だけを東江さんに向けている。彼のこの上から目線の態度はいつになっても慣れない。酔った勢いでまた反日感情むき出しの被害者史観の考察が始まるのかと思ったところで、知花さんが「まあまあ」と両手で空を軽く叩く仕草をして東江さんをなだめた。

「ふーっ」

東江さんは煙草の煙を大きく吐くと、煙草を灰皿にぐいと押し付けて火を消し、「今日はだいぶ飲んじまったな」と言って、コップに半分残った泡盛を一気に飲み干した。

「また会おうぜ」

彼は冷めた表情で軽く右手を挙げると立ち上がり、ステージの壁に立てかけてあるギターケースを背負った。知花さんはすぐにレジに戻る。

「お疲れ様です」

僕とマカトはほぼ同時に東江さんに声を掛けた。二人とも、中身が何も入っていないような、形式的な挨拶だ。東江さんが支払いを済ませて店を出て行くと、知花さんは厨房に入って皿洗いを始める。

「石垣島に行ってみて、何を感じた？」

マカトがコップを掌の中でくるくる回して、コップの中の氷をカラカラと音を立たせながら訊ねてくる。

「沖縄本島もそうだけど、石垣島も海が奇麗なところだなと思ったよ。ただ……」

「ただ？」

僕はジントニックを一口飲んでから、「島に住んでる人たちは、不安じゃないかな」と、声を低くして答える。マカトは僕の真意を何となく察したように、小さく頷いた。

「石垣島は沖縄本島よりも台湾に近い。九州よりも中国に近い。それなのに、石垣島やその周辺を守る要塞が全くないのは怖いなって、率直に思うよ」

僕がテーブルの上で沖縄や中国、内地の位置関係を手で示しながら話すと、彼女は持っていたコップをテーブルの上に置いて、「ジントーヨー（そうなのよ）」と語気を強めて人差し指を立てる。

「何人もの軍事評論家が言ってるけど、中国は沖縄を奪い取る手掛かりとして、まずは宮古八重山を狙ってるはずさ」

それからマカトは、中国が宮古島や石垣島を奪い取る段取りのシミュレーションを説明してくれた。それによれば、まず、団体の観光客を装った中国人民解放軍を宮古島や石垣島に多数派遣する。日本全国にいる中国人工作員が、北海道から那覇まで全国各地で同時多発テロを起こす。

「でもね、修輔君。中国人が大規模なテロを起こしても、それを自衛隊の力で排除したり、取り締まる事が出来ないのよ」

僕が「どうして?」と訊ねると、彼女は憲法九条が足かせになっているのだと答えた。

「あくまでも民間人を装った人たちが集団で破壊活動をしたとしても、『軍事攻撃』の定義の中に含まれてないから、自衛隊が動こうにも動く事が許されないの」

何とも理不尽な話だし、危険この上ない事だ。日本が中国に侵略されそうになっても、今の憲法ではそれを阻止する事すら許されないのだ。日本に何十万といる中国人が暴動を起こしたとしても、果たして、警察の力だけで抑える事が出来るかどうか疑問だ。

「全国規模でテロが起きたら、それこそ日本中が大変《デージ》混乱するさ」

マカトは驚いたような表情で目を大きく見開き、両手を広げてみせる。

「そうして日本中が混乱に陥っている隙をついて、宮古八重山にいる、観光客に成りすました人民解放軍が一斉に武装蜂起して空港を占拠する。おまけに宮古島と石垣島の空港の滑走路を爆破して穴を開けておけば、自衛隊の戦闘機が着陸する事が出来なくなるから、日本もそう簡単に島を奪い返す事が出来なくなるわけよ」

「そうこうしているうちに、中国人民解放軍の空母が次々と大陸からやって来て、宮古八重山の制圧が完了するってわけか……」

こうして考えてみると、どうして宮古八重山に米軍や自衛隊の基地がないのかという事が悔やまれる。嘉手納や普天間ほどの規模ではなくても、せめて後方からの援護が到着するまで持ちこたえられるだけの配備がされていなければ、宮古八重山の島々がいつ中国に乗っ取られてもおかしくないのが現実だ。

「とにかく憲法を改正して、テロや暴動を自衛隊の力で排除出来るような法律を一日も早く整備しなきゃいけないんだよ」

マカトは切実な顔でコップに浮いた氷を見つめる。

「今のままじゃ、大東亜戦争のときみたいに、日本中が戦火に晒される事になる。そして沖縄が日本列島から分断されて、異民族に支配される……」

「同じ歴史を繰り返す事になってしまうね……」

「そうならないようにするためには、やっぱり憲法改正が必要なわけよ」

マカトは力強く頷いてみせた。

それからマカトは最終バスの時間があるからという事で、先に帰って行った。彼女が出て行った後、僕もレジで知花さんにお金を払う。

「渡慶次親雲上《とけしぺーちん》の話は知ってるか？」

お釣りを渡しながら、知花さんが訊ねてきた。

「はい。楓のマスターに教えてもらいました」

琉球処分の際、離島を含む県内各地で抗日運動が起きたとき、石垣島における抗日運動を先導した人物の事だ。ある日、県庁の職員が巡査とともに辞令書を持って八重山の在番《ざいばん》（＝現在の支庁）へ赴いた。ところが、渡慶次親雲上を中心とした旧王府出身の士族らは受け取りを拒否。職員は渡慶次親雲上を呼び出して厳しく叱責して、明治政府への忠誠を誓う誓約書を書く事を強要した。後日、彼は那覇の県庁へ呼び出される事になるのだが、明治政府に屈してしまったという屈辱感と、日本に対する抗議の意思を表明するため、石垣島から那覇へ向かう船の上から海へ身を投げて自殺したというのだ。

沖縄本島でも抗日運動を展開していた頑固党の士族が逮捕、拷問に掛けられて獄死したり、島民ぐるみの徹底的な抗日運動が展開された久米島では明治政府軍が派遣されて鎮圧されたという事もあったから、渡慶次親雲上は事を丸く収めるため、泣く泣く誓約書に署名したのではないだろうか。

「渡慶次親雲上は」

知花さんはカウンターに寄りかかりながら話し始めた。彼の瞳の奥で、店の照明がきらきらと輝いているのがはっきりと見える。

「無駄な抵抗をして犠牲者を出すくらいなら、大人しく降参して、自分一人が犠牲になる事で島を守ったわけさ」

確かに、複数の士族が抗日の意思を示していたにもかかわらず、亡くなったのは渡慶次親雲上一人だけで済んでいる。それも、沖縄本島の頑固党の士族のように拷問に掛けられたとか、宜野湾親方《ぎのわんうぇーかた》のように、明治政府による藩王御請を受託したために琉球士族から執拗な嫌がらせを受けて病に倒れて亡くなったといったものではなく、自ら潔く命を絶ったのだから、当時としては事態の収束はまだ平和的だったといえるかもしれない。

幕末物の映画やドラマで描かれるように、日本には最後まで戦って散り果てる、滅びの美学のようなものがあるような気がする。でもその美学のために、何の罪もない一般市民が多く犠牲になってしまったのが大東亜戦争だったのだ。

「勝ち目がない戦を続けても、人材は失われるし、国力は疲弊するだけだ。そうなる前に講和の道を選択していれば、今頃沖縄は、今以上に豊かな島になっていたかもしれんと思ってる」

悲しげに話す知花さんに、僕も「確かに」と力強く相槌を打つ。

「名誉の戦死って言葉がありますけど、死んじゃったらおしまいですよね」

沖縄でも内地でも、南方や満州、中国などの戦線でも、生き残った人がいたからこそ、僕を含む戦後生まれの人たちがいるのだ。知花さんが言うように、大東亜戦争ではもっと早く降伏しておけば、いたずらに死者を増やさずに済んだはずだ。幕末の会津《あいず》戦争では、会津の侍たちは故郷を守るために戦ったと語り継がれているが、形勢を逆転させる事が無理なのが目に見えているのに戦い続けたために、多くの住民が住む家を奪われ、将来ある若い侍たちが何人も犠牲になったのだ。結果、明治時代に入って以降、東北地方が冷遇される一因になってしまった。会津を守るために戦うというのはあくまでも会津藩の武士の価値観であって、領民らはその武士の価値観のために犠牲を強いられただけなのだ。

「その点、渡慶次親雲上は賢い判断をしたさ。アカハチみたいに徹底抗戦して多くの島人《シマンチュ》を犠牲にするんじゃなく、自分一人が犠牲になる事で、石垣島を守った」

いつの間にか新しい煙草を吹かし始めた知花さんは、大きく煙を吐いた。

「いいか？　戦争をする事を考えちゃダメだ。どんな綺麗事を述べたところで、戦争は人と人が殺しあう残酷なものでしかない。戦争はエゴに満ちた独裁者が始めるものだ。ワッター（俺たち）一般市民は、戦争なんて考えちゃいけない」

そう言うと彼は自分の左手の拳を前に出す。

「俺の親父は左手の指が二本なかった。俺は子供の頃、それが怖いというより不思議で仕方なくて、どうして指がないのか訊いてみたんだ」

知花さんのお父さんは、沖縄戦で負傷して指をなくしたのだと答えたそうだ。それでも、どういうシチュエーションで怪我をしたのかは教えてくれなかったという。

「思い出すのも辛いような、残酷な経験だったんだろうなぁ……」

悲哀に満ちた表情で俯く彼を見て、僕は希美さんが阪神大震災のときの話を一度もした事がないのを思い出した。マカトだってそうだ。父親がイラク戦争で戦死したという話は聞かせてくれたが、どういう死に方をしたかといった事までは話さなかった。自分の体験した事が心に与えた傷が深ければ深いほど、そう簡単に話をしないものなのだろう。

「辛い経験をしてる人は、悲しみを内に秘めて生きているんでしょうね……」

何となく重い空気を背負ったまま店を出ると、細かい粒のような雨が、音も立てずに降っていた。桜の花びらのようにひらひらと舞っている雨粒は、国際通りの街灯に照らされて、白く輝いている。昼間こそ多くの人が絶えず行き交う県庁前の大きな交差点も、日付も変わるこの時間になると、人通りもまばらで、歩道沿いの至るところで客待ちしているタクシーの行灯の光が寂しげに浮かんで見える。横断歩道の手前で赤信号で立ち止まったとき、自分の頭を軽く撫でてみると、髪の毛がしっとり濡れていて冷たい。

16

四月に入り、もう安心して半袖ハーフパンツで生活出来るような気候になった。バイト終わりにパイカジキッチンに行ったとき、僕が食後に注文するのはホットコーヒーからアイスコーヒーに変わった。マカトは専門学校を卒業と同時に那覇市内の会社にOLとして就職して、仕事が休みだという日曜日は、それまでどおりほぼ毎回宗次さんの路上ライブに来ている。宗次は、十月に那覇で開催されるアマチュアミュージシャンのコンテストに応募した。歴代の優勝者には、後にメジャーデビューしたアーティストが何人も名を連ねている、いわばプロの登竜門とも言うべき大きなコンテストだ。一次審査では主催者に申込書と音源を送り、一次審査を通過すると、七月に県内で行われる、観客が投票する方式の二次審査のライブに出場して、そこでも勝ち残れば、十月の本大会に出場出来るというシステムだ。たとえ本大会まで勝ち残れなかったとしても、二次審査の会場には音楽関係のスカウトなども来るから、プロになる道は開けてくるはずだ。宗次もスタジオに行って、はりきって音源を録音していた。そしてそんな宗次は、六月に石垣島のライブ居酒屋楓でライブをする事が決まった。楓のマスターから、僕のスマートフォンに電話が掛かってきたのだ。

「でかしたぞ修輔！　今年は東京ドームの夢に向かって上昇機運の年だな！」

ライブの日程が決まった事をメールで伝えると、宗次からは嬉しさが伝わるメールが返ってきた。

四月十七日火曜日。夜空は晴れているのに、空気は何となくジメジメしている中、久茂地ペルリで宗次のライブが行われた。この日は京子さんと対バンだ。夜七時頃に僕が店に入ったときには宗次はまだ来ていなかったが、京子さんはやはり東江さんとは違い、既に店で入念にリハーサルをしていた。

九時近くになり、宗次がライブを始める頃になると、客席はほぼ満席になった。若い女性から中年の男性まで、おそらくほとんどが京子さん目当てのお客さんだろう。宗次のファンでは、マカトがカウンター席で僕の隣に座っている。黒いレギンスに白のルーズブラウスといったシンプルな服を着ている彼女を見ていると、社会人になった途端に急に大人びたようにも見える。

宗次の曲の中でも、やはり『赤は着ないで』はお客さんからの受けも良いようで、皆、息を止めているのかと思えるほど微動だにせずに聴き入っていた。宗次のライブが終わると、京子さんが準備をしている間に、何人かのお客さんはCDを買ったり、サインを求めたりしていた。

続く京子さんのライブでは、彼女はほとんどMCで話す事がないまま曲目を進行させていった。そして残り一曲となったところで、足下に置いてあるペットボトルの水を一口飲むと、キャップをきつめに締めて再び足下に置く。そしてスタンドマイクの位置がずれてきたのか、位置を調整してネジを締めると、ゆっくりと口を開いた。

「実は今、トートーメーの問題で、従兄との関係がぎくしゃくしています」

「アイ（あらぁ）……」

客席からは深刻さが込められた溜め息が漏れる。僕の隣に座っているマカトも、自分の顎を撫でながら「デージャッサヤー（大変だな）……」と呟いた。トートーメーとは果たして何の話なんだろうか。

「去年亡くなった父にとって、私はたった一人の子供でした」

電子ピアノ越しにお客さんの顔を一人一人見回しながら、京子さんは続ける。

「私は男兄弟がいないので、確かに従兄が相続権を主張するのも分かるのですが、今は平成の時代。男女平等の時代です」

彼女は大きく深呼吸をする。

「男尊女卑は悪しき習慣でしかありません。女だからトートーメーを継いじゃいけないなんていうのはおかしい。私は父の墓前で、先祖代々の家と墓を守ると、父に誓いました。トートーメーを守るために、私は父の娘として、一人の女として、頑張ります！」

会場からは盛大な拍手が沸き起こった。マカトも頼もしそうに微笑を浮かべ、何度も頷きながら大きな拍手をしている。それから京子さんが『父さん』を歌ってライブを締めくくると、客席からは再び大きな拍手とともに、「京子さん、チバリヨー（頑張れ）！」といった声が上がっている。

「トートーメーって、何なの？」

僕はカクテルを飲みながら、マカトに訊ねてみた。宗次も京子さんも、ソファ席でお客さんらと話しこんでいる。

「単刀直入に言えば、位牌《イフェー》の事さ」

沖縄でも内地と同様、仏間に仏壇を置き、位牌を祀る習慣があるそうで、その家の当主が亡くなると、その長男が家督を継ぎ、家や財産、そして仏壇を相続する事になる。「トートーメー」という言い方をすると、たいていは位牌を含めた仏壇と、家督そのものを総称して言う場合も多いようだ。

「内地と大きく違うのはさ、亡くなった人に男の子がいないときに、誰にトートーメーを継がせるかっていうルールが独特なの」

彼女はカウンターに立てられている紙ナプキンを一枚手に取り、僕と彼女の間に置くと、同じくカウンターのペン立てに入っているボールペンを一本取り出して、ナプキンに家系図を書きながら説明してくれた。それによれば、亡くなった当主に男の子がいない場合、女の子がいても内地のように婿養子に家督を継がせる事は禁じられていて、当主の弟の次男や三男がトートーメーを継ぐ事になっているそうだ。当主にも男兄弟がいない場合は、当主の従兄弟の次男や三男、あるいは同じ門中《ムンチュウ》の男子を養子に迎えて継がせなければいけないという。

「女性はトートーメーの継承権から徹底的に除外されるんだね」

僕が言うと、マカトはペンを置く。

「他にも、長男が子供のときに亡くなったときの位牌《イフェー》はどうするとか、長男と次男を同じ仏壇に祀っちゃいけないとか、色々な制約があって、それも地域や門中とか、家系によっても少しずつ違うんだけど、女性が継承しちゃいけないっていうのは鉄則だよ」

彼女は落ち着いた表情でそう言うと、「ヤシガ（でも）」と言いながら、自分のコップを右手で持って、コップの中の氷をくるくると回す。

「最近じゃ、女性がトートーメーを継ぐ家もちらほらとあるみたいよ。『女性にもトートーメーの継承権を認めよう』っていう運動をしている人もいるし」

マカトはそう言って、コップの中に残ったラム酒を一気に飲み干して、知花さんにお代わりを頼んだ。

「君たちはまだ生まれる前の事だから分からないかもしれないが」

知花さんはマカトから受け取ったコップを流しに置くと、新しいコップに氷とラム酒を注ぎながら話し始めた。

「一九八〇年代になると、日本《ヤマトウ》でも女性差別を撤廃する法律や条例が出来たりして、女性の人権が叫ばれるようになったんだ」

沖縄では、新聞社が女性からの悩み相談を受け付ける電話窓口を開設して、女性らが夫や姑からどんな暴言や差別的な扱いを受けて困っているかを紹介するコラムを連載するなど、女性の人権問題が取り上げられるようになったという。

「それは……」

メディアによる世論の誘導でもありますよね、と言いかけたところで僕は言葉を飲み込み、代わりに「日本人への同化の一つなんですかね?」と投げかけてみた。

「そんなところね」

後ろから京子さんの声が聞こえたと思うと、彼女は僕とマカトの間に立ち、さんぴん茶で僕たちと乾杯を交わした。

「琉球王朝時代には、これから嫁入りをする女性の手の甲にハジチ（入れ墨）を施す風習があってね」

王朝時代の琉球では、ハジチは女性の美の象徴とされていて、女性によっては手の甲のみならず、指先の爪際まで細かい模様を描いたハジチを施す女性もいたらしい。それほどまでの激痛に耐えられる女性ならば忍耐強く、家内の管理も、丈夫な子供を産む事も立派に務める事が出来るとされていたそうだ。

「入れ墨なんて、日本だったらヤクザがするものよ」とマカトが言えば、京子さんもマカトを指差して「うん！」と頷く。

「女性に苦痛を強いるだけのハジチは清国の纏足《てんそく》と同じで悪しき風習でしかないのに、県民はなかなかやめなかった」

京子さんは顔を強張らせながら、左の手の指先に、赤いマニキュアを塗った右手の爪を立ててみせた。一八九九（明治三十二）年に日本政府が入れ墨禁止令を出した事で、ようやく沖縄の女性はハジチから解放されたそうだが、それからも沖縄社会の中では、女性の立ち位置は低いままだったという。

「結婚したら、女は夫と姑の言いなりになるだけで、意見を言う事が許されなかったのよ。内地でも戦後間もない頃まではそうだったと思うけど、沖縄では八十年代までそういう時代が続いてたの」

一九三六（昭和十一）年に那覇飛行場（那覇空港の前身）が開港して、航空会社の重役と政財界の著名人を乗せての招待飛行が行われた際に、辻《つじ》の遊女も招待されて同乗したそうだが、女が男の頭より高い空を飛ぶ事が失礼にあたるとして批判的な声も上がっていたというから唖然としてしまう。アメリカ世《ユー》が始まってすぐの石川市会議員選挙から女性の参政権が認められたときも、民法でも権利が認められていない女性に参政権を与えるとは何事かと憤る男も多かったらしい。

「俺はヤマトゥンチュの妻《トウジ》と結婚《ニービチ》したんだが」

知花さんが話し始めた。彼がくわえている煙草の煙は、彼の顔の前で漂っている。

「姑からは上から目線の言葉。舅からは『物』同然の扱い。子供が生まれて、ママさん友達と接するようになったら、沖縄と内地の文化の違いに馴染めなくて、結局内地へ帰って行ってしまったさ」

知花さんは煙たそうに眉間に皺を寄せると、さんぴん茶が入ったコップを持って、宗次がお客さんと話をしているソファ席に移って座った。

「理不尽な話ですね……」

僕が呟くと、マカトは「だからよー」と言ってラム酒を飲む。

「戦後、沖縄の復興を支えたのは女性よ」

京子さんは鋭い目つきで遠くを見つめながら話す。

「それなのに、社会の中で女が高い地位に就いたり、自己主張をすると、それを面白く思わない人が、沖縄にはまだまだ大勢いるのよ」

落ち着いた口調で続ける京子さんの話を、マカトも真剣な眼差しで聞き入っている。

「トートーメーの問題は、まさに沖縄における女性差別の象徴よ。私は父やご先祖様のためだけじゃなく、沖縄の女性たちのためにも、そして誰より、自分の子供たちに親の背中を見せるためにも、闘う決意をしたのよ」

そう言いながら京子さんは、コップを持っていない左手の拳を力強く握った。

「応援しますよ！」

マカトは真っ黒な瞳を輝かせながら大きく頷く。

「僕も応援しますよ。京子さんは沖縄女性の鑑ですね」

僕が言うと、京子さんは「ありがとう。そう言ってくれると心強いわ」と言って頬を緩める。

沖縄には米軍基地の問題、ナショナリズムの問題と併せて、トートーメーをはじめとした女性差別の問題もあるのだという事が分かった。米軍基地やヤマトゥンチュに対する被害者意識や好意的な捉え方については人それぞれ見解が分かれるから何とも言えないとしても、トートーメーの問題については、少なくとも、法的にも男女平等が認められているのだから、京子さんが正しいと言い切れると思う。京子さんのトートーメー継承問題についても、今後の動向が気になるところだ。

それから京子さんとマカトさんが帰り、残っていたお客さんも店を出て行くと、店には知花さんと、カウンター席で隣り合わせに座っている僕と宗次だけになった。

「沖縄の文化って、知れば知るほど奥が深いですよね」

すっかりほろ酔い気分で頬が火照っている僕が言うと、素面の宗次は、「日本にいながらにして外国にいるような気分に浸れるっていう魅力があるんだよな」と答える。

「『外国にいるような気分』かぁ……」

溜め息とともに煙草の煙を吐きながら、カウンターの中にいる知花さんは遠くを見つめ、ゆっくりと話し出す。

「まだアメリカ世《ユー》だった頃、俺が小学校に入学したとき、担任の先生から言われた事が今でも忘れられないさ」

担任の先生はクラスの皆に対してこう言ったそうだ。

「皆さんは今日から日本人にならなければいけないんですよー。教室の中では標準語を話しましょう」

学校の中では標準語を話す事が義務付けられ、沖縄語《ウチナーグチ》を話すと、方言札《ほうげんふだ》といって、「私は方言を使いました。明日からは使いません」と書かれた札を首から提げ、放課後になるまでその格好のまま過ごしたり、水の入ったバケツを両手に持って廊下に立たされるなどの罰を与えられたという。

「先生もちゃんと記録を取っててよ」

知花さんは嫌味っぽい笑みを浮かべて続ける。

「一日、一週間で誰が何回沖縄語《ウチナーグチ》を使ったかノートに書いてチェックしてるんだ。俺が通ってた学校では、一週間に三回沖縄語《ウチナーグチ》を使うと、放課後職員室に呼び出されて、箒の柄でお尻が真っ赤になるまで何十回も引っぱたかれた」

「えっ……」

「そんな……」

僕も宗次も、声にならない声しか出てこない。大阪の学校なら、先生も生徒も当たり前のように大阪弁を喋るし、山形の学校なら山形弁を喋っても何も問題ないのに、沖縄だけがそんな教育をしていたのだ。ウチナンチュなら、ましてや子供だったら、咄嗟に沖縄語《ウチナーグチ》が出てしまうのは仕方ないのに、何故そんな理不尽な教育をしていたのだろう？

「学校の中で方言を禁止していたのは、大和世《ヤマトゥユー》から行われていたんだよ」

戦前、ウチナンチュの出稼ぎ労働者がヤマトゥンチュから軽蔑されるような事が頻繁にあったそうだが、当時の沖縄教育界では、その原因はウチナンチュの側にもあるとの見方をしていたらしい。言葉のイントネーションが違い過ぎて、ヤマトゥンチュからすると、まるで外国人のような話し方に聞こえていたのだという。

「俺はアメリカ世《ユー》の生まれだが、中学生のとき、バスケ部の大会に出場するためにパスポートを持って鹿児島へ行ったとき、現地の大会関係者と会話をしたとき、『日本語上手だね』って言われたさ」

「へぇー！」

僕と宗次は思わず驚嘆の声を揃えた。日本語が上手だという見方をするという事は、ウチナンチュを日本人として認識していなかったという事だ。今だったらスポーツ大会の関係者が沖縄の中学生に向かってそんな事を言ったら問題になるが、当時はそれがヤマトゥンチュの一般的な認識だったというのか。

「俺の祖父は戦前、大阪に出稼ぎに出ていたそうなんだが、自分では普通に標準語を喋ってるつもりでいるのに、周囲のヤマトゥンチュからは『わけの分からない言葉を喋るな、日本語を話せ』って言われていじめられたと言ってた」

標準語を上手に話せるようにならない限り、ウチナンチュはいつまで経ってもヤマトゥンチュから差別され続けてしまう。――そう考えた戦前の沖縄教育界は、学校において標準語を使用する事を徹底させ、方言札の罰を導入したというのだ。戦後は沖教組《おききょうそ》が参加していた祖国復帰運動に伴い、再び標準語教育がなされ、方言札が復活したというのだ。

「わざわざ『日本人になれ』なんて教育をするという事は、ウチナンチュが日本人じゃないからだろ？　朝鮮は南北で分裂はさせられたが、それでも独立する事が出来た。でも沖縄は日本に復帰する道を選ぶ事になったから、『日本人らしく』生きる事を教え込まなきゃいけなかったわけさ」

「戦前の同化思想運動が、そのままアメリカ世《ユー》の祖国復帰運動に継承されたというわけか……」

宗次は難しい表情をしながらさんぴん茶を飲み込む。すると知花さんは煙草を一本取り出して口にくわえ、ライターで火を点けた。

「ふーっ」と大きく煙を吐くと、「でもさ」と言って肩の力を抜いて話を続ける。

「沖教組の教育には今でも納得してないが、当時の情勢を考えたら、やっぱり日本に返還されるのが自然な流れだったのかもしれないよ。結局のところ、アメリカは沖縄を軍事基地として利用したいだけで、行政にまでお金を使いたくなかったわけさ。かといって中華民国《ちゅうかみんこく》に割譲されてたら、台湾みたいに白色テロで民衆が弾圧される事になったはずだし、独立しようとしたって、日本もアメリカも中国も自国の権益のために欲しがってる島なんだ。手放すわけがないさ」

知花さんは遠くを見つめながら煙草をくわえる。その目はどこか、寂しげにすら見えた。

「『時代の流れ』って歌を知ってるか？」

知花さんの質問に、僕と宗次は口を揃えて「知ってます」と答える。日清両属時代から大和世《ヤマトウユー》、鉄の暴風とまで呼ばれた沖縄戦からアメリカ世《ユー》、そして今は再び大和世《ヤマトウユー》。沖縄は常に大国同士の争いに翻弄され、支配者を代える事によって生き長らえてきた。流れに逆らってもどうにもならないなら、時代の流れに身を任せて楽しく生きて行こうじゃないか、という内容の民謡だ。

「琉球処分のときは反日抵抗運動。沖縄戦では学徒まで動員して玉砕。戦後は復帰運動に参加すれば米軍政府に目を付けられる。復帰して『日本人』になったと思ったら、今度は『日の丸』『君が代』反対運動。そして今は米軍基地反対運動。でも、そうやっていくら時代の流れに逆らったところで、流れを止めたり、元に戻す事が出来たか？」

上目遣いで訊ねてくる知花さんに、僕たちは黙って首を振る。

「反米だの反日だの、新米だの親中だの、色んな思想の人間がいるが、争ったって仕方ないんだよ。俺が中学生の頃、高校受験の模試を受けるために那覇の国際通りへ来ると、牧志のあたりで独立運動をやってる団体が集会や演説会をやってたさ」

「へぇ〜」

宗次は興味深そうに頷く。

「独立派の団体もいたんですか？」

僕が訊ねると、知花さんは渋い顔で煙草をくわえたまま頷いて、煙草の吸殻を灰皿に落とす。

「『沖縄はウチナンチュのものだ。日本復帰を急いではならない！』……みたいな事を言ってたな」

当時、琉球独立を目指して活動していた団体が、新聞に広告を掲載したり、琉球独立を求める嘆願書をアメリカ上下両院議員百六十人に提出するなどしていたそうだが、日本への復帰を求める声に比べると、沖縄全土にはそんなに波及する事はなかったそうだ。

「俺も子供の頃は、空を飛ぶ米軍機に向かって友達《ドウシ》と一緒に石を投げたりしたもんだが……、届くわけないだろ？」

呆れたように話す知花さんに、僕たちも苦笑する。

「俺だって、米軍の事はあまり良くは思ってないさ」

彼は「でも」と言いながら、左翼団体の人たちがやっているように右手の拳を挙げてみせた。

「『米軍出てけー！』なんて元気良くやったって、あんなでかい基地をどうやって追い出せるよ？　もし本当に米軍がいなくなったら、それこそ中国が戦争を仕掛けてきて、沖縄が犠牲になるさ」

知花さんは煙草を灰皿に押し付け、カウンターに凭れて僕たちに顔を少しだけ近付ける。

「修輔君には前にも言っただろ？　結局は、ナイルクトゥヌナイサー（なるようにしかならない）」

「ジントーヨー（そのとおり）！」

僕が親指を立てて応えると、知花さんはにんまりと笑う。

「だいぶ沖縄語《ウチナーグチ》を覚えたたな」

「二人が今言った言葉はよく分からないけど」

宗次は照れ笑いを浮かべながら頭を掻く。

「沖縄にも、色んな考え方の人がいるんだって事は、最近分かってきましたよ」

それから僕たちは一時を過ぎる頃まで飲んでから店を出た。

「知花さんは、米軍には反対なんだな」

真っ暗な路地をほんのり照らす街灯の下で、宗次が興味深そうに頷きながら呟いた。

「でも、左翼団体がやってるような反対運動に対しては、冷めた見方をしてるみたいですよね」

「米軍に対しては嫌悪感を持ちつつも、過激な反対運動には批判的……か」

宗次は自分の顎を撫でながら考え込む。まさに、沖縄が抱える矛盾と葛藤を象徴するような話のように思える。


四月二十一日土曜日。朝起きたときは半袖だと少々肌寒いかなとも思ったが、小雨の中をバイト先まで歩いていると、背中に汗が滲んでくる。気温がそんなに高くない割には湿度が高いようだ。バイト中は雨が止んでいたのに、バイトを終えて家路へ着くと、朝よりも粒が大きめの雨が降ってきた。傘を持っていなかったので、アパートへ帰ったら一度シャワーを浴びて服を着替える。部屋で食事をしたり雑誌を読んだり、パソコンをいじったりしながら過ごしていると、窓の外は薄くなってきた雲の向こうに太陽が薄っすらと見え隠れしていた。ところが陽が傾いてくる頃になると再び雨が降り始めてきたので、僕は歩いてバス通りへ向かった。今日はこれから、コザブーズハウスで宗次のライブがある日だ。

今年に入ってから、沖縄のバスはバス停で手を上げなくても停車するようになった。荷物が多い人や、身体に障害があるなどで手を上げるのが難しい人もいるためだそうだが、バス停に人が立っていたらその都度停車しなければならないため、運転手は面倒くさそうにしていた。

「沖縄の文化って、知れば知るほど奥が深いですよねぇ」

ライブが終わり、カウンター席で僕と宗次、希美さん、そしてマカトの四人で飲んでいると、先日久茂地ペルリで僕が言った言葉を、すっかり頬を赤くした宗次が言い始めた。今日は四人の中では、車を運転する希美さんだけはノンアルコールで飲んでいる。フロアではいつものように、数人のアメリカ人のお客さんがビールを飲んで談笑している。

「外国にいるような気分に浸れるっていう魅力があるんだよねぇ」

右端に座っている希美さんが相槌を打つと、左端に座っているマカトは「外国にいるような魅力、か……」と、ラム酒の入ったグラスを顔の高さまで持ち上げて覗き込むようにしながら、小声で呟く。その顔はどこか、重たいものを背負っているように疲れた表情をしている。

「だから前々から言ってるだろう？」

眉毛をハの字にしながら、僕たちの前に立っている平良さんが言った。

「沖縄は元々外国だったわけさ」

平良さんはペットボトルのさんぴん茶をぐいと一口飲み込むと、分厚い筋肉に覆われた腕で顎に垂れた滴を拭く。

「俺はまだアメリカ世《ユー》だった中学生の頃、教頭先生から『お前たちは日本人じゃねぇんだ。中途半端な人種なんだ』って言われたさ」

「へぇー」

僕たちが思わず目を丸くして驚嘆の声を上げる中、マカトだけは真剣な眼差しで平良さんを見つめながらしみじみと頷いている。

「その……教頭先生は、沖縄戦を経験している人ですよね？」

希美さんが控えめに訊ねると、平良さんは「勿論」と大きく頷いた。

「同化主義政策で日本人としての教育を受けて、『お国のために戦うんだ』と教えられて戦争が終わってみれば、沖縄は朝鮮や台湾みたいに日本《ヤマトウ》から切り離されたさ。それでウチナンチュがパスポートを持って内地へ出稼ぎに行けば、『外国人だから』って事で、ヤマトゥンチュと同じ仕事をしてても安月給で働かされた。だからやっぱりウチナンチュは日本人じゃないんだって考えに行き着いたんだろうよ」

僕はそんな言葉を言われたときの平良さんをはじめとした中学生たちの気持ちを考えると、胸が締め付けられるような思いになった。人生で一番多感な時期を過ごしている中学生が、「お前たちは日本人じゃないんだ」などという言葉を、それも教育者としての立場の大人から言われたらどんな気持ちになるだろうか。

「おかしいじゃねぇか」

平良さんは吐き捨てるように言うと、煙草を吹かしながら話を続ける。

「『日本人じゃねぇ』って分かっておきながら、一方では日本人らしく生きろと教育して、日本語《ヤマトウグチ》を話す事を強要してるなんてよ。あのときの俺は、『日本人じゃないなら、どうして日本語《ヤマトウグチ》を話さなきゃいけないんだ』って思ったさ」

いつもどすの利いた低い声で話す平良さんだが、このときだけは、弱々しく消えていくような小さな声で言葉を締めくくった。煙草の煙は、天井からぶら下がった電球の傘に漂っていて、なかなか消えない。僕たちの間には、何となく何も言いづらい空気が漂っていた。

「まっ」

平良さんは突然何かを吹っ切ったように、明るい口調で切り出した。

「今となっては、別にいいんじゃねぇのか？　沖教組や日教組がどんなに歪んだ教育をしても、子供が社会に出て人生経験を積んでいくうちに、かしこいヤツは学校で教わった教育がおかしいって事に少しずつ気付いていくし、俺はそれなりに人生を楽しんで生きてきた」

平良さんは取り繕ったような笑顔を見せると、レジの前で手を振るアメリカ人のお客さんのところへ向かった。

四人で店を出ると小雨が降っていた。宗次さんと希美さんは車で、僕とマカトは那覇行きのバスに一緒に乗って帰る。天気が悪い割にはアメリカ人の人通りも多いサンサン通りの繁華街からバスに乗ると、バスの一番後ろの右側の、二人掛けの席の窓側に僕が、通路側にマカトが座る。

「それにしても」

冷房が効いたバスの扉が閉まり、お客さんの数も疎らなバスが走り始めると、僕はマカトに話し掛けた。車内灯の明かりで僕の姿が反射して映っている車窓には、外側に薄っすらと靄がかかっている。

「最近、ネットで沖縄が日本に復帰したときの動画を見たんだけど、当時はいかにもウチナンチュ皆が日本復帰を歓迎していたかのように報道されてたみたいだけど、その裏側を調べてみると、必ずしもそうじゃなかったみたいだね」

「心から歓迎した人ももちろんいたと思うし、反対する人もいただろうし、知花さんみたいに、『ナイルクトゥヌナイイサー』って気楽に構えてた人もいただろうね」

沖教組や祖国復帰協議会などの左翼勢力がそこまでして日本への同化を目指していたのは、やはり高度経済成長期を迎えていた日本への憧憬と、左傾化が進んでいた日本に帰属する事によって、沖縄を共産圏に組み入れようという思想によるものだったのだろうという事は想像がつく。平良さんのように、沖縄を近代化させたアメリカに感謝している人もいたと思うが、自分の親を米軍兵士に殺されたという人も大勢いる中で、やはり極東アジアにおいて権益を広げていたアメリカへの帰属を望む声が前面に出てこないのは無理がなかったのかもしれない。

「今も昔も、沖縄のメディアは偏った報道ばかりしてきたって事だね」

「ジントーヨー（そうだよ）」

「平良さんはこの前、沖縄が近代化を遂げたのはアメリカのおかげなんだって言ってたけど、やっぱり、必ずしも良い事ばかりじゃなかったんだろうなぁっていう事は今日改めて感じたよ」

「と言うと？」

首の下の露出度を高くしたYシャツの袖を肘の先まで巻き上げて着ているマカトは首を傾げながら訊ねてくる。彼女の顔はちょうど車内灯の陰になって心持ち薄暗いが、こうして彼女の真っ白な顔を間近で見てみると、頰も額も顎も、Yシャツから出ている腕も、ほっそりと高く備わる鼻も、そしてYシャツからわずかに露わにしている鎖骨も、どれも美しいラインを描いている。僕のすぐ隣で、マカトの瞳に入っている真っ黒なコンタクトレンズが薄っすらと輝きを放っている。こんなに近くで彼女の瞳に見つめられると、思わず吸い込まれそうになってしまう。

「方言札の話もそうだけど」

僕は落ち着きを取り戻そうと、前を向いて答える。

「アメリカ世《ユー》にはウチナンチュ労働者が内地で低賃金で雇われたり、外国人扱いされるのが当たり前に行われてたんだし、やっぱり、日本の内地と比べたら、沖縄はまだまだ暗い時代だったのかもしれないと思うんだよね」

するとマカトも「確かに」と頷いて前を向く。

「アメリカ世《ユー》はどうだったとか、沖縄戦ではこんな事があったとか、大和世《ヤマトウユー》ではこうだったとか言っても、結局私たちはその時代を経験してないわけだし、あの時代は良かったとか悪かったとか言い切ってしまうと、実際にその時代を生きていた人たちに対して失礼だし、無責任だと思う」

マカトの考えはいつも僕の先を行っているような気がする。マカト自身、米軍兵士との混血として生まれ、学校でのイジメや差別を味わい、父親を戦争で亡くすという、僕には到底理解出来ないほどの辛い人生を送ってきたからこそ、こうした落ち着いた考え方が出来るのだろうか？

バスは普天間基地の前に差し掛かった。基地のフェンスには、相変わらず「土地けーせ」とか「Ｇｅｔ ｏｕｔ」などの赤いテープが貼られている。

「基地反対運動をしてる人たちがどういう立場の人か、知ってる？」

金網のフェンスを悲しげな目で見つめながら、マカトがぼそりと呟いた。

「共産主義者でしょ？」

「そうなんだけど……」

彼女は溜め息を一つついてから話を続ける。

「私が小学校五年生のとき、お父さんはある日、通勤のために基地に入ろうとして、反対運動をしてる男に襲われて怪我をした事があったんだけどね」

以前にも聞かせてもらった事がある話だ。数日後、家族でテレビを見ていたら、彼女のお父さんに怪我を負わせた男がテレビに出演していたという話だ。

「しかもね、その白髪頭の男に見覚えがあるなぁと思ったら、私が四年生のときの担任の教師だったわけよ」

学校の授業でも、新聞の切り取りなどを使ってたびたび反米教育をしていたマカトの担任の教師は、マカトが四年生の学年を終えると同時に定年退職していたそうだ。彼女の話では、沖縄の教師の中には定年退職した後、左翼団体に「再就職」して、反基地運動をする事で日当を貰って生活する者も多いというのだ。

「悔しいやらワナワナーする（怒りで身体が震える）やら、テレビ画面に映ってるあの男を蹴っ飛ばしたい気持ちになったさ」

目に涙を浮かべながら話すマカトを見て、僕はなんともやり切れない心持ちがした。ついこの間まで「暴力はいけませんよ」という事を教える立場だった人間が平気で暴力を振るい、その上テレビに出て「反戦・平和」を語るのだ。もはや、テレビや新聞を真に受けていては、何が正しいのかという判断が出来なくなってしまう。こんなとき、彼女にどんな言葉を掛けていいのか分からない自分に歯がゆさを感じながら、僕はただ黙って俯く事しか出来なかった。

やがて普天間基地を右側に見下ろす住宅街の通りを進んだ先のバス停で、マカトはバスを降りる。

「なんかゴメンね」

バス停でバスが停車したとき、彼女は立ち上がりながら言った。

「また重い話になっちゃって」

元の明るさを取り戻している彼女に、僕は「いやぁ、いいんだよ」と力なく応える。

「お疲れ」

僕は笑顔を取り繕って彼女に声を掛けた。

「うんっ。アトカラヤー！」

彼女は笑顔で僕に軽く手を振ってから前方の出口へ向かい、バスを降りた。再びバスが走り始めてから僕が後ろの窓を覗き込むと、街灯に照らされて銀色に輝く小雨の中を、ゆったり家路へと歩いていくマカトの後ろ姿が浮かんで見えた。

17

ゴールデンウィークの国際通りは、ビルの窓に反射する太陽の光までもがアスファルトを容赦なく照りつける炎天下にもかかわらず、いつにも増して多くの観光客でごった返していた。ある日、宗次と希美さんと三人で路上ライブをする場所を探して国際通りを歩いていると、たまたま京子さんが電子ピアノを使って一人で路上ライブをやっているところへ行き会った。電子ピアノの下にペダルが置いてあり、前にはスピーカーを一台置いて、歌いやすいように、頭に掛けるタイプのマイクをスピーカーと繋いで歌っていた。よく、ファーストフード店でドライブスルーの店員が使っているようなタイプのマイクだ。

宗次と京子さんの二人で二曲ずつ歌って交代するというやり方を何回か繰り返しながら歌う事になり、僕はすぐにインターネットのSNSに、二人が今から合同で路上ライブを行うという事と、路上ライブを行う場所を書き込む。京子さんが「ワラビヌククル」を歌っているとき、上空は晴れているのに、じょうろで水を注いできたような雨が降ってきたので、一度ピアノにカバーを掛けてライブを中断したが、十分もしないうちに雨が止んでから再び再開すると、歩いていた人たちも何人か立ち止まって歌声を聴いてくれた。京子さんが歌い終えると、ギターを抱えた宗次がピアノの横に立つ。京子さんは宗次さんに対面して立っている数名のお客さんの隅に立って、彼の歌う姿を眺める。

「雨は止んだぜぇ」

宗次は勝ち誇ったかのように、前歯の欠けた笑みを浮かべて見せた。

「ワイルドだろぉ？」

宗次がお客さんの顔を見回しながら、最近テレビで流行っているお笑い芸人のネタを引用して言うと、お客さんらはどう反応してよいか分からないといった様子で苦笑する。

「アホや……」

僕の隣に立っている希美さんは呆れたように呟くと、僕の方に心持ち顔を寄せて、「家にいるといつもあんな事言ってるんだよ」と囁いた。僕もどう反応していいか分からず、「はぁ……」と苦笑いしながら相槌を打つ。

二人が歌い終えると、京子さんの周りにはファンが五、六人ほど集まり、新しく発表したCDを買ったり、CDにサインを書いてもらったりしていた。ファンの人たちは皆、「裁判頑張って下さい」とか、「京子さんは沖縄女性の鑑です！」といった言葉を掛けていて、京子さんも「ありがとう」と答えている。

「裁判て、何の裁判ですか？」

お客さんが帰って行った後、宗次が京子さんに訊ねた。京子さんの話では、去年亡くなったお父さんのトートーメーについて、従兄との間に弁護士まで挟んで話し合いを重ねたものの上手くまとまらず、結局、法廷で決着を着ける事になったというのだ。

「出来れば話し合いで決めたかったんだけど、従兄に間違いを気付かせるためには、もう裁判しかないって結論に至ってね」

京子さんは道路にしゃがみ込み、慣れた手付きで電子ピアノを乗せていたスタンドを畳みながら答えた。そんな彼女の顔には、自信が漲っている。

「裁判なんて生まれて初めての経験だし、分からない事だらけだけど、私はお父さんやご先祖様たちのために、絶対負けるわけにはいかないから」

電子ピアノとスタンド一式を、背中に背負うタイプの大きな長方形のバッグにしまい、大きいチャックを閉めると、京子さんはバッグを背中に背負って、「よいしょ！」という掛け声とともに立ち上がった。

「お子さんたちにとっても将来を左右する問題ですから、絶対勝ってほしいでしょうね」

希美さんが言うと、京子さんは微笑を浮かべて頷く。

「沖縄には、後生結婚《グソーニービチ》っていう風習があるんだけどね」

後生結婚《グソーニービチ》とは、トートーメーにまつわるしきたりの事だそうだ。妻が子供を引き取って離婚した場合、夫のトートーメーを継ぐ人がいなくなってしまうため、離婚した妻が亡くなったときにその位牌を別れた夫の家の仏壇に入れ、子供が父親の家のトートーメーを継ぐという形が取られる事があるという。妻が実家のトートーメーを継いだり、実家の分家になってその子供がトートーメーを継ぐと、その家は「女元祖《イナググワンス》」といって、女性を祖とする系統になるため、トートーメーの風習において、これがタブーとされているというのだ。

「今は男女平等の時代なんだから、女元祖《イナググワンス》が問題視される事が問題なのよ。私は死んでも別れた旦那と同じ仏壇に入るなんて絶っ対嫌！」

京子さんが「絶対」という言葉に憎悪を込めたアクセントを付けて発したとき、目尻に皺が寄った。

「あんなぐーたら男と一緒に祀られるなんて御免だし、子供たちをあの男と同じ墓になんて入れさせたくない」

「ぐーたら男だったんですか？」

僕が訊ねると、京子さんは今度は眉間に皺を寄せて頷く。

「休みの日に仕事のトラブルがあって家に電話が掛かって来て呼び出されても、『アトカラヤー』と言って放ったらかし。家にいる日も、私が仕事で出掛けてる間に子供が熱を出して幼稚園から呼び出しが掛かっても、仕事疲れで寝てて電話に気付かなかったとか言って結局私が仕事を早退しなきゃいけなくなったなんて事もしょっちゅうだったわ」

京子さんは早口でまくし立てると、「ふぅ……」と小さく溜め息をして、落ち着きを取り戻した。

「子供にそんな背中を見せて平気でいられる旦那が許せなくて、離婚《ミートウンダワカリ》する事にしたの」

「何だか……」

目を丸くしながら京子さんの話を聞いていた希美さんが口を開く。

「ちょっぴり分かる気がします。私の職場だと、次に仕事を引き継ぐ人が仕事をしやすいように気を利かせたり、朝早く出社して机の上を拭いたりする人はたいてい女性ですけど、男の人は気の利いた事は何もしません」

希美さんは去年の入社当初からずっとそれが気に掛かっているのだという。

「私が読んだ、戦前の沖縄について書かれた本には、『沖縄の女性は勤勉だが、男は怠け者が多い』って事が書いてありました」

実に興味深い話だ。要するに、昔も今も大して変わっていないという事だ。

「今でもそうなんだって事ですかね?」

宗次が腕を組みながら首を傾げると、京子さんは深く頷く。

「沖縄の女はよく働くって言われるけど、実はそうじゃなくて、男が怠けてるだけなのよ。私は男より女の方が上だと言ってるわけじゃないのよ？　あくまでも平等、公平じゃなければいけないのよ」

京子さんは僕たち三人の顔をしっかりと見回しながら話を続ける。

「たとえ女元祖《イナググワンス》が問題だとしても、私の長男が成人するまで、一時的に私が父のトートーメーを守るっていう形にする事も出来るし、私の長男は私の子であり、私の父の孫なんだから、血筋としては何も問題ないのよ」

京子さんは言い聞かせるように強い口調で言うと、「ゴメンね」と言って、再び笑顔を取り戻した。

「難しい話になっちゃったわね」

宗次が「いえいえ」とかぶりを振ると、京子さんは「今日は楽しかったわ」と言いながら、宗次に右手を差し出す。

「こちらこそありがとうございます！　機会があったら、また一緒にやりましょう」

宗次は両手で握手をしながら応える。

「じゃあ、お疲れ」

僕たちに手を振って人混みの中へ紛れていく京子さんの後ろ姿に、僕たちも「お疲れ様です」と声を掛ける。

「喉が渇いたな」と宗次が呟いたので、僕は咄嗟に、「パイカジキッチン行きますか！」と提案した。

「京子さんは、柔軟な考え方が出来る人だよね」

冷房と二台の扇風機がフル回転しているパイカジキッチンのテーブル席で、僕の向かい側に座っている希美さんが言った。僕たちは食後に、グラスに入っているハイビスカス茶を飲んでいる。よく冷えた、透明な赤紫色をしたハイビスカス茶の中に溶かされた砂糖が、ハイビスカス茶の酸味をほどよく抑えてあるから、肌を突き刺すような太陽が照りつける沖縄のアスファルトの上を歩いてきた後で飲むと、疲れが一気に癒されるような気がして、ホッとする。

「革新的って言ったら大袈裟かもしれないけど、古い考えにとらわれない、新しい考え方が出来る人だよな」

希美さんの隣に座る宗次も、感心したように頷いてハイビスカス茶を一口飲む。

確かに僕がイメージする四十代は、自分の人生で得た経験には自信を持っていても、十代から二十代の、ちょうど僕くらいの世代の人の考えや価値観は頭ごなしに否定する人が少なくない。自分がまだ知らない知識を人から教えられても素直に受け入れず、自分の経験則の範囲でしか物事を見る事が出来ず、新しい発想を取り入れる柔軟性がないという人が多い。でも、京子さんは違う。京子さんは「子供が出来たら音楽活動を続ける事は無理」という世間の常識にとらわれる事もなく、常に新しい曲を作る事に挑戦し続けている。自分のこれからの人生を、自分の子供の人生を、そしてこれからの沖縄をより良いものにしていくために、常に新しい知識を取り入れて勉強をしているのだ。

ただ、言い方がちょっときついところがあるというか、例えば米軍基地の事は根っから嫌っているし、「自分をしっかり持っている」のが彼女の良いところなのだが、逆に言えば我が強い人だからこそ、トートーメーの問題で親族と衝突しているように、ときとして、大きなトラブルに巻き込まれてしまう事もあるのかもしれない。

でも、歴史が変革を遂げるときというのは、常に誰かが苦しい思いを乗り越えた先にあるものだ。京子さんがトートーメーの裁判を見事勝ち取れば、未だに沖縄の人々の意識の中に根強く残る女性差別を払拭していくきっかけになれると思う。

「裁判、勝てるといいですね！」

僕もそう言って、ハイビスカス茶を口にする。

「賢太さんと陽子さんは」

厨房の中にいる二人に僕が話しかけると、二人ともカウンターの向こうからこちらを振り向く。

「どう見ますか？　京子さんの裁判」

賢太さんは他のテーブルに座っているお客さんをちらりと見てから、「さぁ……」と首を傾げて苦笑してみせた。陽子さんも同じように笑いながら、「どうでしょう？」と首を傾げる。ちょっと忙しいのだろうか。僕はちょっと難しい質問をしてしまったかもしれない。

賢太さんと陽子さんは、今日も厨房の中で額に汗を掻きながら調理に皿洗い、そして接客にと忙《せわ》しなく動き回っている。希美さんと京子さんは「沖縄の女性はよく働くが、男は怠け者が多い」という話をしていた。確かに、陽子さんは常時店内が満席で忙しいときでもお客さん一人一人に対して気配りが出来て、笑顔を絶やす事がないし、「勤勉な沖縄女性」という言葉がよく似合う。僕のバイト先の男たちは確かに仕事の段取りがのんびりしていて、怠けているように思うときもあるが、額に汗を掻いてフライパンで炒め物をしたり、調理バサミを自由自在に操る賢太さんを見ていると、「怠け者」という言葉とはあまりにもかけ離れているように思える。

食事を終えて店の外へ出ると、向かい側に建っているマンションの白い壁と、アスファルトの地面に太陽が反射して、ハイビスカス茶で涼を取った身体が一気に干上がってしまうようだった。つい先ほど雨が降ったとはまるで思えないくらい、路面は乾いている。

18

六月二十四日日曜日。

ゴールデンウィークが明けてすぐにやって来た、じっとしているだけで汗がじわじわと滲み出てくる梅雨はもう明けている。天気予報では連日傘マークが続いていたとおり、雨の日ばかりで、梅雨の期間中、路上ライブは一度も出来なかったが、内地の梅雨と違って、二日も三日もぶっ通しで雨が降り続くという事はなく、一日雨が降れば、次の日は太陽が顔を出す時間帯もあったりした。

今朝のニュースでは、糸満の海で昨日行われた、毎年旧暦五月四日に行われる海神祭《ハーリー》の模様を伝えていた。白い作務衣の上に、赤や黄、青といった色とりどりのちゃんちゃんこのような民族衣装に身を包み、帯の一端をポニーテールのように垂らしたターバンを頭に被った出で立ちの男たちが町内会や学校ごとに十人一組でチームを組んでサバニを漕ぎ、他のチームのサバニと競漕をする。女たちは海岸に集まり、それぞれのチームを応援する。海の安全と豊漁を祈願する、沖縄の年中行事だ。

テレビを消すと、部屋のカーテンを閉め、エアコンの冷房を切って、エナメルバッグを背負ってアパートを出る。沖縄では、もう夜でもエアコンなしではぐっすり寝る事が出来ない季節だ。雲一つない青空のずっと高いところに、太陽が燦々と輝いている。壺川駅から那覇空港に向かうモノレールの車窓から見える国場川の水面は、今日も穏やかに流れている。

今夜は石垣島の楓で宗次がライブを行う日で、僕もマネージャーとして、二泊三日の観光を兼ねた遠征に帯同する事になっているのだ。那覇空港で宗次、希美さんと合流して、午前十時過ぎの便で石垣島へ向かった。途中で宮古島が見えるかと思って窓の外を見てみると、分厚い雲に覆われて何も見えなかった。大粒の雨が窓を叩きつける中、石垣空港の滑走路へ着陸したときの急ブレーキで希美さんが「おぉ！」と嬉しそうにはしゃいでいたのに対して、宗次が顔を青ざめながら怖がっていたのが印象的だった。タラップを降りて、滝のような雨が降る滑走路の上を歩くと、折りたたみ傘を差していた僕たちは頭だけは濡れずに済んだが、足下はすっかりずぶ濡れになった。

空港から送迎バスで数分走ったところにあるレンタカー店で借りたワゴン車に、三人の荷物と宗次のギターケースをしまい、僕の運転で四号線を美崎町へ向かう。道の両脇に鬱蒼と生い茂る木々。そのはるか向こうに、灰色の空を突き刺すようにそびえる於茂登連山。生憎の大雨で、美しい島の景色は霞んで見えるが、助手席に座っている宗次は、絶え間なく吹き付ける雨でぼやけている車窓から見える景色を写真に撮っている。

「修輔君」

後部座席に座っている希美さんが話し掛けてくる。

「今日対バンで歌う平久保エナさんて、そんなに凄い子なの？」

「高校生だけど、二十一歳くらいに見えるって言ったよな？　それだけ老けて見えるって事か？」

宗次の質問に、僕は思わず「いやぁ」と苦笑する。

「まだ高校生なのに、失恋の悲しみを知っているというか、恋の切なさを歌える、そんな、大人の貫禄があるアーティストなんですよ」

「楽しみだな」

宗次は静かにほくそ笑む。石垣島の島人《シマンチュ》に宗次の音楽がどう響くかも興味深いが、将来、プロになるに違いない宗次とエナの二人が石垣島の小さな居酒屋で対バンで出演するという事は、今後の二人のアーティスト人生の中で、とても貴重な一ページになるはずだ。

途中、そば屋で食事をして再び外へ出ると、雨は小雨に変わっていた。

「もう止んじゃってるようなもんね」

裾をめくったジーパンから真っ白な素足を出して、雨で濡れたサンダルを履いている希美さんが、空を見上げて言う。

僕が三月にこの島へ来たときに宿泊した民宿へ到着すると、二人は漆塗りの木造で出来た内装に満足しているようで、「涼しさを感じる」と言って顔をほころばしていた。

「いい宿を見つけたな。でかしたぞ、修輔！」

宗次は希美さんと二人で泊まる部屋のベッドにどっかり座って、両手でベッドの柔らかさを確かめるように叩きながら、前歯の欠けた笑顔を見せる。

「えぇなぁ。南国の風」

希美さんが窓を開けて外を覗くと、麦藁帽子を取ったストレートヘアが風になびく。どうやら、二人とも僕が選んだ宿を気に入ってくれたようだ。

僕も自分の部屋に荷物を置くと、僕は二人とは別行動で、すっかり雨も上がって空が明るくなってきた街を散歩して、スーパーで明日の朝食のパンを買うなどして時間を潰した。四時を過ぎた頃、僕は赤いポロシャツに着替えた宗次と二人で楓へ向かった。冷房がしっかり効いていて涼しい楓に入ると、顎鬚のマスターは宗次さんと初対面にもかかわらず、まるで旧知の仲かのように親しく話をしていた。お互いの身の上話からビートルズの話まで、大いに盛り上がっていた。それから宗次がステージでギターをアンプに繋いで、ライブのリハーサルを始めようというときになって、三線の入ったケースを背中に担いだ平久保エナが入ってきた。

「あっ、お久しぶりです」

白地に赤や青などの網目模様の入った半袖ワンピースに茶褐色のブーツ姿の彼女は、入り口に一番近いテーブル席に座っている僕の顔を見ると、かしこまった表情でお辞儀をする。

「お久しぶり」

僕が片手を上げて返事をする。そんなやり取りを見ていた宗次は、すぐにギターを置いてこちらに近付いてきた。僕も立ち上がり、宗次の事をエナに紹介する。

「東京都出身、浦添市在住、近藤宗次です」

宗次は直立不動で、大きな声で自己紹介すると、「よろしくお願いします！」と言いながら、直角にお辞儀をした。

「石垣市川平《かびら》出身、平久保エナです」

宗次の勢いに、高校生のエナは引いてしまうのではないかと思ったのだが、彼女は表情一つ変えずに、はっきりとした口調で一礼する。

　宗次がステージでリハーサルをやっている間、エナは僕とテーブルを挟んで斜め向かい側の椅子に座って、宗次が歌っている姿をじっと見つめていた。僕がステージに対面、エナが座っている椅子はステージに背面の席なので、エナの後ろ姿が僕の視界の右側に入っている。こうして間近で、斜め後ろから彼女の視線だったり、ちょっとした動作を見てみると、やはり高校生とは思えない、大人の女性らしい、落ち着いた気風を兼ね備えている。

「どう？　宗次さんの歌は」

　宗次が『バック・イン・ザ琉球』と『赤は着ないで』を続けて歌い終えたとき、僕がエナに訊ねると、彼女は僕の方を向く。彼女の左の耳たぶから、瞳の大きさほどのリングがぶら下がっているのが、艶のある滑らかなロングヘアーの谷間から窺える。

「元気が出る歌と切なさが伝わる歌を両方歌えるって、やっぱり人生経験が豊富なんだなぁって思います」

　エナは深く感心したように頷く。

「エナさんも、充分両方歌えてると思うけど」

　前回ここでライブを見たとき、彼女は大人顔負けの歌唱力を聴かせてくれた。僕が率直に褒めると、彼女はかぶりを振る。

「私が歌ってるのは、ほとんどがカバー曲ばかりなので、オリジナル曲だけで勝負出来るアーティストが羨ましいですよ」

謙遜したように薄笑みを浮かべながら話すと、彼女は譜面台に乗せたコード表をめくっている宗次の方へ身体を向き直しながら、「私も、もっと自信を持って歌えるようなオリジナル曲を沢山書かなきゃいけないと思ってます」と、自分に言い聞かせるように呟いた。確かに、どんなに歌は上手くても、これからアーティストとしての道を究めていこうとするのなら、やはり自分で作詞作曲した歌でライブを行う方が、お客さんからもライブハウスからも評価してもらえる。エナはとても礼儀正しいだけでなく、向上心がある人のようだ。

宗次がリハを終えると、入れ替わりでエナがステージに立ち、三線を奏で始める。

「修輔の言ったとおりだ」

僕の隣に座っている宗次は、エナが歌っている姿を見ながら、乾いた声で呟く。

「大人の歌が歌えるアーティストだな……」

リハが終わると、三人でテーブルを囲んで話をした。話をしているうちに希美さんがやって来た。飲みに来たお客さんも何人か出入りをしている。

「石垣島には、いつ来たんですか？」

エナの質問に、宗次は「今日だよ」と答える。

「昨日来ていれば、海神祭《ハーリー》が見れたのに……残念ですね」

「石垣島でも、海神祭《ハーリー》をやるの？」

僕が訊ねると、エナは石垣島の海神祭《ハーリー》について語ってくれた。

「海神祭《ハーリー》って言ったら、石垣島で最大のイベントですよ。今年の海神祭《ハーリー》はたまたま土曜日でしたけど、毎年、海神祭《ハーリー》の日は学校も午前中だけで終わります」

石垣島の海神祭《ハーリー》では、四〇〇メートル以上の沖合に三つの標識を浮かばせ、東、中、西の三つのチームに分かれてサバニを漕ぎ、標識の間を三往復、全部で二〇〇〇メートル以上漕いで速さを競うというのだ。

「男にとっては一番の見せどころだし、岸辺で応援してる女たちにとっても、男の人たちが力を合わせてサバニを起こす姿が痺れるんですよ！」

エナは目を輝かせながら笑顔で話す。

「好きな男の子がいたら、なおさら応援にも力が入るよね」

エナの隣に座っている希美さんが悪戯っぽい笑みを浮かべてビールジョッキを持ち上げると、エナは思わず「はい」と頷き、すぐに「あ、いや……」と言いながら、顔の前で慌てて手を振って否定する。真っ白な頬を赤らめるエナの表情を見ると、彼女の女の子らしい一面を垣間見る事が出来たように思える。

「海神祭《ハーリー》も、中国文化の影響を強く受けている沖縄ならではの行事なのかな？」

僕が訊ねると、エナは海神祭《ハーリー》の由来について教えてくれた。

「中国由来っていう話は聞いた事ないですけど……」

海神祭《ハーリー》の起こりは、第二尚氏王朝時代の那覇にあるという説があるそうだ。

「琉球の国王が、この世で一番美味な食べ物は何かと臣下に訊ねたそうなんですけど、臣下が『塩《マース》です』と答えると、国王は怒って、その臣下を八重山に流刑にしたっていうんですよ。そしたらたちまち飢饉がやって来て食べるものがなくなってしまって、国王は臣下が言っていた事が正しかったんだって事に気付いたそうです」

国王はすぐに臣下の罪を許し、三隻の船を出して迎えに行かせたそうだが、帰って来る途中、三重城《ミイグスク》のあたりで臣下が行方不明になってしまったというのだ。ちなみに、三重城《ミイグスク》はちょうど僕が今住んでいるあたりの場所で、王朝時代は奥武山の周辺は浮島がところどころに浮かぶ海だったらしい。

「臣下が行方不明になった日がちょうど旧暦の五月四日で、それを機に、海の安全を祈って海神祭《ハーリー》を行うようになったと聞いています」

夜の八時を回る頃、宗次からライブを始めた。店内には中年以上の年代が中心の十人ほどのお客さんが集まっていて、店の出口の格子戸の曇りガラスは夜の闇を照らしている。客席の照明が落ちて、ステージが明るく照らされる。

「皆さんこんばんわ！　東京からやって来ました、近藤宗次です！」

宗次は『恋に落ちたら』『赤は着ないで』を続けて歌った。お客さんらは飲み食いをしてお喋りをしていて、歌に聴き入るといった感じではない。歌い終えると宗次は、ギターのチューニングを始める。だが、なかなか音が合わない。太い眉毛をへの字に曲げて、チューナーを睨みながら、宗次は何度も弦を弾く。

「最悪や……」

希美さんが首を傾げながら呟く。今日はどうやら調子が出ない日のようだ。

「お待たせしました！」

ようやくチューニングを終えると、彼はギターを「ジャカジャカジャーン」と激しく弾き鳴らしながら「じゃあ次は元気なやつを一曲ー！」と言って、『バック・イン・ザ琉球』を歌い始めた。アップテンポなノリノリの曲だが、お客さんは歌声に掻き消されまいと大きな声で雑談をしている。僕と希美さんは何とかムードを作ろうと大きく手拍子をするが、お客さんはそれぞれ酒と話に夢中だ。エナは僕たちと一緒に手拍子をしながら、宗次が歌う姿をじっと見つめている。

「聴いていただいてありがとうございました！　また会いましょう！」

五曲ほど歌い終えると、宗次は両足の踵を合わせて直角にお辞儀をする。ここでようやく拍手をしてくれたお客さんが二人か三人ほどいたが、客席が明るくなり、三線を持ったエナが宗次と入れ替わりでステージに立つと、お客さんの視線が途端にステージの方へ向いた。

「エナちゃん！　待ってましたぁ」

「可愛いぃ！」

お客さんは曲に合わせて手拍子をしたり歌ったり、「エイヤーサァサァ」といった掛け声を掛けたりしている。

「何が違うんだろう……？」

僕の隣で、宗次が呟く。チューニングのときと同じように、眉を顰《ひそ》めている。客席の空気は宗次のときと違って、明らかにステージへ集中している。酒が入っているという事もあるだろうが、何よりも、エナが奏でる三線の音色と、彼女の安定感のある高い歌声に酔いしれている。

「アウェーから来たアーティストだから、お客さんから受け入れてもらえるようになるのに、時間がかかるのかも」

　僕は自分で答えてみてから、ふと考え直した。アウェーだろうと何だろうと、宗次の歌が良ければ、お客さんは盛り上がってくれるはずだ。それは東京でも那覇でも実証済みで、宗次も僕も自信を持っているからだ。僕も疑問に思って黙っていると、希美さんが両手で口をメガホンのように覆いながらこちらを振り向いた。

「ただ単に、若い女の子だからとちゃうか？」

　確かに、客層は四十代から五十代の男性がほとんどだ。東京のライブハウスでライブをやるとき、対バンのアーティストが十代後半から二十代前半の若い女性だったりすると、そのアーティストを目当てに来るお客さんは中年の男性が多かったりする。日々の仕事でストレスが溜まっているサラリーマンにとって、一杯飲みながら若い女の子の歌声を聴いて、話が出来るという事は癒しのひと時なのかもしれない。――そうこうしているうちに、エナはやなわらばーの「愛してる」を歌い終えた。宗次さんも希美さんも、エナが歌う姿を食い入るように見ていた。

「ここで、お知らせがあります」

　エナは弦のチューニングをしながらＭＣを続ける。

「十月に那覇で開催されるミュージックコンテストの一次審査に同級生と一緒に組んでいるバンドで応募していたのですが、先日結果が届きまして……」

　それは宗次も応募したコンテストだ。一次審査では、アーティストがそれぞれレコーディングした音源を主催者へ郵送し、通過すれば沖縄本島内にある複数のライブ会場で同時に行われる二次審査に進出する。二次審査では観客が投票する形式で行われ、そこも通過すると、十月に那覇市内の公民館で行われる決勝ラウンドに進出して、プロの音楽関係者と観客による投票で優勝者が決まるというものだ。宗次は『赤は着ないで』で応募したのだが、残念ながら一次審査で落選している。

「無事、二次審査への出場が決まりました！」

客席からは大きな拍手とともに、「シタイヒャー（やったー）！」「おめでとう！」というけたたましい歓声が沸き起こった。

「七月二十四日、うるま市のショッピングモールで行われる二次審査のライブに、『パランハヌル』というバンドで出演して来ます。決勝に行けるように、どうか皆さん、石垣島から祈りを送って下さいねー！」

エナは右手の拳を高く突き上げる。客席からは再び拍手が起きる。

宗次でさえも一次審査で落選してしまったコンテストなのに、高校生のエナが通過するのだから、やはり実力は本物なのかもしれない。それにしても、宗次はこれをどう思っているだろう？　自分よりも八つも年下の高校生に先を越されたという悔しさもあるかもしれない。隣に座っている彼の表情が気になるところだったが、振り向く事は憚《はばか》られた。

「最後に歌うのは、一次審査を通過する事が出来た、『4号線』という曲です。コンテストにはバンドで出演するんですけど、今日は三線弾き語りのソロバージョンでやります」

彼女が作詞作曲したというこの曲のタイトルにも付いている「四号線」とは、石垣島の市街地から石垣空港へ向かって走る県道の通称だ。車に乗って四号線をドライブしているときの、胸が躍る気持ち。ところが、空港が近付いてくるにつれて、「まだ着かないで、もっとあなたと一緒にドライブをしていたい」という気持ちが強くなっていく様子。空港の搭乗ゲートをくぐって行く後ろ姿を見送るときの、思わず涙がこぼれてしまったときの気持ち。展望デッキから飛行機が飛び立つときの、自分も空を飛んで追いかけたくなるような、どうにもならない切なさ。そして帰りの車の中から北東の空を見上げたときの、胸の中が空っぽになったような空虚感。どうやら、飛行機に乗って遠くへ飛び立っていく人を見送る人の気持ちを歌っているようだ。歌の中にたびたび出てくる「あなた」という人は、自分の恋人なのだろうか。遠い海の向こうへ行ってしまう人を思い続け、次に会えるときをいつまでも待ち続ける女性の気持ちを、エナはたまらなく切なそうな目で歌っている。特に気持ちを強調するサビの部分では、彼女の得意な高音の声に絶妙なこぶしを利かせていた。宗次も希美さんも、そして店に集まっているお客さんたちも、まるで息も止めているのかと思えるほど微動だにせず、じっと『4号線』に聴き入っている。エナは「歌」というものが何なのか分かっているのだ。『4号線』は、決して自己満足な歌ではない。石垣島で生まれ育った島人《シマンチュ》の気持ちを見事に表現した歌だし、島人《シマンチュ》でなくても、大切な人が遠くへ旅立っていくときの淋しい心境という観点で、誰もが共感出来る歌なのだ。そんな人生の悲しみを高校二年生で歌いこなしてしまうのだから、平久保エナという人は、単なる女子高生ではなく、立派なアーティストだといえるだろう。

しっとりと哀愁漂う三線の音色が止むと、エナは微笑を浮かべながら「ありがとうございました」と言ってお辞儀をする。

「ハッシェ！　シニ上等ヤッサ（とてもいいぞ）！」

照明が明るくなった店内は拍手に指笛に、今日で最高の盛り上がりを見せている。

「なかなかやるなぁ」

腕を組んでいた宗次が右手の指で自分の顎を撫でながら呟くと、希美さんもこちらを振り向いて「修輔君の言うとおり、めっちゃ上手い子やな！」と笑窪を浮かべながら言って、ビールジョッキを口に運ぶ。僕は宗次の「なかなかやるなぁ」という言葉に何となく違和感を感じた。「なかなかやるなぁ」という言葉は、どちらかといえば自分より目下だったり、実力を評価する立場の人が使う言葉のような気がしている。音楽活動の経験でいえば確かに宗次の方が豊富だが、実力的に見て、宗次とエナはどちらが上なのか、僕にはちょっと分からない。うかうかしていると、宗次だって追い越されてしまうかもしれない。それくらいエナは将来の可能性を秘めているアーティストだと、少なくとも僕は思う。

「お疲れ様でした」

僕たち三人が飲んでいるところへ、他のお客さんとの会話を終えたエナが戻ってきた。

「『4号線』、めっちゃ感動しました！」

希美さんは笑窪を浮かべて言った。

「同じ青空でも、そのときの心理によって、心が癒される事もあるし、元気が出てくる事もあるし、逆に、切ない気持ちになる事もあるよね。そんな情景が思い浮かんできました！」

希美さんの隣に座ったエナは「ありがとうございます」と言ってぺこりと頭を下げる。

「そう言っていただけると、曲作りをしていて良かったって思えます」

胸を張って話すエナの堂々とした姿には、自信が満ち溢れているように見える。

「作詞作曲は、どうやってするの？」

僕が訊ねると、エナは「坂道を歩いて登ったり降りたりしていると、自然にメロディーや歌が浮かんで来ます」と答えた。彼女は小さい頃から思いついたフレーズを口ずさんだりしていて、高校に入るのと同時に本格的に曲作りを始めたという。

「『4号線』に出てくる『あなた』っていうのは、遠距離恋愛をしてる恋人の事なの？」

宗次が訊ねると、エナは首を小さく横に振った。

「恋人ではなくて、私の父の事を歌ってるんです」

エナのお父さんは、彼女が小さい頃から東京で単身赴任をしており、彼女がお父さんに会えるのは、八重山の旧盆に当たるソーロンと、年末年始の時期にお父さんが島に帰って来るときだけなのだという。

「父が東京へ戻るとき、母が運転する車で空港まで一緒に見送りをするんですけど、小さい頃の私は、いつも搭乗ゲートに入っていく父の背中を見ながら泣きべそをかいていたのを覚えています」

『4号線』は、自分たち家族のために働いているんだという事は分かっていながらも、お父さんを遠くへ見送るときの切ない気持ちを込めた歌だというのだ。

「僕はてっきり恋愛の歌かと思って聴いてたんだけど、お父さんの事を歌ってたんだ……」

僕はエナのように、自分の父親に敬意を表す事が出来る人の心理はいまいち理解出来ないし、「お父さんに会いたい」という素直な気持ちを赤裸々に表現する事が出来る人を、またある意味では尊敬出来る。僕は父と一緒に住んでいた頃は、何かというと意見が対立したし、沖縄に移住してみて、ウチナンチュの知り合いも増えた今となっては、父の考え方や価値観といったものが、日本を中国の属国にしようとする完全左翼思想に偏っていたのだという事が分かったから、もう会いたいとも思わないからだ。

「恋愛の歌として受け取っていただいてもいいんですよ」

　エナはぱっちりとした瞳を輝かせながら、歯切れよく話す。

「同じ歌や同じメロディでも、人によって受け取り方が違えば、思い浮かべる情景も違うと思うので、むしろ、私の歌を聴いてくれた人が、恋人でも親でも友達でもペットでも、自分の大切な存在を思い浮かべて聴いてくれたら、それでも充分嬉しいです」

　ここでエナは背筋を正して、一呼吸置く。

「私の唄者としての歌心《タノール》が、聴いている人の心を動かす事が出来たって事ですから」

　宗次が高校生の頃、恋愛をテーマにした歌なのに、聴いてくれたお客さんから、「亡くなったおじいちゃんの事を思い出して心が温かくなりました」という感想を言われた事がある。そのときの宗次は、「俺の歌が不本意な伝わり方をしてしまった」「俺は自分の気持ちの表現の仕方が下手なのだろうか」と悩んでいたが、高校を卒業してしばらくしてから、エナが今言ったような答えに辿り着いてすっきりしたという経緯があった。エナは高校生にして既にこうした答えを導き出す事が出来ているのだから大したものだ。

「練習は家でやってるの?」

宗次が訊ねると、エナは「一人のときは自宅ですけど、バンドの練習は学校でやったり、街のスタジオでもやってますよ」と答える。バンドメンバーは全員同じ学校の高校生で、学校にある軽音楽部に所属しているとの事だった。軽音楽部には八つのバンドが存在しており、放課後の教室は吹奏楽部や他の部活も使うため、学校で練習出来るのは週二回くらいで、ライブが近いときは街のスタジオも使うのだという。

「でも、高校生がスタジオを使おうとしたら、結構高くついちゃうでしょ？」

「私のバンドが使ってるスタジオは、大人は千五百円ですけど、高校生は二百円なので、小遣いを上手くやり繰りしながらやってますよ」

「二百円‼」

僕と宗次、それに希美さんは、思わず声を揃えた。東京都内のスタジオでは、平日の昼間でも一時間で千三百円とか、夜は二千三百円くらい掛かるところが多く、高校生にとっては高くてなかなか行きづらいところだった。僕の同級生でバンドをやっている人たちもスタジオで練習している人はいなかったし、たいていは河原で練習をやったり、ちょっとお金持ちの家で倉庫がある家に住んでいる人がいれば、その人の家の倉庫で練習をしていた。宗次さん自身、スタジオを使うようになったのは高校を卒業してからだったし、それも録音をするときだけだった。石垣島といえば有名な歌手も多数輩出している島だが、高校生でも音楽活動に集中出来る環境が整っているという背景があるのかもしれない。もっとも、まだ石垣島から出た事がないエナにとっては、それがどれだけ恵まれた環境なのかという事には気付いていないかもしれないが。

「一日、どれくらい練習してるの？」

僕が訊ねるとエナは、「だいたい、一時間から二時間くらいですね」と答えた。

「やっぱり、カーペンターズややなわらばーに音楽の影響を受けたの？」

今度は宗次が訊ねると、エナは「いや」と首を傾げる。

「有名人よりは、学校の先輩とか、地域のライブハウスで一緒になる先輩の影響が強いですね」

「へぇー」

たいていどのアーティストも、子供の頃によく聴いていた憧れのアーティストだったり、自分の音楽観に強い影響を与えたメジャーのアーティストがいたりするものだが、こうした答えが返ってきたのは意外だった。

「石垣島にはＣＤ屋さんも楽器屋さんもないので、好きな歌手のＣＤが出たらすぐに買いに行って……っていう習慣がないんです。だから、やっぱりお手本にするのは身近にいる先輩ですね」

石垣島では、楽器は通販で買うか、先輩に譲ってもらうのが一般的だという。手の届かない、雲の上の存在の有名人よりも、自分の身近にいるアーティストを大切にするというのも、地域内の結束が強い石垣島ならではの価値観かもしれない。僕はスタジオの料金が安いというだけで島で音楽をやっている高校生は恵まれていると思ってしまったが、大きな間違いだという事にすぐ気付いた。娯楽も少ない上に、音楽活動をしていく上で必要なものも充分に揃っていない中で、石垣島から世に出たアーティストの方々は、地域の人々との繋がりを大切にし、協力し合いながら音楽の腕を磨いてきたのだ。

それから宗次はエナに、練習をする上でのアドバイスだったり、音楽活動を続けていく上での心構えといったものを語って聞かせていた。エナは真面目な顔で、ときどき相槌を打ちながら聞いているが、僕は宗次の口調が、何となく上から目線のような印象を受ける。

店にいたお客さんもだいぶ入れ替わり、ライブ後という雰囲気も薄らいできた頃になると、僕たちもだいぶ酔いが回ってきたので、宿に帰る事にした。

「今日は盛り上げる事が出来なくてすみませんでした」

店を出て行くとき、ギターケースを背負った宗次はマスターに頭を下げる。

「いいんだよ。また石垣島に来て、リベンジしてくれよ！」

顎の髭を撫でながら笑顔で応えてくれるマスターに、宗次は「また来ます！」と元気よく言って店を出る。

「沖縄本島も蒸し暑いけど、この島は更に蒸し蒸ししてるなぁ」

すっかり夜も更けているが、つい今まで冷房の効いた室内にいたという事もあり、外へ出た途端にサウナの中に入ったような気分になった。夜空は雲に覆われているが、ところどころに星が見え隠れしている。

「この湿気の高さのせいで、ギターの調子が悪かった……」

眉間に皺を寄せて話す宗次に、希美さんは冗談ぽく「ダメやなぁ」と嘲笑した。ダメというのは、湿気ですぐに調子が狂うギターの弦についてなのか、チューニングが狂う事を湿気のせいにする宗次についてなのか、それとも、凄まじい湿気に覆われている石垣島の気候についてなのだろうか。

て寝た。

民宿に着くと、僕は部屋の前で二人と別れて、自分の部屋に入って窓を全開にして、扇風機を回し

「分かりました」

「この暑さでだいぶバテちゃったから、今日はもう寝るよ」

僕が訊ねると、二人は揃って顔を横に振る。

「どうしますか？　十八番街にでも飲みに行きますか？」

翌朝。蝉の鳴き声で目を覚ますと、窓からは朝日が射し込んでいた。寝巻きはびっしょり汗で濡れているが、意外と目覚めは良い。

「昨日はよく眠れましたか？」

昨日、近くのスーパーで買ってきたパンを宗次の部屋で一緒に食べながら、僕は宗次と希美さんに訊ねる。宗次は五〇〇ミリリットルパック入りの牛乳をごくりと飲み込み、「うん」とだけ返事をしたが、希美さんは「カラオケの音が五月蠅くて、眠れへんかった」と言って、ふくれっ面をしていた。僕はさほど気にはならなかったが、言われてみれば、すぐ隣にあるカラオケ店から漏れる歌声が聞こえてきたのをぼんやりと覚えている。

それから僕たちは離島ターミナルから船に乗って竹富島へ出掛けた。一周六キロメートルほどの小さな島の中央に位置する部落の、両脇を民家の石垣に挟まれた路地に敷き詰められた白い砂が、灼熱の太陽を照り返していて眩しい。この島は民家も郵便局も、そして小中学校までもが全て石垣で覆わ

れていて、赤瓦の屋根といった造りになっていた。希美さんの話では、島そのものが文化財として指定されていて、新しい建物を建てるときでも、赤瓦を使用しなければならない事になっているのだという。船着場から部落の真ん中を通る道を十五分ほど真っ直ぐ歩くとカイジ浜へ出た。碧い海の向こうには、正面に西表島《いりおもてじま》が仰々しく横たわっていて、右手には小浜島《こはまじま》、左手の奥には黒島《くるしま》が小さく浮いている。

「ほんと、綺麗な海だなぁ」

海を左手にしてそんな事を話しながら、海水浴客がぽつりぽつりと見受けられる真っ白な浜辺を歩いていって、コンドイ浜へ差し掛かると、反対側から歩いてきた若い二人組みの女性が話し掛けてきた。

「すいませーん」

西表島を指差しながら、どことなくぎこちない日本語で、あの島の名前は何かと訊ねてきた。宗次が「西表島ですよ」と教えると、二人は持っていた観光客向けのパンフレットの地図を広げて、お互いに地図を指差しながら、中国語で何やら話している。

「ありがとうございました」

笑顔でお辞儀をする二人に、希美さんが「台湾の方ですか?」と訊ねると、二人は「中国人です」と答え、僕たちが来た方へ歩いて行った。

「来月からは、ああいう連中が増えるよ」

中国人の二人組みと別れて、コンドイ浜の先にある鬱蒼と緑が生い茂る森の中の一本道へ差し掛かる頃、希美さんが言った。森の中は薄暗いが、森に挟まれた小道には白い砂がまかれていて、太陽の光に照らされて、蛍光灯のように明るく輝いて見える。

「どういう事ですか？」

僕が訊ねると、横に並んで歩く三人の真ん中にいる希美さんは、「来月から、中国人の入国規制が緩和されるんだよ」と、一本道の先を睨みながら、低く枯れた声で呟いた。今年の七月一日から、中国人の日本入国条件が緩和される他、中国人が初めて日本へ入国するときは必ず沖縄から入国して、なお且つ県内に一泊以上する事が条件として付されるようになるというのだ。おまけに来月中には、那覇空港と北京《ペキン》を結ぶ直行便が大幅に増便されるという。

「どうして、そんな事をするんでしょうね？」

僕が訊ねると、希美さんはちらりと後ろを振り向いた。後ろからは誰も来ていない。

「今の日本政府は完全に中国に気を遣っちゃってるでしょ？」

中国人がもっと日本へ行きやすくしろという要求に政府が応えるというわけだが、いきなりどこからでも入国出来るシステムにしてしまうと、日本中が一気に犯罪者で溢れてしまうという事態になりかねない。初入国者の入国審査をする場所として、沖縄をそれを塞《せ》き止める場にしようというわけだ。

「大東亜戦争では大本営が本土防衛のために沖縄を防波堤にしたけど、今でも沖縄が防波堤になってるってわけか」

宗次が眉間に皺を寄せる。

「中国で今、胡錦濤《こきんとう》の後継者と言われている習近平《しゅうきんぺい》だけど、この男は沖縄にとっても、もちろん日本にとっても、危ない事この上ないのよ」

希美さんの話によれば、習近平は一九八五年に福建省《ふっけんしょう》廈門《アモイ》市の副市長に就任して以来、沖縄の政治家や左翼団体と緊密な関係を築き、何度も沖縄に足を運んだり、沖縄の関係者と交流を深めているというのだ。

「廈門っていったら、王朝時代に琉球館が置かれて、清国に留学する琉球士族が滞在してたところですね」

僕が言うと、希美さんは「そうなのよ！」と言って目付きを鋭くして頷く。沖縄の左派の政治家も習近平も、福建省と琉球は古来より歴史的な縁が深いという口実で親善を深め、福建省側は沖縄の政治家に福建省の自治体の「名誉市民」の称号を与えたり、沖縄の政治家も、交流と称して官民合わせて数百人規模の団体を引き連れてチャーター機で福州へ赴いて野球大会を開催したりなどしているというのだ。

「極めつけは、『福建・沖縄友好会館』よ」

「福建・沖縄友好会館」は、地下二階、地上一二階建てのビルで、一九九八（平成十）年に福州市に完成したそうだ。竣工に当たっては最初から沖縄県が建設費の全額を負担するという事で取り決められていたそうだが、中国のインフレの影響もあり、建設費は着工前の二億円から九億円に跳ね上がったというのだ。

「おかしな話でしょ？」

額に汗を滲ませている希美さんは肩から提げている鞄の中からペットボトル入りのさんぴん茶を取

り出してごくりと飲む。

「毎年国から三千億円も振興予算を貰っておきながら、そのお金が中国に貢がれてるんだよ」

「ふざけた話だなぁ！」

宗次も顔を歪めて吐き捨てるように言った。こんな理不尽な話があるだろうか。多くの日本国民が納めた税金から賄われた振興予算を、沖縄の政治家は県民のために使わずに、中国へ貢いでいるのだ。

希美さんは話を続ける。

「おまけに、友好会館が完成した途端に、福建省は一方的に沖縄の所有権を否定して、福建省で独占する事にしたのよ」

本当に馬鹿げた話だが、当時の沖縄のメディアはそうした理不尽な事実を報道せず、友好会館の竣工を歓迎的に報道していたというのだから、もはや呆れてしまう。薩摩藩による侵略、琉球処分、沖縄戦、そして日本復帰だって、ウチナンチュの総意で決められた事ではない。全てはお上の都合によって決められ、その都度、弱い立場にいる一般市民が犠牲になったり、傷付いてきたのだ。

「もうじき、習近平は共産党のトップに立つ。そうなったら……」

希美さんのこめかみから一滴の汗が頬を伝い、顎の先から滴り落ちた。

「いよいよ沖縄奪還を行動に打って出てくるわよ」

希美さんの冷たく乾いた声が、胸に重くのしかかるように聞こえた。今や日本は、中国に色目を使っている場合ではない。日本人は「事なかれ主義」の民族だと言われるが、このままでは沖縄が中国に乗っ取られてしまうのだ。沖縄を、そして日本を守ってくれるような、強いリーダーが、果たしているだろうか。

森に挟まれた小道を歩いていくと、やがて集落の中に戻ってきた。家を囲んでいる腰の高さほどの石垣の上にある大きな緑の葉っぱやハイビスカスの花たちが、島の夏を彩っている。

「水牛だ」

十字路に差し掛かったところで、宗次が斜め前を見て呟くのでそちらを見ると、左側の道から、自動車のタイヤを四つ付けた、木造屋根の付いたトロリーを水牛が牽引しているのが見えた。車の先端には、平べったい円錐型の傘を被ったお爺さんが座って、水牛を操っている。四人ほどの観光客が座っている水牛車は、どこからか三線の音色が流れている。僕たちが歩いている道へ曲がってきたので、僕たちは左へ寄って避けた。人が歩く程度の速度でのっしりのっしり歩を進めていく水牛が通り過ぎていくのを見送りながら、どこかで聴いた事があると思ったら、エナがライブでも歌っていた『安里屋ユンタ』だ。観光客の中の二人は新婚旅行だろうか。幸せそうな笑顔で話しながら、ゆったりと流れていく景色を楽しんでいるようだ。出来る事なら、こんな平和な日々がずっと続いてほしい。

「修輔」

ふと、背中から宗次の声が聞こえた。僕がぼーっと水牛を眺めている間に、二人は一〇メートルほど先へ進んでいた。

「あ、すいません」

小走りで二人を追う僕に、宗次は「水牛乗るか？」と提案した。

「いや、もう島の景色は充分見れたし、食事してから石垣島へ戻ろう」

希美さんはタオルで額を拭きながら、重たいものでも担いでいるようにうんざりした表情で言うので、僕も希美さんの意見に賛同する。

19

七月に入り、内地ではまず体験した事がないくらい、これまでかというほどに太陽の光は鋭さを増していく。希美さんが言っていたとおり、七月に入った途端に、那覇の街はどこもかしこも中国人で溢れかえっている。僕がバイトしているコンビニにも、一日に何人かは中国人の観光客が訪れるほどだ。それも皆、流暢な日本語を話せる人ばかりだ。

七月二十四日火曜日。

真っ白な雲がところどころに浮かぶ青い空の下、僕は台風一過のムッとする暑さに耐えながら原付に乗って、うるま市のショッピングモールに向かった。国道のはるか先に居座っている大きな入道雲に吸い寄せられるかのように、元気良くアクセルを回す。サッカーコート四面は入ろうかという広大な敷地に、二階建ての巨大なショッピングモールがあり、フロントガラスが眩しい太陽を反射している車が何百台も止まっている駐車場に面した正面玄関から建物の中に入ると、冷房で一気に身体が冷やされて心地良さを感じた。目の前の広場に特設ステージがあり、観覧席が五十人分ほど設けられていた。広場は吹き抜けの間になっていて、二階の通路からもライブを見れるようになっている。ステージの上には、「ウチナークガニミュージックグランプリ２０１２　二次審査うるま会場」と書かれた看板が掲げられていて、ステージの横には今日の出演者の名前が書かれた立て札があり、エナがボーカルをしているバンド「パランハヌル」の名前は八組中四番目に書かれてある。最初の出演者のライブが始まるのが午後一時からなので、まだ時間があると思い、二階のフードコートに食事をしに行くと、テーブルと椅子が無数に並んでいる一角で、黒いＴシャツにデニムのハーフパンツ姿のエナが、同じ服装をしている高校生くらいの茶髪の女の子と一緒にハンバーガーを食べているのを見付けた。僕が話し掛けると、彼女は「あっ」と驚いた表情で立ち上がる。

「見に来て下さったんですか？」

僕が笑顔で「うん」と頷くと、エナは「ありがとうございます」と言って丁重にお辞儀をする。自分がライブを見に来た事で、アーティストがこうして喜んでくれると、僕も嬉しい。それから一緒にいる女の子がバンドのメンバーなのだと紹介してくれた。メンバーの女の子も「こんにちは」と言って笑顔で会釈する。一緒にいた女の子はデニムの下に黒いタイツを履いているが、エナは真っ白な素足を露にしている。

「本島にはいつ来たの？」

僕はエナの隣のテーブル席に座ってフライドポテトを食べながら、彼女に訊ねた。

「昨日のお昼に飛行機で那覇空港に着いて、午後は国際通りを散策してました」

「那覇の街を見てみて、どうだった？」

「中学校の修学旅行でも那覇に行ったんですけど、やっぱりものが沢山揃ってますよね！」

エナがそう言うと、一緒にいる女の子も「皆で楽器屋さんに行って、どんな楽器があるのかじっくり見てきましたよ」と、はしゃいだ様子で話す。エナは文学にも興味があるらしく、那覇にある大型書店にも立ち寄ったらしい。

「石垣島には小さな本屋さんしかないんですけど、那覇の大型書店には古今東西、日本中の本が揃ってて、隅々まで見てしまいましたよ」

これからコンテストに臨むという割には、楓で飲んでいるときのようにリラックスした様子に見える。

「緊張とかしてないの？」

僕が訊ねると、エナは落ち着いた表情で頷く。

「練習は充分やって来たので、あとは持てる力を出し切るだけです。不安とかはないですよ」

「あるとしたら、いい意味の緊張感ってやつです」

もう一人の女の子も歯切れよく答えた。この自信はどこから来るのだろうか。宗次が高校生の頃は、初めて出演するライブハウスに行ったときは、いつもの饒舌も鳴りを潜めて言葉数も少なくなり、ライブのMCでも本来の力を発揮出来なかった。これも、沖縄女の強さの一つなのだろうか。

やがてコンテスト開始の時間が近づいてきたので、二人は一階へ降りて行った。店内を歩いている人を見ると、やはり夏休み期間という事もあり、子供連れの女性の姿が多い。その他、アメリカ人の家族連れの姿も多く見受けられる。二階の吹き抜けの手摺りに寄りかかりながらスマートフォンをいじっているると、意外にも午後一時ちょうどに、ラジオ番組のＤＪなどをしている男性が司会者としてステージに出てきて、コンテストの投票方法の説明を始めた。全八組のアーティストがそれぞれ三曲ずつ演奏をする。観客はステージの横に置いてある、出演アーティストの名前の一覧が書かれてある投票用紙に、一番良かったと思うアーティスト名の横に丸印を記入して投票箱に入れるか、今日の午後六時までに携帯電話やスマートフォンでコンテストのサイトへアクセスして投票するという方法だ。もちろん両方で投票しても良いらしい。

最初にステージに上がったのはギター弾き語りの、僕と同世代くらいの男性アーティストだった。その次は女性のギター弾き語り、三番目はカホーンの男性とギターの女性によるユニットで、いずれも二十代半ばから三十代前半くらいのアーティストだった。うるま会場から決勝ラウンドに進出出来るのは二組だけだが、どのアーティストも緊張というよりは、日常的に行われている野外ライブのように、伸び伸びと歌っている印象を受ける。もしも宗次がこのステージに立っていたら、どんなライブをしただろうか。いつもどおりの勢いある歌い方で、お客さんの笑いを誘うようなＭＣで、お客さんからの票を集める事が出来たのではないだろうか。今日ここで歌っているアーティストたちが、宗次より才能があるとは思わない。所詮は音楽関係者が音源を聴いただけで良し悪しを判断したのであって、最初から生のライブ形式によるコンテストだったら、宗次さんは決勝まで行けたのではないだろうか。ライブは生で見てこそ、そのアーティストの価値が分かるものなのだ。僕はそう思う。

三番目のアーティストが三曲目を歌っている頃から、エナをはじめとするパランハヌルのメンバー四人がステージの後ろで待機していた。僕もエスカレーターを降りて一階のステージの前の観覧席の前の方に座る。アコースティックギターを持ったエナの他、三人もそれぞれエレクトリックギター、ベース、ドラムスティックなどの楽器を手にしている。ステージの近くの壁に従業員専用の鉄扉があり、出演者らはそこから出入りをしているので、どうやらあそこが控え室になっているようだ。

パランハヌルの前の出番のアーティストが歌い終え、司会者から普段はどんな活動をしているのか、などといった質問をマイクで受けている間に、いずれも黒のTシャツにハーフのデニムといったお揃いの服を着たパランハヌルのメンバーはステージに上がり、ギターをアンプに繋いだり、チューニングを合わせたりしている。よく見ると、四人が着ているTシャツには、カラフルな線で描かれたアニメチックな男の子の顔がプリントされている。こうして見ると、エナも他のメンバーと同様、高校生っぽく見えなくもない。

準備が整うと、セッティングを手伝っていたイベントのスタッフが司会者に耳打ちをする。司会者は上手く話を切り上げ、前の出番のアーティストがステージを降りていく。そして司会者がパランハヌルについて紹介した。

「続きまして登場いたしますのは、石垣島からはるばるやって来た、現役高校生ガールズバンド『パランハヌル』の皆さんです」

ステージの中央よりやや前にアコースティックギター、ボーカルのエナ。向かって右側にエレキギター、左側にベース、エナの右斜め後ろにドラムの子が位置している。ここまで来ると、さすがに四人とも表情が引きつっているようにも見えてきた。やはり緊張しているのだろうか。

「ではパランハヌルの皆さん、よろしくお願いいたしまーす」

司会者が元気よく言いながらステージを降りていくと、エナは「ハイターイ（こんにちはー）」と、高いテンションで挨拶をした。

「石垣島からやって来ました、『パランハヌル』でーす！」

客席にいる十名ほどのお客さんが拍手をするが、この広いショッピングモールの吹き抜けの間では、エナの声も今一つ浮いた印象を受けてしまう。

「ではさっそく、一曲目の曲をやりたいと思います」

そう言うと、エナが後ろを振り向いて「1《ワン》・2《トゥ》・3《スリー》・4《フォー》！」と掛け声を掛け、テンポのよい楽器の音色が一斉に鳴り響く。流れてきた曲は木村カエラの「リルラ　リルハ」だ。エナの、聴く者の心に訴えかけるような声はもちろん、エレキギターもベースも、そしてドラムを叩く音も、力強い中にも、安心して聴いていられるような感覚を与えてくれる演奏だ。曲が終わる頃には、いつの間にか店内を歩いていたお客さんも広場で立ち止まり、観覧席も埋まっていた。行き交う人々は皆、ステージに釘付けだ。

「ありがとうございます！」

曲が終わり、吹き抜けの間いっぱいに響き渡るような大きな拍手の中、エナはバンドの自己紹介を始めた。

「私たちは石垣島で、同じ高校に通っている同級生同士のバンドです。石垣島以外の場所でライブをやるのは初めてなので、デージ（とても）嬉しいです！」

それからエナはバンドのメンバーを一人一人紹介して、最後に、「そしてボーカルの、エナでーす！」と大きな声で言ってお辞儀をする。メンバーが一人一人挨拶をするたびに、お客さんは大きな拍手をする。コザに近いとはいえ、ライブハウスとは違い、普段あまりアマチュアのライブを見る事もないであろう不特定多数の人が行き交う場所でのライブなので、よほどインパクトのある演奏をしなければ、たいていは関心を示さずに素通りしていくお客さんが多いのだが、広場を通りかかったお客さんは皆立ち止まって、パランハヌルに注目している。

「昨日は国際通りを歩いてみたんですけど、人が多くて、凄い賑わいでしたねぇ」

エナが言うと、他のメンバーも話題に乗る。

「ほんと、石垣島の商店街とは比べ物になりませんね」

「沖縄本島最高ですよ！」

「さて……」

エナは気を取り直したように「では、次の曲に行きたいと思います」と言って、ギターを構え直した。何となく話の脈絡が分かりづらいＭＣをするところは、やはりまだまだ経験が浅い高校生らしさを感じさせる。もっとも、ＭＣは場数を踏めば自然に上手くなるものだし、宗次だって高校生の頃はライブのＭＣでとんちんかんな事を言って、よく大人のお客さんから失笑を受けていたものだ。

四人はＳＣＡＮＤＡＬ《スキャンダル》の『ＤＯＬＬ《ドール》』を演奏した。エナの、聴く人の胸をどんと叩くような迫力のある声量には何度聴いても驚かされる。他のメンバーによる、ギターやベース、ドラムのサウンドも、見事にエナの歌声を引き立てている。会場に集まっているお客さんらは、皆楽しそうに笑みを浮かべながら、エナの歌声と、バンドメンバーの演奏に聴き入っている。まるでショッピングモールではなく、ライブハウスにいるかのような錯覚を覚えるほどだ。演奏が終わると、会場は再び拍手に包まれる。

「残すところ、私たちはあと一曲となりました」

エナが言うと、今度は他のメンバーがスタンドマイクに口を近づける。

「皆さん、投票用紙には是非、パランハヌルに丸を付けて下さいね！」

パランハヌルのメンバーは皆、既に額に汗を掻いている。もちろん、もう緊張の汗などではない。とても活き活きとした表情だ。

「最後は私たちのオリジナル曲をお届けして、お別れしたいと思います」

「石垣島に、四号線という道路があります」

ドラムを叩いている女の子が、エナが作詞作曲した『4号線』に込められた思いについて説明をすると、最後に、エナが落ち着いた口調で囁いた。

「それでは聴いて下さい。『4号線』」

石垣島のライブ居酒屋楓で聴いたときのような民謡ではなく、マイナーコードのバラードで前奏が始まった。哀愁を感じさせるエレキギターの音色に、胸に響くようなベースとドラム。そしてそんなバンドの演奏の中に、エナが奏でるアコースティックギターの単音のメロディが絶妙な具合に調和している。エナのこぶしの効いた歌声をバンドが引き立てているとも言えるが、エナの歌声と悲しげなギターの音色がバンドをリードしているという聴き方も出来るかもしれない。広場に集まっているお客さんらは、もうすっかりパランハヌルの演奏に、エナの歌の世界に入り込んでいる。演奏が終わると、お客さんらは今日ここまでの出演者の中で一番大きく、長い拍手を送っていた。

「パランハヌルの皆さんでした。ありがとうございましたぁ！」

　再び司会者がステージに上がってきて、バンドのメンバーは楽器をアンプから外してステージの前に出てくる。

「大人顔負けの演奏でしたねぇ」

「ありがとうございます」

　次の出演者が後ろで準備をしている間に、司会者がパランハヌルのメンバーに話し掛ける。

「四人が出会ったきっかけは何だったんですか？」

「全員同じ高校の同級生なんですけど……」

　エナが答え始めた。

「私は高校に入ったとき、軽音楽部の部長をやってた従兄《いとこ》から、部費を増やすために部員を募集してるから入れって言われて、それで部活に入ったんです」

「帰宅部でも良かったんですけど、何となく部活に入って、何となく四人で集まって、バンドを作りました」

　他のメンバーも続けて答える。バンドを立ち上げるのに、特に気負う事なく始めたバンドの方が、長続き出来るという事はよくある事だ。司会者はすかさず質問を続ける。

「ボーカルを誰にするかという事は、どうやって決めたんですか？」

「バンドを組むとき、四人でカラオケに行ったらエナが一番上手かったので、エナにやってもらおうという事になりました」

「では最後に、次のライブの告知などあればお願いします」

「はい！　明後日二十六日、那覇市の新都心ダーリンビートというお店に初めて出演させていただきます。石垣島では月一回ペースでライブハウスや祭りなどに出演させていただく他、私はソロでも定期的に島の居酒屋でライブをしていますので、石垣島に遊びにいらした際は、是非来て下さい！」

司会者に話を振られたときの受け答えは、四人の中ではやはりエナが一番歯切れよく、的確に答えていた。

「パランハヌルの皆さん、ありがとうございました」

四人がステージを降りていくとき、再び広場は拍手に包まれる。四人とも、すっかりやり切った表情だ。

「これはもうパランハヌルが決勝に行くのは間違いないな」

拍手をしながら、僕は胸の中で呟いた。それにしても、宗次ですら門前払いを受けたダーリンビートで、まだ高校生のパランハヌルが出演出来てしまうという事に、僕は悔しい気持ちの反面、パランハヌルのメンバー、その中でも特にエナに対して、やはり尊敬の念を抱かずにはいられない。僕が初めてエナのライブを見たときの、鳥肌が立つような感覚は間違いではなかったのだ。

それから登場してきた四組も確かに上手かったが、パランハヌルのときに比べると、立ち止まって聴いていくお客さんの数も疎らだったように思う。僕はステージ横の投票箱のそばに置いてある投票用紙に、パランハヌルと、どこか適当なアーティストの名前に丸印を書いて投票箱に入れた。ちょうど控え室から出てくるところだったエナの元へ近寄ると、彼女は「今日はありがとうございました」と言って丁寧にお辞儀をしてきた。

「ちゃんと投票しておいたよ」

僕がにんまり笑いながら言うと、エナも「ありがとうございます」とにっこり笑いながらもう一度お辞儀をする。

「結果は明日のお昼にコンテストの公式サイトで発表されます。私のブログにも載せるので、見て下さいね」

「幸運を祈ってるよ。じゃあね」

僕が片手を挙げると、エナは「ありがとうございました」と言いながら笑顔で両手を振った。

知らないうちに雨が降っていたのだろうか。空は先ほどと変わらずすっきり晴れていて、どこからか蝉の鳴き声まで聞こえてくるが、アスファルトはところどころ水溜りが出来ている。遠くの空にあった入道雲は、もうどこかへいなくなっていた。僕は原付のシートに垂れている滴をハンカチで軽く拭い、シートの中からヘルメットを取り出して被る。原付にまたがると、エンジンを掛ける前にふと思い出した事があったので、ポケットからスマートフォンを取り出す。コンテストのサイトにアクセスして、インターネットでもしっかりパランハヌルに投票しておいた。


二十六日木曜日。

遠くにある台風の影響か、風がやや強い。陽が沈みかける時間からダーリンビートで行われたパランハヌルのライブでは、会場に集まった二十人ほどのお客さんらは皆、彼女たちの奏でるロックミュージックに合わせて手拍子をしたり、コールレスポンスで一緒に歌ったり、パランハヌルのライブを素直に楽しんでいるように見えた。今日対バンで出演したアーティストたちは、皆二十代後半から五十代の大人のミュージシャンばかりで、当然レベルも高い。アーティストのレベルが高ければ、ライブハウスに集まるお客さんの耳も目も肥えているわけだが、それでもリズムに合わせてノっているという事は、彼女たちの音楽がまさにレベルが高いものだという証拠だ。それにしても、ダーリンビートのように、三原色を調和させた鮮やかな照明と、エコーを利かせたりノイズを被せたりといった充実した音響設備の整ったレベルの高いライブハウスで、高校生のときからステージに立てるというのは羨ましいという他ない。

「エナちゃん、デージいけてるね！」

僕の隣に座っているマカトも、パランハヌルの演奏に合わせて肩を揺らしながら手拍子をしていた。

ライブのMCでは、一昨日行われたコンテストの二次審査を通過して、十月に行われる決勝ラウンドへ駒を進めた事も報告された。

「十月に再び那覇で皆さんにお会い出来る事になって嬉しいです。是非、十月二十一日は、寄宮公民《よりみやこうみん》館《かん》に来て下さいねー！」

トーンを上げて話すエナの顔からは、とても充実した表情が見て取れる。

ライブが終わると、物販ブースではパランハヌルのメンバー、その中でも特にエナと話をしようと、お客さんが列を組んで並んでいた。

「平久保エナちゃんっていう子、高校生にしてはあどけなさがないよね」

そう言うとマカトは、リユースカップに入ったラム酒を一口飲む。

「もちろん、いい意味でだよ」

エナに対する印象は、だいたい皆同じようだ。

「きっとこれから、良い歌を沢山世に出し続ける唄者になっていくんだろうね」

僕もしみじみ言うと、彼女も頷いた。

それから店を出ると、小雨が降る中、僕とマカトはおもろまちの駅へ向かって歩いた。小さな雨粒は街の街灯に照らされて、黄色く輝いて見える。

「最近、アメリカ世《ユー》の沖縄を写した白黒写真集を買ってみたんだけどね」

僕が見た写真集では、今ではすっかり住宅地がひしめき合っている浦添や豊見城も、あの時代はまだ雑草が生い茂る荒涼とした風景が広がっていて、まだアスファルト舗装も充分に行き届いていない光景が広がっていた。幼い弟や妹を背負って学校へ通う子供の姿も写されているし、道路の上を裸足で歩いている大人の姿も見受けられる。高度経済成長期を迎えていた内地とはかなりかけ離れた光景だ。アメリカによって近代化を成し遂げたという見方もあるが、こうして相対的に見ると、日本の内地に比べれば、沖縄の近代化はやはり遅れていたのかもしれない。

「昔は弟や妹の面倒を上の子が見るのが当たり前だったみたいだね。私のアンマー（お母さん）も、小さい頃に自分のお姉さんにおぶられて学校に行っていたのを覚えてるって言ってたわ」

少しずつ濡れていくマカトの金色の髪は、小さな粒子を散りばめたかのように細かい光を放っている。

「でもさ」

僕は前に向き直って話を続ける。

「ちょっと引っ掛かるところもあったんだ」

一九六〇（昭和三十五）年にアイゼンハワー大統領が沖縄を訪問した際、祖国復帰を望む団体が久茂地の大通りに集まり、「八十万県民を祖国へ返せ」と書かれた横断幕を持ってアピールをしている写真があったのだ。

「大和世《ヤマトゥユー》の沖縄だと、どんなに人口が多くても六十万人が限度だったでしょ？　それが米軍に統治されるようになった途端にマラリアも撲滅されて人口が増えて、おまけに食糧不足も解消されたのに、どうして反米感情ばかり煽るんだろうね？」

「そこが左翼の人たちの危険なところなんだよ。中国なんて貧富の差が激しくて人権弾圧が公然と行われてる国なのに、中国の批判はしない。沖縄が中国の属国になったら、いい思いをするのは政治家や一部の特権階級だけさ。もちろん、戦争で大勢の人が殺された事は悪い事だけど、本来なら、ウチナンチュはアメリカに感謝しなきゃいけないんだよ」

マカトは眉間に皺を寄せて前を見つめながら歩く。

「左翼の言う事を真に受けてる人は、そういう肝心な事に気付いてない」

おもろまちの駅前のバス停で、僕たちは別れた。マカトが乗るバスが近付いてくると、彼女は髪の毛に付いた雨を両手の掌で吹き払った。普段は髪の毛に隠れている、真っ白な耳が一瞬だけ露になった。美しい曲線を描いている彼女の小さな耳たぶを見て、僕は思わず胸がフワッと浮き立つような感覚を覚える。

「じゃあ、アトカラヤー」

そう言って彼女は手を振ってバスに乗り込む。走り去っていくバスを見送ると、僕は駅の階段を上って、モノレールの改札へと向かった。

20

僕が沖縄へ移住してから一年が過ぎた。宗次が月一回のペースで久茂地ペルリでライブをし、たまにコザブーズハウスで歌ったり、毎週日曜日に国際通りで路上ライブをやるペースは変わらずに続いている。コンビニの店内で流れる有線放送では、京子さんの曲がときどき流れてくる。僕は宗次の曲ももっと世に広く知ってもらおうと、宗次の曲の音源を県内のラジオ局などのメディアに片っ端から送ってアピールを繰り返しているが、未だどこからも反応はない。

「一年やそこらですぐに結果が出るほど、音楽の世界は甘くないさ。焦らず、気長に頑張ろう」

宗次はよくこう言う。そろそろ焦りが出てくる頃かとも思うが、目標を達成するためには、こうした前向きな気持ちが必要だと僕も思うし、世の中には、二十代後半になってから曲が売れ始めてブレイクする歌手もいるのだ。二十四歳の宗次と二十二歳の僕が焦ったり、目標を諦めたりするのはまだ早い。

そして、嬉しい報告もあった。希美さんが妊娠したのだ。予定日は来年の六月だという。

「赤ちゃんが生まれて、大きくなる頃には、宗次さんもビッグな歌手になっているといいですね」

路上ライブを終えたときに妊娠の報告を受けたとき、僕は希美さんに言った。

「いや、ビッグな歌手になってもらわんと困るよ」

希美さんは意地悪そうな笑みを浮かべて宗次の脇腹を肘で軽く突く。

「任せとけって」

宗次はすっかり照れた様子で笑顔を見せていた。


「オスプレイ配備を絶対許しちゃいけない!」

久茂地ペルリで宗次がライブをやったとき、対バンの東江さんはライブ終了後、同じテーブルに座っている女性ファンに熱く語っていた。

「あんな未亡人製造機が普天間に来たら、一体何人犠牲者が出るか分からないぞ! 一九五九年に宮《みや》森《もり》小学校で起きた米軍機墜落事故では十七人も亡くなったんだ。そんな悲劇を繰り返す事になりかねない!」

離れた席に座っている僕とマカトにもはっきり聞こえる声だ。

「せめてワッター(俺たち)に出来る事は、皆で力を合わせて、反対を訴える事だ!」

それを聞いていたファンの人たちも、真剣な表情で頷いていた。

「そもそも、宜野湾みたいな住宅地が密集してる地域に基地がある事自体がおかしいんだ。普天間基地だって今すぐに内地かグアムへでも移設させるべきなんだ！」

「ジントーヨー（そうよ）！」

「オスプレイを何とか止めなきゃ！」

女性客らは口々にヒステリックな声を上げている。類は類を呼ぶというが、左翼の人間があのように徒党を組んでいる様子を見ると、何やら恐怖を感じる。

そんな中、宜野湾海浜公園では炎天下の中、オスプレイ配備反対県民集会が開催され、メディアの報道によれば、当日は十万千人が集まったという事だった。

「あり得へんわ」

翌週の日曜日に宗次が国際通りで路上ライブをやった後、僕と宗次、希美さん、そしてマカトと四人でパイカジキッチンに食事しに行ったとき、希美さんはぶっきら棒に言い捨てた。

「あの公園にそんな大勢の人は入りきらないよ」

希美さんは学生の頃、人気アーティストのライブを見るために宜野湾海浜公園に行った事があるそうだが、三万人が入っただけでも結構な人だかりだったという。

「十万人も入ったら、それこそ身動きも取れない状態で、二〇〇一年に兵庫県の花火大会で起きた歩道橋事故みたいに、人が次々にドミノ倒しにされて死人や怪我人が出るわよ」

確かに、十万人という数字はさすがに現実的に無理があるかもしれない。

「でも……」

宗次は口の中で食べていた黒糖ケーキを水で一気に流し込んだ。

「どうして十万人なんていう数字が出てくるんだろうね？」

「受付に、名前だけ書くんですよ」

マカトが遠くを見るような目で、ぼそりと呟いた。

「どういう事？」

僕が訊ねると、マカトは自分の高校時代の体験を話し出した。高校時代、写真部に所属していた彼女はある日、顧問の教師から次の日曜日は皆で車で出掛けると言われ、行き先も告げられずに教師の運転する車に乗せられると、大きな公園で行われた米軍基地反対集会の会場に連れて行かれたそうだ。受付で自分の氏名を書いて弁当を貰うと、後は集会には参加せず、木陰で弁当を食べたり友達と喋ったりして過ごしていたという。

「労働組合の組合員なんて、まだよちよち歩きの子供の名前まで受付で書いたり、連れてきてない家族の名前まで書いてるって聞きました。そうやって書類上の人数だけ割り増しして公表するわけですよ」

「呆れたわ」

希美さんは吐き捨てるように言った。

「反対集会に一度行ってみれば分かりますけど、集会に来ている団体の幟を見たら、四国とか北海道とか、日本全国の色んな労働組合の幟が立ってるんですよ。集会と称して組合費で旅行に来て、沖縄の事を知ったようなふりをした内地の左翼も大勢含まれてるんです」

希美さんの言うとおり、本当に呆れてしまう。基地反対運動をやっている人の中には内地から来た人も多くいるとは聞いていたが、メディアは他県の左翼団体が集会に参加したり、名前だけ書いて集会には参加していない人の分まで計上された人数を、「集まった県民の人数」として報道しているのだ。偏向的に歪曲した報道をして、事実を何も知らないテレビの視聴者や新聞の読者を騙すメディアが許しがたいし、つい去年までそれを真に受けていた自分も恥ずかしい。

九月二十日の木曜日に宗次がコザブーズハウスでライブを行ったときも、やはりライブ後にカウンターで話す話題はオスプレイの事だった。

「過激派の左翼が言っている事は別にして、やっぱりオスプレイは危ないですよね？」

宗次はお伺いを立てるように平良さんに訊ねた。

「だからよー」

平良さんはウィスキーの瓶を後ろにある棚にしまうと、僕たちの方へ向き直る。

「オスプレイより事故率が高い戦闘機は他にも沢山あるぞ」

「えっ……」

真ん中に座っている僕と左側に座っている宗次は思わず拍子抜けして言葉を失ったが、僕の右側に座っているマカトだけは当たり前だとでも言いたげな顔で頷いている。平良さんの話によれば、オスプレイよりも事故率が高い米軍機は三つもあり、オスプレイの事故率は米海兵隊の戦闘機全体の事故率の平均値よりも低いというのだ。

「それなのに、どうしてオスプレイばかりが危険視されるんでしょうね？」

僕が訊ねると、マカトが「簡単さ」と答える。

「沖縄を基準にすれば、オスプレイの航続可能範囲の中に、中国の領域が含まれてるのよ。今までの戦闘機だと、給油なしで移動出来るのは台北《タイペイ》とか鹿児島くらいで、福建省まで辿り着けるかどうかだった」

それがオスプレイを使えば、上海《シャンハイ》はもちろん、フィリピンにも韓国にも飛んで行けるというわけだ。

「それが……反対運動とどう結びつくの？」

難しい顔をしている宗次を横目に、僕は「中国にしてみれば、オスプレイは厄介な存在だってわけだね」と答える。

「読みが鋭くなってきたねぇ。永倉君」

平良さんは大きな唇を真横に伸ばして嬉しそうに笑う。

「台湾にしろ韓国にしろフィリピンにしろ、中国がちょっとでも手を出せば、すぐに米軍が飛んで来る。沖縄にオスプレイがあるって事は、中国にとっては実に都合が悪い話なわけだ」

それで親中派の政治家やマスコミは中国に気を使って、オスプレイに反対するよう、県民の世論を誘導しているというわけか。

「ところで、今朝の新聞を見たかよ？」

煙草の煙をゆっくり吐きながら平良さんが訊ねてきたので、僕は「読みましたよ」と答えた。日本政府によるオスプレイの安全宣言に対して、沖縄の、いわゆる「平和団体」と称する左翼団体の代表が、逮捕される事を覚悟の上で、団結してオスプレイを何としてでも阻止するとした声明を発表していた記事が載っていた。抗議行動を起こす者は、逮捕されても生活に影響が出ない六十五歳から七十五歳までの者を募るという事も書いてあった。

「呆れる話だね……」

マカトは残り僅かなラム酒の入ったグラスを見つめながら呟くと、一気に飲み干してお代わりを注文する。

「逮捕される事を覚悟してまで行動を起こすなんて、まさにテロリストさ。沖縄の新聞はテロリストを募集する紙面を掲載してるわけよ」

彼女の目はだいぶすわっているが、滑舌ははっきりしている。そういえば七月には、県内にある大学の教授が、オスプレイに向かって凧や風船を飛ばしてオスプレイの飛行を妨害しようと呼びかけるコラムが新聞で紹介されていたのを思い出した。オスプレイは危険だと言っておきながら、わざわざ事故を誘発する行為を大学の教授やマスコミが堂々と扇動しているのだ。

「この島はどうかしちゃってるさ」

彼女は額に手を当てながら頬杖をついた。沖縄のメディアがおかしいという事は既に分かっている事だが、ここまであからさまな事をしていると、もはや国賊と呼んでも過言ではないと思うのだが、残念ながら、我が国にはそうした危険思想を持った人物や団体を取り締まる法律がない。

「でも……」

宗次が取り繕うように再び話を始めた。

「一九五九年に宮森小学校で起きた米軍機墜落事故みたいな事が起きないように、安全性は絶対確保してほしいですよね」

「ふっ……」

平良さんが嘲笑すると、ゴルフボールくらいの大きさの丸い煙が口の中から出てきて、形を崩しながら天井へ消えていった。

「左翼の人間が米軍批判のカードとしてよく使う話だが、事故後の対応がどうなったか知ってるか？」

「いや……」

僕も宗次も言葉を失っていると、平良さんはたしなめるような微笑を浮かべながら話を続けた。

「事故そのものは十七人も死者が出た忌まわしい事故だったさ。だが事故が起きたとき、米軍はすぐにヘリを飛ばして二百人以上の怪我人を米軍基地の病院へピストン輸送して迅速な手当てをしたんだ。結果、死亡者を十七人で抑える事が出来たというわけさ」

マカトは新しいラム酒が入ったグラスを見つめたまま「That's right（そのとおり）」と呟く。偏った歴史観を鵜呑みにしてしまうという事は本当に恐ろしいものだ。米軍が事故を起こして死人が出た事を批判するだけで、同じ米軍が事故後の対応で多くの怪我人の命を救った事は歴史から抹消されようとしている。

「言っておくがな」

平良さんは指先でつまんだ、爪先ほどに短くなった煙草を僕たちの前に指し示しながら、眉を歪めた。

「俺はオスプレイの配備には大賛成だぞ。オスプレイがなければ、宮古島や石垣島が中国に占領されたとき、沖縄本島からの救助が遅れる。そうこうしている隙に、中国は着々と島に上陸して、宮古八重山を軍事基地にしてしまう」

眉間に何重もの皺を寄せた平良さんは煙草を灰皿に捨てて、話を続ける。

「それに、震災が発生したときもそうだ。もしまた宮古八重山で明和の大津波みたいな事があったとき、オスプレイだったら、一度に多くの医療チームや災害救助隊を移動させられるし、島で出た怪我人や病人を沖縄本島や九州の病院へ運ぶ事だって出来る」

平良さんは大きな目を細めながらにんまり笑った。

「こんなありがたいものがやって来るなんて、俺が子供の頃には考えられなかったぞ」

マカトにしろ、平良さんにしろ、物事を総体的に見ている人は建設的な話が出来る。オスプレイを災害派遣に使うなんて発想は、僕はまるで思いつかなかった。ただただ「へぇー」と頷いているだけの宗次だって、きっとそうだろう。僕はまた一つ、とんでもない勘違いをしたままときを過ごすところだった。

21

十月に入ってすぐにやって来た台風は近年稀に見るほどの大きさだったというだけあって、朝から自宅で引きこもっていた僕もさすがに恐怖を感じた。停電で真っ暗な部屋で、何もする事なく、ただベッドの上にうずくまり、スマートフォンでテレビのニュースを見れば、街路樹がなぎ倒され、海沿いの道路は浸水して車やトラックまでもが引っくり返っている映像が流れてくる。雨戸を容赦なく叩く巨大な音は、まるで昔話に出てくるような巨体の鬼が部屋へ押し入ろうと暴れている様子を想像してしまう。外がどんな様子か気になるところだが、少しでも雨戸やドアを開けたら猛烈な突風が吹き込んできて、自分の身体が飛ばされてしまいそうな気がして、やはり何も出来ない。

とてつもない孤独を感じる。

僕はたちまち誰かの声が聞きたくなって、今夜、久茂地ペルリでライブの予定が入っている宗次に電話をしてみる。

「そっちの様子はどうですか?」

僕が訊ねると、「停電してるよ……」と、かなり弱った声が返ってきた。

「今日のライブは中止だな」

特に話す話題もなく、数秒のやり取りをしただけで電話を切る。

再び孤独が押し寄せてくる。

台風でこんなに怖い思いをするのは初めてだ。沖縄の生活で何が嫌かと問われれば、やはり何度も繰り返し押し寄せてくる台風だろうか。今度はマカトに電話を掛けてみる。

「台風凄いけど、大丈夫?」

僕が訊ねると、マカトは「うん」と小さい声で返事をする。

「大丈夫なんだけど、今、普通に仕事中なんだ」

スマートフォンを持ちながら苦笑いしている彼女の顔が浮かんだ。

「あ……ゴメンね」

「いいんだよ」

世の中には、台風が来ても頑張って仕事に行かなければいけない人もいるのだ。僕はちょっと気まずい空気を感じたが、電話を切る前の、「アトカラヤー」というマカトの囁きが、妙に心強く耳に残った。

台風が直撃しているときは、このまま世の中が終わってしまうのかと思ってしまうが、二十四時間もしないうちに台風が過ぎ去り、部屋の雨戸を開けると、いつも決まって、いくつもの真っ白な雲が、澄み渡るような青空を、まるで大空を競い合うようにして流れていく光景が見える。


十月四日木曜日。

宗次のライブのために、夕方、原付でコザブーズハウスへ向かう途中、オスプレイが配備されている基地のゲートの前では、この日から運用が開始されたオスプレイに反対する左翼団体がシュプレヒコールを叫んでいる様子が見受けられたが、ただ怒鳴っているだけで何を喋っているのかは分からなかった。ライブが終わってから同じ場所を通ってみると、この年で一番輝いていると言われる満月の光の下、まだ左翼団体が陣取っていた。警察の護送車両も引き続きゲートの近くに駐車しているが、警備に当たっている警察官もさぞ疲れる事だろう。

「何十人も集まって、物凄い勢いで怒鳴ってましたね」

パイカジキッチンのカウンター席に座った僕は、厨房で料理を作っている賢太さんと陽子さんに話し掛けた。台風対策と片付けのために一週間ほど休業していたこの店も九日から再開したので、僕は再開初日のお昼に、バイト帰りに食事をしに来ている。台風が過ぎて何日も経つが、沖縄にはアスファルトに水を撒いてもすぐに干上がってしまうような、夏真っ盛りの暑さが続いている。

「仕事の行き帰りにゲートの前を車で通るけど、朝から晩まであんな感じだよ」

鍋をぐつぐつ煮ながら、賢太さんが淡々と答える。

「しばらく続くんだろうけど……」

陽子さんもぼそっと呟くと、それからは黙り込んだ。店内には鍋がぐつぐつ鳴る音と、陽子さんがまな板に包丁を立てる音だけが響き渡る。他のお客さんがお店に入ってくると、二人は「いらっしゃいませー」と明るい声で挨拶をして、陽子さんが厨房から出て接客する。

「お待たせー」

僕が注文した冷麺が完成すると、陽子さんがいつもどおりの朗らかな笑顔でお盆に乗せて持ってきてくれる。氷が入ってよく冷えた汁に浸けてある冷麺に、細かく切られたむし鶏と白髪ネギ、キムチ、わかめがトッピングされている。見た目は韓国料理だが、さんぴん茶を染み込ませた出汁がさり気なく沖縄らしさをオマージュしている。よく冷えた冷麺は、暑さで熱を持った身体を芯から冷やしてくれる。コップに入った水が減ると、すぐに陽子さんが気付いて継ぎ足してくれる。

東江さんにしろ京子さんにしろ、平良さんにしろマカトにしろ、価値観や思想はそれぞれ異なるものの、各々自分なりの考えを熱く語って聞かせてくるが、賢太さんと陽子さんのように、自己主張をあまり強くしないというか、誰に対しても親切に接してくれる人は、昨今の沖縄を取り巻く問題——尖閣諸島やオスプレイはもちろん、米軍基地の問題などについて、不思議なほどに一切口にしない。ライブハウスで宗次と対バンで出演するアーティストたちもそうだ。人当たりが良い人ほど、世情に関する話題を出さない。賢太さんと陽子さんにとっては、自分たちが生まれ育った石垣島の目と鼻の先まで中国の脅威が迫っているのだから、気が気ではないと思うが、普段お店で二人と顔を合わせて談笑をしていると、そんな不安を抱えているという事すら、微塵も感じさせないのだ。

十月二十一日日曜日。

夜は冷房を入れなくても、窓を開ければ寝れるくらいの気候になってきた。目を覚ますと、アパートの部屋から遠くに見える豊見城の小高い丘の向こうに、横長に浮かぶ雲の下側が赤く火照った朝焼けが見えた。心地良い涼風が部屋に流れ込んでくるが、部屋を出る頃には夏の暑さが戻ってきた。バイトをしているうちに少しずつ外が暗くなり始め、バイトを終えて店を出ると、道端に出来た水溜りが水しぶきを上げるほどの土砂降りだった。

「今日の路上は中止！　寄宮公民館で会おうぜ！」

宗次からのメールを確認すると、僕は店の前を通りかかったタクシーを拾って寄宮公民館へと向かった。エナが所属しているパランハヌルが出演する、ウチナークガニミュージックグランプリの決勝審査を鑑賞するためだ。本来、宗次は路上ライブが終わってから会場に向かって、一緒に見る約束をしていたのだった。

沖縄のタクシーは初乗り五百円と安い。おまけに、東京のタクシーに比べてメーターが上がるのに掛かる距離が長いため、メーターが上がるのが遅く感じるから、時間がゆったり流れているような錯覚をここでも覚えてしまうのだ。ただ、朝、ホテルの前を通りかかったりすると、付け待ちをしているタクシーの運転手の中には、「タクシーのご利用はいかがですか？」と話し掛けてくる人がいる事に、少々煩わしさを覚える。

さて、コンテストが始まる午後二時半ぎりぎりに会場に到着して宗次と落ち合い、三百人ほどのキャパシティがあるホールに入ると、客席はほぼ満席といった様子で、僕たちは比較的空席が残っている、だいぶ後ろの方の席に座ってコンテストを鑑賞する事になった。

「修輔君」

座席に座ると、マカトが後方から通路を降りてきて声を掛けてきた。彼女は一番後ろの席に座っていたそうだが、僕たちが入ってくるのが見えたので席を移ってきたというので、僕たちは三人で一緒に観賞する事にした。真ん中に僕、舞台に向かって右側にマカト、左側に宗次が座っている。

「最近希美さんに会わないですけど、元気にしてますか？」

「悪阻が酷いからご飯は俺が作ってるけど、休みの日はなるべく散歩したり、身体を動かすようにしてるよ」

「希美さんにも久しく会ってないなぁ。よろしく伝えておいて下さいね」

そんな会話をしているうちに、ドラムセット、ギター、ベースなどが既にセットされているステージに司会者が出てきて挨拶を始めた。今日行われる決勝審査に出場するアーティストは全部で六組。それぞれ二曲ずつ歌うそうだ。エナがいるパランハヌルは一番最初の出番だ。グランプリは四人の審査員の他、観客の投票によって決まる。観客は入り口で配られた投票用紙を使って投票するという形式だ。司会者は五分ほど話をすると、「それでは早速最初のアーティストに登場していただきます。パランハヌルの皆さんでーす！」と言いながら、ステージの上座へ下がっていき、入れ替わる形でパランハヌルの四人が上座から出てきて、自分のポジションに着く。三百人近く入った会場は、既に力強い拍手で満たされた。四人とも、うるまのショッピングモールで演奏したときと同じ、黒地にアニメチックな男の子の絵が描いてあるTシャツを着ている。

「三百人も入ると、拍手ってこんなに大きいんですね……」

僕は思わず呟いた。東京で宗次がワンマンライブをやったとき、百五十人の拍手を聞いただけでも感慨深いものを感じたが、今日はその倍の大きさの拍手なのだ。拍手を受けている方はどんな心境なのだろう？　やはり、鳥肌が立ったりするのだろうか？

「俺もいつか、これよりもっと大きな拍手を浴びてみたいぜ」

宗次はギラギラした瞳でステージを見つめながら頬を緩め、前歯の欠けた部分を覗かせる。

「皆さんこんにちわ！　石垣島からやって来た、パランハヌルです！」

ステージの中央に立ち、アコースティックギターを肩に掛けたエナは、マイクを通して元気な声で挨拶をした。

「まずは一曲目、聴いて下さい！」

そう言うと、四人はチャットモンチーの『風吹けば恋』を歌った後、エナの渾身の一曲ともいうべき『4号線』を演奏した。しっとりしたバラードの音色に、公民館に集まったお客さんはうっとり聴き入っていた。エナと同じ石垣島出身の人だろうか、中には目に涙すら浮かべて聴いている人もいる。

演奏が終わると、さらに倍近い音量の拍手が鳴り響いた。再び司会者が舞台の中央に出てくると、パランハヌルのメンバーは司会者の隣に並び、司会者の質問に答える。その間、後ろでは次の出演者が準備をしている。司会者から訊かれて、エナが『4号線』に込めた思いを語ると、観客の中には、何度も深く頷きながら聞いている人が何人もいた。やはり、この歌は多くの人に共感を呼んでもらえる歌のようだ。

続く五組のアーティストたちも、皆レベルの高い演奏をしていた。

「皆上手いな……」

あるアーティストの演奏が終わったところで、宗次がぼそりと呟いた。確かに上手いが、例えば宗次の『赤は着ないで』や、エナの『4号線』のように、特に心に響いてくるわけではない。ただ、エナも含めて、ここに来ているアーティストたちは、宗次のライブとは何かが違う。音楽のジャンルはロックやフォークソングだから、だいたい同じだし、歌の内容も、恋愛がテーマだったり、平和を願う歌だったり、人生の悲しみを歌ったものだから、宗次が常々歌っているのと同じテーマだ。ただ、同じコンテストに応募しておきながら、こうして決勝戦まで勝ち残ったアーティストと、一次審査で落選した宗次の間には、絶対何らかの差があるはずなのだ。ただ単に「審査員は見る目がない」というだけで片付けてしまうわけにはいかないような気がしてくる。だが、その差が何なのかが分からないから、胸がもやもやする。

気付けば六組全員の演奏が終わった。十五分の休憩時間の間に、観客はそれぞれ観客席の入り口付近にある投票箱に投票用紙を入れに行く。そして十五分後、客席が落ち着いた頃になると、再び司会者がステージに出てくる。

「ただ今、投票用紙の厳正なる集計をしているところです。その間、皆さんにはゲストのアーティストの演奏を聴いていただきます」

それから、昨年行われたこのコンテストでグランプリを獲得したインディーズアーティストが舞台に出てきて、ギター弾き語りで三曲歌った。歌の合間のMCでは、今度、新都心ダーリンビートで出演するという宣伝をしていた。宗次を門前払いした与儀さんがいる、あのライブハウスだ。僕はこれまで、与儀さんはアーティストを見る目がない、かわいそうな人なんだとずっと思っていた。でも現実問題、ダーリンビートでの出演を許されたアーティストは、京子さんのように有線放送で楽曲が流れたり、エナのようにコンテストで決勝ラウンドまで駒を進めたりしている。ひょっとしたら、見る目がないのは与儀さんではなく、僕の方なのだろうか？　でも高校一年生のとき、初めて宗次の曲を聴いたときの、鳥肌が立つ感覚は今でもはっきりと覚えているし、高校時代、僕が些細な事で傷付き、落ち込んでいたとき、彼の歌に何度も励まされたという事は既成の事実だ。第一、世界の東京とも呼ばれる街で百五十人も観客を集めてワンマンライブを果たしたのだから、その実力は本物である事は間違いないはずだ。では、この葛藤は何なのだろう？

「いよいよだぞ」

宗次が背筋を伸ばすと、マカトは額の前で両掌を握って祈りを込める。

「エナちゃん、優勝してほしいさぁ」

コンテストの優勝者の名前が書かれた紙を手に握り締めた司会者が舞台に出てきた。

「それでは、優勝者を発表します。ウチナークガニミュージックグランプリ２０１２、栄えある優勝者は……」

司会者がもったいぶって一呼吸置くと、会場内には張り詰めた緊張感が漂った。

「パランハヌルの皆さんでーす！」

会場内は祝福の拍手が沸き起こった。他のアーティストを応援しに来た人だろうか。中には少しがっかりしたような表情をしているお客さんもいるが、それでも、パランハヌルの四人が再び舞台に出てくると、今日で一番盛大な拍手に包まれた。舞台の上を歩きながら、パランハヌルのメンバーは涙を堪え切れないといったように腕で目を拭っている。コンテストの主催者から優勝トロフィーを渡されると、四人は少し恥ずかしそうに前を向いて照れ笑いを浮かべるが、その瞳は照明の光に反射してきらきらと輝いているのが見えた。

「去年はバンドを組んだばかりで、コンテストに出ようなんて事すら考えていなかったので、こうして決勝ラウンドの舞台に立てただけでも夢みたいです」

司会者から感想を訊かれて、ベースの女の子がそう答えると、エナは「パランハヌルで音楽をやってて、良かったです」と答えていた。

「高校を卒業したら、私たちも島を出て行く事になると思います。たとえ離れ離れになって別々の場所で生活する事になっても、石垣島の島人《シマンチュ》としての誇りを持って、色々な場所で歌い続けていきたいと思います」

司会者から今後の抱負を訊かれたエナが、優勝トロフィーを抱きしめながら客席の方を向いて話すと、客席からはまたも大きな拍手が沸き起こった。

「エナちゃん、優勝出来て良かったね!」

公民館の外へ出たところで、マカトが言った。先ほどの大雨が夢だったのかと思うほど、見事に澄んだ青空がいっぱいに広がっている。公民館の前の、タイルが敷き詰められた地面は水滴が沢山浮いている。

「優勝したのは『パランハヌルの四人』だよ」

宗次は遠くを見たまま、さらりと答えた。マカトは「確かに」と頷いてから、「でも、エナちゃんの歌声とギターの音色はずば抜けてると思います!」と言いながら、右手の拳を左掌の上でポンと叩く。僕はふと、もしもエナがバンドではなく、ソロでコンテストに応募していたらどうなっていただろうという事を考えた。マカトの言うとおり、エナの歌声とギターの技術は同世代の高校生と比べても際立っていると思うし、今日のコンテストに出場していた大人のアーティストと比べても、大人顔負けの歌唱力を誇っていた。ひょっとしたら、ソロで応募していたとしても、同じ結果になっていたのではないだろうか。

「じゃあ俺、今日は俺が晩御飯作るって約束してあるから、もう帰るね」

そう言って手を振ると、宗次は駐車場に向かって歩いて行った。

「エナちゃん、羨ましいなぁ」

濡れたアスファルトの上を二人で歩きながら、マカトが呟いた。彼女は踵がやや高いサンダルを履いているので、僕は彼女に合わせるように、歩幅を小さくして歩く。

「まだ高校生なのに、『島人《シマンチュ》としての誇り』を持ってるなんて、堂々と言えるんだもん……」

「BEGINの歌にさ、『島人ぬ宝』って曲があるでしょ？　あの曲はまさに島人のアイデンティティを歌ってると思うけど、次の世代にもしっかり伝わってるって事だね」

「うーん……」

マカトは眉間に皺を寄せて俯いた。

「私はさ、自分のアイデンティティが自分でもまだ分からないんだよ。私はウチナンチュなのか、日本人なのか、それとも……アメリカ人なのか」

僕はそれ以上、掛ける言葉が出て来なかった。マカトはこれまで、混血で生まれたという事で、自分のナショナリズムについて迷い、今でも悩んでいるのだ。エナのように、多感な高校生の年齢で自分のアイデンティティに誇りを持てるという事は、マカトにとって、雲の上のものを掴もうとするくらい、難しい事なのではないだろうか。

「ゴメンね！」

思わず足が止まった僕に、先を行くマカトが振り返ると、彼女は笑みをたたえていた。

「また重い話になっちゃうところだったね」

「いや……いいんだよ」

僕も笑顔で応えると、再び彼女に足並みを揃える。

22

日曜日の昼に雨が降る事が多くなった。ここのところ、宗次の路上ライブは毎週中止になっている。希美さんとは久しく顔を合わせていないが、「宗次は雨男やなぁ」と言ってからかう希美さんの顔が目に浮かぶ。

夜に吹く風が冷たいと感じるようになり、朝は太陽が顔を出すのがだいぶ遅くなってきた。長袖を着る事が多くなってきた十一月十七日。冷たい小雨がしとしと降る天候の中、天皇皇后両陛下が沖縄県をご来訪された。皇居からほど近い東京都内の高校に通っていた頃は何とも思っていなかったのに、陛下がご覧になられているのと同じ沖縄の空を自分も見ているのかと思うと、それだけで朝の寝覚めも良くなり、バイトはもちろん、面倒な自炊や部屋の掃除にも活力が漲ってくるのだった。

そんなある日、バイトを終え、小春日和というよりは湿度が高い晴天の下、家路を辿っていると、近くの高校に通っていると思われる女子高生三人組が僕の前を歩いていた。三人とも長袖のYシャツに紺のベストを着ているが、ブレザーは着ていない。日の光に照らされると、白いYシャツの袖はほんのり光を放っているようにすら見られた。

「私ね、昨日家に帰る途中、普天間のあたりをバスで通ったとき、オスプレイが飛んでるのを見たんだ」

「私も見たよ。やっぱりカッコいいよねぇ」

「いいなぁ……私も見たい！」

「それなのにさ、『オスプレイに向けて風船を飛ばしましょう』とかチラシを配ってる連中がいるなんて、信じられない」

「フラー（馬鹿）だよね。オスプレイは危険だって主張しておきながら、わざわざ自分たちが危険を誘発するような事をするんだからね」

「ふんっ。そんなヤツ、死ねばいいさ」

テレビや新聞では連日にわたってオスプレイがどれだけ危険なものかをアピールしているが、もはや高校生ですらその報道姿勢の偏向性に気付いているようだ。

十二月九日。日曜日。

朝、バイトへ行くと、同僚らは今年も「寒い」と言い始めているが、僕からすればまだまだ温かい。ようやく晴れの日曜日がやって来たと思ったところだが、今日の宗次は国際通りでの路上ライブを行わない事になっている。何故なら、今日は夕方から天皇皇后両陛下奉迎のパレードが国際通りで行われる事になっており、沿道はその準備で慌しい事が予想されるため、ライブは控えようという事になったのだ。

バイトが終わると、僕はパレードに参加するため、国際通りから少し美栄橋の方へ曲がった先にある緑ヶ丘《みどりがおか》公園に向かった。灰色の雲に半分以上覆われている空の下、緑の木々と芝生に囲まれた公園内にある、野球場ほどの広場は既に大勢の人でごった返している。おそらく、千人以上は集まっているのではないだろうか。人混みの向こうではエイサー踊りでもやっているのだろうか。「ミルクムナリ」という小浜島《こはまじま》の民謡が聞こえてくる。公園の入り口で、係員から片手サイズの日章旗を受け取ったところで、僕はマカトに電話を掛ける。先日、久茂地ペルリで宗次と京子さんが対バンでライブをやったとき、奉迎パレードに参加しようという話になり、宗次は希美さんの身体の事もあるので大事をとって不参加だが、僕はマカト、京子さんとともに緑ヶ丘公園で集まろうという約束をしていたのだ。

マカトから電話で誘導されるとおりに人混みの中へ向かって歩いていくと、こちらを向いて一生懸命手を高く挙げて振っている、白いシャツの上にグレーのリクルートスーツを着たマカトの姿が見えた。胸ポケットには赤いバラの花が一輪挿してある。ハイヒールを履いているので、僕よりもやや目線が高い。

「お疲れ」

活き活きとした笑顔でマカトが言うと、隣にいた京子さんも、「凄い人だかりねぇ」と、感慨深そうに周囲を見回しながら言った。京子さんは黒いリクルートスーツの下に白いシャツで、いつものロングヘアーをアップにして、後頭部のあたりで一まとめにしている。もちろん、二人とも日章旗を手にしている。

「二人とも……今日は随分おめかししてますね」

周りを見てみると、普段着の人ももちろんいるが、正装で集まっている人が多く見受けられた。中には、七五三のように子供用のスーツを着ている幼児の姿も見られる。長袖シャツにジーンズといった普段着姿の僕は、結婚式や葬式に間違って普段着で行ってしまったときのような心持ちがして、思わず苦笑いをした。公園に集まった人々は提灯を手にしている人も多く見られるが、マカトと京子さんは持っていない。

「私たちが来たときは、既に品切れだったのよ」

京子さんは残念そうに苦笑した。天皇陛下奉迎の集いの主催者はこの日のために、提灯を千本用意したそうなのだが、どうやら予想をはるかに超える人が集まったため、足りなくなってしまったようだ。

「ヤシガ（だけど）、ワッター（私たち）には日章旗があるさ」

マカトはそう言って、赤い日の丸が描かれた国旗を顔の横で嬉しそうに小さく振って見せた。

「うん！　これだけ大勢の人が集まってるんだもん。陛下もきっと、お喜び下さるはずだよ」

音楽が止むと、奉迎の会を主催している、政治家などを中心とした実行委員の方々の挨拶が続き、パレードの進路と、注意事項について説明があった。そして陽が沈み、あたりが薄暗くなり始めた頃、いよいよ、全員で目的地となる奥武山公園に向けて出発した。先頭は既に出発してから十分以上経っているが、僕たち三人はなかなか前に進めない。それだけ大勢の人がいるため、信号などで引っ掛かってしまうたびに足止めを喰らってしまうからだ。

「天皇陛下、万歳！」

実行委員の人がマイクで叫ぶと、続けて僕たちも「万歳！」と叫びながら、日章旗を振り上げる。パレードの列は大小とりどりの日章旗が舞い、提灯の灯が無数に揺れている。あたりが真っ暗になり、公園の水銀灯の光が明るく見えるようになった頃、ようやく僕たちも前に歩き出した。

「天皇陛下、万歳！」

「皇后陛下、万歳！」

「平成の御世、万歳！」

「沖縄祖国復帰四十年、万歳！」

僕もマカトも京子さんも、声を張り上げて万歳を叫びながら歩く。パレードは国際通りを右へ折れると、車両が通行止めになっている左側の車線を歩いた。沿道にいる人たちも一緒になって万歳をしている。中には日章旗を振っている人の姿も見える。

「こういう言い方をしたら不謹慎かもしれませんけど、楽しいですね！」

僕は率直な感想を述べた。何というか、パレードに参加している人たちが一体となって万歳をしながら練り歩いていると、胸が温かくなるのを感じるし、力が湧いてくる気がするのだ。

「そうでしょう！」

京子さんはまるで思春期の女の子のように瞳を煌めかせながら頷いた。

「私もこんなに胸がわくわくするのは、海邦《かいほう》国体のとき以来だわ！」

一九八七（昭和六十二）年に沖縄で国体が開催された際、京子さんは今は亡きご両親とともに日章旗を持って、今上天皇陛下でおられる当時の皇太子殿下を奉迎する集いに参加したそうだ。

「当時の私は高校二年生で、お父さんには口答えばかりしていたけど、あのときだけは、家族皆が一致団結する事が出来たわ」

「皇室のご威光のお陰ですね！　普段は仲違いしてる親子でも、団結する事が出来る」

マカトも実に清々しい笑顔で言った。やがて県庁前まで来ると、そこで催されていた奉迎イベントの参加者たちと合流して、国道五八号線沿いの歩道を歩いて明治橋を渡った。国場川沿いの遊歩道には一千本の明かりが灯った提灯が並び、人々が万歳をするたびに上下に揺れ動く。その周りにも、日章旗を持った無数の群集が集っている。僕たち三人も、奥武山公園の芝生の上に並んでいる松の木のそばに立って、万歳を連呼する。国場川には陛下を歓迎するためのハーリー船が泳ぎ、川向のビルの電光掲示板には、大きな日の丸が映し出されている。

「天皇陛下、万歳！」

「皇后陛下、万歳！」

「平成の御世、万歳！」

「沖縄祖国復帰四十年、万歳！」

ふと、後ろから声を掛けてくる人がいたので振り返ると、パイカジキッチンの古見さん夫妻だった。二人とも、山之口《やまの》貘《くちばく》という、戦前から戦後間もない沖縄で活躍した詩人の顔が大きくプリントされたシャツを着ている。

「あれ？　お店は休みなんですか？」

僕が訊ねると、賢太さんは「この奉迎の集いのために、夕方で切り上げてきたんだ」と答えた。

「今日《キュウ》ヌユカル日（今日という日）に、仕事なんてしてる場合じゃないさ！」

陽子さんも、弾けるような笑顔で、片手に持っている日章旗を胸の前に出して見せた。

「天皇陛下、万歳！」

「皇后陛下、万歳！」

「平成の御世、万歳！」

「沖縄祖国復帰四十年、万歳！」

二十分から三十分ほど続けた頃、国場川の向こうのモノレールの線路の先にあるホテルの九階の、明かりが灯された窓に、二つの黒い影が映った。

「天皇陛下と皇后陛下がお出ましになったぞ！」

公園に集まっている人たちの中から、いくつかそんな声が聞こえてきた。

「本当だ！　両陛下だ！」

賢太さんが、持っていた双眼鏡を覗きながら声を弾ませた。窓際にお立ちになっておられる両陛下は、ともに提灯を持っておられ、公園に集まった住民による万歳に合わせて、ホテルの窓に映る提灯の灯りが左右に動くのが見える。僕たちの奉迎に対して、両陛下がご返答を賜ったのだ。

「天皇陛下、万歳！」

「皇后陛下、万歳！」

「平成の御世、万歳！」

「沖縄祖国復帰四十年、万歳！」

万歳を叫ぶ声が、ひときわ大きくなる。僕は胸が一気に熱くなるとともに、身体が軽くなったというか、まるで中に浮いているような気持ちになった。こんな感覚は人生で初めてだ。

「陛下！　ありがとうございます！　ありがとうございます！」

公園に集まった人たちは、皆口々にお礼の言葉を述べる。僕は思わず目頭が熱くなり、親指の甲で涙を拭った。マカトも京子さんも、賢太さんと陽子さんも、皆瞳に涙を浮かべている。僕は日本人として生まれてこれた事を、これほどまで嬉しく思えたのは今日が初めてだ。

やがて両陛下がその場を後にされ、姿が見えなくなると、公園に集まった人たち全員で君が代を合唱して解散となった。

「今日は今年一番の思い出になったわ！」

陽子さんが、実に晴れ晴れとした表情で言った。奉迎の集いが終わった途端に、身体に吹き付ける北風が冷たく感じるが、各々家路を辿る人たちが持っている提灯の灯りを見ると、まだいくらか温もりを感じる事が出来る。

「陛下もきっとお喜びになってくれたはずよ」

京子さんも日章旗を畳みながら笑顔で言った。

「今年は父のトートーメーの事で従兄弟と揉めて裁判沙汰になったり、色々あって、心が折れそうになった事もあるけど……」

京子さんはまだ涙を浮かべたままの目で、陛下がお泊りになられているホテルを見つめながら軽く深呼吸をすると、思い切ったように言葉を続ける。

「これからも、頑張っていけそうな気がするわ。子育ても、裁判も、音楽活動も」

「京子さん……」

彼女の顔はアラフォーの母親というより、期待と不安に心揺れる一人の「女」そのものだった。どんなに歳を重ねても、子供を持つようになって、育児と仕事に追われて忙しい毎日を過ごしていても、彼女は「女」としての心を忘れてはいないのだ。

「今日は天皇陛下から力を貰えた気がする。明日の新聞が楽しみだ！」

賢太さんはそう言いながら、日章旗を畳み始めた。それからその場で僕たちも解散すると、僕とマカトは二人で明治橋を渡った。まるで祭りが終わった後のように、国場川は静けさを取り戻していて、マカトがゆっくりと歩を進めるたびに、ハイヒールの踵がアスファルトにコツコツと当たる音が妙に大きく響いて聞こえる。

「まさかこんなに大勢の人が集まるとは思わなかったから、びっくりしたよ」

僕は率直な感想を述べた。提灯を貰う事が出来なかったのは残念だが、沖縄の人たちがまさかこれほどまで日本の皇室を温かく歓迎するとは思っていなかったからだ。

「私たちが生まれるよりもずっと前」

マカトは前をじっと見つめながら呟いた。

「今上天皇陛下が沖縄をご訪問されたときに、陛下に向かって火炎瓶を投げた輩の話が、ウチナンチュが日本《ヤマトゥ》に対して憎しみを抱いてる証拠みたいに語られる事があるでしょ？」

この話を根拠に右翼の人は、ウチナンチュを愛国心のない非国民として批判する。一方、左翼の人は、何百年もの間異民族によって支配されてきたウチナンチュの気持ちを象徴する、勇気ある行動として語る。

「でもさ」

マカトは鼻を尖らせながら眉間に皺を寄せる。

「右寄りの人も左寄りの人も、火炎瓶を投げた輩の周りにいた人たちがそのとき何をしてたかって事を、もっと考えてほしいと思うわけよ」

僕は大きく頷いた。あのときだって、多くの沖縄県民が陛下を歓迎するために日章旗を持って集まっていたのだ。たった一人の心ない行いのために、ウチナンチュ全体が暴力的で反日的な民族のように枠にはめた見方をしてはいけないと思う。そういう僕自身、子供の頃に父親から火炎瓶事件の話を聞かされてから、最近になってこうして沖縄の人たちと出会うまでは、ウチナンチュの事を反日民族として見ていたのだ。今となっては、そうして偏った見方をしていた事を、沖縄の人たちに対して大変申し訳ないと思っている。

「沖縄は日本なのか否かって議論があるけど……」

明治橋を渡り終え、交差点の角へ差し掛かった。ここは歩道が広くなっている。マカトは右へ歩を進め、橋の柵に両肘を乗せて凭れる。マカトのすぐ右側には龍の頭部をかたどった銅像が立っている。

「私は、どちらとも言い切れないと思ってる」

川向の奥武山公園になおも灯っている提灯の灯火が、東シナ海に向かって流れる国場川の水面に映ってゆらゆらと揺れている。手前の橋の袂の船着場には、何艘もの小型クルーザーが停泊していて、その向こうにある漁業組合の建物はすっかり電気が消えていて真っ暗だ。

「確かに、京子さんみたいに、沖縄も日本だって言い切る人もいるけど、東江さんみたいに、違うって言われれば違う気もするよね」

僕も彼女の右隣で柵に寄りかかった。

「ワンネー（私はさ）、二十二歳になった今でも、まだはっきり分からないんだ」

彼女は溜め息を吐きながら言った。

「自分がウチナンチュなのか日本人なのか、それとも、アメリカ人なのか」

泣いているのだろうか。彼女は俯いて、目頭を手で押さえ始めたが、すぐに「でもね」と、明るい口調で言って顔を上げた。

「これだけははっきり言える。沖縄は紛れもなく私が生まれ育った島で、私の故郷は紛れもなく、この沖縄なんだよ」

マカトは前をじっと見つめたまま、力強く語り続ける。

「沖縄を守る事が出来るのは、やっぱり日本しかないと思う。今日はそれを実感する事が出来たよ」

「僕もそう思うよ」

「私はこれからも、沖縄に住み続けたい。平和な時代が、ずっと続いてほしいと思う」

そう言って彼女がこちらを振り向くと、彼女の真っ白な顔は川面に映った提灯のオレンジ色の灯りに下から照らされて、青い瞳がきらきらと輝いていた。奥武山公園から歩き始めたときは確かにコンタクトレンズを入れていたのに、いつの間に外したのだろう?

「僕もそう思うよ。希美さんは、沖縄の人たちは心が温かいって言ってたけど、本当にそのとおりだと思う。出来れば、僕も沖縄で暮らし続けたいな」

彼女は数秒間黙ったまま僕の顔を見つめると、安心したように、溜め息をホッと小さく吐いた。そしてふと僕の顔を覗き込もうとするのかと思うと、目を閉じながら僕の唇にキスをした。唇を重ねていた時間は二秒もなかったと思う。それでも、彼女の乾いた唇の温もりは、彼女が顔を離して、こうして再び向かい合っていてもなお、僕の唇にしっかりと残っている。唇を緩めて微笑を浮かべている彼女の顔を、僕はただぼう然と見つめる事しか出来なかった。何がどうなっているのかさっぱり分からない。ただ、心臓がフワッと浮いたような、体中が軽くなったような感覚が僕を包み込んでいる。

僕がしばらく黙っていると、彼女は照れくさそうに「エヘッ」と笑って、再び柵に向き直って川の流れを見つめた。

「二人で糸満へドライブしに行ったとき、修輔君、私の目が『元々青いんだったら、そのままでもいいと思う』って言ったでしょ？」

彼女は高校時代、同じ言葉を言ってくれた同級生の男子を好きになり、付き合った事があるそうだ。そして付き合い始めて間もない頃、学校が休みの日に彼の家に遊びに行く事になったとき、思い切ってコンタクトレンズを外して会いに行ったという。

「そしたらさ、玄関を開けた途端、お化けでも見るような目で見られたさ」

それはほんの一瞬の表情だったそうだが、彼女は胸にグサッと突き刺さるものを感じたらしい。目が青い事を一因にしてイジメを受けてきた彼女に、「青いままでいい」と言ってくれたから心を許したのに、実際に黒いコンタクトレンズを外して会いに行ってそんな顔をされたときの彼女の心情を思うと、何ともやり切れない。

「それからは二人で話をしてても、学校で会っても、私の事を憐れみの目で見てくるようになって、結局間もなく別れる事になったわけよ。さんざんそういう目で見られてきたからさ。相手の目を見ただけで分かるんだ」

彼女は手摺りに乗せた腕に顎を乗せて溜め息を吐いた。

「だから私、修輔君から同じ言葉を言われたときも、まだ半信半疑だったの」

それから彼女は表情を明るくした顔を上げる。

「でも、私がコンタクトレンズを落としちゃったとき、修輔君は私の裸眼を見てもドン引きするような事はなかったし、それに……」

彼女は左手を手摺りの上に残したまま僕の方を向いた。

「あの後、駐車場に戻る途中で雷雨が降ってきたとき、修輔君、私の手を握って走ってくれたでしょ？　あのときの修輔君、とても優しい手つきだった」

彼女が上目遣いでそう言うと、オレンジ色の灯りに照らされた彼女の頬が赤みを帯びる。

「あのとき私、このままずーっと修輔君に手を握っててもらいたいって思っちゃった」

彼女の話を聞いていて、僕も頬が火照ってくるようだ。彼女はあんな些細な一連の所作をはっきり覚えていて、そこまで好意的に受け取ってくれていたのだ。彼女はそれから僕に背中を向けて歩き出し、五、六歩ほど進んだところで「ねぇ」と言いながらくるりとこちらを振り向いた。

「私と付き合ってよ」

とても落ち着いた口調だが、風上に立っている彼女の声は、僕の胸に温かく響くように聞こえた。

僕は口元を緩めて彼女に歩み寄りながら、「もちろん」と力強く応える。それから僕たちはどちらからともなく手を取り合って、再び歩き始めた。

沖縄では冬に吹く北風の事を新北風《ミーニシ》と呼ぶそうだが、頬を撫でる冷たい新北風《ミーニシ》すら、今年は心地良く感じる冬だ。

23

あれだけ大勢の人が集まって天皇皇后両陛下を歓迎したのに、翌日の新聞には奉迎の集いの様子が一切報じられていなかった。代わりに、那覇市内の女性のアパートに泥酔した米軍将校が侵入した記事が一面を飾っていた。

年が明けて二〇一三年になり、一月二日はバイトが休みだったので、暖かい斜光が差し込む自宅で、マカトと二人でテレビを見て過ごしていたのだが、首里城で行われた「朝拝御規式《ちょうはいおきしき》」の様子が何回も報道されていた。「朝拝御規式」とは、琉球王国時代に毎年元旦に行われていた儀式の事で、ニュースの映像では、琉球の国王をはじめ、王子、按司、三司官や諸位諸官が数十列に並び、北京の方向へ向かって三跪九叩頭をしながら一斉に「ワン！　ワン！　ワン！　スー！」と唱える様子が映し出されていた。

「『ワン！　ワン！　ワン！　スー！』って、どういう意味？」

床に胡坐をかいて、マカトが作ってくれたフーチャンプルーを食べながら、テーブルを挟んで向かい合っているマカトに訊ねる。

「『王様万歳』って意味だけど、琉球の王様が北京の方向に向かってそれをするって事は、清国の皇帝から国家として認めてもらった事を感謝する意味が込められてるってところかな」

マカトは煙たそうに眉をしかめながらテレビを見ている。コンタクトレンズの入った真っ黒な瞳に、テレビの画面が動いている様子が豆粒のように小さく反射して映っている。彼女は自分の家から外へ出るときはコンタクトレンズを付けるから、僕と会うときでも、部屋に泊まるとき以外はほとんどコンタクトレンズを外す事はない。マカトは続けて呟く。

「王朝時代にこういう儀式をやってた事は別に問題じゃないと思うけど、わざわざ何回もテレビで放送するのが何とも……」
その一方で、我が国で毎年この日に恒例となっている、皇居で天皇陛下が国民に年頭のご挨拶をされる様子は報道されなかった。先月の提灯行列の様子が報道されなかった話も含め、偏向的な報道に今さら驚く事はないが、さすがに両陛下に対して無礼極まりない事だと思うし、皇居へ参賀した人たちにも申し訳ない気がする。

一月十九日（旧暦十二月八日）には、沖縄で行われている年中行事をまた一つ覚えた。バイトを終え、冷たい小雨が降る中、店頭の鉢植えに月桃《サンニン》の花が咲いているパイカジキッチンに行くと、この日限定で鬼餅《ムーチー》という餅がメニューにあった。「鬼餅《ムーチー》」とは、毎年旧暦十二月八日に沖縄県内で行われている行事で、島によって行事のやり方がだいぶ違うそうだが、月桃の葉に餅を包んで食べるという風習は大体共通しているようだ。

二〇一三年に入ってからも、宗次の音楽活動のペースは去年と大体同じで、毎週日曜日は国際通りで路上ライブを行い、久茂地ペルリとコザブーズハウスで月一回ずつ対バンライブを行うといった感じだ。コザブーズハウスは、昨年末に米軍兵士の夜十時以降の外出が禁止されるようになってからというもの、店に来るアメリカ人の数が極端に減ってしまった。米兵によるバンドも滅多に出なくなってしまったし、そもそも、あれだけアメリカ人だらけだった夜のコザの街が、アメリカ人がいない事で閑散としているのだ。

「街は明らかに活気を失ってしまったさ。商売あがったりだぜ」

平良さんは会うたびにそう愚痴をこぼす。

「それもこれも、左翼の連中が騒ぎ立てるからだ」

いつも、目を合わせるだけで相手を萎縮させるような鋭い眼光を放っていた平良さんの目から、明らかに鋭気が失われている。隙を見せない野性の虎というより、年老いて覇気を失くした猫のようだ。

希美さんもときどき宗次さんのライブを見に来るが、会うたびにお腹の膨らみが大きくなっていくのが分かる。僕が高校生、希美さんが大学生の頃から彼女を知っている僕としても、幸せそうな顔をしている彼女を見るのは実に微笑ましい。

マカトと付き合い始めてからというもの、彼女は仕事が休みの日にはよく家に来て、彼女がお気に入りの、八重岳で取れる材料を使って作られたパンを朝食用に買ってきてくれたり、料理を作ってくれるようになっている。沖縄に住み始めてからというもの、自炊といえばチャーハンと野菜炒めしか食べていなかった僕にとっては、自宅で食べる料理のバリエーションが一気に増えたし、それ以上に、彼女と過ごす時間は本当に心が落ち着く。まだ二人の将来の事を具体的に話し合うような事はしていないが、宗次がゆくゆくはプロになって売れるようになったら、僕はフリーター生活は辞めてマネージャー業に専念して、宗次の音楽活動のために日本中を飛び回る事になるという事や、将来的には若いミュージシャンを発掘するようなプロデューサー的な仕事もやってみたい構想がある事はときどき話している。

「修輔君は凄いなぁ。高校生の頃から将来の目標を持ってて、未だにその目標がぶれる事がないなんて」

　僕がアパートの部屋で、将来の夢について初めてマカトに語ったとき、マカトは頼もしそうな目で僕を見てくれた。でも、それから窓の外へ視線を移すと、何かに怯える猫のような目で外の景色を眺めるのだった。

「私なんてさ、アメリカーの混血だってだけで白い目で見られてきたから、社会人になったらどんな人生になるんだろうって、不安で仕方なかったさ」

「僕は、マカトがどれほど傷付いてきたのか、気持ちを理解しようとしてもしきれないけど、これだけははっきりしてる」

　僕はマカトの手を握る。

「僕にとっては、マカトがどんな生い立ちだろうと関係ないんだよ。マカトと一緒にいると落ち着くし、これから先、上手くやっていけそうな気がするんだ」

　彼女は振り向いて僕の目を見ると、口元を緩めて力強く頷いて、僕の胸にもたげる。このまま、彼女と人生を歩んでいく事が出来そうな気がする。彼女の肩を抱きながら、僕はそんな事を考えるようになった。


　ライブハウスへ行けば、顔見知りのお客さんやアーティストはだいぶ増えてきたし、アーティストが所属している音楽プロダクションにも売り込みを掛けているのだが、音楽プロダクションからは未だに声が掛からない。僕は京子さんがダーリンビートでライブをするときは、ダーリンビートに出演出来るアーティストと宗次のどこが違うのかを見極める研究を兼ねてたびたび足を運んでいる。

それまで、僕は京子さんのライブを見るとき、彼女が歌っているときの顔の表情を見ながら歌を聴いていたのだが、最近ではただ漠然と演奏と歌声を聴いたり、歌っているときの表情を見るだけではなくて、客席の最前列の、彼女を斜め後ろから眺めるような角度の席に座って、鍵盤を弾く彼女の指の動きに注目するようにしてみた。歌は別にして、彼女が奏でるメロディと、宗次が弾くピアノのメロディだけを聴き比べてみると、京子さんの演奏は両手の親指から人差し指まで、まるで鍵盤の上を流れるように弾き鳴らしている。見ているだけでうっとりしてしまうほど、滑らかに操っているといった感じだ。ダーリンビートに出演している他のピアノ弾き語りのアーティストの演奏を見ていても同様だった。一方、宗次のピアノの演奏を見ると、右手は三本の指、左手は一本の指で、規則的に、ほぼ一定の間隔でコード弾きをしているだけだという事に気付いた。京子さんに訊くと、彼女がやっている奏法はトリル、トレモロ、アルペジオといった技術で、子供の頃からピアノを習っていて身に付けたという。

単調なコード弾きよりも、京子さんのようにメロディがある伴奏をした方が曲としての深みが増すように思ったので宗次に提案してみると、宗次は「いやぁ」と言って顔をしかめた。

「ギターは自信あるんだけど、ピアノは京子さんみたいなレベルの高い弾き方は出来ないなぁ」

それまで、高校生のときから独学でピアノを始めて弾けるようにした宗次は天才だと思っていたのだが、それでもコード弾きしか出来ず、技術的には京子さんの技量には敵わないのだという。

「俺は、お玉じゃくしが読めないから……」

もっとも、宗次はギターの弾き語りがメインであり、ピアノは一回のライブの中で、多くてもせいぜい二曲やるかどうかなので、あまり気にする必要はないのかもしれない。それに、音符が読めないにもかかわらず、ピアノのコードが押さえられるのだから、ミュージシャンとしての素質は持っているといえるだろう。

ゴールデンウィーク後半の連休二日目となった五月四日には、まさにピーカンという言葉がぴったりな灼熱の太陽がアスファルトを照らす夏日となった。遠くを見ると、アスファルトが陽炎でゆらゆらと揺れているようにすら見えた。

太陽がだいぶ傾いてきて、新都心の高層マンションの陰がだいぶ暗くなってきた時間からダーリンビートで行われたライブをマカトと一緒に見に行った。石垣島の現役高校生ロックバンド、パランハヌルが出演するからだ。

この日のエナはギターと三線を両方持ってきていて、『4号線』を歌うときは三線に持ち替え、バンド形式で歌うというスタイルを披露していた。

「今年の三月七日。石垣空港は、新しく出来た空港に移行されて、その歴史に幕を閉じました」

エナは『4号線』を始める前に、以前僕にも聞かせてくれた、この歌に込めた思いを語り始めた。

「内地へ旅立っていく父を見送るとき、滑走路を歩いて飛行機に乗り込む父の後ろ姿を眺めていた送迎デッキも、飛行機が着陸するときの急ブレーキも、もうなくなってしまったのかと思うと、何だか淋しいです」

エナの話を聞いていて、僕も石垣島に行ったときの事が遠い過去の記憶のように懐かしく思えてきた。滑走路の上を歩いて飛行機の乗り降りをする空港というのも全国的に珍しいと思っていたが、今はもう、国内外多数の航空会社が乗り入れをする、ハイテクで巨大な空港に様変わりしているのだという。

「色んな思い出が詰まった空港だったので、この曲は私たちにとっても、特別な思い出になると思います」

向かって左側にいるベースの子がそう言うと、エナが「それでは聴いて下さい。『4号線』」と言って、ドラムの音からバラードのメロディが始まった。

「三線+バンド」バージョンの『4号線』は、石垣島の民謡とバラードが見事に調和されていて、とても聴き心地が良い。多くの沖縄出身アーティストがそれを実現しているように、エナもまた、沖縄音楽とバンドミュージックをチャンプルーにした音楽を表現出来るアーティストなのだろう。

「宗次さんのライブと、パランハヌルのライブを見比べてみてどう思う？」

パランハヌルの出番が終わり、ステージが暗くなって客席の照明が明るくなると、僕はマカトに訊ねた。僕たちは六つのテーブル席が用意してある客席の、後ろ側真ん中のテーブル席に座っていて、他にも十人以上のお客さんが入っている。

「勢いの良さで言ったら宗次さんの方が上だけど、エナちゃんの声はずば抜けて綺麗だよね」

マカトはさらりと答えると、いつものように、リュースカップに入ったラム酒を口にする。僕は思わず腕組をしながら「うーん……」と唸る。そんな僕の様子を見て、マカトは「何か、難しい事を考えてるの？」と訊ねてきた。

「もちろんそうなんだけど、何かこう……明らかに宗次さんには出来ない事を、エナちゃんには出来ているというか……」

今度はマカトが腕を組んで「うーん」と唸った。そうこうしているうちに、薄暗いステージの上では次の出番のアーティストが、ライブハウスのスタッフとともにギターをアンプに繋いだり、マイクの高さを調節したりしてライブの準備を進めている。準備が済み、客席の照明が消えて店内のＢＧＭが止み、ステージに立っているアーティストにスポットライトが当たる。

僕はふと、脳裏に一筋の閃光が走るような感覚を覚えた。僕はそのとき、初めて気が付いたのだ。宗次はライブハウスでも路上ライブでも、ライブをするときは曲のコードが書かれた紙をクリアファイルの冊子に入れて、それを乗せた譜面台を必ず立てて、次の曲に移る前に必ず紙をめくってギターを弾いている。でも、ダーリンビートに出演しているアーティストは皆、ステージに譜面台を立てる人はいない。高校生のエナでもそうだし、彼女と一緒にライブをするパランハヌルのメンバーもそうだし、あれだけ多彩な――楽譜にしたら相当複雑であろうメロディを弾きこなしている京子さんですら、ピアノの譜面台に楽譜を置かず、全ての曲のメロディを暗記して弾いているのだ。考えてみれば、テレビに出てくるようなアーティストは、コード表や譜面を見ながらギターを弾いている人なんていないという事に気が付いた。――宗次のライブを見に行き始めてから六年経った今頃になって、やっと気が付いた。何故、コード表をそばに置いて歌う必要があるのだろうか？

「今度……、譜面台を立てないで歌ってみてはどうですか？」

翌日。国際通りで路上ライブが終わった後、宗次に訊ねてみた。お昼前に雨が上がったばかりの街の空気はじとじとしている。

「譜面台があると、宗次さんの顔が見えづらくなる客席のお客さんもいると思うんですけど……」

宗次は恥ずかしそうに苦笑いをしながら、「いやぁ」と頭を掻いた。

「『赤は着ないで』みたいに、昔から歌ってるやつはコードを見ないで弾けるけど、最近作ったのはちょっと自信ないな」

自分で作曲したコードは一応覚えているそうだが、歌っている間に、ときどき忘れてしまう事もあるのだという。僕は楽器自体が弾けないので偉そうな事は言えないが、少し違和感を覚えた。コード表がないとちょっと自信がないアーティストでも、メジャーデビューは出来るのだろうか？

24

じっとしているだけで汗が滲み出てくるようなジメジメした梅雨が明け、肌が赤く焼け付くような暑さの、まさに本番の夏が今年もやって来た。宗次はもうすぐ子供が生まれるという事で、ライブを六月いっぱいで休止する事にした。子供が生まれると、何かとお金もかかるし、生活のリズムも変わるから、中途半端に続けるよりは一度休止して、子供を幼稚園に預ける頃になったら、再び活動を再開するという事だ。

「休止してる間に、曲作りをどんどん進めるぞ。京子さんみたいに、子供がまだ赤ん坊のうちだからこそ作れる曲もあるだろうし、これからの半年間は充電期間だ」

宗次は日を増すごとに活き活きとした表情になってきている。もうすぐ自分が父親になるという嬉しさと責任感に満ちているのだろう。

「来年の今頃はきっと、メジャーデビュー出来ているでしょうね」

僕は本人の前では笑顔でそう言うものの、本音では去年までに比べると、ちょっと自信がなくなっていた。充電期間の間に、譜面台なしで歌えるようになってくれればいいのだが……。でも、そうなってくれなければ困る。僕は高校三年生のとき、宗次からマネージャーの打診を受けて以来、宗次のマネージャーとしてビジネスを成功させて生きていくんだと心に決めたのだ。彼の音楽は人の心を動かす事が出来る。日本の音楽界の歴史を変える力があるはずだと思っている。

「ネガティブに考えていたら、いい運気も逃げていく。前向きに行こう！」

高校時代から宗次が常々言っていたこの言葉を思いだすようにして、僕は毎日暑い中、バイトに精を出すのだった。


六月二十二日土曜日。宗次から、パイカジキッチンで一緒に食事しようと誘われた。希美さんも来るという事なので、僕はバイトが終わった後にマカトも誘ってパイカジキッチンに向かった。

いくら梅雨が明けたとはいえ、沖縄にしては珍しく雨が降らない日がしばらく続いている。焼いたフライパンの上にいるような乾いた路地裏を歩いて店に着くと、既に臨月を迎えてお腹がすっかり大きくなっている希美さんと宗次がテーブル席に座っていた。カウンター席の手前側には京子さんが座っていて、僕の顔を見ると、「あらぁ」と言って明るい表情を見せる。

「修輔君！」

厨房の中にいた陽子さんがにこやかに言うと、カウンター席で京子さんの隣に座っていた長い黒髪の女性がこちらを振り向いた。

「あ、永倉さん」

平久保エナは椅子から立ち上がって僕たちの方へ向き直り、「こんにちわ」と言いながら丁寧にお辞儀をした。

「エナちゃん、いつから那覇に？」

マカトが訊ねると、エナは「今日の午前中に来ました」と答える。明日、普天間基地で開催されるフェスティバルにソロで出演するため、一泊二日で那覇に来ているのだという。月曜日から学校があるため、フェスティバルでのライブが終わったら、すぐに那覇空港へ移動して石垣島に帰るそうだ。

「芸能人並みの忙しさだねぇ」

マカトはハンカチで額の汗を拭きながら感嘆の声をあげる。僕とマカトは、宗次と希美さんとテーブルを挟んで向かい合って座る。エナはアイスコーヒーを飲みながら、こちらに身体を半分向けて座っている格好だ。

「普天間基地のフェスティバルには、どうやって出演が決まったの？」

僕が訊ねると、エナは「基地の関係者の方が休暇で石垣島に来たとき、パランハヌルのライブをたまたま見ていて、私に『出演してみないか』って声を掛けていただいたんです」と答えた。

出演の依頼が来たのはエナ一人だったという。四人ではダメかと訊ねると、ギャラが一人分しか払えないと言われたそうだ。ギャラの問題もあるかもしれないが、それだけエナの実力が抜きん出ている証とも言えるだろう。

向かいに立っている白いビルに太陽が反射した明かりに照らされて、明るさを増している店内で話をしているうちに、会話の話題はいつの間にか米軍兵士と性犯罪の話に移って行った。

「大阪の市長が『米軍兵士は風俗を利用すればいい』なんて言ったけど、よくまぁあんな事が言えるわよねぇ」

希美さんが鼻を尖らせて言うと、厨房の中から、「ほんと、あんな市長が知事をやってたところで生活していたのかと思うと、考えただけでも気分が悪くなるさ」と陽子さんの声が飛んできた。

「性欲の処理なんて一人でやればいいさ。常日頃のストレスの発散に女が要るっていう発想自体が、女を蔑視している男社会の象徴だと思う」

「米軍兵士が性欲の発散をするはけ口がないっていう意見があるけど」

京子さんも眉間に皺を寄せて話す。

「それ以上に、『俺たちは基地の外で何をやってもお咎めが来ないんだ』っていう傲慢さが原因なのよ」

確かにそれはあるかもしれない。実質的に米軍兵士の治外法権を認める日米地位協定が、米軍兵士を野放しにしているという部分はあるかもしれない。

「そもそも、『活用』っていう言い方自体、女が『物』扱いされてるようで、気分悪いです」

エナも不機嫌そうに言った。しかし、マカトだけは皆の会話の中には参加せず、アメリカ人がパスタを食べるときのように、音を立てずに黙々とさんぴん冷麺を食べているだけだった。彼女は米軍批判に繋がる話題を煙たがる。

「市長っていう立場で、米軍の司令官に向かってああいう品位のない事を言うと、日本全体の品位が下がるような気がするなぁ」

厨房でお皿を拭きながら、賢太さんが呟いた。

「俺たちが大阪に住んでた頃、あの人は府知事をしていて、『大阪や関西の安全は沖縄の人たちの犠牲の上に成り立っている』って言ってくれたときは、この人はいい人だと思ったけど、今回はがっかりだな」

すると、宗次が真っ黒な瞳を大きく見開いて天井を見上げた。

「いい事思いついた！」

突然大きな声を上げたので、僕たちは思わず背筋が伸びる。

「お腹の子が驚くでしょう。どんなアイデアが思いついたの？」

希美さんがお腹をゆっくり撫でながら訊くと、宗次さんは「米軍基地の中に風俗店を作って、アメリカの女性をそこで働かせて、米軍兵士はそこを利用するようにすればいいんだ」と、一人一人の顔を指差しながら得意気に語った。僕と賢太さんは「なるほど！」と声を揃えて頷く。

「アホか！」

すかさず希美さんは右手の中指で宗次の額にでこぴんを喰らわした。

「いっ……てぇ」

宗次は掌で額を押さえながら顔を歪める。

「それじゃアメリカの女性の人権を軽視してる事になるやないの」

僕と賢太さんは、今度は低い声を揃えて「確かに……」と俯く。確かに、沖縄や日本の女性はダメだが、アメリカの女性なら良いという発想だって、それこそ差別になる。

「エナちゃんも言ってるでしょ？『活用』とか『利用』っていう発想自体が女性に対する差別なのよ」

希美さんは前を向き直して話を続ける。

「神戸大空襲では、福原《ふくはら》地区にあった遊郭街の遊女の大半が亡くなったけど、そのうち約八〇％がウチナンチュだったそうよ。遊郭は高い塀に囲まれて隔離されていたから、逃げ場がなかったのよ。皆、親がお金がなくて、福原に売られて来た人だったって、祖母から聞かされたわ。行き着くところがなくなって身体を売らなければいけない女性がいるのは昔も今も一緒。でもだからといって、そういう選択肢をわざわざ女性に提供するのは良くない」

希美さんは今度は宗次の耳たぶを摘《つま》む。

「基地の中だろうと外だろうと、風俗店を作ろうって発想が歪んでるのよ！」

耳たぶをつねられた宗次は首を捻りながら「いてててて……」と悲鳴を上げてから、「分かった分かった。考えを改めます」と、泣きそうな声を出した。

「そもそも」

陽子さんが厨房から出てきて、エナの隣に座った。

「風俗店を活用したとして、性犯罪がなくなる根拠があるのかしら？」

「うーん……」

そう言われてみると、確かにそうかもしれない。全国各地、人が集まるような歓楽街には風俗店が多いが、そうした地域の周辺で性犯罪が全く起きていないのかと問われれば、そんな事はないと思う。

「市長の発言を、米軍が問題視している事も問題のような気がします」

エナが語り出すと、皆の視線がエナに集中する。

「実は私、先週までアメリカにホームステイに行ってたんですけど……」

アメリカでは、売春を合法的に認めているネバダ州以外では御法度であるものの、売春街がある州が多く、日常的に売春が行われているという話を聞いたそうだ。

「戦後、アメリカは駐留軍の兵士を癒やす場として、日本各地に遊郭街を作らせたじゃないですか。アメリカが一方的に市長だけを批判しているのもおかしいと思います」

確かに、戦争が起きた場所では、軍人が現地の女性を襲うという事件が多発しやすいという話を聞いた事がある。そうした観点からすれば、少しでも性犯罪の抑止に繋がるのであれば、宗次さんが言ったように、米軍基地の中に風俗街を作るという案も一理あるような気がしないでもない。実際、琉球王朝時代には、倹約や戒律に厳しく、厳格なまでの事業仕分けを行った三司官の蔡温でさえも、薩摩藩の在番奉行や清国から来た冊封使が大勢滞在する那覇において、「辻の存在は必要である」と言って、遊郭街を存続させていたのだ。

「アメリカって、いつもそうよね」

京子さんがうんざりしたような顔で溜め息を吐く。

「間違っているのは相手の国で、アメリカこそが正義だって主張する」

京子さんはそう言って、グラスの中の氷が小さくなったアイスコーヒーを苦そうにストローで飲む。

「私、ワシントンにある、アメリカの歴史の成り立ちに関する資料が展示されてる博物館に行ったんですけど」

今度はエナが口を挟む。

「第二次大戦で日本が降伏したときの新聞の見出しが展示されてたんです」

新聞の見出しには「Ｊａｐが降伏した！　世界に平和が訪れた！　民主主義の勝利だ！」と書かれてあったそうだ。

「アメリカは戦争に参加するとき、『これは正義と民主主義の戦いだ』って必ず主張します。第二次世界大戦でも、朝鮮戦争でもベトナム戦争でも、イラク戦争でもそうでした」

イラク戦争という言葉が出たとき、マカトは箸を止めて少しだけ首を伸ばす反応を見せたが、またすぐに下を向いて食事を続ける。

「アメリカは、他国がやる戦争は侵略戦争だけど、自分たちがやる戦争は正義の戦いだって言い張るというわけだ」

宗次が言うと、希美さんも「傲慢な国やなぁ」と吐き捨てる。

「アメリカも、市長をただ批判するだけじゃなくて、米兵による性犯罪をなくすための具体的な対策を、真剣に考えるべきだと思います」

エナが言った言葉は、問題の本質を突いているような気がする。そもそも、米兵による婦女暴行事件が横行しているからこそ、こうした論争が巻き起こるのだ。もちろん、以前平良さんが話してくれたように、米兵による婦女暴行事件の大半は、その背景には一方的に米兵が悪いとは言い切れない部分があるし、日本人による犯罪だって多い。でも、くだらないトラブルを起こす米兵のために、米軍の悪いイメージがマスコミや左翼団体によって市民に植え付けられ、コザブーズハウスのように、商売に差し障りが生じて損害を被る人も出ているのだ。エナの言うように、アメリカこそ問題を真剣に考えてほしいものだ。

議論も尽きそうになかったが、マカトが良い気分ではない様子なので、僕はマカトが食事を終えたところで、もう帰るか小声で訊ねた。マカトは僕の目を見て小さく頷く。

「じゃあ、僕たちはそろそろ……」

「あれ？　もう帰るの？」

僕とマカトが席を立ち上がると、宗次が少し驚いた表情を見せる。

「実は、ちょっと体調が悪いんです。希美さんに熱を移しちゃいけないし」

僕が笑ってごまかすと、マカトは、「元気な赤ちゃんが生まれるといいですね」と言って、微笑を浮かべた。

「ありがとう。生まれたら修輔君に真っ先に知らせるね」

希美さんはそう言って笑窪を見せた。


「どうして人って……」

店を出ると、真夏の太陽に照らされて白い光沢を放っているアスファルトの上を歩きながら、マカトが若干俯き加減に呟いた。コンクリート造りの家々も、赤瓦の屋根も、皆熱を放っているように見える。

「自分が経験してもいない事を、偉そうに正義感ぶって話すんだろう?」

口を尖らせて話すマカトの横顔に、僕は「誰の事を言ってるの?」と訊ねるが、彼女は僕の問いには答えず、話を続ける。

「辻《つじ》の遊郭は、確かに親に売り飛ばされて来た女性が多かったし、時代が変わったとは言っても、お金に困ってて身体を売る仕事に就かざるを得ないっていう根本的な部分は、昔も今も一緒だと思う。でも、遊郭の中には遊郭の社会があって、上下関係もあればしきたりもあるし、プライドを持って働いてる女性だっているわけさ」

マカトの母方のお祖父さんは、大東亜戦争では鹿児島の知覧《ちらん》で終戦を迎えたそうだが、基地の近くに慰安所があり、そこでお祖父さんは初めて女性の身体を知ったという話を聞かされたそうだ。

「いくらお国のためとはいえ、若い男が女を知らないまま死んでいくのは可哀相だからといって、先輩に連れて行ってもらったと言っていたさ」

彼女は静かながらも、はっきりとした口調で話す。

「誰だってそうじゃない？　今日は元気でぴんぴんしてる人だって、ひょっとしたら、明日はないかもしれないんだよ？」

確かに、僕たちが生まれ育った時代は、今のところは平和な時代が続いているが、明日自分が死ぬかもしれないという極限の仮定をしたとき、一夜の妻や恋人となる、最初で最後の女性はどういう存在に見えるのだろう？　僕には想像もつかない。

「女の視点に立ってもそうだよ。自分が相手をする男が、明日は爆撃に遭って死ぬかもしれないわけさ。国のために死んでいく男の、最初で最後の相手が自分なんだよ？　どんな思いで一夜を過ごしたか、私には分かろうとしたって分かりきれないさ」

車が多い片側一車線の通りまで出ると、マカトは僕たちが歩いていく方に向かって右側――辻の方向を親指で指し示した。

「上原栄子《うえはらえいこ》さんみたいに、戦争で焼け野原になった遊郭を復活させるために、アマハイクマハイ（東奔西走）して仲間を集めてお金を集めて、遊郭を再興させた尾類《ジュリ》（遊女）だっていたんだよ。差別だ蔑視だって、世間の人は知ったかぶって勝手な事を言うけど、遊郭で暮らす女性の気持ちなんて、その世界に身を置いてる人にしか分からないんだよ。もちろん私にも分からない。むやみに語っていい問題ではないと思う」

「随分肩を持つね」

「私のお母さん……」

通りを左へ折れて、国道五八号線に向かって歩きながら、マカトはぼそりと呟く。

「辻ヌ尾類（辻の遊女）だったからさ」

「え……？」

ちょうど、道路を渡る横断歩道が赤信号に変わったところだったので、僕は立ち止まって彼女の横顔を振り向いた。無表情だった彼女は僕の方を向くと、ほんの僅かに唇を緩めて再び前を向く。僕はどんな言葉を返せば良いか分からない。遊郭や風俗業界の人なんて、まるで別世界の人の事だと思っていたのだが、まさか自分に一番身近な存在のマカトが尾類の子供だったなんて、あまりに予想外の事だった。彼女の真っ白な首筋に整った顔立ち、それに青い瞳を見ていても、卑しさなんて全く感じない。

「だからよー」

信号が青に変わると、彼女はあっけらかんとした口調でそう口ずさみながら、スキップ気味に横断歩道を渡り始めた。僕は遅れないように早歩きで追いかける。


翌日の夜、インターネットでエナが夕方頃に更新したブログを見てみた。

「普天間基地のフェスティバルで歌ってきました！　アメリカ人もウチナンチュも、皆デージ盛り上がってくれましたよー！

基地の中にはカフェテリアあり、ボーリング場あり、フィットネスクラブあり、野球場やフットボール場もあって、それぞれの場所で色んなイベントをやってました。出演時間の前には、兵隊さんがやってる屋台で買い物と食事もしましたよ。アメリカの文化を肌で感じるひとときでした！　アメリカにホームステイに行ったときも感じたけど、日本はアメリカの文化を追い掛けてるんだなぁって感じます。

今年はオスプレイの問題があって、開催されるかどうか危なかったそうですが、地元の方々の尽力で、何とか例年通りの開催実現に漕ぎ着ける事が出来たと聞きました。基地の周辺には、基地を批判する横断幕や張り紙がありますが、フェスティバルに参加してみて、ウチナンチュもアメリカ人も、分け隔てなく仲良く暮らしているんだって印象を持ちました。

中学時代、修学旅行で沖縄本島を訪れたとき、真っ赤な首里城を見て、感動というよりも、レプリカなのが残念だなって感じた事を今でも覚えています。沖縄戦では、沖縄の文化財が破壊されました。それでも、日本とアメリカ、どちらが正しくてどちらが間違ってるかとか、関係ないと思います。戦争ではウチナンチュもヤマトゥンチュもアメリカ人も大勢亡くなりました。それでも、今の沖縄ではウチナンチュもヤマトゥンチュもアメリカ人も仲良く暮らしてます。仲良く暮らしているように見えて、一方では犯罪を犯す米兵がいたり、米兵に暴力を振るう左翼の人もいる。何か矛盾してる気もするし、米軍基地のあり方については人それぞれ色んな考え方があると思います。でも、こうしてフェスティバルを開催する事が出来るっていう事は、私たちは現在《いま》、平和な時代を生きている証だって事だと思います。

戦争のない、平和な時代が、いつまでもずっと続く事を祈りつつ、石垣行きの飛行機に乗って帰ります！　今日は皆さん、ありがとうございました！」

昨日のエナの話し方では、彼女はアメリカに対して批判的な見方をしているような印象を持ったのだが、このブログを見る限りではそうでもない。というより、むしろ好意的な印象すら感じられる。頭ごなしに批判するわけでもなければ、全面的に肩を持つわけでもない。エナのような人こそが、物事を総体的に、偏りのない見方が出来る人といえるのではないだろうか。僕が高校生の頃は、ここまで広い視野を持って世の中を見る事は出来なかった。沖縄に限らず、日本全国、米軍基地がある地域は基地による被害に苦しんでいて、軍隊の存在こそが戦争の根源なのだ、くらいにしか思っていなかった。エナのようなものの見方を出来る人こそが、世の中を上手く渡っていけるような大人になっていくのかもしれない。

25

「グスーヨーチューガナビラ（皆さんご機嫌いかがでしょうか）！　エナヤイビーン（エナでーす）！　最近、私のブログのアクセス数が物凄い勢いで増えてます。デージ（とても）嬉しいです！
大阪滞在二日目だった昨日は、大阪市内のホールで行われたコンテストにソロで出場してきました。十組いた出場者はほとんどが関西《かんさい》のアーティストでしたけど、関西以外の方では、東京と北海道から来た方もいました。結果はなんと、優秀賞を獲得する事が出来ましたよー！　大きなホールで、百人以上もお客さんがいる前で歌わせてもらえるだけでも嬉しいのに、大勢の方が私に投票してくれて、『4号線』を聴いて思わず涙が出てきたと言って下さったお客さんもいました。もう幸せです！

今日は大阪の下町をぶらぶら散策してみました。大阪の人って商売が上手ですね！　商店街を歩いていると、お店の前でご主人や奥さんが気さくに話し掛けてくるんですけど、私の好みのファッションだとかを察して、値段をまけてくれたり、サービスで他の一品を付けてくれたり、お客さんが『得をした』と思えるような商売をするんです。石垣島ではせっかくの書き入れ時のゴールデンウィークでも、観光客がいっぱい歩いてる通りにあるお店が定休日だからって休んじゃったりしてる光景を見るけど、勿体ないと思います。ウチナンチュも、大阪の人たちの商売上手なところを見習うべきだと思いました！」

七月二十八日の夕方に更新されたエナのブログには、コンテストの会場となったホールの写真や、優秀賞のトロフィーを持って笑みを浮かべている彼女の写真が掲載されていた。彼女が受賞したコンテストは、これまでメジャーデビューを果たしたアーティストが何人も受賞してきたものだ。このまま、音楽活動を休止している宗次よりも先にメジャーデビューをしてしまうのだろうか。僕の中に、焦りのような、ある意味嫉妬のような気持ちが芽生えてきたのも事実だが、宗次本人はこうした事について何も言ってこないし、宗次を支える立場の僕が慌てても仕方ない。

——と、言うより、彼は六月三十日に待望の赤ちゃんが生まれたのだが、それからというもの、毎日ブログに赤ちゃんの写真を載せて幸せアピールをしているばかりで、アーティストというよりも、どこにでもいる一般的な親バカのようになってしまっているのだ。

「午前五時一分、この世に生を享《う》けました。夏美《なつみ》です」

生まれてから二時間ほどしてから、宗次から赤ちゃんの写真付きメールが来た。生まれたのは女の子で、夏美という名前は、戦後間もない頃、沖縄本島と石垣島を中心に、日本の内地や台湾、香港、フィリピンなどを股にかけて密貿易をして富を築いた金城夏子《きんじょうなつこ》にあやかって命名したのだという。闇商売の世界で活躍した人なので教科書などに載る事はないが、危険も顧みずに海を渡って商売を成功させ、戦後沖縄経済の発展に貢献した人物で、希美さんは以前から夏子女史の事を尊敬していたというのだ。

「あの時代は本当に何もない時代だったみたいだから、綺麗事は通用しなかったみたいね」

二十八日の夜。コザブーズハウスのカウンター席に座っている僕とマカトの間に立って、京子さんが言った。今日はこれから京子さんがライブをやる日だ。

「私の父も、戦後間もない頃は、米軍基地に忍び込んで戦果を上げて、それを闇市で売ってお金を稼いでたって言ってたわ」

「戦果？」

僕が首を傾げると、京子さんはにやりと笑った。

「やってる事自体は泥棒だけど、当時の人たちは米軍基地で盗んできた洋服や食糧の事を戦果品って呼んでたそうよ。見つかったらもちろん逮捕されるけど、父は一度も見つからなかったぞって、自慢げに話していたのを覚えているわ」

「ある意味、夢がある話ですよね」

マカトはしみじみと頷く。

「もちろん今の世の中だったら絶対やっちゃいけませんけど、皆が生きるために必死で、より良い生活を求めて海の外へ出たり、色んな事に挑戦していたわけですもんね」

「何もない時代だったからこそ、何でも出来たわけさ」

今度はカウンターの中にいる平良さんが煙草を吹かしながら言った。

「金城夏子の部下として密貿易をやってた連中の子供や親戚が、後に県知事になったり、起業して、今ではその会社が県内の大手企業になってたりする」

平良さんは目を細めながらにんまりと笑う。皆は嬉々として語っているが、当時の人たちは、実際にはやはりかなりの危険を伴う挑戦をしていたのではないだろうか。船を使って台湾や内地へ行くにしても、パスポートも持たず、渡航許可もなしに密貿易をしていたのだから、見つかったらそれこそ重罪に問われるし、途中で嵐に遭って命を落とす可能性だってあったはずだ。その時代を必死に生き抜いた先人たちの努力があってこそ、今の世の中があるのだ。こうした先人たちの歴史というのも、しっかりと後世に語り継いでいく必要があるような気がする。

八時を過ぎた頃に、赤いワンピース姿の京子さんがステージに登壇して、ピアノの弾き語りを始めた。ホールには京子さんを目当てに来たと思われるお客さんが五名ほどいるが、やはりアメリカ人の姿は見当たらない。

「今日は、皆さんに報告する事があります」

二曲ほど歌い終えたところで、京子さんはお客さんの顔を一人一人見渡すようにしながら話し始めた。

「去年から、父のトートーメーの事で、従兄《いとこ》と裁判で争っていたのですが、先日、判決が出ました」

会場内には息を立てる音すら憚られるような、厳かな空気が漂う。京子さんは一度息を大きく吸って、ゆっくりと吐いてから、思い切るようにマイクに口を寄せる。

「皆さんの応援のお陰もあって、見事、勝訴を勝ち取りました！」

誰からともなく、会場内にいたお客さんは皆温かい拍手を送った。僕とマカトも拍手をする。

「ようやく従兄も、もうこれ以上争う気はないと言って、引き下がってくれています。判決が出た後は、父の墓前にしっかりと報告しておきました。きっと父も、お空の上で喜んでくれている事と思います」

それから京子さんは、今や彼女の代表曲とも呼べる『父さん』を、「父への感謝の気持ちを込めて」、力一杯に歌った。お父さんが亡くなってから、この二年弱の間、彼女にとっては本当に辛い期間になった事と思う。自分の親の子供として当たり前の権利を主張するだけなのに、親族といがみ合い、裁判を闘うような泥濘を味わったのだ。歌い終えたとき、彼女の瞳からは、一筋の光が頬を落ちていくのが見えた。きっと、感極まるものがあったに違いない。

「京子さんのお子さんから見たら、どんな母親に見えるかな？」

僕はマカトの方を向いて訊ねてみた。京子さんはいつだったか、自分が闘う事で、自分の子供に親の背中を見せる意味もあるという事を話していた。マカトはラム酒を一口飲むと、楽屋に引き揚げていく京子さんを見ながら口を開く。

「どうだろう？　私のお母さんは何か活動をしたり、誰かと闘ったりって事はなかったけど、もしも京子さんみたいな生き方をしていたとしたら、今頃はきっと、もっと自分のお母さんを尊敬出来ていたかもしれないな」

僕の親は夫婦揃って完全左翼の人間だから、事あるごとに国家の体制を批判して、皇族の批判をしていた。僕は家庭でも学校でも、愛国心のかけらもない教育を受けて育てられたが、自分の祖国を嫌うというよりもむしろ、そんな偏った教育をしてくる親を鬱陶しく感じていた。京子さんのように、日本を良くして行こうという気持ちを持っている親だったら、もう少し歩み寄る事が出来ていたかもしれない。

京子さんを見に来たお客さんらは、ホールへ降りてきた京子さんと挨拶を交わしてから続々と帰っていき、店内にいる客は僕とマカトだけになった。

「私、そろそろ帰るけど……」

楽屋で着替えを済ませた京子さんは僕たちのところへ来てそう言った。

「いいですよ。私たちは、もう少し飲んでから帰ります」

マカトはそう言うと、両手の親指を立てて見せた。

「裁判、勝てて良かったですね！」

僕も「おめでとうございます！」と笑顔で声を掛ける。

「ありがとう。これも、皆が応援してくれたお陰よ」

京子さんはそう言ってにっこり笑った。長期間にわたる裁判の心労のせいだろうか。笑ったときに目の下に出来る皺の数が増えたような気がする。

「京子さん、これから益々楽しみですね！」

京子さんが店を出て行くと、マカトがカウンター越しに平良さんに言った。平良さんは眉間に皺を寄せて煙草をくわえたままグラスを磨きながら、「んー？」と気の抜けたような声を出す。

「裁判も決着が着いて、音楽活動にも一層集中出来るようになりそうですね！」

「ふーっ」

平良さんは磨き終わったグラスを置くと、煙草を人差し指と中指の間に挟んで大きく煙を吐いた。

「別に、興味ないさ」

平良さんの険しい表情からは、裁判の件に関して話題にしたくなさそうなオーラが感じ取れた。僕とマカトはちらりと目を合わせると、気まずい空気に包まれた。

「ふーーっ」

平良さんは再び大きな煙を吐くと、背中を丸めて疲れきったような表情を見せた。

「去年の今頃だったら」

平良さんは煙草の先をホールへ向けた。

「この時間でもまだまだアメリカーが沢山飲んで騒いでたさ。それが今じゃ日付が変わる前に店じまいをする有様だ」

平良さんの目からは、野生の虎のような鋭さが明らかに失われている。確かに宗次が出演してた頃は、アメリカ人のお客さんやバンドも沢山出入りしてて賑やかだった。昨年末に、米兵将校による住居侵入事件があって、深夜の米兵の基地外への外出が禁止されて以来、ブーズハウスはもちろん、コザの街全体が、明らかに輝きを失っている。アメリカ人が夜遅くまで街を出歩いていた去年までが、まるで遠い昔の事のようにすら感じてしまう。

「昔は良かったさぁ……」

平良さんは煙草をくわえると、溜め息とともに真っ白な煙を吐いた。店の中はしーんと静まり返っていて、グラスを持ち上げるときに氷が揺れる音すら大きく響いて聞こえる。

「街ではウチナンチュもアメリカーも関係なく、皆仲良く暮らしてた。アメリカーは気前がいいから沢山金を落としていくし、チップもくれる。うちの店だって、半分以上はアメリカーだったんだ。それが、たった一人の将校がくだらない事をしただけで、売り上げが半分以下になっちまった」

僕は平良さんの心情を思うと、何も言えなかった。活気を失ったこの店と街を元に戻そうとしたって、僕たち一般市民には成す術もない。励ましの言葉を掛けたところで、軽率だと思われるだけだ。マカトも、悲しそうな目で平良さんを見つめている。

「俺はときどき考えるんだ」

平良さんは顔を上げて、遠くを見るように話し始めた。

「沖縄が日本に返還されずに、もしもあのままアメリカ世《ユー》がずっと続いていたとしたら、今頃はどんな世の中になってたのかなぁ……ってな」

平良さんは吸い終わった煙草を灰皿に押し付け、マカトは平良さんを見ながら嬉しそうに薄笑いを浮かべて頷く。

「名ばかりの琉球政府の上に米軍政府がいるような、俺が生まれ育ったときのようなシステムじゃなくてだな。ハワイみたいに、アメリカ合衆国の州として琉球州を設置して、琉球州の住民による選挙で州知事を選んで、州政府が沖縄の政治を行えばいいわけさ」

平良さんは親米派だという事は知っていたが、まさかこうした発想まで持っているとは思わなかった。彼は以前に比べてだいぶ老けたような声で話を続ける。

「日本は実質的な中央集権国家だが、アメリカは違う。州によって法律が違うし、それぞれの州の地域性に沿って、それぞれの文化を尊重した自治が認められてる。もしもアメリカ世《ユー》があのまま続いて、沖縄が琉球州になったとしても、沖縄独特の文化が廃れる事はなかったはずだ」

現実的にこれからそういう道へ進む事はまずあり得ない気もするが、確かに一理はある気がしないでもない。米軍政府の高等弁務官が実権を握るのではなくて、アメリカの「州」としての沖縄であれば、「琉球」という国家として存続は出来なくても、ウチナンチュによる自治は実現出来ただろう。

店を出ると、僕とマカトはバス停に向かって手を繋いで歩く。街を行く人の数は疎らで、既に明かりが消えている店もあった。空の上ではいくつもの薄い雲が駆け足のように過ぎ去っていく。月にかかると、雲はほんのり白く輝きを放つ。

「アメリカ合衆国琉球州か……」

歩きながら、僕は呟いた。

「そうなってたとしたら、確かに面白いかもね」

「でも、それはそれでデメリットもあるとは思うけどね」

マカトは難しい顔をして首を右へ左へ交互に傾げる。

「デメリットというと？」

「アメリカ世《ユー》でも、ウチナンチュは日本の内地に出稼ぎに行かなきゃならない人が大勢いたわけだから、もし合衆国の州に昇格したとしても、貧乏《ヒンスー》な生活がいきなり改善されるわけじゃないし、やっぱり日本の内地に出稼ぎに行く人は多いままだったと思う」

確かに、アメリカ世《ユー》に内地で生活していたウチナンチュは、外国人だからという事で給料も安かったり、職場などで差別的な扱いを受ける事も多かったと聞いている。合衆国の州になったからといって、こうした問題が解決されるわけではないと思う。

「ワンネーアメリカンシチヤシガ（私はアメリカも好きだけど）、現実的な事を考えたら、やっぱり日本の方がいいのかなって思う」

僕たちは片側二車線の国道三三〇号線を渡る。初めてこの街を訪れたときは、国道に建ち並ぶ黄色い街灯の光が、賑やかなコザの街を彩っているように感じたものだが、今ではその街灯すら、寂しげに光っているようにすら見えてしまう。

「ワンネー」

バス停の前まで来ると、マカトは国道を行き交う車の流れを眺めながら言った。

「イギリスみたいな連邦制が理想的なんじゃないかなって思ってるんだ」

マカトが言っているのは、あくまでも日本の天皇を国家元首とした上で、沖縄県の領域は沖縄独自の行政を行う「カントリー」として位置付けるという構想らしい。

「沖縄もそうだけど、関東と関西でも文化や気質が違うし、九州や東北でも、それぞれ独特な地域性があるでしょ？　それぞれの地域性に合った行政を、それぞれの地域の人たちが自分たちで作っていけたらいいなぁって思うんだ」

彼女の真っ黒なコンタクトレンズには、国道を行き交う車のヘッドライトが左右へ流れていくのが映っている。

「私は政治の評論家や学者じゃないから、難しい話はあまり分からない。でもね」

マカトは僕の目を見つめて話を続ける。

「去年、天皇陛下が沖縄にいらしたとき、奥武山公園で一緒に奉迎をしたでしょ？　あのとき、私は確信したんだよ。『日本』ていう国家の存在があるからこそ、沖縄の存在があるし、天皇の存在があるからこそ、ウチナンチュもヤマトゥンチュも、日本人としての誇りを持つ事が出来るんだよ。根拠を訊かれても、理屈じゃ上手く答えられないけど、そんな気がするんだ」

確かに、イギリスでもスコットランドで独立運動を展開している勢力もあるが、今のところ「イギリス」という連合国家として上手く成り立っているように思う。マカトの話を聞いて、必ずしも「自治＝独立」とは限らないんだという事に気付かされた。

「マカト」

「うん」

「沖縄はこれから、どうなっていくんだろう？」

「さぁ……」

彼女は遠くを見ながら溜め息を吐いてから、もう一度僕の方を見る。

「ナイルクトゥヌナイサー（なるようにしかならないよ）」

眉毛を上げておどける彼女の笑顔を見ると、何故か安心する。これから先、世の中がどうなっていくかは誰にも分からない。それでも、平和な時代が続いてほしい事だけは確かに言える。


八月十八日日曜日。

前日に沖縄本島南部で発生した熱帯低気圧がいつの間にか台風に変わり、西へ西へと離れて行ったが、那覇は朝から風が強く、昼過ぎにバイト先の店の中から外を覗くと、街路樹の枝は風に揺れるというより、何かの力によって引っ張られているかのように伸びていた。夜は久茂地ペルリで京子さんと東江さんが対バンでライブをする事になっており、台風で店が休みになるか心配していたのだが、バイトを終える頃には空も晴れてきて、太陽が建物の陰に隠れる頃になると風も収まってきた。いつもなら店が開店している夜の八時頃に久茂地ペルリに行ってみると、建物の階段を地下へ下りたところにある扉には「準備中」という札が掛かっていた。試しに扉を開けようとしたのだが、ドアノブを回しても鍵がかかっていて開かない。ノックしても何の反応もない。ドアの前で立ちすくんでいると、台風一過の湿気でじっとしているだけで汗が滲み出てくる。どうやら台風の影響に考慮して休みにしたのだろうか。階段を上りかけると、一緒にライブを見る約束をしていたマカトが降りてくるところだった。

「お店、やってないの？」

「誰もいないから、休みみたいだね」

僕たちは仕方なく、県庁前の広場を抜けて西地区のパイカジキッチンへ食事しに行く事にした。店に着くと、テーブル席に京子さんと東江さんが向かい合って座っていた。東江さんが座っている椅子の隣にはギターケースが立て掛けてある。京子さんは僕たちの顔を見ると、「あら？　奇遇ね」と言って彫りの深い目を大きくする。

「久茂地ペルリに行ったら店が閉まってたので、こちらに来たんですけど……」

京子さんは今度は目を細めて申し訳なさそうな顔をした。

「あら、悪かったわねぇ。私と良安君も店の前で一時間くらい待ってたけど知花さんが全然来ないからケータイに電話したら、今日は中止にするって言われちゃったのよ」

「この天気なら充分出来たと思うけど……仕方ないですね」

マカトは明るい口調でそう言った。東江さんはそんな僕たちのやりとりをひととおり見ると、「ふんっ」と鼻で嘲笑した。東江さんは赤いTシャツを着ていると思ったら、胸に中国の国旗が印刷されている。僕はちょっと気味悪さを感じつつ、マカトと一緒にカウンター席に座り、やんばる若鶏のグリル定食を二人で注文した。

「だからさー京子さん。沖縄は独立するべきなんだって」

どうやら京子さんと東江さんは沖縄のあり方について議論しているようだった。東江さんはビール、京子さんはハイビスカス茶を飲んでいる。

「戦前はアメリカやヨーロッパに植民地にされてたアジアの国々は皆独立を果たしたのに、沖縄だけが未だに日本に植民地にされている。おかしいじゃないですか」

「だからぁ、沖縄だって元々日本だったんだってば。琉球王国は日本からやって来た人たちが作った国だったのよ」

「源為朝伝説の話をしてるのか」

東江さんはいつものように鼻で嘲笑う。

「八丈島に流された為朝が琉球に流れ着いて島の女性との間に出来た子供が舜天王になったって伝説はあまりにも信憑性がない。羽地朝秀が唱えた日琉同祖論だって、薩摩に支配されてた時代だったからこそ、薩摩に気を遣いつつ、琉球人に、薩摩による支配を納得させるためのこじ付けだったんですよ。戦時中の皇民化政策下では、沖縄支配を正当化するために日本《ヤマトウ》が為朝伝説や日琉同祖論が利用されたわけさ」

「為朝が琉球に来たっていう話は確かに信憑性が低いと思うわ。でも、平家の落ち武者が集団で琉球に来たって可能性は充分あるわよ。舜天が利勇《りゆう》と戦ったときに率いていた軍勢が身に着けていた武具は、保元・平治の乱で戦った源平の侍が身に着けていた鎧兜、日本刀や弓矢と同じだったって記録があるわ」

「羽地朝秀が書いた中山世鑑《ちゅうざんせいかん》に書かれてる話ですね。彼は少年時代から何度も薩摩に留学して、古今東西あらゆる日本《ヤマトウ》の文献を読んでたから、保元平治物語に書いてある内容を真似しただけだと思いますけどね」

実際にその時代に書かれた文献が残されていない以上、推測の域を出ないとは思うが、京子さんの話もあながち完全に否定する事も出来ないと思う。ウチナーグチには鎌倉時代の武士の言葉と同じ言葉が多くあるというし、十二世紀末の琉球の人々にしてみれば、日本の武士が使っていた武具は当時の最新兵器だったに違いない。強力な武器を持った集団が浦添城を中心にして新しい国を作り始め、琉球でも文明が発展し始めたという可能性はあると思う。京子さんはハイビスカス茶を一口飲んでから話を続ける。

「琉球王国は独立国家だったって言われるけど、明治維新前の日本はどこの地域も大名が自治を行う『国』だったのよ。その上に、全国の大名を支配する機関として江戸幕府があったでしょ。琉球の国王だって大名と同じ。江戸幕府、あるいは薩摩藩に管理されながら琉球っていう『国』を統治していた支配者だったのよ」

「それがこじつけってもんですよ。ルソンやシャムがそうだったように、琉球王国は明国や清国からの柵封を受けて国として認められていたわけであって、それを薩摩に一方的に侵略されただけだったんだ」

「中国から柵封を受けていたから日本とは違う独立国家だっていうなら、漢倭奴国《かんのわのなこく》の称号を貰っていた福岡県志賀島《ふくおかけんしかのしま》は独立国家になるの？　邪馬台国《やまたいこく》がどこにあったかははっきりしていないけど、もし場所が判明したら、その地域は日本から独立する事になるの？」

確かにそれは言えてる気がする。第一、室町幕府だって一時期は明国から柵封を受けていたのだ。柵封関係を根拠にして独立の議論を始めたらキリがない。

「福岡だってどこだって、自分たちが日本人だって意識を持ってればそれでいいさ」

東江さんはジョッキに残っていたビールを一気飲みすると、空になったジョッキを持ち上げて厨房に見せる。陽子さんは「はい」と返事をしてお代わりを用意する。厨房にいる陽子さんも賢太さんも、表情一つ変えずに黙々と仕事をしている。

「でも」

東江さんは身体を斜めに向けて、背もたれに寄りかかるように座りなおして話を続ける。

「沖縄が同じ日本だって言うなら、どうして歴史の教科書に、鉄砲が伝来した場所が種子島《たねがしま》って書いてあるんですか？　ポルトガルが種子島に鉄砲を持ってくるより十年も前に、琉球には明国から鉄砲が伝来してるじゃないですか。キリスト教だって、日本でプロテスタントの布教が始まったのは一八五九年に横浜で始まったって事になってますが、実際にはその十三年前には、ここから歩いてすぐの波之上にある護国寺《ごこくじ》に滞在していたイギリス人宣教師のベッテルハイムによって琉球で布教されていたし、琉球語に翻訳した聖書も配布されていた。ペリー提督が来日したのは一八五四年一月に浦賀《うらが》に来航という事になっているが、その半年以上前に琉球の泊港に来てるじゃないですか。沖縄が同じ日本だって言うなら、これらの記述は全部出鱈目になってしまいますよ」

「私たちが勉強させられた教科書に書いてある歴史っていうのは、日教組が歪曲したものなのよ。あたかも沖縄が日本ではないかのように思わせるための工作なのよ」

陽子さんが新しいビールジョッキを東江さんの前に置いていくと、彼は泡がたっぷり乗っかっているビールを一口飲む。口の周りに付いた真っ白な泡を手の甲で拭き取ると、彼は落ち着いた口調で「京子さん」と呼びかける。

「ウンジュ（あなた）はいつも日本《ヤマトウ》を贔屓してばかりいるけど、自分たちの郷土が支配されている事に対して、何とも思ってないんですか？　かつて琉球王国は、日本《ヤマトウ》と対等な関係で貿易をしていた。大航海時代には、偉大なる琉球民族はアジアの海へ出て、色々な国と貿易をして栄えていました。それを、日本《ヤマトウ》は力尽くで踏み潰したんですよ」

「琉球王国は平和と栄華を誇る国だったっていう見方があるけど、それはあくまでも、首里城の宮殿で暮らしている王族と高官に標準を当てた見方なのよ。同じ王朝時代、農民はほとんど奴隷同然の扱いで、食べるものも少なくて、貧困や飢餓に苦しんでいたのよ。内地の姥捨て山の話と同じように、年老いて働けなくなった親は、子供が背負って土手ヌ下《アムトウシチヤ》まで連れて行って置き去りにしていったり、卑属殺人や堕胎が半公然的に行われていたのよ。そういう下々の階層の人たちの生活まで総合的に見た場合、そんな国が果たして本当に栄えている国だったと言えるとは思えないわ」

確かにそうだ。沖縄に限らず、例えば日本の内地でも、江戸時代は二百六十年にもわたって戦争のない平和な時代だったと学校で教わったが、被支配層である農民は幾度となく飢饉で苦しんだ歴史を持っている。封建時代と今を比べたら、沖縄も日本も、今の時代の方が恵まれているような気がする。

「それでもだ、京子さん」

うつろ目になり始めている東江さんは前のめりになってテーブルに寄りかかる。

「日本《ヤマトウ》が沖縄を侵略した歴史は事実だ。同じ日本人だと謳《うた》っておきながらウチナンチュを差別し続け、沖縄戦では本土防衛の盾にした。同じように王国を滅ぼされたハワイは、二十世紀になってようやくアメリカの大統領がハワイを訪問して、ハワイの人たちに謝罪したさ。日本《ヤマトウ》はこうした罪に対して、一切謝罪してないじゃないですか」

「沖縄県民は差別されていたとよく言われるけど、決してそんな事はないのよ。ハワイの王家は合衆国に併合されると同時に取り潰されたけど、日本政府は尚王家を潰すような事はしなかったの。他の旧藩の大名と同じように東京の邸宅に居を構えて、華族として待遇を受けたわ。戦前の日本でも、漢《かん》那憲和《なけんわ》や伊舎堂用久《いしゃどうようく》のように日本軍の将校になった人だっていたわ。大正時代、当時皇太子だった昭和天皇の中城湾ご寄港を実現させたのも、漢那大佐による尽力だったのよ」

「一部の人間の武勇伝はいいさ。沖縄戦では多くの住民が亡くなった。日本《ヤマトウ》はこれに対する償いをしてないじゃないですか」

「戦争で亡くなった人や大変な思いをした人が沢山いるのだって、戦前から戦後にかけて貧しい生活を送っていた人が大勢いるのだって、沖縄も内地も一緒なのよ。沖縄だけが犠牲になったわけじゃない。沖縄戦では、多くの日本兵が沖縄を守るために戦ってくれたじゃないの」

「けっ」

東江さんは吐き捨てるように嘲笑すると、ビールをごくりと大きく飲み込み、ジョッキを荒々しくテーブルに置いた。

「日本兵が沖縄戦で何をしたか知らないんですか？　住民が方言を喋っただけでスパイ扱いして射殺

したり、親とはぐれて泣いてる子供の首を絞めて殺したり、赤ん坊が泣き止まないと、敵に見つかると言って、赤ん坊を殺す事を親に強要したり、洞窟《ガマ》から追い出したり食糧を強奪したり、人間以下の扱いをしていた」

「そういう酷い事をした日本兵もいたとは思うわよ。でも、沖縄戦では自ら盾になって住民を守った日本兵だっていたと聞いているわ。今では全然報道されないけど、私が子供の頃は、沖縄戦で同じ洞《ガ》窟《マ》で避難生活を送っていた住民と内地出身の旧日本兵が再会を果たして喜び合うっていう光景が県内各所で見られていたのよ」

「仮に百歩譲って、沖縄戦は日本が沖縄を守るための戦いだったとしましょう。日本兵は沖縄を守るために一生懸命戦ってくれたとしましょう。でも結果として、沖縄を守る事が出来ましたか？」

京子さんは子供を諭すような口調で「良安君」と呼びかけた。

「沖縄県民として、被害者意識を持つのはもうやめようよ。言ってるでしょ？　戦争で犠牲になったのは内地の日本人も沖縄県民も一緒。私の伯母はひめゆり学徒隊の一員として戦死したけど、私の父は、自分の姉の死を生涯誇りにしていたわよ」

二人のやり取りを見ていると、京子さんの方が説得力のある話をしているように思えるが、この言葉には少し違和感を感じる。京子さんは実際にその伯母さんに会った事がないから冷静に言えるだけなのではないだろうか。もしもこれから戦争が起きて、自分の子供が死んでしまったら、同じ事が言えるかどうか疑問だ。

「京子さんよ」

東江さんはだいぶ目が据わっているが、呂律はしっかり回っている。

「一九七一（昭和四十六）年に日本《ヤマトウ》とアメリカが沖縄返還協定を結んだとき、非核三原則を公言しているはずの日本《ヤマトウ》が、核兵器を沖縄に持ち込む事を認めたんですよ？　沖縄はいつだってそうさ。戦争が起きれば真っ先に狙われる。盾にされる。そして犠牲になる。日本《ヤマトウ》とアメリカの都合のいいように利用される」

二人の会話を聞いているのかいないのか、僕の隣で黙々と食事を続けていたマカトが、「アメリカ」という単語が出てきたとき、箸を動かす手を一瞬止めたが、すぐに食事を続ける。

「非核三原則も憲法九条も、アメリカに押し付けられたものよ。日本がこれから軍事力を強化していく上で、核兵器は必要よ。憲法九条がある限り、日本はアメリカの言いなりになるしかないわ」

「日本が戦争を出来る国になったら、沖縄がまた犠牲になる。同じ歴史が繰り返される事になるさ」

「逆でしょ。日本がいつでも戦争を出来る体制が整っていなければ、沖縄は真っ先に中国に侵略されてしまうわ。沖縄は国境の島。沖縄に核兵器がある事によって、中国は迂闊に手を出せなくなる。日本が戦争の道へ進まないようにするためには、核兵器が必要なのよ」

「京子さん、そもそも、第二次世界大戦でどうして沖縄がアメリカに狙われたか分かってますか？沖縄に基地が集中していたから狙われたんですよ。基地さえなければ、アメリカはこんなちっぽけな島なんか眼中にも入らなかったはずだ。沖縄に基地なんていらないんですよ」

「私だって米軍は嫌いよ。でも米軍を追い出すためには、まずは日本が軍事的に自立して、自分たちの力だけで日本を守れるようにしなければいけないのよ。そのためには、やっぱり日本には軍隊が必要だし、沖縄には日本軍の基地が必要になる。基地がなかったら、それこそ中国は戦わずして沖縄を占領してしまうわ」

「はぁー」

東江さんは苛立ちと呆れ果てた気持ちが入り混じった溜め息を大きく吐いた。

「沖縄は元々、察度王の時代から中国を宗主国として仰ぎ続けて発展してきた国だったんですよ？米軍も自衛隊もいらないさ。独立して、もしもまた日本《ヤマトウ》やアメリカから干渉されるような事があったら、中国に守ってもらえばいいんですよ」

「沖縄千年の歴史の中で、中国が沖縄を守ってくれた事があるかしら？　薩摩が攻めてきたときも、琉球処分のときも、王朝は明や清へ助けを求めたけど、助けてくれなかったじゃない」

確かにそうだ。中国は領有権を主張している台湾の事だって、地震や台風で甚大な被害を受けても救援一つ寄越していない。でも、東江さんは今度は少し嬉しそうに微笑すら浮かべている。

「今の中国は、昔の中国とは違う。経済力も軍事力も、アメリカを凌ぐほどの勢いですよ。沖縄もそうですけど、東京だって大阪だって、韓国だってドイツだってアメリカだって、今や世界中どこの国のどこの街に行っても、中国人がお金を落としていって、その街に潤いを与えている。独立して基地がなくなれば、沖縄は平和になる。そして中国で潤う」

「良安君はチベットやウイグルの人たちがどれだけ中国に弾圧されてるか知らないの？」

「大学時代、僕は中国に留学していた時期がありました」

ビールを一口飲むと、東江さんは見下すような笑みを浮かべて京子さんを見た。

「帰国後、留学中に出会った中国人の友達《ドウシ》が沖縄に遊びに来たときに言ってましたよ。『沖縄は中国みたいな雰囲気を持っている。まるで故郷に帰ってきたような気分だ』ってね。基地さえなければ、もしも中国と日本《ヤマトウ》が戦争になっても、中国は沖縄に鉄砲玉一つ落とさないはずですよ」

この人は酔った勢いで詭弁を言っているのか、それとも本気でそんな事を考えているのだろうか。中国は天安門《てんあんもん》事件でも見られるように、自国民すら平気で殺戮するような国だというのに。

「京子さん」

今度は東江さんが諭すような口調になった。

「沖縄も日本《ヤマトウ》も、アジアの国々は中国から文化を授かって今にいたるんですよ。義理と礼節を重んじる琉球民族なら、もう一度原点に戻って、中国を大事にしようじゃありませんか」

僕の隣で、マカトが微かに「ふんっ」と鼻を鳴らしたような気がしたが、東江さんには聞こえていないようだ。京子さんは手に負えない子供に困った母親のように眉を歪める。

「良安君、沖縄と日本が置かれている状況、中国がいかに危険な国なのか。もう少し勉強したほうがいいわよ」

「勉強が足りないのはどっちですか！」

東江さんが声を荒げたので、厨房にいた賢太さんと陽子さんが思わず手を止めて東江さんを見る。

「沖縄は昔から、戦わない道を選んで世変わりを果たしてきたじゃないですか。争いを好まないのがウチナンチュのいいところじゃないですか」

「良安君」

京子さんは溜め息混じりに東江さんの名前を呼んだ。

「沖縄だって戦争ばかりしていたのよ。宮古八重山にも侵略したし、奄美諸島にも侵略したし、琉球処分のときは、ウチナンチュ同士で殺し合いだってしてた。戦わない道を選んできたっていうのは、左翼が吹聴しているまやかしよ」

東江さんは赤みを帯びた頬を膨らませて、しばらく京子さんの顔を睨んでいたが、やがて「ダメだ」と言って立ち上がり、ギターケースを担ぐ。

「ライブが中止になって、せっかく美味しい店を教えてくれるっていうから付いてきたのに、すっかり白けちまった」

彼は厨房に向かって「お会計」とぶっきら棒に行って、出口の手前にあるレジの前に向かう。

陽子さんは取り繕うようにレジに向かう。東江さんはお金を払って財布をジーパンのポケットにしまうと、京子さんの方を振り向いた。

「あ……はい」

「京子さん、ウンジュ（あなた）はナイチャーがやたら増え続けている今の沖縄を見て、何とも思いませんか？　沖縄に移住したナイチャーが観光客に三線の弾き方を教えたり、焼物《ヤチムン》の陶芸体験教室の先生をやったりしている。観光ツアーでは、ナイチャーのガイドスタッフがさも知ったかのような顔をして沖縄の歴史や文化について自慢げに語っている。これはやっぱりおかしいですよ」

眉を顰《ひそ》めて首を傾げる東江さんに、京子さんは座ったまま応える。

「そこが内地の人たちのいいところなのよ。色々な文化を吸収して自分のものにする事が出来る。沖縄県民は、もっと内地の人たちの事を見習うべきだわ」

東江さんは目付きを鋭くして話を続ける。

「この前商店街を歩いていたら、観光客のナイチャーの若い女性二人組みがサーターアンダギーを立ち食いをしてたんですよ」

そのうちの一人が、食べ終わった後のゴミを、アーケードに止めて合った自転車の籠に捨てていたという。するともう一人の女性が、「それさっきのより最悪じゃん」と言って面白そうに笑っていたというのだ。「さっきのより最悪」という事は、さっきも何かしたという事だ。

「俺はそのゴミを拾い上げて、その女に差し出したわけさ」

東江さんはそのときの仕草を再現するように、片手を前に突き出して見せた。その女性はバツの悪そうな顔で受け取ったらしいが、東江さんが歩き出して少しすると、その二人組みから、「何あの人」と、侮蔑のこもった声が聞こえてきたという。

生意気な態度ばかりとって、女性ファンの前では格好付けて、米軍基地で働く人には罵詈雑言浴びせるなど、弱い者イジメばかりしている印象だった東江さんも、意外と正義感と勇気がある一面を持ち合わせているのだという事が新鮮だった。ひょっとしたら、正義感というものはときとして、一歩間違った方向へ進んでしまうと、人を危険な思想へと走らせてしまうものなのかもしれない。

「もうこれ以上、ナイチャーには入ってきてほしくないさ」

東江さんは溜め息混じりに言った。

「それは何も、沖縄だからとか内地だからだって話じゃないわ。観光地へ行けばどこに行ってもそういう問題はあるわよ」

京子さんが落ち着いた口調で言うと、東江さんは店内に残っている僕たちの顔をひと通り見回して、

「けっ」と鼻を鳴らしてから店を出て、真っ暗な路地へと消えて行った。

「ふぅ」

東江さんの姿が見えなくなると、京子さんは大きく溜め息をついて、ハイビスカス茶を口にする。

「危険思想」

それまでずっと黙っていたマカトが、東江さんが消えて行った扉の向こうに向かって吐き捨てるように言った。

「ヤマトゥンチュが増える事は問題なのに、中国人が増える事は問題にしないなんて……」

「沖縄県民だって同じ日本人なのに、日本人としての誇りを持てないなんて、残念だわ」

京子さんは頬杖をつきながら、悲しそうに眉を曲げる。京子さんと東江さんの議論は平行線を辿るだけで、相容れる部分がないように思える。中国を敵国として認識している京子さんと、中国を仰いでいくべきだとする東江さんでは、目指している方向性が違うから、何を話し合っても無駄なのだ。

僕が京子さんの方を向いて座りなおすと、京子さんは険しい表情で、僕とマカトの顔を交互に見ながら話を続ける。

「今の若い子たちは、日本人としての自信と誇りを持てずに育てられているけど、元はといえば、アメリカがいけないのよ」

京子さんは背筋を伸ばしながら、「でも」と言って表情を明るくした。

「私が子供の頃に比べて、日本の政治はだいぶ変わってきたわ。戦前みたいに、日本がアジアのリーダーとして、アジアの平和を守る国になるまで、あと一歩のところまで来ていると思う」

「日本人が本来持っていた誇りを取り戻せるようになるまで、あと一歩という事ですね」

僕が言うと、京子さんは目尻に皺を寄せて「そうよ」と笑顔で応えた。

「私はね、アジアも、ヨーロッパのEUみたいに、複数国家の共同連合にしていくのがいいんじゃないかと思ってるんだ」

「国家間の行き来を自由化して、経済を活性化させるって事ですか?」

マカトが訊ねると、京子さんは「そうよ!」と言いながら力強く頷く。

「モンゴルもインドも、フィリピンもインドネシアも、皆で協力し合って助け合う。もしも他所の国から攻撃されてる国があったら、皆で力を合わせてその国を守る」

ひょっとしたら、戦前の日本が目指していた大東亜共栄圏《だいとうあきようえいけん》は、そういう理想を掲げたものだったのかもしれない。

「そういう国際社会を作り上げていくために頑張るのは、ワッター（私たち）一人一人の県民であり、日本国民だって事ですよね」

マカトが言うと、京子さんは声のトーンを上げて「そうよ!」と答える。

「最近は、『国は何もやってくれない』とか、『何をやっても無駄だ』なんて事を言う人が多いけど、そうじゃないのよ。世の中を良くしていくために努力するのは私たち一人一人の国民だし、国を支えているのも国民なのよ。国のために働く事が、自分の生活を良くしていく事に繋がっていくのよ」

京子さんはハイビスカス茶を持って立ち上がり、マカトの隣の席に座った。

「分かってくれる人がいて嬉しいわ！」

京子さんはマカトと握手を交わし、続いて僕とも握手をした。冷えたハイビスカス茶の入ったコップを持っていたからだろうか。指先の肌が荒れ気味の京子さんの手は、幾分冷たく感じる。手の冷たさに反比例して、僕は胸が温まるような感覚を覚え、思わず背筋が伸びた。

「陽子ちゃん」

京子さんは厨房に向かって呼び掛けた。

「ビールをちょうだい」

「私にも下さい。今日はとことん飲みましょう！」

マカトも注文したので、僕もビールを注文する。賢太さんと陽子さんは「かしこまりました！」と笑顔で応え、軽い足取りで動き回って準備をする。

左翼思想に洗脳されていた頃の僕が京子さんの話を聞いたら、きっと、京子さんの事をただの危険人物としてしか認識出来なかったと思う。でも、沖縄に住み始めてから京子さんやマカトと出会い、僕が今まで知らなかった世界を知るようになってから、日本がどれだけ素晴らしい国なのかという事が分かってきた。僕はやっぱり、沖縄に来て良かったと思う。

26

宗次が音楽活動を再開するときのために、僕はワンマンライブをする会場のリストアップを始めた。那覇市やその周辺にある市民ホールを借りる事になった場合、費用はどれくらい掛かるのか。お客さんは何人くらい呼べそうかといった具合だ。しかし、いずれも活動資金のやり繰りが難しいという理由で音楽活動を休止中の宗次がいきなり百人規模のライブを行うという事は難しそうだ。やはり、音楽プロダクションに売り込みをかけつつ、オファーを待つしかないのだろうか。

当の宗次は、僕が音楽プロダクションへの売り込みの経過をメールで報告しても返信が来る事が少なくなってきた上に、宗次自身がどんなアクションを起こしているかといった事も報告が来なくなってきた。養育費のためにアルバイトを辞め、常勤雇用の仕事を始めたという報告は受けたが、やはり仕事をしながら育児をして、さらに曲作りをするという事は、僕が想像している以上に大変な事なのだろうか。自身のブログには相変わらず夏美ちゃんの写真を頻繁にアップロードするばかりで、あまりアーティストらしさが感じられなくなっている。とはいえ、日に日に成長していく夏美ちゃんの写真を見ていると、濃い眉毛やぱっちりした瞳など、いかにも宗次に似ている印象を受けていて微笑ましい。

十一月十日日曜日。

空気も日差しも建物もアスファルトも、植物さえも、島にあるもの全てがムッとするような熱気を帯びている長い長い夏が終わり、陽の光もようやく手加減をしてくれるようになった。とはいえ、日差しの下ではまだまだ汗が滲み出てくるが、沖縄の島を吹き抜ける風は冷たく感じるようになった。空には大きな雲や小さな雲がところどころに浮かぶ昼下がりに、国際通りで京子さんが路上ライブをやるというので、見に行ってみた。国際通りの終点にあたる安里のあたりまで行くと、ちょうど京子さんがスタンドに電子ピアノを乗せているところで、マカトも既に一緒にいた。

京子さんが歌い始めても、なかなか周囲に人が集まってこない。京子さんのライブでよく見かける顔のお客さんも、最近ではすっかり来なくなってしまった。実は九月にコザブーズハウスでライブをやったのを最後に、彼女はライブハウスでライブをやる事がなくなっている。路上ライブは今までどおり週一回ペースで続けているのだが、彼女の歌声を聴くために集まったり、たまたま通りかかって立ち止まる人は段々と少なくなってきている。この前なんて、こんな事があった。聴く人の多くから「勇気をもらえた」「元気が出る」と好評の『君の笑顔』という曲を彼女が歌っていたとき、彼女の正面に立ってじっと聴き入っていた年配の男性がいた。

君にしか出来ない事がある。私はあなたの笑顔で元気になる事が出来るんだ。どうか自分を責めないで、あなたを必要としてくれる人が絶対いるから……。

そういう内容の歌なのだが、京子さんが歌い終えると、その男性は彼女の前に近付いて、「君の歌はムカつく」とだけ言い残してさっさと立ち去って行った。京子さんは一瞬落ち込んだようにも見えたが、すぐに気を取り直して、一部始終を見て嫌な気分になっている僕やマカトを元気付けるかのように、アップテンポで陽気な『ワラビヌククル』を笑顔で歌ってくれたという事があった。

今日もそうだ。京子さんに向き合う形で立っている僕とマカトの後ろを行き交う人たちの会話が聞こえてくる。

「あの人がそうよ」

「ほら、トートーメー裁判の」

「全く、どういうつもりで……」

ひそひそ声で交わされているので、会話の内容をはっきりと聞き取る事は出来ないが、言葉の響きから、明らかに悪口を言っているのだろう事は、僕にもマカトにも察しがつく。歌っている最中の京子さんには聞こえているだろうか？

「ライブハウスで久しくライブやってないですけど、何か、新しい方針でも考えてるんですか？」

ライブを終え、電子ピアノを片付けている京子さんに、僕はそれとなく訊ねてみた。

「うーん……なかなか予定が合わなくてね……」

笑顔といっても、無理矢理作ったような笑顔で応える彼女の声はだいぶ沈んでいて、背中も丸まっている。彼女の声のトーンから、それ以上は訊きづらい空気を感じた。話す話題も思い付かない。

「ライブの日程が決まったら、また、ＳＮＳで知らせて下さい」

マカトも何となく気まずい空気を感じているようで、取り繕うようにそう言って、僕の二の腕を引っ張る。帰ろうと目配せで訴えてきたので、「それじゃ、また」と言って、京子さんと別れた。

「京子さん、平良さんや知花さんと喧嘩でもしたのかな？」

国際通りは相変わらず中国人が群れを成して歩いている。前から後ろから、人々が行き交う人混みの中を、はぐれないようにしっかり腕を組んでゆっくり歩きながら、僕はマカトに問い掛けてみる。

アーティストがそれまで定期的にライブを行っていたライブハウスで、ぱったりとライブを行わなくなるという事は、アーティストの活動方針が変わるか、意見の対立などが原因でライブハウスから呼ばれなくなるかのどちらかだ。京子さんは仕事や子育てに忙しいとはいえ、主に日曜日には路上ライブをする時間を確保しているのだから、「予定が合わないから」という理由は、説明を上手くごまかしただけのような気がする。

「喧嘩というか……、ひょっとして京子さん、敬遠されてるのかもしれないね」

マカトは眉間に皺を寄せて、難しい顔をした。

「敬遠？」

「京子さんがライブハウスで歌わなくなったのは、トートーメーの裁判が終わったあたりからでしょ？　トートーメーってさ、沖縄じゃ女の人が継ぐ事って珍しいというか、女が継ぐのはおかしいって風潮があるから、そのせいかもしれないね」

京子さんがライブのＭＣで言っていた事を思い出した。最初は話し合いをしてトートーメーの継承権を主張していたというが、話し合いでは埒が明かず、裁判になったと言っていた。

「でも、今は男女平等の時代だし、実際裁判に勝ったのは京子さんなんだから、京子さんが非難される筋合いはないんじゃないかな？」

「それはそうなんだけど……」

もしそうだとしたら、問題だと思う。ステージに上がるほどの実力がないとか、オーナーが求めている音楽とは方向性が違い過ぎるからという理由で出演を拒否されるのなら分かる。でも、自分の権利を裁判を起こしてまで主張する人だからライブハウスに来るな、という事は、音楽とは直接関係のない理由になる。でも、これはあくまでもマカトの憶測であって、ひょっとしたら別の理由があるのかもしれない。最近、ライブハウスに行く機会も減ってきたところだし、宗次のマネージャーとしての立場からも、コザブーズハウスと久茂地ペルリに顔を出しておこう。

牧志のあたりでマカトと別れ、一人でアパートへ帰り、テレビを点ける。特に見たい番組もなく、適当にチャンネルを回していくと、明日からポール・マッカートニーが来日公演をするという事もあってか、ビートルズ特集を放送していた。ポールがライブをやるのは、宗次が将来ワンマンライブを行う事を目標にしている東京ドームだ。宗次が子供の頃から憧れにしているというビートルズだが、僕自身はビートルズ関連の楽曲はあまり聴いた事がないし、ライブの映像も見た事がないのでちょうど良いと思い、テレビの音量を少しだけ上げる。テレビでは、十一年前にポールが東京ドームでライブを行ったときの映像が流れてきた。テレビ画面に映っている、六十歳当時のポールは、赤いポロシャツにジーパンといった出で立ちだ。——はて、どこかで見た事があるような格好だ。ポールがベースやギターを弾くときのさり気ない仕草も、何となく見覚えがある。答えは一分もしないうちに出てきた。宗次が高校時代からライブで歌うときのスタイルそのものだ。歌っているときの表情を一つ一つ見ていてもそうだ。宗次がライブで見せる一つ一つのちょっとした仕草は、全てと言っても過言ではないほど、今僕が見ているテレビに映っているポールが見せる表情をそっくりそのまま真似しているものなのだ。続いてテレビ画面は、ビートルズ時代のライブ映像に切り替わる。ポールが歌い終えた後、「サンキュー、サンキュー、サンキュー」と言う決まり文句も、最後の曲を終えてお辞儀をするときの所作も、全てといってよいほど宗次と同じだ。

「何だよ……」

僕は呆れてしまって、思わず一人で苦笑いをする。彼は高校生だった頃から、赤いポロシャツを気に入っていて、古くなって色が褪せてきたり、生地が傷んでくると、必ず決まって下北沢の店に買いに行っていた。汚れたりしたときのために、常に自宅の部屋には同じポロシャツが二着以上ストックしてあった。僕が知り合ってから今年になって活動休止するまで、もう七年近くもこのスタイルを続けていた。てっきり宗次さんのオリジナルだと思っていたのだが、二〇〇二年にポールが東京ドームで歌ったときの衣装をそのまま真似しているだけだったのだ。彼が中学二年生のとき、東京ドームでポールのライブを見て感激したという話は聞いていたが、まさかそれを真似して音楽活動を続けているとは思っていなかった。

「テレビ見てみて。ビートルズ特集やってるんだけど」

宗次の音楽を気に入ってくれているマカトがこれを見たらどう思うだろう？　僕はマカトにメールを送る。

さらに僕が耳を疑ったのは、ポールが歌っている曲の内容についてだ。ポールが歌っている『Back in the U.S.S.R』は、宗次が二〇一〇年に作った『バック・イン・ザ琉球』と、アップテンポなコードの進行から歌のメロディまでそっくりだし、ところどころ拳を振り上げたり、ノリノリに歌う様子など、宗次のライブのそれとまさにうり二つだ。いや、ポールが曲を作った方が何十年も先なのだから、宗次の曲がポールに似ていると表現した方が相応しいのだろう。続いて、『Fool on the hill』というピアノの曲の場面に変わった。これは宗次が沖縄に移住してから作詞作曲した『丘の上』とコード進行が似ている。テレビの解説によれば、『Fool on the hill』はガリレオ・ガリレイについて書かれたビートルズ時代の楽曲で、時代の先駆者はときとして、人々からは異端の目で見られ、孤独に生きている寂しさを歌ったものだという。宗次は『丘の上』について、沖縄自由民権運動の指導者でありながらときの権力者に疎まれ、志を果たす事が出来なかった謝花昇の事を歌ったのだと語っていたが、何の事はない。ビートルズの『Fool on the hill』を真似て作っただけなのだという事が分かった。

「見てるよ。ポールが歌ってるね」

あっさりとしたメールがマカトから返ってきたときには、白黒画面に映っているポールが『恋に落ちたら』という歌を歌っていた。曲の題名はもちろんの事、歌詞の内容まで宗次の楽曲とほぼ同じものだった。そして極めつけは、『Yes, it is』という曲を演奏している映像だ。哀愁を漂わせるようなマイナーコードのハーモニカのメロディ、悲しい気持ちを力いっぱい叫ぶサビの部分、「昔の恋人が着ていた色だから、その色は着ないで」という切ない思いを歌う歌詞は、僕が歌のタイトルを名付けた曲でもあり、宗次がこれまでの音楽人生で一番長く歌い続けてきた『赤は着ないで』そのものではないか。宗次はビートルズが歌っていた歌の歌詞をそのまま日本語にして、コードもメロディもそのまま真似して演奏、歌唱しているだけだったのだ。

ここまで来ると、僕はもはや、騙されたような気分だ。まるで、彼女がいつも優しい言葉を掛けてくれる彼氏の家に行って、女の口説き方のようなマニュアル本を見つけて、自分を勇気付けてくれる言葉が実はその本に書いてある事をそのまま言ってるだけだったという事実に気付いてしまったような心境だろうか。

番組が終わると、僕はマカトに電話を掛ける。彼女も宗次の歌を聴いてファンになった一人だ。彼女がビートルズの映像を見たら、どんな感想を持つのか気になる。

「ポールとビートルズのライブ映像を見てみて、どう思う？」

「こうやって見てみると、やっぱり宗次さんてほんとビートルズ好きなんだなぁって思うよね」

彼女の声はどこか弾んでいるというか、コメディ映画でも見た感想を話すような口調だ。彼女は話を続ける。

「私のお父さんがビートルズ好きでさ。子供の頃、家でよくビデオを見たり、車の中でもビートルズの曲がんがんかけてたから、初めて宗次さんを見たとき、この人はビートルズ好きなんだなぁってすぐ分かったよ」

僕は急に恥ずかしい気持ちが湧いてきた。僕はてっきり、マカトも僕と同様、「宗次さんの音楽」に惹かれたのかと思っていたのだが、宗次がビートルズの真似をしているだけだという事は知っていたというのだ。

「僕さぁ……」

気が引ける思いもしたが、僕は今までポールやビートルズのライブ映像を見た事が一度もなかった事を正直に話した。

「え、そうなの？」

目を点にして首を傾げている彼女の顔が思い浮かぶ。

「あれだけ宗次さんの事を尊敬してるから、てっきり修輔君もビートルズ好きなのかと思ってたけど」

「学校の音楽の教科書に載ってる曲くらいしか知らなかったよ。東京にいた頃、宗次さんの家に行くとビートルズのポスターが沢山貼ってあったけど、映像は見た事ないから、真似をしてるって事に気付けなかった」

「修輔君」

嬉々として話していたマカトの声が元のトーンに戻った。

「何を落ち込んでるの？」

「え……？」

「宗次さんが歌っているのを見るのは面白いし、他のお客さんだって面白がってたじゃん」

マカトの「他のお客さんも面白がってた」という言葉が、僕の胸をどんと強く叩きつけるような気持ちにさせた。僕の感覚では「楽しんでた」と思っているのだが、マカトには「面白がってた」ように見えていたらしい。

「ねぇ……修輔君」

僕が返す言葉が分からず黙っていると、マカトは優しく語り掛けるような口調で話を続ける。

「私は宗次さんの音楽が好きだし、そう言ってくれるお客さんは他にもいるはずよ。お客さんから批判が殺到してるって事だったら考え直した方がいいかもしれないけど、少なくとも、私は宗次さんのライブをまた見たいなぁって思ってるし、あの感じでいいんじゃないかな？」

僕は返答に困ったが、取りあえず「ありがとう」と答える。

「そう言ってくれる人がいる事は宗次さんにとって嬉しい事だと思うし、僕もホッとするよ」

そう言って電話を切ったものの、僕の胸にはやはり、悶々としたものが渦巻いていた。物真似で東京ドームへ行けるほど、音楽の世界は甘くない。それに、マカトはあくまでもファンとしての目線で、宗次を贔屓目で見ているという部分もあると思う。

翌日。真っ白な明かりを放つ三日月が浮かぶ夜空の下、僕はバスに乗ってコザブーズハウスに行ってみた。夜になるとさすがに半袖では冷える。僕はTシャツの上に、フード付きの、紺色の薄手の上着を羽織っている。

何となく、平良さんの意見を聞いてみたい気持ちに駆られてくる。今でもはっきり覚えているが、宗次が初めてブーズハウスで歌ったとき、平良さんもビートルズが好きだと言っていたから、僕は宗次の身体の中にあるビートルズの魂と同じものを、見た目は強面の平良さんも宗次の理解者なのだという事を知って心強く思ったものだ。でも今になって思えば、彼もマカトと同じように、単なる物真似だと認識しているだけなのだろうか。

店に入ると、フロアにはテーブルと椅子が幾つか置いてあり、テーブル席に二人組みがいる以外にお客さんの姿はなかった。

「おぉ、永倉君！　久しぶりだねぇ」

カウンターの向こうにいる平良さんが野太い声を響かせる。

「お久しぶりです」

僕はカウンター席に着き、ビールを注文する。今日はライブはなく、バー営業のみだという。どうやら最近はそういう日が珍しくないそうだ。

「宗次は元気にやってるのか？　最近、すっかり音沙汰ないけど」

僕の前にジョッキを置く平良さんの言葉に、僕は痛いところを突っ突かれる思いがした。

「実は、僕のところにも何も連絡がないんです。ブログでは親バカぶりをアピールするばかりで、今後の方向性についてどう考えているのか、相談を持ちかけてもメールを返してくれなくて……」

「子供が出来るとそんなもんさ」

平良さんは笑みを浮かべながら煙草をくわえて、ライターで火を点ける。

「それまで遊ぶ事しか考えてなかったヤツが子煩悩になって友達付き合いが悪くなったり、不真面目だったヤツも子供が出来た途端に急に仕事に精を出すようになったり」

真上を見上げ、口をすぼめるようにして、天井に向かってティアラのようなリング状の煙を吐くと、平良さんは満足気な笑みを浮かべて話を続ける。

「宗次だって、初めて会った頃は威勢のいい若者って感じだったが、今じゃ家庭も持って、仕事にも就いて落ち着いてる。いい事じゃねぇか」

「でも……これからの音楽活動の事を考えると、今のままだと正直、不安なんです」

「永倉君だって、これを機に、そろそろちゃんと仕事を探した方がいいんじゃないか？　音楽活動のスタッフで食っていけるわけじゃあるまいし」

音楽活動に理解がない両親や友人からこうした言葉は何度も言われてきたが、まさか音楽関係の仕事をしている人から言われるとは夢にも思わなかった。憤りは感じないが、拍子抜けをしてしまう。

「宗次さんはプロを目指して音楽活動をしてて、僕もマネージャーとして、宗次さんの音楽をビジネスにしてやっていこうっていう構想なんですけど……」

「おい」

平良さんは吹き出すように笑いながらカウンターに肘を付き、「本気か？」と訊ねてきた。小馬鹿にされたような思いがして、脇腹のあたりにムカッとするものを感じつつ、僕は冷静に話をするよう心掛ける。

「一昨年、初めて宗次さんがここでライブをやったとき、平良さんはビートルズの話で宗次さんと盛り上がってましたけど……」

「初めて宗次のライブを見たとき、もう見るからにビートルズの真似だからよ、一目で分かったさ」

平良さんは片腹を押さえながらゲラゲラ笑う。

「ここまでやってくれるのかと思って、とにかく面白いヤツだなって思ったのを覚えてるよ」

僕は何とか反論の材料を探す。

「でも、アメリカ人のお客さんだって宗次さんのライブを見て楽しんでたし、久茂地ペルリでもお客さんは盛り上がってましたよ?」

平良さんは煙草を大きく吸い込んで、大きな煙を吐くと、灰皿に煙草を押し付ける。

「ビートルズの物真似をするお笑い芸人としてなら、その面白さは誰もが認めるところだろうよ。アメリカーのお客さんがよく言ってたよ。『ソウジって男は完全にビートルズに成り切っている。今どきの日本人にもあんな面白い若者がいるとは思わなかった』ってな」

僕はもはや憤りではなく、恥ずかしさでいっぱいになっていた。僕はてっきり、平良さんは同じビートルズファンの宗次を見て、同じ価値観や音楽魂のようなものを感じて見込んでくれたのだと思っていたのだが、実は平良さんは初めて見たときから宗次がビートルズの物真似だと分かっていて、アーティストとしての偉大さではなく、面白おかしさの方を見込んで店に呼んでいただけなのだ。宗次のライブを見て盛り上がっていたお客さんもそうだ。彼の歌声に感動していたわけではなかったのだ。きっと、久茂地ペルリや、国際通りの路上ライブでも同様だろう。ビートルズの映像すら見た事がない僕は、そんな事すら見抜けないまま今日まで来てしまっていたのだ。

「ビートルズの物真似でプロになれるほど、音楽の世界は甘くないぜ」

平良さんは腕を組むと「だがそうだな」と言いながら指で自分の顎を撫でる。

「ビートルズの物真似をするお笑い芸人としてなら、多少見込みがあるかもしれないぞ。もっとも、同じような仲間を三人集めてコピーバンドみたいな事が出来なきゃ望みは薄いかな」

「でも、東京で音楽をやってたとき、区民ホールを貸し切ってお客さんを百五十人集めましたよ？」

それなりの実力がなければ、お客さんを集める事なんて出来ないはずだ。

「それについてはどう思いますか？」

平良さんは顔の皺を増やしてにやりと笑う。

「百五十人ていうのがどういう数字か、お前さん知ってるか？」

毎日徹夜して準備をして、リハーサルも入念にやって、やっとの思いで作り上げる事が出来るワンマンライブの集客数だと思っている。

「例えば結婚式をやるとする。お金の問題は別にして、友人知人を百五十人招待すれば、集まる人数だろ？」

言われてみて思い出した。あの日、宗次のワンマンライブに集まったお客さんの顔ぶれは、普段はライブに来ないお客さんもいたものの、その大半が宗次の友人や知人、あるいはバックバンドメンバーの知り合い関係だったと聞いている。宗次はあのとき、友人知人に片っ端からメールを送ったり、直接電話して誘ったと言っていた。

「ライブ会場での宣伝だけで百五十人集客出来たら多少は評価出来るかもしれんが、それにしたって、世の中にはそれくらいの規模のワンマンライブをやってるアーティストなんて、腐るほどいるさ」

平良さんは新しい煙草を取り出して火を点ける。

「宮古島なら、島を出て音楽活動やってる島人《シマンチュ》のアーティストが島に帰ってきてライブをやる事になったら、それこそ友達から親戚から皆が自分の友達や親戚を呼び合って、百人超えるくらいどうって事ないさ」

僕は返す言葉が見当たらなかった。東京都内の区民ホールでワンマンライブを成功させた事が宗次にとっても、僕にとっても自信だったし、活動をしていく上での糧になっていたのに、平良さんにとってはどうって事ないという。バンドミュージックの本場であるコザで長年音楽に携わってきた平良さんが言うのだから、それなりに説得力はある。

「永倉君」

僕が黙っていると、平良さんは灰皿に煙草の灰を一回落として真顔になる。

「そんな暗い顔すんな。宗次は歌手やギタリストとしては全くだが、ビートルズマニアとしての才能なら、少なくとも俺が見てきた人間の中では一番だと思ってる。だからこそウチで出演してもらってたわけよ」

平良さんはフォローを入れるつもりで言っているのかもしれないが、僕は今まで時間を掛けてやっと完成直前まで築き上げてきた砂の城が、台風でも荒波でもなく、ごく普通の波によってあっさりと流されてしまったような空虚感に包まれた。

「永倉君」

平良さんは重たいものをやっとの思いで置くような声で語り掛けてくる。

「プロになれるヤツなんて、ほんの一握りさ。自分はいくらプロを目指して一生懸命頑張ってるつもりでも、世の中、上には上がいる。宗次より上手いヤツなんて、沖縄だけでも数え切れないほどいる。日本全国だったら、星の数ほどいるさ」

このような台詞は、宗次に見向きもしなかった人からは幾度となく言われてきたが、まさか宗次と価値観が一致する平良さんからも、こんなありきたりな事を言われるとは思ってもみなかった。

「でも……」

僕は自分の主張を何か一つくらいは平良さんに認めてもらおうと、何とか口を開いてみた。

「僕は高校一年生のとき、宗次さんが路上で歌っている姿を初めて見たときの感動と興奮は今でも覚えてます。この人は将来絶対大物になるって、そう思ったんですよ」

平良さんはにやにやしながら「分かるぞ」と言って大きく頷く。

「若い頃は、誰しもそういう勘違いをするわけさ。『俺は天才だ、俺はスターになれるんだ』ってな」

平良さんは煙草をひと吹かしすると、「俺にもそんな頃があったさ」と言いながら遠くを見つめる。

平良さんはまだ二十代前半のとき、大阪で音楽活動をしていた頃はライブハウスに来る女性客にも人気があり、色んな女性と付き合ったそうだ。

「俺はこのままビートルズみたいなビッグな歌手になって、ハーレムな人生を歩む事になるんだろうなぁ、なんて勘違いしちゃってよ」

平良さんはおかしそうにけらけら笑うと、落ち着きを取り戻すように煙草をひと吹かしする。

「要するにだ。宗次がビートルズなら、初めて宗次のライブを見たときのお前さんは、ブライアン・エプスタインみたいな気分になっちまったわけだろ?」

「まぁ……はい」

「そんなもんだって」

力なく頷く僕を見て、平良さんは溜め息混じりに言う。そして思いついたように、「お前さん、歳はいくつだっけ？」と訊いてきた。僕は二十三歳になったと答える。

「理想と現実の違いに気付くのは、ちょうどそれくらいの年頃さ。宗次だって、そろそろ気付き始めてるんじゃねぇのか？」

だから連絡を寄越さないというのだろうか。一緒に音楽でお金儲けをしようという話で僕は沖縄まで付いて来たというのに、それでは何のために引っ越してきたのか分からなくなってしまう。

「まぁ」

平良さんは煙草を灰皿に押し付けて火を消す。

「いい経験になったじゃねぇか。アーティストの音楽活動のスタッフとしての経験をとおして、それなりに勉強になる事もあったろうよ」

当然の事かもしれないが、平良さんにとっては他人事だから、あっさりとした口調で言う。僕はこれまで、宗次がプロになれると確信して自信を持ってやって来たのに、平良さんは簡単に否定する。そして僕にとっては、それが胸の深くまで棘を刺されるような気持ちにさせられるのだった。

ちょうどテーブル席で飲んでいたお客さんが帰るところだったので、平良さんはレジに移ってお客さんの会計をする。どうやらこれ以上話をしても、落ち込まされるだけのような気がする。僕は残っているジョッキに残ったビールを飲み干すと財布を取り出して立ち上がり、お客さんが出て行くと、レジの前に立って「ご馳走様です」と言って会計をする。

「そういえば……」

お金を払い終えた僕は、扉の前で立ち止まって平良さんを振り返る。

「京子さんが最近、店で歌わなくなったみたいですけど、何かあったんですか?」

「あぁあいつか」

カウンターの向こうで洗い物をしながら、平良さんは眉間に皺を寄せる。

「トートーメー裁判で従兄に勝って、お金も沢山貰えて裕福な生活でもしてるんだろうよ」

路上ライブで会うときの京子さんは、とても幸せそうな顔には見えなかった。むしろ、やつれた印象すらを感じている。

「先祖代々の家と墓を守るとか言っておきながら、そもそも沖縄の風習を守ってない。法律を盾にして自分の権利だけ主張して、人を思いやる事が出来ない。まさに今のクレーマー社会を象徴するような人間だ」

「裁判で勝った事をライブで話したとき、お客さんからは祝福されてましたけど……」

「中にはそういう人もいるだろうよ。だがトートーメーの問題っていうのは、本来裁判で決着をつけるような話じゃねぇんだよ。女性差別の問題と、沖縄に伝わる文化風習の話は別問題。それを無視して、沖縄古来の風習であるトートーメーの問題を司法の場に持ち込むような事をすれば、そりゃ色んなヤツから白い目で見られるようになるさ」

京子さんが路上ライブをやるとき、立ち止まってくれるお客さんが減ってきただけでなく、京子さんを見て陰口を叩く通行人すらいる事を思い出した。京子さんは初めて会ったときから、芯が強い人だという印象を持っていたが、今回の裁判ではその芯の強さを活かしてトートーメーの継承権を勝ち取る事が出来た。でも、ウチナンチュが先祖代々守り続けてきた沖縄古来の風習に逆らう事をしたという事で、これまで付いて来てくれたファンは離れていってしまったというのだ。京子さんの芯の強さが、今回は裏目に出てしまったという事か。

「俺は京子にはっきり言ってやったんだよ」

平良さんは汚いものを見るような表情で食器を洗い終えると、丁寧な手付きで布巾を使ってグラスを磨きながら話を続ける。

「『もうウチには来ないでくれ』ってな。お客さんの中にも色んな考えの人はいるかもしれんが、俺はあんな強情な女は勘弁してほしいわけさ。どうしても音楽を続けたきゃ、他でやってくれって言ったんだ」

淡々と話す平良さんに、僕は何も言えず、黙って店を出た。

人の数も疎らなコザの街に舞う細かい霧雨が、街灯に照らされて黄色く輝いている。バス停でバスを待っている間に、羽織っている紺色の長袖が、少しずつ濡れていくにつれて黒っぽさを帯びていく。徐々に湿っていく髪は、触ると冷たい。

やはりマカトの言ったとおりだった。女性の地位を向上させようとか、男女平等の思想が当たり前の世の中に向かって進んでいるとはいえ、伝統的な風習や慣わしにまつわる問題を、司法の場に持ち込むと、法的には解決する事が出来ても、それまで築き上げてきた人間関係というものが一気に壊れてしまう事があるのだという事が分かった。僕は、お父さんのために闘う京子さんに、裁判で勝てるよう「頑張って下さい」と声を掛けていたが、他人様のお家問題について、軽い気持ちで肩入れをしてはいけなかったのだ。

そんな事を考えているうちにやって来たバスに乗り込み、一番後ろの座席に座る。雨に濡れたアスファルトが、街灯の光や行き交う車のヘッドライトを反射して白く輝いている。窓に映る、すっかりしょげた顔の自分の顔を見ながら、僕は宗次と出会ってから、今日これまでの出来事を走馬灯のように回想していた。学校の帰りに駅の階段で転んで骨折した僕を、救急車が到着するまで励まし続けてくれた事。初めて彼が真剣な眼差しで歌っている姿を見て、彼に男惚れした事。『赤は着ないで』を歌い終えたとき、「この曲の名前を付けてくれよ」と言われ、僕が考えた名前を採用してくれたときの照れくさい気持ち。マネージャーになってくれと頼まれて、胸が温かくなった事。東京でワンマンライブを開催して、「これはプロになれるぞ！」と自信を付けた事。将来の夢を一緒に語り合った事。音楽でお金を稼ぐ事は出来ていなくても、宗次はよく、全ては確実に東京ドームへ繋がっているんだと語っていたし、僕もそう思っていた。沖縄に来てから、プロへの道がなかなか開けなくても、プロになって大成する頃には、「今」を懐かしく思い出せるときが来るんだと信じていた。でも、ダーリンビートに出入りをするようになって、宗次よりもずっとレベルの高いアーティストがこの世には沢山いるのだという事が少しずつ見えてきて、今さらながら、宗次はただビートルズの物真似をしているだけだったという事が分かってしまった。

果たして、宗次は自分の実力がどれくらいの位置にあるかというものに気付いているのだろうか？もしも気付いていないとすれば、どうやってこの現実を気付かせるべきだろうか？

「プロにはなれませんよ」なんて言ったところで、良くも悪くも一途な彼の事だから、「何を弱音吐いてるんだ！　諦めたらそこで終わりだぞ！」と返されるだけだ。逆に、もしも平良さんの言ったように、プロになれないという事に気付いているのだとしたら、毎日ブログに幸せ満喫ぶりをアピールする記事を載せてばかりいながら、僕には相談どころか、連絡すらしないという事は、何だか都合がよい話のようにも思える。きっとこの調子だと、久茂地ペルリに行っても知花さんからは同じような事を言われるだけになりそうな気がする。

「はぁ……」

バスの窓に寄りかかりながら、僕は思わず、溜め息を吐く。自分の顔が薄っすらと映っている真っ暗な窓に、白い靄が掛かり、すぐに小さくなって消えていく。沖縄に住み始めてから、こんなに大きな溜め息を吐くのは初めてのような気がする。

＊＊＊

十一月二十四日日曜日。

空一面を覆っている灰色の曇り空に、ところどころ太陽の光が当たって白い光沢を放っている。朝から雨が降ったり止んだりを繰り返しているこの日の昼下がりに、ダーリンビートでエナがライブに出演したので、マカトと二人で見に行ってきた。この日はソロでの出演で、オレンジのチュールスカートにベージュのブーツ、山之口貘の顔がオレンジ色のシルエットで大きくプリントされている白地のシャツといった衣装で、三線の弾き語りで三十分ほど歌っていた。エナも含め、この日の出演者のライブを見ていて気付いたのだが、曲と曲の間に弦のチューニングをする際、ダーリンビートに出演するアーティストは長くても十五秒くらいで終わらせている。宗次だったら短くて二十秒以上。一本の弦のチューニングを合わせるだけでもじっくり時間を掛けてやっていたから、チューニングを合わせるのに二分くらい掛けていたものだ。そういえば、東京で音楽活動をしていた頃、ライブ終了後に他のアーティストと一緒に飲んでいる席で、他のアーティストから「チューニングをもっと練習しないとな」とからかわれていた事を思い出した。あの当時の僕の感覚では、宗次だってギターのチューニングくらいちゃんと合わせて弾けているのだから、ただの冗談でからかっているのだろう、くらいにしか考えていなかったが、今になって思えば、冗談半分の真面目半分な話だったのかもしれない。

最後の曲を歌う前のMCでは、来年の三月にダーリンビートでワンマンライブを開催する事も発表していた。

「偉大なアーティストの先輩方が出演されているこのライブハウスでワンマンライブが出来るなんて、ほんと夢のようです！」

眩しい照明に照らされたステージの上から、真っ暗な観客席に向かって堂々と話すエナの表情からは、自信が感じて取れた。きっと、ワンマンライブでは彼女の音楽人生の中で最高のパフォーマンスが期待出来そうな気がする。

「ダーリンビートでワンマンライブなんて凄いね！」

ライブ終了後、僕とマカトが座っているテーブル席にエナが挨拶に来たとき、僕がエナにそう言うと、エナは「ありがとうございます」と言って丁寧にお辞儀をする。

「まだ日程が決まっただけで、どんな構成にするかとか、これから詰めていくところなので、むしろこれからがもっと頑張らなきゃいけないところなんです」

「高校を卒業した後は、音楽の道に進むの？」

落ち着いた口調で話すエナに、マカトが訊ねる。

「いや、栃木《とちぎ》の大学に進学する事が決まっているので、来年は取りあえず栃木で音楽活動を続けて、少しずつ出演させていただくライブハウスを増やしていければと思っています」

エナはそれから苦笑交じりに、「音楽で生活していける人なんて、なかなかいませんよ」と言って顔の前で手を振る。

「ワンマンライブはこれまでの私の集大成であり、一つの区切りですね。石垣島だと、ライブに来るお客さんはだいたい知り合いとか、共通の知り合いがいる人がほとんどの中でライブをやるので、那覇や内地でライブをやるのとは全然緊張感が違います。今年は大阪で行われたコンテストでたまたま賞を獲る事が出来ましたけど、私の音楽が内地でどれだけ受け入れてもらえるかは、まだまだ未知数ですよ」

「エナちゃんならどこに行っても大丈夫なはずよ。チバリヨー（頑張れ）」

マカトは親指を立ててウィンクする。

「ワンマンライブ、僕も見に行くつもりでいるから、頑張ってね」

僕も励ましの言葉を掛けると、エナは「ありがとうございます。頑張ります！」と言ってお辞儀をした。

外へ出ると、先ほどよりも分厚くなった灰色の雲がバケツを引っくり返したような大雨を降らせていて、アスファルトを叩きつける雨音が街に轟いていた。僕たちは斜向かいにある喫茶店で少しお茶を飲んでいく事にした。

「エナちゃん、これからますます楽しみだねぇ」

四角い氷が三つ入ったアイスコーヒーにミルクとガムシロップを入れ、ストローで掻き混ぜながら、向かい合わせに座っているマカトはにんまりと笑う。冷房の効いた店内は少々冷え過ぎのような気もする。

「進路も決まって、これからはワンマンライブに向けた練習に集中して、ワンマンライブが終わったら、きっと栃木でも東京でも活躍出来るはずよ」

嬉々としながら尖らせた唇でストローを吸うマカトを見て、僕は一呼吸置いてから口を開く。

「エナちゃんは謙遜して言ってたのかもしれないけど、あれだけ上手くてもすぐにはプロになれないっていうのが、何だか解せないっていうか、愕然としちゃうっていうか……」

僕は石垣島のライブ居酒屋楓で初めてエナのライブを見たときから、彼女はプロになる才能を持っていると思っていた。でも今日の彼女の話では、プロになれるんだという自信というほどのものは感じられなかったし、「音楽で生活していける人なんて、なかなかいませんよ」と自分で言うくらいなのだから、実際、プロになるという話はないのだろう。それにしても、あれだけレベルの高い歌唱力を持っていながらそういう言葉が高校生の時点で言えるという事は、那覇や大阪でそれだけレベルの高い音楽を目の当たりにして、自分の身の程をしっかりわきまえているからこそだとも思う。エナは謙虚なアーティストだが、自分なりの世界観をしっかり持っているから、周りの大人に言われた事をそのまま受け売りにして言っているわけではないと思う。もっとも、今までの僕が現実をあまりにも知らなかっただけで、エナのような見方の方が一般的なのかもしれないが。

「エナちゃんみたいに、コンテストで次々と優勝したり、ダーリンビートのワンマンライブが決まった今でも、自分の実力を冷静に見極める事が出来てる人を見ると、東京で宗次さんのワンマンライブが成功したっていうだけで、宗次さんは大物になれる、自分が将来音楽業界でのし上がっていけるんだ、なんて自信満々になっていた自分が、何だか……惨めに思えちゃうなぁ」

「修輔君」

俯いたまま、ブラックコーヒーに浮かぶ氷をストローでゆっくり回しながら話す僕に、マカトは低い声で話し掛けてくる。

「何が不満なの？」

「え……？」

思わずマカトの顔に目を向けると、彼女は訝《いぶか》しげに僕の目を窺っている。

「修輔君さ、最近変だよ。電話で話してても何だか声が沈んでるし、会うと溜め息ばかりしてるし」

言われてみれば、ここ数日の僕は、特にいつも以上に運動をしたとか、重たいものを持ったりしたわけでもないのに、何気ない動作をするたびに溜め息をする事が多い気がする。自分では意識した事がなかったが、今マカトに指摘されて初めて気が付いた。

「沖縄に移り住んだばかりの頃は、今頃はどこかの芸能事務所から声が掛かって、そろそろメジャーデビューなんて話になってる予定でいたんだけど、今のままバイト生活をしていたら、いつまで経っても貧乏生活のままだよ」

僕は言い終えたところで溜め息を一つ吐く。つい溜め息が出てしまった事にすぐ気付いてドキッとする。

「それで?」

マカトはストローでコーヒーを一口飲んでから、「これからどうしようと思ってるわけ?」と訊ねてくる。

「うーん……」

僕はどう答えようか考えるものの、これといった答えが出てこない。ブラックコーヒーに浮かぶ氷をただいたずらにストローで突きながら、僕は「分からない」と力なく呟く。氷の表面には店の天井にある真っ白な蛍光灯が映っている。

「メジャーデビューを目標にしてやって来たのに、それが絶望的になっちゃったから、これからどうしたらいいのか分からないんだ」

「ねぇ、どうしちゃったの?」

マカトは眉間に皺を寄せて僕の顔を窺う。

「修輔君らしくないよ。初めて修輔君に会った頃はあんなに前向きで積極的だったのに、ヌガー（どうして）そんなネガティブになっちゃったわけ？」

「あの頃は、夢に向かって順調に進んでるつもりでいたけど、実はそれがただの勘違いだったたって事が分かっちゃったから……」

「だから？」

マカトは眉を顰《ひそ》めたまま首を傾げる。

「修輔君の人生は、宗次さんのマネージャーをやって音楽プロデューサーになる事だけが全てなの？」

僕は高校生の頃からずっとそのつもりでいた。だからこそ専門学校を辞めてまで宗次に付いて沖縄へ移り住んできたのだ。ところが、肝心の宗次が東京ドームへ行くどころか、メジャーデビューすら出来ないのでは仕方がない。

「音楽で生活していける人なんてほんの一握りさ。ヌガーそんな事にいつまでもこだわるの？　高校生のエナちゃんにも分かるような事が、どうして私と同い年の修輔君に分からないわけ？」

マカトからこんな言葉が出てくるとは意外だった。マカトは初めて会った頃から、宗次のマネージャーとして活動している僕を褒めてくれていたし、それが僕の自信に繋がっている部分もあったからだ。

ついこの間までの僕だったら、誰にこういう言葉を言われたとしても、何も分かってないのは相手の方だ、今に見ていろ、ぎゃふんと言わせてやるぞ、という気持ちになって、むしろやる気が湧いてくるところだったはずなのに、今こうしてマカトから言われてみると、自分がこれまで積み上げてきた自信が悉《ことごと》く砕かれていく。

彼女は情けないような、呆れたような目で僕を見つめている。その視線に目を合わせると、僕の胸が内側から突き刺されるように痛む気がして、目を合わせる事が出来ない。僕たちの間には、しばらく沈黙が続いた。明らかに気まずい空気だ。マカトと二人きりでいて、こんなに気まずい雰囲気になるのは、付き合い始めてからも出会ってからも初めての事だ。

「何も答えてくれないんだね……」

彼女は溜め息を一つ吐いて俯く。

「何かさ、最近の修輔君、全然格好良くないよ。初めて会った頃とは別人みたいだよ」

彼女はハンドバッグの中から財布を取り出し、五百円玉を一つ取り出して、僕の前に差し出す。

「一人で勝手に落ち込んでれば？」

低い声でそう言うと、彼女は立ち上がって、「バイバイ」と言って店を出て行き、土砂降りの街へ消えて行った。彼女の「バイバイ」という言葉が僕の胸にずしりと重くのしかかるように聞こえた。

彼女は別れ際には、必ず「また会おう」というニュアンスの「アトカラヤー」と言うのが常なのだが、今日は「再会」が前提ではない「バイバイ」という言葉を残して出て行った。彼女からあんなに冷たくされるのは初めてだ。

どうしてこんな展開になってしまったのだろう？　エナが高校卒業後の進路を決め、ダーリンビートでのワンマンライブも決まり、これからが楽しみだという話から始まって、それに比べて僕は何をやっているんだろうという話になり、こうやって落ち込んでいる僕を見たマカトは愛想を尽かして出て行ってしまった。

つい先ほどまでマカトが座っていた席には、彼女が飲んでいたアイスコーヒーが半分ほど入ったグラスと、ガムシロップとクリームが入っていたポーションが口を開けて置き去りにされていて、コーヒーに入った氷は徐々に小さくなっていく。

あんなに仲が良かった宗次とも疎遠になってしまった。音楽の道へ進むという夢も失ってしまった。

そして僕は、とうとうマカトにまで見放されてしまったのだ。

27

久茂地ペルリの店主知花は、厨房にある冷蔵庫の中身と、カウンターの棚に残っている酒の量を確認すると、明日業者へ発注する酒の種類と本数をメモ帳に書く。時計の針は夜の十時を過ぎている。

二〇一四年が明けて、二週間が過ぎようとしている。毎年この時期は、温暖な気候の沖縄にも、ムーチービーサーと呼ばれる寒風が吹きすさぶ。今日は特に強い北風が吹いている上にライブもない日だから、この時間で既にお客さんは誰もいない。

「早いけど、今日はそろそろ閉めようかな」

知花が厨房の電気を消そうとスイッチに手を伸ばしたところで、店のドアがに付いた鈴の音が

「チャリン」と鳴った。厨房の中からドアの方を覗くと、ジャンパーを羽織った近藤宗次が一人で入ってくるところだった。

「あれ？　久しぶりだなぁ！」

意外な来客に、知花は眼を丸くする。

「ご無沙汰してます」

宗次は笑顔で会釈をしながらカウンター席に座わり、泡盛を注文する。

「今まで、どうしてたんだ？」

泡盛のグラスを宗次の前に置きながら、知花は訊ねた。

「仕事の時間が増えたので、なかなか音楽活動に集中出来なかったんですけど、今月から夏美を託児所に預けられるようになったので、ぼちぼち活動を再開しようと思っているところです」

そう言って、宗次は泡盛をぐいと勢い良く飲み、唇に付いた滴を手の甲で拭き取り、「そこでお話なんですけど」と言って背筋を伸ばす。

「三月か四月あたりに、ここでワンマンライブをやりたいって考えてるんですよ」

「ワンマンライブ？」

知花は怪訝な顔で宗次を窺う。宗次が言うには、約一年ぶりとなる音楽活動の復活ライブを、自分が東京に住んでいた頃から慣れ親しんだ久茂地ペルリで、それもワンマンライブとして、ライブに来るお客さんの数も予め予約を取ってある程度把握しておき、入場料も二千円ほどに設定しようというのだ。

知花はうんざりした表情で溜め息を吐く。宗次は東京に住んでいた頃から毎年夏になると店に来てライブをやっていたし、沖縄に移住してからは毎月一回のペースでライブをしていた。それが、子供が生まれたのを機に活動休止に入ったのは良いが、お店に顔を出す事もせず、ぱったり音信不通だったのに、突然店にやって来たと思ったら、近況報告もそこそこにいきなりワンマンライブをやらせてくれと来たものだ。

「宗次は何年も前からうちで歌ってるんだから分かるだろうが、うちは入場料を取るような習慣はないぞ」

「俺、活動休止をしている間に、新曲をだいぶ作り溜めてきたんですよ。今回のワンマンライブでは、東京時代から歌ってる曲はあまり使わないで、この半年の間に作った曲を中心にやろうと思ってるんです」

宗次は昔から変わらない、ギラギラした目で真っ直ぐ知花の目を見つめてくる。

「これからは、今までとは違う『近藤宗次』をお客さんに見せようと思ってるんです。お客さんからお金をいただいて歌を歌う。お金を貰えてこそ、プロ意識が持てるもんじゃないですか。今までは音楽でお金を稼ぐ事が出来なかったけど、これからの曲なら、プロとしてやっていける自信があるんです」

両手の拳を握って、テンションの高い声で訴えかけてくる宗次を、知花は冷めた表情で眺めている。

「久茂地ペルリでのワンマンライブをきっかけにして、ステップアップしていこうと思ってるんです！」

「根拠は何だ？」

知花は低い声で、静かに訊ねると、宗次は「えっ？」と肩透かしを食らったようにきょとんとした顔になる。勢いよくものを言う若者を諭すとき、静かな口調で切り返すと、意外と黙り込んでしまうものだ。

「お前の音楽で飯を食っていけるって自信が、どうして持てるんだ？」

「根拠はありません」

宗次は取り繕うようにして背筋を正す。

「根拠のない自信を持つ事が必要なときもあります。最初から無理だと諦めたり、出来るだろうか、なんて不安になってたら、出来るものも出来なくなっちゃうもんでしょう？　僕には新しい歌があります。これを引っ下げてメジャーデビューして、東京ドームでワンマンライブをやるんです！」

「宗次……」

知花はもう一度溜め息を吐く。

「今まで全然連絡も寄越さずにいたのに、いきなり店に来たと思ったら現実離れした夢を語り出して、おまけにうちでワンマンライブをやらせろだと？」

知花は呆れ返ったように「何を言い出すんだ」と苦笑して、煙草を一本取り出して火を点ける。

「そもそも自信っていうのはよ、ある程度の実績を残したもんじゃなきゃ持てないものなんだよ。メジャーデビューしてテレビやラジオに引っ張りだこになってるわけでもないのに、東京ドームでライブが出来る自信なんか持てようがないわけさ」

宗次は返す言葉がないといった様子で口を噤んでいる。それもそうだろう。彼にとって、自分からこんなにきつい事を言われるのは初めてなのだ。知花は大きな煙を吐いて話を続ける。

「沖縄に来て、子供が出来て、今の生活はどうだ？　夢に描いてたようなのんびりした生活が送れてるか？」

宗次はふと、希美と付き合い始めてから今日までの事を振り返ってみた。宗次は初めて沖縄に来たときから、東京のような電車のラッシュもなく、道行く人ものんびり落ち着いているような独特な空気感に魅了されて、いつか沖縄で暮らしてみたいと思うようになった。渡嘉敷島で運命的な出会いを果たして付き合い始めた希美も、自分と同じ事を言っていた。結婚して子供が出来たら、空気の汚い、人々が殺気立っている東京ではなく、沖縄の温かい人たちに囲まれた中で子育てをしようと話し合った。そしてその頃には、自分はメジャーデビューをして、テレビやラジオに頻繁に出演するような売れっ子アーティストになって、赤瓦の屋根の立派な一軒家を沖縄に建てるんだと決めていた。そういう夢を持って、沖縄へやって来たのだった。

「実際、今になってみれば、音楽で食べていくどころか、お前は希美ちゃんと夏美ちゃんを自分一人で養っていく事すら出来てないじゃないか。どうしてそれで、メジャーデビューだ東京ドームだなんて言えるんだよ」

宗次はムッとするというより、ショックだった。まさか自分の事を長年理解してくれていた知花からこんな言葉を言われるとは思ってもいなかったからだ。知花は灰皿に煙草の灰を一回落としてから話を続ける。

「俺は別に共働きしてる人を蔑んでるわけじゃないぞ？　俺だって妻と離婚《トウジミートウンダワカリ》するまでは共働きしながら子育てをしてたし、俺の弟だって横浜でタクシーの運転手をしながら、ヤマトゥンチュの妻《トウジ》と共働きで生活してる」

知花は「だがな、宗次」と言い聞かせるようにしてカウンターに寄りかかって前のめりな姿勢になる。

「人間っていうのは誰しも、夢に向かって頑張ってるつもりでも、途中で壁にぶつかって、現実に気付くときが来るんだよ。音楽を続けるのは自分の人生なんだから構わないさ。だが、好《い》い年《とし》こいてあまりでかい事ばかり言ってると、そのうち人は離れていってしまうぞ？」

「知花さん」

宗次は胸を張る。

「諦めたらそこで終わりじゃないですか。どうしてそんなネガティブな事を言うんですか」

「今まで連絡も寄越さず、店に顔も出さないでいたのに、いきなりワンマンライブやらせてくれと来て、しかもうちじゃ慣例にないシステムでやらせてくれなんて無茶な事を言われても困るんだよ。もう家庭も持って立派な大人なんだから、もう少し礼儀をわきまえたらどうだ？」

知花は二十五歳にもなる社会人に今さらこんな話をするのも気が引けたが、宗次にはたまには口うるさいくらいに言って反省を促そうと思って話したのだが、肝心な宗次は頭を掻きながら、「この半年、色々忙しかったんですよ」と言って、照れ笑いすら浮かべている。

「沖縄で長らく生活してると、ウチナンチュみたいにテゲナーになっちゃって、ついついお店に来るのもさぼっちゃいました」

「あのなぁ……」

知花の顔が若干赤みを帯びる。

「お前はテゲナーって言葉の意味を知ってて言ってるのか?」

「え……?」

宗次は首を傾げた。いい加減で適当な人という意味だと認識している。

「テゲナーっていうのはな、もっと愛嬌があって、いい意味で使う言葉なんだよ。お前みたいな礼儀知らずで図々しいヤツが『テゲナー』なんて言葉を軽々しく使うんじゃねぇ!」

知花の怒声が店内に響いた。知花がこんなに大きな声で怒鳴るのは何年ぶりかというほど稀な事だった。ヤマトゥンチュからはよく、ウチナンチュは時間にルーズでのんびりしているという印象を持たれる事が多く、それを象徴する言葉として「テゲナー」という言葉が使われていると認識されがちだ。しかし、いくらのんびりしているとは言っても、仕事や学校に遅れてはいけないのは内地と同じだし、知花が言ったように、しばらく音信普通のまま放ったらかしにしておきながら、いきなり無茶なお願いをするというような礼を逸した事をすれば、常識のない人だと思われるのは内地も沖縄も一緒なのだ。相手が年上という事になればなおさらだ。「テゲナー」という言葉を標準語に翻訳する事は非常に難しく、この言葉の概念を理解してもいないのに知ったかぶって使われたのだから、知花が怒るのは当然だった。

いつも優しく接してくれる知花に怒鳴られて、宗次はただ言葉を失って呆然とするだけだった。知花さんでもこんなに凄い剣幕で怒る事があるのか。それ以前にまず、自分はそこまで知花さんを怒らせるような事を言ってしまったのだろうか。

「もう、帰ってくれ」

知花が俯きながら静かな口調で言ったが、先ほどとは打って変わった静かな声が、宗次には冷たく突き放されたような心境にさせられるのだった。

宗次は店を出ると、肌寒い風に思わず身体を震わせ、ジャンパーのファスナーを首元まで上げる。国道五八号線へ向かって歩く。月もない真っ暗な闇夜に、公園の脇に止まっているタクシーの小さな行灯の光が淋しげに見える。客待ちをしているのか、ラジオでも聞きながら休憩をしているのか、運転手は運転席を斜めに倒して腕枕をして、ただぼうっと遠くを見つめている。

人に話したり、ブログに書いたりはしていないが、宗次はこの半年間、仕事が終わると真っ直ぐ家に帰り、ひたすら曲作りに没頭してきた。部屋に篭って集中しようとしても、夏美が泣き始めればあやしたりおむつを交換したりしなければならず、なかなか集中出来ないときも多かったが、それでも、夏美が気持ち良さそうにすやすやと眠っている顔を見ていると、この子のために頑張って音楽を続けようと奮い立たされる。日々、目に見えて成長を続ける夏美を見ているうちに、この子が物心つく頃には、東京ドームでやる自分のライブへ連れて行こう。そうだ、今こそ復帰するときだ。これまで、仕事と子育て、曲作りの忙しさにかまけて音楽関係の仲間には連絡をしていなかったが、まずは知花さんのところへワンマンライブのお願いをしに行こう。知花さんはきっと快く受け入れてくれる。そう思って来たのに、あんな気まずい空気になるとは夢にも思っていなかった。だが、いつまでも落ち込んでばかりいるほど、宗次はネガティブな人間ではない。というより、自分はビートルズのような超大物の歌手になれる才能があると思い込んでいる宗次にとっては、自分は何も間違った事はしていないのだし、知花さんに見放されたというよりは、知花さんはもう自分に付いて来る事が出来ない、可哀相な人なのだ、と自分に言い聞かせ、自分を納得させるのだった。そしてバスに乗って、浦添市内の自宅近くのバス停で降りる頃には、知花さんの事も久茂地ペルリの事も考えず、今後の音楽活動をどうしていこうかという計画を練り直していた。気持ちの切り替えが早いのが宗次の良いところなのだが、悪い言い方をすれば、自分がどれだけ周りに迷惑を掛けても、それを自覚出来てないのだ。二〇一一年に東京でワンマンライブをやったときもそうだ。ライブのために集めたバックバンドのメンバーには、ライブが終わったら出演料を支払うという約束で集まってもらったのに、実際にライブが終わって決算をしてみれば、とても出演料を払うほどの収益は上がらず、有耶無耶にしたまま沖縄へ移住してしまったのだ。

宗次が住んでいるのは、浦添の住宅街の一角にある二階建てアパートの二階だ。分厚いコンクリートの外階段を上ると、白い光を放つ門灯が四つある部屋ごとに壁に掛かっていて、その一番奥が彼の部屋だ。ドアノブを回そうと手を掛けると、中から夏美の甲高い鳴き声が聞こえる。ドアを開けて2DKの部屋の中へ入ると、板の間の居間の真ん中に置かれたテーブルのそばで、希美が座布団の上で体育座りの姿勢でうずくまっていた。その目は虚ろで、焦点すら定まっていないようだ。テレビの画面は真っ暗で、部屋の端に置かれたベビーベッドの柵の中では、水色地に白い水玉模様のベビー服を着て座っている夏美が玩具で柵をカンカン叩きながら顔を皺くちゃにして泣いている。

「希美……？」

宗次は何があったのか分からず、急いでジャンパーを脱いでハンガーで壁に掛けると、夏美を抱きかかえてあやしながら、「何があったの？」と訊ねる。

「宗次……」

希美は遠くを見つめながら、疲れきったような声で宗次の名を呼ぶと、突然しくしくと泣き出した。

「神戸でも東京でもいいよ。もう内地へ帰ろう」

その声は実に弱々しく、消え入るような泣き声だった。

28

一月十八日土曜日。

スマートフォンが鳴っている。外はまだ真っ暗だ。目覚ましのアラームのメロディではないし、今日はバイトの日だが、まだ起きるには早過ぎる。僕は綿の掛け布団の中から右手を伸ばしてスマートフォンを手探りで探し、画面を見る。――宗次からの着信だった。僕はびっくりしてすぐに通話ボタンを押して耳に当てる。

「もしもし？」

「今、修輔の部屋の前にいるんだけど」

僕は寒いのも眠いのも忘れ、すぐに起き上がって部屋の電気を点け、玄関のドアを開けた。

「久しぶり」

宗次はにっこり笑うと、呆気に取られている僕の手を強引に握り、両手で握手をしてきた。彼の手は温かく火照っている。

「会えて嬉しいよ！」

彼の後ろに見える西の空には、真っ白な満月が掛かっている。

「どうしたんですか？　急に」

「実は、神戸に引っ越す事になったんだ」

嬉しそうに話す彼の息は酒の臭いがした。どうやらどこかで飲んできたようだ。前触れもなく突然現れた上に何を言い出すのか、僕は返す言葉に戸惑ったが、玄関先では寒いので部屋に上がってもらった。

「いよいよ音楽活動を再開する事にしたんだけどさ」

ポストに投函されていたチラシや、ＣＤケースなどが散乱している部屋の一角を僕が片付けたところへ、頬を赤らめた宗次は腰を下ろしながら話す。マカトと別れて以来、部屋の中は常に散らかりっ放しになっている。

「手っ取り早く言っちゃえば、沖縄じゃこれ以上やっていけないって事が分かったんだ」

宗次はこの前の月曜日に知花さんから怒鳴られて追い返された話を聞かせてくれたが、僕は知花さんに同調出来る気がする。いくら親しいとはいえ、半年間一切連絡もせずにいたのが、突然ずかずかとやって来て「ワンマンライブをやらせてくれ」というのは、流石に図々しいと思う。

「東京と沖縄で長年音楽をやって来たけど、プロになるにはまだもう一歩届かない。だから、今までやった事がない場所に活動の場を移してみようと思って、神戸と大阪を中心に音楽活動をする事にしたんだ」

自信満々に話す彼に、僕は「もう一歩どころか、雲の上ですよ」と言いたいのを我慢して、「仕事の方はどうするんですか？」と訊ねる。

「今日……というか、正確に言うと昨日付けで辞めてきた」

宗次はあっさりと答えた。

「来月から、兵庫県で希美のお父さんが経営してる工場で働かせてもらえる事になったから、プロになるまでは、取りあえずそれで食い繋いでいけるよ。給料も、今よりだいぶ良いし」

宗次は昨日の仕事が終わった後、職場で仲良くしてくれていた先輩と深夜まで那覇市内で飲み続けていて、飲み終わったその足で僕の家へ来たという。

「希美さんは、何て言ってるんですか？」

希美さんの名前が出てきたので、僕はふと訊ねてみた。ところが、僕が希美さんの名前を出すと、宗次の顔が途端に曇った。

「あいつはもう、沖縄の生活が嫌になったって言ってるよ」

彼女は学生の頃に初めて沖縄を訪れて以来、沖縄の魅力の虜になって、将来沖縄で暮らす事を夢見ている人だった。移住するときも、このまま沖縄で骨を埋めるんだと張り切っていた。その希美さんが沖縄の生活を嫌になるなんて、ちょっと考えられないが。

「ウチナンチュの気質だとか、内地と沖縄の文化の違いに、これ以上付いていけなくなったって言うんだよ」

希美さんは観光産業に関る会社で働いていて、いかにして売り上げを伸ばして会社の業績を上げるかという事を入社以来ずっと考えていたという。入社三年目を迎えた去年に入ってからは、ヤマトゥンチュの観光客としての視点と、実際に沖縄で生活してきた経験の両方から、内地から観光に来た人たちが「また沖縄に来たい」と思ってもらえるような環境を提供出来るようにするために、どのような事をしていくべきかといった意見を積極的に述べていたそうだ。しかし、希美さんがいくら的確な意見を言っても、会社の同僚たちからは「よそ者が口を挟むな」「知ったような口を利くな」などと言われて受け入れてもらえなかったという。産休明けで復帰してから再び職場でそういう意見をぶつけたところ、職場の人たちと大喧嘩になり、職場に居づらい空気になってしまったというのだ。

子供を産む前の希美さんはちょっとボーイッシュというか、自己主張が強いところはあった。でも、沖縄が好きで移住してきて生活をしていくのだから、内地の価値観を持ち込んで沖縄の人たちにそれを求めようとするのはおかしい気がする。沖縄の人たちと仲良く暮らしていく事を考えるのであれば、沖縄で生活している人たちにヤマトンチュへの同化を求めるのではなく、自分が沖縄の生活に同化していく事が必要なように思う。

「それだけじゃないんだ」

宗次の顔が一層暗くなる。

「夏美を預けてる託児所なんだけど……」

託児所は十人以上の乳児を年配の夫婦が二人で預かっているそうだが、夫はたいてぃ仕事に出掛けているので、保育士の資格を持っている妻と、若い保育士が二人でいる事がほとんどだという。ある日、希美さんが仕事中に託児所から夏美ちゃんが熱が出ているから迎えに来て欲しいと電話が掛かってきて、仕事を早退して迎えに行くと、保育士が誰もいなかったという。

「奥さんはスポーツジムに出掛けてて、若い保育士は旦那さんが弁当を忘れたから職場まで届けに行ってたとか言って、子供だけを残して無人の状態だったっていうんだ」

掛かり付けの小児科に行ったときは、予め予約をしてレントゲンを撮りに行ったにもかかわらず、「フィルムを切らしちゃっててレントゲンが取れないから、二、三日したらまた来て下さい」と言われる始末だったという。

「もうこんな島で生活してたら頭がおかしくなりそうやわ」

最近、希美さんはノイローゼ気味で、家に帰ってくると、きっかけもなく突然泣き出す事も多いらしい。

「『育児うつ』ってやつですかね？　もっとちゃんとした保育園に移したり、他の病院に転院するとかはダメなんですか？」

「希美はもう人間不信になってる。神戸に帰るのは、希美のためでもあるんだ。自分が生まれ育った土地で、子供の頃から知ってる友達も沢山いるところでなら、気持ちもだいぶ落ち着くかなぁと思って」

宗次と希美さんは、生活が上手くいかない事を全て沖縄のせいにしているような気がする。これから神戸で生活して、子育ては上手くいくとしても、そもそも音楽の道で上に上がっていく事が出来るわけではない。

「それで……これから僕に、どうしろっていうんですか？」

宗次は表情を明るくすると、ギラギラと輝く瞳で僕を見つめながら胸を張る。

「出来れば関西圏に住んでくれてた方が何かと便利だと思うけど、東京にもライブをしに行きたいから、俺は神戸、修輔は東京を拠点に活動っていうのもいいと思ってる」

自信満々に話す彼の仕草や表情は、高校時代から少しも変わっていない。それが彼の良いところだと思っていたのに、今では傲慢な態度にしか見えない。僕は完全に都合の良い存在だと思われている。

——僕は思い切って、本音を話す事にしてみた。

「悪いんですけど、僕はもう宗次さんの音楽活動を手伝う事は出来ないです」

「えっ？」

宗次は首を傾げて目を丸くする。僕は宗次が活動休止している間に、平久保エナや与那城京子さんみたいにレベルの高いアーティストが世の中には星の数ほどいて、とても宗次がプロの世界に入り込めるほどの余地がないという事を悟ってしまった事を話した。

「沖縄本島や大阪のコンテストの優勝を欲しいままにしてるようなエナちゃんでさえも、プロになる事は難しいんです。これ以上続けても、プロになる事は無理ですよ」

僕は「無理」という言葉を強調して言った。窺うように上目遣いで僕を見ながら黙って話を聞いていた彼は、僕が話し終えると、大きく深呼吸をした。

「修輔」

宗次は諭すような口調で僕の名前を呼ぶ。

「いつも前向きなお前らしくないぞ。どうしてそんな事を言うんだ？」

宗次は心配そうな顔をしながら僕の隣に寄って来て、僕の肩に手を掛ける。

「言ったはずだぜ？『俺の曲が売れるようになったら、俺がお前を食わせてやる』って。諦めたらそこで終わりだけど、諦めない限り、可能性は無限大だぜ」

つい一年半前までだったら誰の言葉よりも説得力があるように聞こえたはずの彼の言葉も、今となってはただの戯言《ざれごと》にしか聞こえない。

「宗次さん」

僕は彼の手をゆっくり退けて立ち上がる。

「音楽活動を続ける事は否定しないです。でも、僕はもう宗次さんに付いて行く事は出来ないです」

やりたければ一人でやればよいのだ。僕を巻き込まないでほしい。だいいち、酔った勢いのまま、寝ている僕を叩き起こして話をしに来るというのも非常識な話だ。

「修輔……」

宗次も立ち上がり、僕の顔を見つめる。

「前にも言ったと思うけど、焦りだけは禁物だ。今すぐどうしろって答えは求めない。じっくり考えて、それから連絡をくれればいいよ」

そう言うと、彼は玄関に向かって歩いて行き、靴を履く。そしてドアを半開きにすると、もう一度こちらを振り返る。

「俺は修輔を信じてるぞ」

彼はにっこり笑うと、部屋を出てゆっくりとドアを閉めた。僕はすぐに鍵を閉め、冷蔵庫の中から五〇〇ミリリットルの牛乳パックを取り出し、居間に腰掛ける。静まり返った部屋の空気はひんやりと乾いている。牛乳をがぶ飲みしながら、テーブルの上に置きっ放しの、バイト先のコンビニで買ってきたサーターアンダギーを食べる。一晩経ったサーターアンダギーは固く、ただの甘い塊をかじっている感じだ。二つあるサーターアンダギーのうち、一つだけ食べ終えると、牛乳を一口飲んで大きく溜め息を吐く。

宗次は性格は前向きだが、現実を見つめないで突っ走るから、自分のした事で僕や知花さんを傷付けているという事に全く気付いていないのだ。希美さんや夏美ちゃんのために住む場所を変える事自体は問題ないと思うが、そこにまた僕を巻き込もうとしているのが、もはや許せない。以前の僕だったら、この人に付いていこうと思えたあの自信たっぷりな笑顔と語りっぷりが、今日は東江さんと話したときのように、鼻につくようにしか感じられなかった。

残りのサーターアンダギーをゴミ箱に投げ捨てるが、ゴミが山盛りになっているゴミ箱からすぐに転げ落ちてしまった。マカトと付き合っていた頃は、いつ来ても大丈夫なように小まめに掃除をしていたのに、今ではすっかり億劫になっている。マカトは家に遊びに来るときは、いつも八重岳の工房で作られているパンを持ってきてくれていて、週一回か二回は、あの食べやすい歯ごたえとほど良い甘さのパンを食べて、今日も一日頑張ろうという気持ちにさせてもらえていた。でも、もうあのパンを食べる事もないし、マカトのはにかむような笑顔も、見る事はないのだ。

カーテンを閉じた窓の外が明るみを増していくのを見ながら、マカトとこの部屋で過ごした日々の事を思い出す。彼女が台所で作ってくれたフーチャンプルーを一緒に食べた事。将来、音楽プロデューサーとして宗次と一緒にビジネスを成功させて世界中を飛び回る事になるという夢を語ると、彼女がとても頼もしそうに僕を見つめてくれた事。マカトが泊まりに来たとき、お昼頃までずっとベッドで抱き合って寝て過ごした事。滑らかで美しい金色の髪も、僕の全てを包み込んでくれるような彼女の胸の温もりも、全てはただの思い出だ。

外もすっかり明るくなってきたので、僕は普段着に着替え、バイトへ出掛ける。


いつもどおり、店の陳列棚に商品を並べていると、レジの方から「おい！」という低い怒声が聞こえる。レジには他の店員が一人立っているが、お客さんが一度に二人レジに来たので、もう一人のお客さんが、もう一方のレジを開けろというのだ。

「すいません、お待たせしました」

僕はすぐにレジに行ってお客さんが買う商品をバーコードリーダーに通す。

「店内の作業より客が優先だろ！」

金色に染めた短髪をツンツンに立てた、三十歳前後くらいの男性客は、吐き捨てるように言うと、サングラスを掛けた若い女性と腕を組んで店を出て行く。顔立ちや身なりからして、おそらく内地から来た観光客だろう。それから少ししてからやって来たお客さんがパンを買って行ったので、会計を済ませる際、「ご一緒に淹れ立てのホットコーヒーはいかがですか？」とマニュアルどおり言うと、僕が言い終わらないうちに「いらねぇよ！」と怒鳴られた。何が気に入らないのか分からないが、実に横柄な態度だ。こういう態度を取られる事自体は内地に住んでいた頃から慣れているが、最近はこんなとき、お客さんに対してどう思うというよりも、自分自身が情けない気持ちになる。沖縄に移住してきたばかりの頃の計画なら、今頃はもう宗次さんがメジャーデビューして全国を飛び回り、僕もバイトをしながらなどではなく、音楽の道一本で生計を立てているはずだった。でも、それは最初から無理な話であるにもかかわらず、自分になら出来る、宗次ならやれると思い込んでいた。でも今こうして、二年半前と何も変わらない生活を送り、小さな事でお客さんから怒られる。何の変化もない毎日を繰り返していると、そんな仰々しい夢を真面目に考えていた自分が、あまりにも阿呆らしく思えてくるのだ。

バイトが終わり、僕は自宅へ向かって西地区の路地裏を歩く。国道五八号線を覆うように建っているモノレールの旭橋の駅前を過ぎて、明治橋の手前に差し掛かる。橋の袂にそびえる龍の銅像の手前は、歩道が川に少し突き出すような形で広くなっている。ここは一昨年の十二月、天皇皇后両陛下奉迎の集いが終わった後、マカトから恋の告白を受けた場所だ。僕はあのときと同じ場所に立って、灰色の空を映している川面を眺める。左手には漁船が何艘か停泊していて、川の向こう側にある奥武山公園では、散歩をしたり、ジョギングをする人たちの姿が見受けられる。ジャンパーを着ていてもじっとしていると冷えるから、運動するにはちょうど良い気候なのかもしれない。それでも、今年の冬はとてつもなく冷え冷えと感じる。沖縄の冬をこんなに寒く感じるのは初めてだ。

僕はこれから、どうしていくべきなのだろう？　「音楽で食っていく事は出来ないぞ」という親の説得を押し切って、親を見返すつもりで実家を出てきたのに、結果的には親の言うとおりになってしまった。今さら実家に帰っても、「言わんこっちゃない」と言って呆れられてしまうのが目に見えている。そもそも、今まで音楽の道を目指す事しか考えてこなかった自分に、何か相応しい仕事があるとも思えない。実はマカトと分かれた直後から、マネージャーやスタッフの募集をしている都内の芸能事務所数社へ、履歴書を送付していたのだ。どこか採用が決まって、音楽プロデューサーとしての道が開けていければ、マカトも戻ってきてくれるかもしれないし、親も僕を見直してくれるかもしれないという思いもあった。ところが、年が明けてもどこからも連絡は来ないし、手紙が来たと思ったら、書類選考の結果「不採用」という内容だったところもある。

「はぁ……」

手摺りに寄りかかって大きく溜め息を吐いてみるが、内地の冬のように吐く息は白くならず、空気は透明なままだ。僕の後ろからは、学校帰りの女子高生三人組の会話が聞こえてくる。

「ふんっ。あんなヤツ、死ねばいいさ」

まるで僕に向かって言っているような気がして、背中にとてつもない悪寒を覚える。果たして、僕の人生はこれから先、どうなってしまうのだろうか？　こんな毎日が一生続くのかと思うと気が滅入って、ますますやる気も湧かなくなってしまう。

翌日は透き通るような青空に、シュークリームのような形をした雲がいくつか泳いでいるような晴天で、日差しの下ではジャンパーを着て歩いていると少々暑いくらいの陽気の下、国際通りに京子さんの路上ライブを見に行った。京子さんの路上ライブは、近頃でもバイトが休みの日には見に行くようにしているが、以前はほぼ毎回来ていたマカトも、今ではすっかり姿を見せなくなっている。もしも顔を合わせたら気まずくなりそうで、会えなくてホッとする気持ちがありつつ、どこかガッカリする気持ちがあるのも事実だ。

安里三差路の近くまで行くと、京子さんが既に中島みゆきを歌い始めているところだった。

「カバー曲には通行人の足を止めさせる力がある」と宗次がよく言っていたが、賑やかな人通りにもかかわらず、彼女の歌声に耳を傾ける人は皆無だ。京子さんの声は、初めて会ったときに比べて明らかに張りを失っている。化粧が薄くなったのかもしれないが、目尻の皺も目立つようになった。鍵盤を弾く手付きも、どこか重く感じる。

「ありがとう。寒いのによく来てくれたわね」

一曲歌い終えると、京子さんは疲れきったような微笑を浮かべてそう言った。沖縄で暮らし始めて三回目の冬だが、やはり暖かいのに「寒い」と言われるとどうしても違和感を覚える。

「最近新曲をやりませんけど、温めているところなんですか?」

「作ってはいるんだけど、どうもしっくりこなくてねぇ……」

このところ、京子さんは会うと溜め息混じりに話す事が多い。知り合った当初の印象では、ちょっと我が強くて性格はきついかもしれないが、いつも元気で、僕が今まで知らなかった沖縄や日本の良い話を沢山聞かせてくれる、義理堅い人だったのに、今ではまるで別人のようだ。もっとも、周りの人から見れば僕もそう見られているのかもしれないが。

それから彼女は四曲ほどオリジナルの曲を歌った後、「次の曲で最後になります」と言った。聴いている人が僕一人なので、僕の目だけを見て話す。

「実はね。私、今日を最後に、一度音楽活動を辞めるの」

「えっ……」

あまりに唐突な告白に、僕は思考回路が止まる。

「今年は子供が受験生になるっていうのもあるけど、ここまでずっと突っ走ってきた感じだから、一度音楽から離れてみようと思うの」

出産・育児のために音楽活動を休止したときのように、一度音楽活動から離れる事によって、新しい視野が広がるかもしれないというのだ。

「京子さんのライブが見れなくなるのは残念ですけど、それもいいと思いますよ」

僕はそう応えてみたものの、実際はトートーメー裁判の影響で居場所がなくなり、人前に出づらくなったというのが真相だと思う。いくら自分が正しい事を貫き通して権利を勝ち取ったとはいえ、ライブハウスでは煙たがられ、路上で歌えば通行人から白い目で見られるのだから、京子さん自身、今のまま音楽を続けても、自分がやりづらいだけだと思う。

それから彼女は、父親に向けて歌った『父さん』を歌った。でも、やはりその声は弱々しく、力が抜けていて、とても感情移入出来るような歌声ではない。多分、それは自分でも気付いていると思う。

だからこそ、こんな事じゃダメだと自分に言い聞かせて、思い切って音楽から離れようという事なのかもしれない。

「宗次君は、まだ音楽活動は再開しないのかしら?」

ライブを終えた京子さんは、電子ピアノをケースにしまいながら訊ねてきた。僕がマカトにふられてしまった事は京子さんに話してあるが、宗次との事はまだ話していない。

「神戸に移住するって言っていたので、僕とはもう別々の道に進むみたいです」

一秒か二秒ほど間があいた後、京子さんは僕の顔を心配そうに窺う。そして何かを悟ったように頷いた。

「生きてれば色々あるわよね。上手くいかないときは、何をやっても上手くいかないものよ」

僕に言っているのか、自分自身に言い聞かせているのか、それとも両方か。京子さんは電子ピアノをしまうと、スタンドを畳みながら話を続ける。

「修輔君、悩んでる事があるでしょ?」

「あ……いや」

僕が何とか取り繕って否定しようとすると、京子さんは目尻に皺を寄せて笑う。

「分かるわよ。最近の修輔君、全然元気がないし、目標を失った人の目をしてるわ」

顔を見ただけでそこまで分かってしまうものなのだろうか。当たっているから何も返す言葉がない。

「一度、ユタに見てもらったら?」

「ユタですか?」

ユタの事は希美さんから教えてもらった事がある。相談者の守護霊と交信して、これからどうしていくべきかを導く能力を持つという、沖縄の霊能力者の事だ。東北地方でいうイタコと同じような立ち位置だろうか。

「沖縄の人でも、霊力を信じる人もいれば信じない人もいるけど、私はいつも同じユタに相談しに行ってるの。良かったら、ユタの住所を教えてあげるわよ」

宗次と希美さんが渡嘉敷島で初めて出会ったときの話もあるし、僕は霊の存在そのものは信じている。京子さんがお勧めのユタなのだから、行ってみる価値はあるかもしれない。僕は京子さんからユタの住所と電話番号が書かれた紙を貰った。

「ありがとうございます。しばらくお会いできなくなりそうですけど、頑張って下さい」

僕が軽く会釈すると、京子さんは微笑を浮かべる。

「ありがとう。修輔君もね」

一月二十二日水曜日。

朝から冷たい雨が降り続いている。道路は至るところ水溜まりが出来ている。正午少し前に自宅から開南に歩き着く頃には、もう運動靴が水浸しで、足が冷たい。京子さんから紹介してもらったユタは開南の商店街の一角に住んでいた。先日、京子さんから教えてもらった電話番号に電話すると、声のしゃがれたお婆さんが出て、霊視してもらう日取りを調整して、今日会う事になったのだ。

商店街は人と人がすれ違うのがやっとの通路を挟んで、洋服屋さんや飲食店などが建ち並んでいる。

比嘉さんというユタとの電話では、商店街の一角にある煙草屋の角を曲がった先に「比嘉」と書かれた表札の家があるから、そこでチャイムを鳴らすように指示されていたので、言われたとおりの場所へ行ってみると、小さな格子戸の横に、確かに黒い墨で「比嘉」と書かれた木の表札が掲げられていた。表札の下に付いているチャイムを押すと、家の中で「ピンポン」と音が鳴るのが聞こえる。どんな人が出てくるのだろうと固唾を飲んで待っていると、扉が開き、僕よりも頭一つ分くらい背が低い、八十歳は過ぎていそうな、浅黒い肌のお婆さんが出てきた。白地に水玉模様のワンピースを着て、灰色のカーディガンを羽織っている。

「永倉ですけど……」

僕が名乗ると、お婆さんはくりっとした黒い瞳で僕の顔を見上げながら、「お待ちしてましたよ、どうぞ」と言って、僕を家の中へ招いてくれた。どうやらこの人がユタのようだ。こじんまりとした店が建ち並んでいる商店街の一角にある割には家の中は典型的な日本家屋のような様相を呈していて、玄関を上がると、板の間を進んで客間に通された。壁には本棚がある六畳の畳の部屋の真ん中に、メモ用紙が置かれたテーブルが置いてあり、その向こうに障子の襖があった。障子の向こうから雨の音が聞こえるから、どうやら中庭にでも面しているのだろう。テーブルを挟むようにしてソファが二つ置いてある。僕は左側のソファに腰掛けるように言われた。ユタは温かいさんぴん茶を僕の前に置くと、部屋の出入り口の襖を閉じ、反対側のソファに腰掛ける。締め切られた部屋は電気も点けていないので薄暗いが、白い障子から外の明るみが薄っすらと届いて、ユタの顔が僅かに下から白みを帯びて照らされる。

「今日はどんな事を見てほしくて来たの？」

ユタは皺の寄った顎を動かして口を開く。

「今後の生活をどうしていくべきか、悩んでいるんですけど……」

僕が答えると、ユタは目を閉じて俯き、呪文のようなものを唱え始めた。そして数秒すると、はっと目を見開き、鋭い目付きで僕を睨みつけて右手で指差す。

「お前には信念というものはないのか！」

雷のように耳をつんざく怒声が部屋に鳴り響き、僕は思わず胸がドキッとして、背もたれに軽くのけ反る。ユタは仁王像のような怒りに満ちた表情のまま話を続ける。

「誰もが夢を実現出来るわけではないのだ。お前はそうやって目標もなく、だらだらと毎日を過ごしてどうするつもりなのだ？　今のままでは、お前は自分が大切に思っている人からも見離されていくだけだぞ」

ふと、僕の脳裡にマカトの顔が過《よぎ》った。

「暮らしを豊かにするために自分が何をすべきか考えろ。そうして目標に向かって努力していれば、自分の力になってくれる仲間も増える。支えてくれる伴侶も現れる……」

そこまで話すと、ユタは急に穏やかな表情に戻った。

「……と、永倉さんの守護霊は仰っている」

僕はいまいち半信半疑だというのが本音だった。ユタに言われた事は、確かに当たっているような気もするが、具体的な話はまだしてこない。ユタは若干前かがみな姿勢になって、「御嶽にはお参りに行ってる?」と訊ねてきた。僕が行っていないと答えると、ユタはメモ用紙とペンを差し出して、僕の自宅の住所を教えてくれというから、僕は言われたとおり住所を書く。ユタは本棚から地図を取り出してテーブルの上に広げ、僕の住所地を参照しながら地図を指でなぞる。

「ここなら、永倉さんの自宅から一番近い御嶽の場所を知ってるから、今から一緒に行こうね」

それから僕たちは、表通りまで出たところでタクシーを拾って壺川まで移動する事になった。ユタが言うには、内地の人が地域の氏神様をお参りするように、沖縄では自分が住んでいる地域にある御嶽を拝むのだという。

外へ出ると、つい先ほどまでの雨が嘘のように、水溜りは陽の光に照らされてキラキラ光り、黒い雲は空の彼方へと流れていくところだった。

「今どきの若い衆は御嶽を拝む事の大切さを忘れている。神様は偉いんだ。大事にしなきゃいけないよ」

自宅のアパートの近くでタクシーを降りると、僕はユタに導かれるままにマンションとアパートが建ち並ぶ住宅街の路地を歩いていく。

「これがそうだよ」

マンションの敷地の植え込みが途切れている箇所があり、そこにフライパンほどの面積の楕円形に、三〇センチメートルほどの高さの石が置かれているが、ユタが言うにはこれが御嶽だというのだ。言われてみれば、石の前には香炉が置いてある。でも、僕は買い物に行くときにいつもここの前を通っているが、まさかこんな変哲もない石が、神が宿る御嶽だとは思ってもみなかった。

「斎場御嶽《セーファウタキ》みたいな大きな大きな御嶽もあれば、下を向いて歩いてなければ気付かないような小さな御嶽もあるさ」

神が宿るとされる場所に祠を建てる内地の文化とは違い、沖縄の場合は、元々そこにある岩だったり、森そのものを拝む。誰かに教えてもらわなければ、これが御嶽だとは誰も気付かないだろう。ユタは持ってきた鞄の中から五〇センチメートルほどの長さがある線香の束を取り出し、半分を僕に寄越した。そしてチャッカマンを使って、まずは僕が持っている線香に火を点ける。

「いつも健康に過ごせる事を、神様に感謝する気持ちを込めて御嶽を拝みなさい」

ユタに言われたとおり、僕はしゃがみ込んで香炉に線香を立て、両手を合わせて拝む。数秒の後、僕が立ち上がると、今度はユタが自分の持っていた線香に火を点けた。するとたちまち、手持ち式のおもちゃ花火のような激しい火花を噴き上げ始めた。

「ど……どうした事ですか？　これは」

燃え狂う線香の炎に、僕は思わず一歩後ずさりしながら訊ねる。

「神様が喜んでおられるからだよー」

ユタはにやにや笑いながらしゃがんで線香を香炉へ立て、両手を合わせる。

「これからも、定期的に御嶽を拝むよう心掛けるんだよ」

線香があっという間に燃え尽きると、ユタは霊視料として五千円を要求してきた。一般的には一万円以上取られるという噂も聞いた事があるので、「結構安いんですね」と訊ねると、このユタは自分の守護霊から、なるべく安い金額で色んな人の力になってあげなさいと言われているとの事だった。

「それでは」

ユタは僕から受け取った五千円札を財布にしまうと、「ありがとうございました」と言いながら深々とお辞儀をして、僕に背中を向けて歩いて帰って行った。

ユタと別れた後、独り家路に着きながら、僕は重りをまた一つ背負ったようにうな垂れる。ユタから与えられた忠告は極めて抽象的だったし、何より、神様が喜んだ事で線香が激しく燃えるのなら、僕が火を点けた線香でも同じ現象が起きるはずだ。あのユタはどうやら偽者だったようだ。そして京子さんも、どうしてよりによってあのユタを紹介してきたのだろう？　いくら考えても分からないし、もはや誰も信じられなくなりそうな勢いだ。

29

一月二十三日木曜日。

僕の気持ちの浮き沈みに関係なく、天気が良い日もあれば、悪い日もある。今日の上空には雲がなく、風もないからだいぶ温かい。今年に入って初めて上着なしで外出をする。今日は午前九時から午後二時までのシフトでバイトだ。バイトが終わると、パイカジキッチンへ行ってみる。バイトはいつも変わらない作業の繰り返しで、楽しくとも何ともないし、最近では自炊も億劫で弁当ばかり食べている毎日だが、週一回ほど訪れるパイカジキッチンで、賢太さんが作ってくれる料理を食べる事だけが、今では唯一の息抜きになっている。

　店先の鉢植えにハーブが植わっているパイカジキッチンの店内に入ると、半分ほどの席が埋まっていて、僕は一番手前のカウンター席に座って、やんばる鶏のグリル定食を注文する。近頃、この店はお昼どきを過ぎても席がほぼ満席に近い状態の事が多く、賢太さんと陽子さんはひっきりなしに動き回っているといった事が多いのだが、今日は比較的空いている。

「せっかく沖縄が好きで移住しても、沖縄の生活に馴染めなくて一年か二年でまた内地に戻っちゃう人が多いじゃないですか」

　宗次と希美さんの事と、僕が今後についてどうしようか悩んでいる事は伏せた上で、僕は賢太さんと陽子さんに話題を振ってみた。僕が食事をしている間に、他のお客さんはいつの間にかいなくなっている。

「のんびりした生活に憧れて沖縄に来るのに、のんびり気質に馴染めずに地元の人と衝突するのって、やっぱり矛盾してると思うんですよ」

　厨房の中にいる賢太さんはコップに入れた水をごくりと飲むと、「いやぁ」と言って微笑を浮かべる。

「修輔君、それは結果論だよ」

「と……言うと?」

「生活が上手くいくかどうかなんて、実際その場所に住んでみなきゃ分からないじゃないか。やってみて上手くいかないようだったら、他の道を考えればいいんだよ。何だかんだ言って、その土地に馴染めるかどうかっていうのは、実際に住んでみなきゃ分からないんだよ」

確かに、希美さんは東京に住んでいた頃から沖縄の文化についてよく勉強していたし、場合によっては沖縄の人以上に詳しい事もあった。それでも、実際に沖縄で生活していく中で、現地の文化に馴染む事が出来ず、内地へ帰ると言い出した。僕の場合は逆で、沖縄の事なんて何も知らないでこちらへ移り住んで、少しずつ沖縄の文化を分かってきたところだ。今後の生活の不安はあるが、沖縄の生活そのものを嫌いになったわけではない。

「ただ……」

賢太さんはふと難しい顔になる。

「文化に馴染めなくて帰っていくのはいいと思うけど、その土地の文化を否定したり、その土地の人たちの価値観をないがしろにするような事をされると、その土地の人は傷付くよね」

「この前」

厨房にいた陽子さんが出てきて、テーブルの上を布巾で拭きながら話し始める。

「宗次君と希美さんが店に来たよ」

「えっ？」

年が明けて二日目の営業日に来たという。これは意外な事だった。ついこの間、宗次が何ヶ月かぶりに突然僕のところへ来たばかりだったのに、実はその前に、パイカジキッチンにも顔を出していたのだ。

「会社の同僚や上司への不満を言ってたけど、話を聞いてたら、希美さんはやっぱり沖縄の文化に溶け込む事が出来てないんだなぁって思ったよ」

多分、僕が感じた事と同じような印象を陽子さんも抱いたのだろう。希美さんは自ら沖縄に同化しようというよりも、沖縄の人を内地の習慣に同化させる事を理想としているところがある。

「宗次君と希美さんは去年、子供を連れて辺野古《へのこ》にドライブに行ったそうなんだけどね」

希美さんは沖縄本島にある名所の中では、辺野古だけが唯一行った事がなく、新しい基地が出来たら景色も変わってしまうし、そうなる前に一度見に行ってみようと思ったというのだ。

「辺野古を見ての感想、何て言ったと思う？」

陽子さんは布巾を畳み直しながら僕の顔を見る。

「『辺野古の自然が破壊されるなんて、絶対に止めなきゃ』とかですか？」

陽子さんは真顔のまま首を横に振る。

「『辺野古の珊瑚を守るために、日本の国益が損なわれる事があってはいけない』って。そう言ったんだよ」

僕は辺野古の問題についてどう思うというより、沖縄の海の美しさにすっかり魅了されている人だと思っていた希美さんがそんな言葉を言ったという事に絶句した。米軍基地の運用については、ウチナンチュ同士でも色々な見解があるし、辺野古移設の問題についても同様だ。軽々しく基地反対を唱えたり、基地移設の話題に言及すると、トートーメーの問題と同じく、人間関係の険悪化に繋がりかねない。それを、珊瑚と国益を天秤に掛ける価値観を堂々とここで語るのは、あまりに軽率だ。

「反対してる人たちはお金が欲しいだけなんですよ。お金を握らせて黙らせておけばいいんですよ」

希美さんはそうも言ったそうだ。

「ワッター（私たち）だって、国防のために基地が必要だとか、米軍基地が沖縄の経済を支えてるとか、それくらいの事は今さら言われなくたって分かってるさ」

陽子さんは目を潤ませながら話を続ける。

「アメリカと日本に振り回されて、中国にも侵食されかけて。沖縄はいつの時代もそうだよ。常に大国の間に挟まれて翻弄される、弱い立場にいるわけよ。それを政治家や学者のお偉いさんみたいに、ヤマトゥンチュから上から目線で言われたくないさ」

陽子さんは僕に背中を向けるようにして、別のテーブルを拭き始める。普段、明るく朗らかな陽子さんからは想像もつかない、嫌悪感の篭った言い方に、僕は胸を打たれるような思いがした。彼女のこんな辛そうな表情を見るのは初めてだ。いつも笑顔を絶やさない、優しい陽子さんでも、実はなかなか人に言えないような鬱屈した感情を押し殺しているのかもしれない。それにしても、希美さんはいつも僕に優しくしてくれる人だったし、弟さんを亡くした経験もあって、もっと人の気持ちをいたわる事が出来る人だと思っていたのに、賢太さんと陽子さんの前でそんなデリカシーのない事を堂々と言うなんて意外だ。やはり、沖縄で生活していく事の理想と現実の違いに気付いていく中で、人が変わってしまったのだろうか？

「ごめん」

テーブルを拭き終えた陽子さんは気まずそうな顔で僕の方を振り向く。

「何か、八つ当たりみたいになっちゃったね」

「いえいえ」

申し訳なさそうな表情をする陽子さんを見て、僕は慌てて首を振ると、残っている料理を食べ続ける。

「修輔君は、これからどうするの？」

食後にコーヒーを飲んでいると、厨房の中から賢太さんが訊ねてきた。宗次と希美さんが内地へ帰るわけだから、マネージャーの僕がどうするのかを訊いているのだ。

「東京に帰るか、沖縄で生活していくか、迷っているところです」

僕が宗次のマネージャーを降りる事を話すと、賢太さんと陽子さんは「えっ、そうなの？」と、少し驚く反応は示したものの、それ以上の詮索はしてこない。

「若いときってさ」

賢太さんが話を切り出す。

「ビッグな男になってウェーキンチュ（金持ち）になりたいとか、大きな夢を持ったりするけど、何もないゼロの状態からのし上がっていこうって事を考えるんだったら、沖縄よりも、東京や大阪で生活した方がいいと思う」

僕は「どうしてですか？」と訊ねる。賢太さんは陽子さんが洗った食器を拭きながら話を続ける。

「いい意味でも悪い意味でも、沖縄で商売をしてる人たちは東京や大阪の人に比べて、お金儲けに対する競争意識が低い。大きな夢を持ってウェーキンチュを目指すんだったら、沖縄でのんびり過ごすより、東京や大阪みたいな都会で、人を出し抜いてでも自分が儲けようっていう人たちに囲まれた中で、ギスギスした社会の中で揉まれながら経験を積んだ方がいいと思う」

「ワッター（私たち）みたいに自営業でコツコツと貯金を貯めるのと、ビジネスを成功させるのは違うよね」

陽子さんも厨房の中から言葉を付け足す。確かに、医者や弁護士といったように、最初から何か立派な肩書きを持っている人だったらどこに住んでも安定した生活は送れるかもしれないが、僕や宗次みたいに、上手くいくかどうかも分からない、というより、上手くいくはずもない途方もない夢だけを持っていても、金持ちになるなんて無理な話だ。沖縄に来ず、東京であのまま活動を続けていたとしても無理だっただろう。

「でもさ」

賢太さんは自分の手作りの食器を丁寧に拭きながら話す。

「本当にウェーキンチュになれる人なんてほんの一握りなんだよ。人間誰しも、どこか途中で現実に気付いて、割り切って生きていく事を覚える。問題は、どこで開き直る事が出来るか、じゃないかな」

「うーん……」

僕はコーヒーカップを置いて腕を組む。それが出来ないから落ち込んでいるのだ。

「その気になれば、仕事なんてどうにか見付ける事も出来るんだよ。修輔君は沖縄の生活そのものには馴染めてるような気がするから、沖縄に住み続けるも良し。まだ若いから、新しい夢を求めて新天地へ行くのも良し」

「修輔君は、何か特技はないの？　音楽以外で興味を持ってるものとか、何か資格を持ってるとか」

陽子さんは厨房から出てくると、僕から見て斜め後ろのテーブル席の椅子に座って訊ねてきた。

「沖縄に来る前は自動車整備士の専門学校に通ってて、自動車整備士三級は持ってますけど、二級の単位を取る前に中退しました」

僕は陽子さんの方に身体を向けて答える。

「それだったら、整備士の道をもう一度目指してみるっていうのも手じゃない？」

「整備士ですか……」

自動車整備士という仕事に対して、そんなに憧れを持っていたわけではないし、第一、専門学校の授業が楽しかったわけでもないので、自分では自動車整備士に向いているとも思えない。僕が俯いて黙っていると、陽子さんは「だからよー」と言って、もう一度厨房へ入って行った。

コーヒーを飲み終えると、僕はレジで陽子さんにお金を払って店を出る。

「いつもありがとうねぇ」

陽子さんはドアを押さえて僕を見送る。

「ごちそうさまでした」

コンクリート造りのビルに囲まれた路地裏は日陰になっていて、寒さを倍増させる。店を出てから数メートル歩くと、後ろでドアが閉まる音がする。

「修輔君」

ふと後ろから陽子さんの声がしたので、僕は少しびっくりして振り向く。店の中に入ったと思っていた陽子さんは、外に出て心配そうな眼差しで僕の目を見つめている。見ているだけで吸い寄せられてしまいそうな、強いオーラを感じる眼差しだ。

「自分を追い詰めたりしちゃダメだよ」

「えっ……？」

「最近の修輔君、何か思い詰めてる顔をしてる。マカトちゃんと別れたって言ってたけど、原因はそれだけじゃないでしょう」

僕が返す言葉が見当たらず黙っていると、陽子さんは話を続ける。

「修輔君はウチが開店当初から来てくれてるけど、あの頃の修輔君は夢と希望に満ち溢れてて、自分に自信を持って活き活きとしていたさ」

マカトにも同じような事を言われたし、自分でも確かにそうだった事は覚えている。

「夢や目標を失ったとき、人はどうしても自信を失くすものだし、自分が生きてる意味を見い出す事が出来なくなる。新しい目標を見付けようとしても、自信がないから臆病になる。でもね、修輔君」

陽子さんは静かな声ながらも、訴えかけるように語気を強める。

「自分がやって来た事は間違ってたんだとか、もう何をやってもダメなんだとか、そんなふうに考えないでほしいの」

僕の心の内を見透かされたようで、胸がハッとする。宗次さんのマネージャーを辞めるという事しか話していないのに、どうしてそんな事が分かってしまうのだろう？

「分かるよ」

微笑を浮かべながら、今度は優しい口調で語り掛けて来る。

「生きてれば色々経験するもん。私だって人には言えないような恥ずかしい失敗をした事もあるし、辛くて仕方なくて、一晩中泣いて過ごした事だってあったよ」

陽子さんの、透き通るような瞳にまじまじと見つめられると、胸が締め付けられるような気がして、僕は思わず視線を逸らして下を向く。すると彼女は一歩一歩僕に近付いてくる。

「多分、今私が何を言っても、修輔君にとっては説得力がない言葉になっちゃうと思う。でもね、これだけは分かっていてほしいの」

陽子さんは僕の両腕をそっと掴む。彼女は僕より背が低いから、ちょうど俯いていた僕の視界に彼女の顔が入って、もう一度目が合う。

「修輔君は決して一人なんかじゃない。私も賢太も、修輔君の味方だよ。力になるような事は何もしてあげられないけど、ウチに来てくれれば、いつでもチムククルクミティ（真心込めて）美味しい料理を作るからね」

僕は思わず目頭が熱くなるのを堪えようとするが、陽子さんの顔が心持ち霞んで見えてしまう。僕を見つめる陽子さんの視線と、僕の腕に添えられた小さな掌から、大きなエネルギーが伝わってくるようで、胸がどんどん温かくなる。

「人生は長いよ！」

彼女は僕の腕を両手で軽くぽんと叩くと、唇を緩めてにっこり笑う。

「修輔君なら、絶対立ち直れるはずよ！　私は信じてる」

陽子さんは力強くそう言うと、背中を向けて店に向かって戻り、ドアを開けるともう一度僕の方を振り向いて、微笑を浮かべながら「また来てね」と言って店の中へ入り、そっとドアを閉めた。青いペンキが塗られたドア枠が、やけに印象的に目に映る。僕は瞳に浮かんだ涙を手の甲で拭うと、そのまま家路に着く。

陽子さんは毎日色んなお客さんと接して、四六時中忙《せわ》しなく仕事に追われているのに、僕の事をきちんと見てくれていたのだ。僕の表情だったり話し方なりを見て、僕の心理を見抜いている。これまで、自分が正しいと信じてやっている事を否定してきた大人は何人もいた。両親でさえそうだった。宗次と希美さんは、僕の事を認めてくれてはいたが、今になって思えば、二人だって現実をわきまえず、勢いだけで突っ走っていただけなのだ。

でも、陽子さんと賢太さんは、僕の今の生活を否定して上から目線で「しっかりしろ」と説教するのではなく、こういう生き方もあるんじゃないか、という選択肢を提案してくれた。軽々しく「頑張れ」という言葉を使わなくても、応援してくれているんだという気持ちは充分に伝わってきた。

自宅アパートに帰り着くと、陽が当たらずに薄暗くなっている部屋の電気を点ける。僕の部屋は菓子パンの袋や雑誌、洋服などが散乱している。僕はふと、「片付けなきゃ」という衝動に駆られた。もう二ヶ月近くも部屋の掃除をしないで平気でいられた自分が不思議なほど、僕はきびきびと動いて、不要なものを燃えるゴミと燃えないゴミの袋に分け、洗濯する衣類は洗濯籠へ、箪笥にしまうものは箪笥へ、しばらく取っておこうかなと思う本は本棚へ戻し、読まない雑誌やチラシ類は一つの場所にまとめて置いておく。

そして雑誌を片付けているとき、ふと偶然開いたページに、求人広告が載っているのを見付けた。ちょっと気になって眺めてみると、様々な業種、職種の求人が数ページにわたって掲載されていた。沖縄は仕事が少ないと言われるが、こうして見てみると、案外求人はあるものだ。ページの一角に、自動車整備士の募集があった。

「九時～十七時。三級十七万円～。二級二十一万円～。要普通車免許（AT限定不可）。土日休」

場所は僕が働いているバイト先からさらに数分歩いた先の整備工場だ。車の免許は持っているし、自動車整備士三級でも雇ってくれるとの事だから、僕でも資格要件は満たしている。

「整備士の道をもう一度目指してみるっていうのも手じゃない？」

陽子さんの声が聞こえてくるような気がした。早速会社に電話してみると、明日で良ければ面接に来てくれとの事だったので、僕は翌日、箪笥の奥にしまってあったスーツとYシャツを何年ぶりかに着て、面接を受けに行った。結果は見事採用してもらえる事になり、僕は二月から整備工場で働き始める事になった。

僕は自動車整備士三級しか持っていないので、車検の受入検査や中間検査は出来ないが、工場で行う整備そのものに資格の制限はないので、仕事をする上で特に弊害はない。三級しか持っていなくても、三年以上の実務経験を積めば二級の受験資格が得られるので、二級を取れば給料も上がる事だし、僕はそこで働きながら二級を目指す事にした。

人生はどこでどう転ぶか分からない。専門学校を中退した時点で、将来は音楽の道へ進む事しか考えていなかったのに、まさか沖縄まで来て自動車整備士の選択肢を選ぶ事になるとは夢にも思わなかった。専門学校で勉強をして、それなりの知識と技能は身に着けていたものの、実際に仕事としてやってみると、車の異常箇所が自分の手によって直せたときの達成感だったり、車を受け取りに来たお客さんが、元通りに直った車を機嫌良さそうに運転して帰っていく姿を見ると、やりがいを感じる事が出来る。冷房が効いたコンビニでの一日四～五時間程度のバイトとは違って、扇風機が二つ回っているだけの工場で毎日フルタイムで作業服を着ての仕事は体力的にはかなり辛く感じる部分もあるが、働く事で給料を得て、自分の生活がより豊かになるという喜びの方が大きい。三月十日に初の給料を受け取ったとき、まさにそれを実感出来た。どうやら、この仕事は僕に向いているような気がする。

充実した日々が続く中、すっかり上着もいらない気候になった三月十五日の土曜日には、一週間前に石垣島で高校の卒業式を終えたばかりの平久保エナが、新都心のダーリンビートで初のワンマンライブを行った。栃木へ移り住む前としては沖縄で行う最後のライブという事もあり、朝から降り続く土砂降りの中、会場には百人以上のお客さんが集まって、横一五列、奥四列ほど用意されたパイプ椅子の席はいっぱいになり、僕を含む他のお客さんは後ろで立ち見といった状態だ。午後一時半から行われたライブは第一部と第二部の構成になっていて、第一部はエナによる三線弾き語りのソロで、何曲かギターのアーティストによるサポートを加えての曲を交えながら、民謡を中心として四十分ほど歌い上げた。ライブでは、僕が石垣島のライブ居酒屋楓で初めてエナを見たときに彼女が着ていたのと同じ、緑のワンピースに白いブーツといった姿で、黒かった長髪を金色に染め、ポニーテールにして、一層大人の雰囲気を増したようにすら見えた。そして十五分ほどの休憩を挟んだ後行われた第二部では、パランハヌルのメンバー全員によるバンド形式で、カバー曲を中心に四十分ほど演奏した。エナも他のメンバーと同じ、黒地にアニメチックな少年の顔が描かれたパランハヌルのTシャツに着替えて歌う。

エナの音域の広い歌声が魅力的なのは言うまでもないが、彼女の落ち着いた立ち居振る舞いだったり、謙虚な話し方を見ているだけだと、とても彼女が有名な音楽コンテストで賞を獲得してきたり、中学時代に絵のコンクールや作文コンクールで賞を受賞してきた優等生だというオーラは感じられない。エナと同じ門中《ムンチュウ》の陽子さんの話によれば、エナは中学生のとき、沖縄県の観光と産業をテーマにした作文コンクールで八重山出身の中学生としては初となる最優秀賞を受賞して、那覇で行われた意見発表会で、何百人もの関係者やお客さんがいる前で自分の作文を読み上げた経験があるという。まだ社会経験のない彼女が生きてきた十八年の人生の中で見れば、そのような、誰でも出来る事ではない経験を持っているという事は、彼女にとってはそれなりに感慨深いものを感じているはずだ。それでも、ライブのMCやブログではもちろん、僕との会話の中でも、彼女はそうした体験談を話さない。弟を震災で亡くした過去を持っている希美さんや、父親を戦争で亡くしたマカトのように、辛い過去や悲しい体験を持っている人は、そうした負の感情を表に出したがらないのだろうという事は何となく分かる気がする。でもエナのように、人に誇れるようなものを持っているにもかかわらず、それを自慢げに語らないのだから、そこが彼女の人としての奥深さであり、大人びて見える魅力を裏付けるものなのかもしれない。

一方、僕はどうだろうか。宗次のスタッフとしてワンマンライブを東京でやって、知り合い関係の人を百五十人集めて成功させたくらいで自信満々になり、鳴り物入りのつもりで沖縄にやって来て、音楽で知り合った人には自分がそれまでやって来た活動を自慢げに語っていた。――今になって思えば、自慢出来る事でも何でもないのに。

「次の曲で、最後になります」

エナが言うと、客席は「えぇー!?」という、半分わざとらしい声に包まれる。

「私たちはそれぞれ、これからは内地で離れ離れになって生活をしていきます」

額に汗を滲ませながら、エナは落ち着いた口調で話し始める。

「内地は物騒な事件が多くて、夜遅くに帰宅するのが怖いとか、花粉症の心配とか、不安な事もありますけど、石垣島の島人《シマンチュ》としての誇りを忘れずに生きていこうと思います。そしていつかまたダーリンビートの舞台に立つときには、一回りも二回りも大きくなった平久保エナとパランハヌルを見てもらうために、私、頑張ります!」

右手拳を胸の前で握りながら彼女が言うと、客席からは温かい拍手が沸き起こる。

「それでは最後の曲、聴いて下さい。私にとってもパランハヌルにとっても、ずっと大事に歌い続けてきた曲です。『4号線』」

エナの三線のメロディから曲が始まると、ギター、ベース、ドラムの音が見事な調和を織り成したバラードが鳴り響く。『4号線』はエナが生まれ育った石垣島の思い出が凝縮された曲であり、大切な人との別れを惜しむ哀愁の歌だ。パランハヌルとしては、同じメンバーでバンド活動をしてきた高校三年間で最後のライブだ。メンバーは各々演奏しながら涙ぐんでいる。歌っているエナの瞳も、照明に当たって宝石のようにきらりと光を放つものが見える。客席にももらい泣きをする人、しみじみと頷きながら聴いている人、各々感慨深いものを感じながら聴いているようだ。

僕が高校生のときは、部活もやっていなければ、受験勉強をしていたわけでもない。二十三年も生きてきて、何かをやり切って達成感に浸ったのは、強いて言えば宗次のワンマンライブを開催したときだろうか。それでも、あの頃の僕は高校一年生のときに宗次と出会って以来、ずっと宗次に付いて行って、東京ドームでライブをするという目標を唱えながら、高校の勉強も専門学校の勉強もろくにせず、仕事にも就かず、自分がやりたい事をやっていただけだった。やりたい事を我慢して、何かを犠牲にしてまで打ち込んだものがないのだ。

季節はこれから、長い長い夏へ向かって進んでいる。今でも整備工場で一日仕事をすれば汗だくになるのに、もう少し季節が進めば、仕事は相当辛く感じる事になると思う。それでも、僕はそう簡単に逃げるわけにはいかない。もはや、同級生の多くが社会人として現実と向き合う人生を歩み始めている。せっかく健康な身体でいるのに、目標も持たず、ただいたずらに毎日を悠々と過ごしていたら罰が当たるし、自分の生活を向上させるためには資格だって取りたい。——僕はエナをはじめ、目に涙を浮かべながら演奏しているパランハヌルのメンバーを見て、そんな事を考えながら『4号線』を聴いていた。

演奏が終わると、パランハヌルの四人はステージの前の方に出てきて横一列に並び、全員で手を繋いでお辞儀をして上座へ下がっていく。彼女たちを見送る盛大な拍手は、誰からともなく、アンコールを求める拍手へと変わっていく。やがて一、二分ほどすると、再び四人が出てきて、客席は改めて盛大な拍手が沸き起こった。見ればボーカルのエナは三線ではなく、エレキギターを持っている。

「アンコールありがとうございます」

四人が所定の位置に着いて楽器のスタンバイが完了すると、エナがマイクで言った。

「それでは次の曲で本当に最後になります。『夢見る少女じゃいられない』。今日は本当にありがとうございました！」

エナのギターソロによるイントロから始まり、相川七瀬の『夢見る少女じゃいられない』の演奏が始まった。エナが弾くアコースティックギターのメロディは、痺れるという表現がよく似合う、思わず鳥肌が立つような力強さのある音色だった。エナも他の三人も、もう涙はない。皆、高校生活最後の曲を精一杯楽しんで演奏している。エナは歌はもちろん、三線だけではなく、アコースティックギターもエレキギターも弾きこなすアーティストだ。これだけ音楽の才能があって、絵画や作文で数々の賞を受賞してきた素晴らしい経歴があるにもかかわらず、驕り高ぶった態度は全く見せない。

これから先、どんな人生が僕を待っているかは分からない。それでも、自分に自信を持っていていても、上辺だけ礼儀正しくして人を見習う事が出来ないまま歳を重ねるよりは、常に謙虚さを忘れずに、年上からも年下からも、色々な事を吸収していける大人になりたい。――エナが思い切り楽しそうに歌っている姿を見ながら、僕はそんな事を考えた。

ライブが終わり、パランハヌルのメンバーがステージから引き揚げると、暗かった客席の照明が明るくなる。店の出入口を出ると、通路にはエナとパランハヌルのメンバーが並んで立っている。ステージから下がったらすぐに移動したようだ。

「修輔さん、ありがとうございます」

エナをはじめ、パランハヌルのメンバーは笑顔で会釈する。僕は「お疲れ」と声を掛ける。

「内地に行っても、頑張ってね」

「ありがとうございます！　良かったらまた、石垣島にも遊びに行ってみて下さいね！」

僕の後ろからは他のお客さんが次々と出てくる。僕は充実感に満ちた笑顔のエナに手を振ってその場を後にする。

通路の先の階段を上って地上へ出ると、まだまだ雨が降り続いているが、だいぶ小降りにはなってきた。おもろまち駅からモノレールに乗って旭橋で降り、僕はパイカジキッチンへ向かった。昼食を食べていないので、すっかりお腹が空いてしまっている。店に辿り着く頃には雨が止んだが、店のドアには「誠に勝手ながら、十四日～十七日休業とさせていただきます」という張り紙がしてあった。僕は空腹感に加えて、肩の上に重たいものがどっと覆いかぶさってくるような思いがしたが、仕方ない。自宅へ歩いていく途中で、コンビニでミニサイズのサンドイッチが八つ入ったパックと五〇〇ミリリットル入りペットボトルのさんぴん茶を買った。

絶え間なく車が行き交う国道五八号線を渡り、明治橋まで差し掛かる頃になると、雲がだいぶ薄くなってきた。気温が上がってきたとはいえ、梅雨はまだまだ先だから、うだるような暑さという事はない。肌に触れる風も生温くて心地良いし、僕は真っ直ぐ帰らず、明治橋を渡って奥武山公園の松並木の木陰にあるベンチに腰掛けて食事を摂る事にした。鉄材にベージュのペンキが塗られたベンチに付いた水滴をハンカチで軽く拭き取ると、僕はそこに座ってサンドイッチを一口頬張る。目の前にある柵の向こうには国場川が流れていて、川向にはホテルや企業のビルが建ち並んでいる。僕が住んでいる住宅街はその右側の奥だ。その手前にモノレールのレールが横切り、数分おきに二両編成のモノレールが右から左から行き交う。土曜日の雨上がりの夕方という事もあり、公園には幼い子供に自転車の練習をさせる親の姿だったり、ジョギングをする人の姿が見受けられる。公園をもう少し奥に入ったところにある陸上競技場では、何かのスポーツ大会が行われているようだ。

そういえばこの公園は、宗次が高校を卒業したばかりのとき、一人旅で沖縄に来たとき、渡嘉敷島で出会った希美さんと、その翌日に偶然行き会った場所だという事を思い出した。人生はどこでどういう方向へ進んでいくのか、本当に分からない。あの頃は宗次だって、今頃はもうプロの歌手になっているつもりでいたわけだし、希美さんだって、あんなに憧れていた沖縄の生活を嫌いになるなんて夢にも思っていなかっただろう。そういう僕だって、高校生の頃はまさか宗次と袂を分かつ事になるなんて想像も出来なかった。僕は今、自動車整備士として新しい目標に向かって毎日を過ごしているが、高校生の頃の僕が今の僕を見たら、どんな事を思うだろう？　ただ一つ、あの頃から何も変わっていないのは、この公園の景色と、国場川を流れる緩やかな水の流れだ。宗次と希美さんが行き会ったときも、天皇皇后両陛下の奉迎の集いをしたときも、そして今日も、ここから見える景色は同じままだ。もちろん、戦争を経験している世代の人や、アメリカ世《ユー》の時代を生きてきた人からすれば、すっかり様変わりをしてしまっている事は間違いない。それでも、再びこの島が戦争の惨禍に晒されて、この街の姿を汚されるような事は絶対にあってはならない。こうして、緩やかな川の流れを見ていられる時代が、ずっと続いてほしいと願うばかりだ。

「美味しそうね」

ふと左から声が聞こえてきたので首を向けると、白い長袖シャツの上に、紺色の半袖ワンピースを着たマカトが微笑を浮かべて立っていた。

「一つちょうだい」

「あれ？」

きっと彼女から見たら、僕は呆気にとられて目が丸くなっているだろう。どうしてこんなところにいるのだろうか。

「エナちゃんのライブに修輔君が来てたから、終わったら声掛けようと思ってたのに、さっさと帰っちゃうからさ」

僕はドキッとした。マカトはついさっきまでダーリンビートで、僕と同じ空間にいて、エナのライブを見ていたのだ。マカトは僕よりも五人くらい間を挟んだところで立って見ていたという。店を出たら僕の姿が見えなかったので、仕方なくパイカジキッチンにお茶でも飲みに行こうと思ったら、臨時休業のために引き揚げていく僕の後ろ姿が遠くに見えたので、追いかけてきたというのだ。

「修輔君、歩くの早いからさ」

マカトは背負っていたナップサックの中からタオルを取り出してベンチの水滴を拭くと、僕の左隣へ座った。気まずい空気を何とか取り繕うために、僕は話題を探す。

「エナちゃんのライブ……今までの集大成として相応しいライブだったね」

彼女は鼻を押さえながらクスッと笑うと、「だからよー」と言って、両手を、お椀を出すような格好で僕に差し出してみせた。

「サンドイッチ」

彼女は唇を尖らせてせがんでくる。

「あぁ……うん」

僕が持っていたサンドイッチを一つあげると、マカトは「Ｔｈａｎｋ ｙｏｕ（ありがとう）」とネイティブな発音の英語で言って、美味しそうに頬張る。

「整備士の仕事は、順調なの？」

ゆっくり噛んでから飲み込むと、彼女は国場川を見つめながら訊ねてきた。

「どうして知ってるの？」

僕は思わず背筋が伸びる。

「陽子さんから聞いたさ」

マカトは悪戯っぽくにやりとほくそ笑む。

「修輔君、活き活きとした顔をしてるよね。四ヶ月前に最後に会ったときとはまるで別人みたいだよ」

四ヶ月前にも言われた「まるで別人みたい」という言葉を、今こうして言われると、何だか新鮮に聞こえるし、照れる気もする。

「でも……」

僕はさんぴん茶を一口飲んでから話す。

「宗次さんのマネージャーは辞めちゃったんだ。プロにはなれないって事がよく分かったし、宗次さんとも縁が切れちゃったよ？」

「修輔君」

彼女は穏やかな口調で語り掛けてくる。

「私はね、宗次さんがプロになるとか、修輔君がプロデューサーになるとか、ウェーキンチュ（金持ち）になるとか、そんな事はどうでもいいわけよ」

彼女は僕の方へ身体を半分向けると、僕の目を見て話を続ける。笑顔だが、真っ黒なカラーコンタクト越しに僕を見つめる彼女の目は、真剣そのものだ。

「そりゃ、宗次さんのライブを見てるのは楽しかったよ。でもそれ以上に、ワンネー（私は）修輔君と会えるのが楽しみで、それでいつも路上ライブに行ったり、ライブハウスに行ってたわけよ。付き合い始めてから、将来プロになるんだって夢を語ってくれたときも、無理だろうって事は分かってたけど、そんな事より、自分の好きな事に向かって一途な修輔君が格好良くて、そんな修輔君のそばにいるのが本当に居心地良かった」

今さらそんな本音を言われるのも何だか不思議だが、僕が目標を失った事でマカトを失望させてしまったのだから、やっぱり彼女には悪い事をしてしまったと思う。マカトは話を続ける。

「エナちゃんが活躍する姿を見たり、宗次さんがビートルズの物真似だって事が分かって、修輔君が現実に気付き始めたときね、修輔君には音楽じゃなくて、別の新しい目標を見付けてもらいたかったわけよ」

それでも、あの頃の僕はただ落ち込むばかりで、ちっとも前に進んでいこうという気概がなかった。——だから、マカトは僕に愛想を尽かしてしまったというわけだ。

「目標に向かって生きてる人は格好いいさ」

マカトは前を向いて、遠くを見つめながらしんみりと語る。

「目標に向かって突き進んでいく中で、どうしても意見が合わなくて対立したり、離れていく人もいると思う。——でもね」

マカトはもう一度僕の目を見つめる。

「私はやっぱり、目標に向かって頑張ってる修輔君のそばにいたい」

胸がフワッと浮いたような気持ちになった。マカトが僕の前から姿を消してから四ヶ月。まさか彼女が僕の近況を気にかけていて、こうして再び僕の前に現れるとは思ってもみなかった。

「マカト……」

彼女は僕の顔から少し視線を逸らすと、突然「あっ！」という大きい声を出して立ち上がって走り出し、川沿いの柵に寄り掛かり、東の空を見上げる。

「虹が出てるさ！」

僕も立ち上がって、彼女が指差す方向を見ると、灰色の部分と白色の部分が折り重なった雲の陰から、青い空に向かって弧を描くようにして、鮮やかな光を放つ虹が懸かっていた。

「見事な虹だね」

僕はそう言うと、嬉しそうにスマートフォンで虹の写真を撮っているマカトに歩み寄り、彼女の右側から、僕の左手を彼女の左肩にそっと乗せる。マカトが僕を振り向く。僕たちはどちらからともなく身体を寄せ合う。彼女が微笑を浮かべながらフッと吐いた優しい吐息が、僕の顎のあたりにかかる。

「僕と一緒にいても、平凡な生活しか出来ないと思うよ」

彼女の背中をそっと両手で抱きながら僕が呟く。

「何言ってんの？」

彼女は微笑を浮かべながら小声で呟き、僕の背中に両手を回す。

「平凡で平和な生活を守り続ける事が一番難しいんだよ」

確かに、彼女が少女のころから歩んできた人生をふりかえってみれば、そのとおりかもしれない。

「マカト」

「うん」

「僕はなかなかプロの世界に入れないとか、親に反対されてるとか、バイトだけで貧乏生活してるくらいの事で人生の苦労を経験してるような気になっていたけど、最近になって、そうじゃないんだって事に気付いたんだ」

学校にも行かず、仕事にも就かず、自分が好きな趣味をやって、必要最低限の小遣いを稼ぐためにバイトをしていただけだ。毎日フルタイムで汗を流して働いている今になって思えば、それくらいの事で自分は苦労していると思っている時点で、苦労をしていない証拠だと思う。僕の目をじっと見つめるマカトに、僕は続けて言う。

「もう、過去を後悔したり、恨みつらみを吐いたりはしないよ」

マカトが目を閉じながら僕の唇にキスをしようとするので、僕は唇が触れる直前でわざと顔を引いてみせると、彼女は面白そうにクスッと笑う。

「駆け引きが上手になってるね」

僕たちは軽く唇が触れ合う程度のキスをすると、すぐにもう一度唇を重ねて、お互いに強く抱きしめ合いながら、舌を絡め合わせる深いキスを交し合う。やがて唇を離して目を開くと、僕たちは鼻が触れるかどうかというくらいの距離でお互いに見つめ合う。西の空を覆っていた雲が晴れて、僕たちが立っている場所が西日に照らされる。日に照らされたマカトの金色の髪が、鮮やかに輝いて見える。

——温かい。

人の温もりをこんなに温かく感じるのは初めてだ。

「マカト」

「うん」

生温い南風が吹いてきて、マカトの髪が乱れる。風が収まると、僕は彼女の滑らかな髪を撫でながら、彼女の耳元に囁く。

「ありがとう」

マカトは自分の顔を僕の胸にうずめる。僕たちはより一層強く、お互いの背中を抱き締め合うのだった。

〈著者紹介〉
鈴木和音（すずき かずね）
1984年生まれ。東京都出身。東海大学菅生高校卒業。
著書に、電動車椅子サッカーを題材にした小説「トゥ・オン・ワン」がある。

装丁　橘英里

イラスト　根本有華

明日《あす》、風《かぜ》が吹《ふ》いたら

2015年8月30日　第1刷発行

著　者　鈴木和音
発行人　久保田貴幸

発行元　株式会社 幻冬舎メディアコンサルティング
〒151-0051　東京都渋谷区千駄ヶ谷4-9-7
電話 03-5411-6440（編集）

発売元　株式会社 幻冬舎
〒151-0051　東京都渋谷区千駄ヶ谷4-9-7
電話 03-5411-6222（営業）

印刷・製本　シナジーコミュニケーションズ株式会社

検印廃止

Printed in Japan
ISBN 978-4-344-97198-1　C0093
幻冬舎メディアコンサルティングHP　http://www.gentosha-mc.com/